琼 瑶

作 品 大 全 集

鬼丈夫

琼瑶

著

作家出版社

琼瑶，本名陈喆，作家、编剧、作词人、影视制作人。原籍湖南衡阳，1938年生于四川成都，1949年随父母由大陆赴台生活。16岁时以笔名心如发表小说《云影》，25岁时出版首部长篇小说《窗外》。多年来笔耕不辍，代表作包括《烟雨蒙蒙》《几度夕阳红》《彩云飞》《海鸥飞处》《心有千千结》《一帘幽梦》《在水一方》《我是一片云》《庭院深深》等。

多部作品先后改编成为电影及电视剧，琼瑶也因此步入影视产业。《六个梦》系列、《梅花三弄》系列、《还珠格格》系列等，影响至深，成为几代读者与观众共同的记忆。

琼瑶以流畅优美的文笔，编织了众多曲折动人的故事。其作品以对于梦的憧憬和爱的执着，与大众流行文化紧密结合，风靡半个多世纪，成为华文世界中极重要的文学经典。

我为爱而生，我为爱而写
文字里度过多少春夏秋冬
文字里留下多少青春浪漫
人世间难怨没有天长地久
故事里火花燃烧爱也依旧

琼瑶

清末的某年冬天。

天上，飘着细细的初雪，轻轻地、柔柔地落在一大片梅林上。

梅花正绽放着，枝头上，一朵朵白梅，正在生气勃勃地冒出来、绽开来，似乎要争先恐后地展示着它们的生命力。迎着初雪，白梅顶端，又染上了一抹更加洁白的雪雾，让每朵梅花，都像承接了半盏白色的轻烟，画家画不出，文字写不出，这景色就是天然的"诗意"。梅林，是这片荒野中不受注意的奇景。

就在这美丽的梅林里，蓦然传出一声惨烈的哀号：

"啊……疼死我了！疼死我了！啊……怀玉！怀玉，救我……啊……"

"映雪，你忍忍，我去找找看，有没有人家啊！"

袁怀玉，一个文质彬彬的年轻书生，看着大腹便便的妻子映雪，在一旁着急地说。映雪躺在地上铺的毛毯上，她身边由手推车和行李箱笼围绕着，作为挡风的屏障，再挂上棉被，弄成避难式的帐篷，一旁生了堆火。

"啊……疼死我了！疼死我了！"映雪继续惨叫着。

"我先去提水，再找人帮忙！"

怀玉手忙脚乱，心慌意乱，神志昏乱……总之，是乱乱乱！明明妻子还有一个月临产，怎么走到这儿就提前生产了？准是一路走得太辛苦了！他急急拿了水桶，冲到溪边去。

"啊……啊……啊！"映雪的痛喊声从梅林中传来，"怀玉，我痛得受不了，受不了啊……"

"映雪！映雪！"怀玉从溪边提了水赶来，嚷着，"没办法了！四面八方，一个人家也没有，你只有我了！我弄水来了，现在怎么办呢？我还应该做些什么？对对对，我来找水壶，来烧热水……"怀玉紧张地说。

"不要走，我怕极了……陪……陪着我……"映雪痛楚地呻吟着。

"当然，我当然陪着你，你别怕，我一步也不离开的！可是，我要烧热水啊，这天寒地冻的，孩子如果生了，没热水清洗怎么行？"

"我……我要是挺不过去，怎么办？"

"胡说！怎么会挺不过去？你忘了，在家乡的时候，隔壁吴家嫂子的头一胎，足足喊了一天一夜才生呢！所以……"怀玉拼命想安慰映雪，自己却紧张得声音都发抖，"别怕别怕，虽然咱们是在荒郊野外，虽然没有产婆帮忙，可你有我呀！相信我，要坚强点儿啊！放开我，让我去烧热水……"

映雪双手紧紧握着怀玉的胳臂，虽疼痛难当，但她仍勉力地对怀玉点着头，接着又脱口大叫：

　　"啊……不行，来不及烧热水了，孩子似乎要出来了……啊……脱下你的棉袄，等会儿包着她……"

　　"好映雪！勇敢的映雪！来，使点劲儿，使点劲儿啊！"怀玉冲到棉被的下方，晕头转向地扶着她的腿，惊心动魄地看着那婴儿将出生的刹那，嘴里乱七八糟地鼓励着映雪，虽然是大冬天，额上却冒着冷汗。

　　"啊……！不……不要不要，我受不了，真的受不了呀！我不行了……"映雪惨叫着。声音在梅林里回荡，连花瓣和细雪都被震动得纷纷飘坠。

　　就在这时，柯士鹏带着妻小和几辆豪华的马车迤逦而行，远远看到一片梅林，接着，就听到隐约传来的女子惨叫声。士鹏看着妻子延芳，惊愕地说：

　　"听到吗？有人在惨叫？是不是遭遇了什么不幸？"

　　"好像在前面梅林里！"延芳倾听一阵，"快！"她拍拍车顶说，"车夫！快一点，看看前面发生了什么事？"

　　车子骤然加快了速度，向梅林里冲去。

　　接着，一阵新生儿呱呱的啼声传了过来。延芳惊愕地看着士鹏说：

　　"可能吗？好像有人在梅林里生了孩子！"

　　"这个下雪天？在梅林里生孩子？"柯士鹏大惊，更加催促着马夫，"快去！看看能不能帮忙。"

车队加速向梅林里冲去。

映雪终于生了。怀玉脱下身上的棉袄，用颤抖的手，把那个婴儿包在棉袄里。婴儿的儿啼，取代了映雪的哀鸣，响亮地穿过梅林，穿过云霄，透天而去。怀玉紧张地看着映雪，说：

"是个女孩子，现在，我该怎么做？"

"脐带……脐带……你得剪了它！"

"天啊！我手都软了！我不敢……剪刀，哪儿有剪刀？"

"用你的剃刀！"

"你别动，我去找剃刀……剃刀，剃刀……"

怀玉抱着那还没清洗的婴儿，到处找剃刀，一时之间，连剃刀都不知道放在哪儿。正在慌乱无比时，马车声传来，柯士鹏和延芳的马车赶到了！后面，还有四辆马车跟着而来。怀玉见到救星如获大赦，急忙喊着说：

"请帮帮忙呀！我的妻子刚刚临盆了……"

车子立刻停在那临时帐篷外。士鹏带着延芳，拉开门帘，露出脸孔。

"快叫徐妈下车，带几个丫头，赶紧来帮忙，怎会在这个地方生产？"士鹏对延芳说。

"是啊！连脐带都没剪断呢！我不知道该怎么办……"怀玉求救地喊。

"什么？脐带都没剪断？徐妈你听见了，快下车，快下车！"延芳说。

"是是是，我这就去！太太，你放心，叫琇锦把我的针线盒拿来，叫银屏把我们的暖水瓶给我统统拿来……再把二少爷的小棉被带来……还有瓷盆木盆都拿来……"四十几岁的徐妈麻利地吩咐着，跟着士鹏和延芳一起下了马车。

"琇锦！银屏！小兰！你们听到了？快去帮着徐妈呀！"延芳喊着。

顿时，一群女眷，拿着棉被、热水瓶、剪刀、针线盒、瓷盆……各种精致的用品，奔了过来，迅速地接手怀玉的工作。徐妈剪断了脐带，缝合伤口，处理映雪的身子。婴儿被抱去洗净，大家手里工作着，嘴里吩咐着，个个忙忙碌碌，却也从从容容。怀玉惊愕又感激得眼中含泪了，真是苍天有眼！怎么送来这么好心的救援！他插不上手了，只能带点哽咽地安慰着映雪：

"映雪！救命菩萨来了！你马上就不疼了，啊？"说完，赶紧对站在一边观望的柯士鹏和延芳打躬作揖，不住口地说，"多谢多谢！真是感激不尽！你们真是我的救星呀！"

"快别客气，弄妥了，赶紧把你的妻儿移到我们车上来，嗯？快去吧！"士鹏说，"这个天气，千万别着凉！大的小的，都要赶紧保暖！"

"徐妈！"延芳接口，"你们把第三辆车给腾个位置出来，铺上厚厚的毯子，快动手，快动手……"

众人一阵忙碌，映雪已经用热水洗了脸，头发也被徐妈整理好了，衣服也换了干净的。婴儿包在一条四方的小锦被里，不哭了，甜甜地睡着了。怀玉还在怔忡之中，就被士鹏的仆从们送上了一辆华丽的马车。映雪被安排在马车里的长椅上，椅子铺着厚厚的棉毡，映雪身上也盖上厚厚的棉被。怀玉才坐定，一碗人参

鸡汤,就被丫头送到映雪的嘴边。丫头笑嘻嘻地说着:

"夫人趁热喝了吧!幸好一路用保温瓶装着,还真派上了用场!"

映雪睁大亮晶晶的眼睛,看着怀玉,夫妇两人,都像做梦一样。

当晚,一行人都投宿在"长升客栈"。以怀玉的经济能力,是不可能投宿到这么好的客栈里来的,但是,士鹏不由分说,就把他们一家三口,也带进了这家客栈,还付掉了房钱。他洒脱而热情地说:

"萍水相逢,自是有缘。经过梅林产女这样的惊心动魄,还分什么彼此?我看这小镇里,也只有这家客栈,大家还分开住吗?"

住定了。这晚,怀玉忍不住对士鹏和延芳说:

"柯老爷!柯夫人!请受我一拜!"说完就要下跪。

"唉……不必不必,赶快把他扶起来呀!"延芳怀抱着婴儿喊。

"真是的,从梅林到客栈这一路上,已经算不清你谢了几回啦!"士鹏说。

"我……我管不住自个儿的感情!如果没有你们凑巧经过,只怕映雪和孩子,都没救了!"怀玉说。

"这是天意呀!要让我们有这番缘分!你管不住自己的感情,那么你总管得住自个儿这双腿吧!别谢了!"士鹏这年三十岁,看着才二十几岁的怀玉说。

"是是是!"怀玉赶紧应着。

靠坐床头的映雪，坐在床沿上的延芳，及站在一旁、带着两个孩子的徐妈，听着都笑了。士鹏说："再有呀！你这张嘴管不管得住？我们的姓名都已经告诉你了，你好不好别再喊什么老爷夫人的了！"

"好的好的！士鹏兄！嫂子！"怀玉又赶紧接口。

"是嘛！我们一路同行，去到安徽怕还有十天左右的路程，大家别见外才好！"延芳又接口说。

怀玉呆了呆。映雪也怔了怔，忍不住轻轻问：

"一路同行？"

"是呀！"延芳说，"我们问过怀玉，他说这一趟是到安徽的四安村投亲去，对吧？你说巧不巧？我们也是去安徽，我的夫家在雾山村，距离四安不过几里路，我们不一路同行还怎的？"

"可是，我一个产妇，诸多不便……"映雪讷讷地说。

"就是诸多不便，才更要与我们同行，我们人多，可以好好照顾你，想想看，野地产子，而且天寒地冻的，伤身哪！现在又不能好好地坐月子，难道还走路到四安村去吗？就算跟着我们，也还得受舟车劳顿之苦，不跟着我们怎么行呢？"延芳说得头头是道。

"对呀！到客栈落脚的时候，我也好给你炖些补品补补身子，头一胎，可不能马虎！"徐妈在一边诚挚地接口。

"就是这话，还有你的女儿呀！你不是说，她还不足月呢！那更需要好好照顾了，是不是？"

映雪听得太感动了，红着眼睛不知说什么好。怀玉一叹，说："真是苦了她们母女，唉！若不是一场洪水，把家园全毁了，

7

我也不至于让映雪在临月之际，跟我出来跋山涉水，千辛万苦地去四安村投靠我姊姊！"

"你也是迫于无奈，遇到天灾有什么法子，快别自责了！"映雪赶紧对怀玉说着，眼里不由自主，就流露着对怀玉的一片深情。

"行了行了，大家有缘千里来相会，这是值得高兴的事儿啊！就这么办了，结伴儿同行！"士鹏做了结论。

"那么就大恩不言谢了！"

"哪儿有什么大恩，我说这完全是天意，我原来在北京做买卖，做得还不差，可一来时局不稳，二来家乡母亲年事已高，我便临时起意，举家返乡，就这么不早不晚地遇上了你们，你说这不是天意是什么？"

"不管怎么样说，等我在姊姊那儿安顿妥了，定要登门拜访，重重地答谢士鹏兄和嫂子！"怀玉说。

"哦！重重答谢是吧？"士鹏心中一动，看着延芳怀里那个粉妆玉琢的女婴。如此漂亮的婴儿，他几乎没有见过。再看怀玉那份书生味，说不出心里的欣赏，冲口而出地说，"我瞧你这女儿十分可爱，就这样吧！把你的女儿给我们柯家做媳妇儿好了，喏！我这两个儿子，起云！起轩！你挑一个吧？"

"起云差了个五六岁，我看起轩比较合适，年龄相仿的容易亲近，你说好不好呀？这小模样儿，我看着就喜欢！何况这孩子一出生，就是起轩的小棉被包着呢！"延芳怜爱地抱着小女婴，欣然接口："缘分，缘分，这不是缘分吗？"

夫妻二人说得煞有介事，怀玉、映雪尴尬地相对笑笑。

"哎！你们别当是玩笑话，我们可是挺认真的！"士鹏说。

"这……我袁家家道中落，哪里高攀得上？"怀玉说。

"你这个人就是别扭，我不同你啰唆，反正到时候不等你来，我先登门下聘再说，对了对了，你姊姊夫家尊姓啊？"士鹏说。

"姓韩！"怀玉说。

"四安韩家，那是地方望族嘛！"士鹏脱口惊呼，"闻名已久！这更好了，就这么说定了！还有还有，你打算给女儿取个什么名字？快告诉我，提亲下聘不能连名字都说不出来呀！"

士鹏的热烈与盛情，弄得怀玉与映雪都不知怎么回答。

"这……名字压根儿还没想过！"怀玉说。

"哦！对了对了，提到取名儿，你们知不知道，这孩子手腕上有个胎记，形状像朵梅花似的，你们瞧瞧！瞧瞧！"延芳说。

"真的吗？她有胎记？"映雪惊愕地问。虽然是母亲，柯家一手包办，她还没有帮孩子洗过澡呢。

"是吗？会不会是我接生的时候使力不当，弄伤她了？"怀玉问。

"不不不，真的是胎记，我给她清洗身子的时候发现的，我可从没见过一个孩子身上，生出这样好看的胎记呢！"徐妈说。

大家都拥上前来看婴儿，果然，婴儿手腕上有一朵梅花形状的胎记。

"真的是呢！"映雪叫着说。

"怎么这么巧？她在梅花林中出生，身上竟然又带着梅花印记……好像她和梅花，有什么渊源似的……"怀玉说。

"所以说啦！她的名字里头一定要带个'梅'字，来纪念这段不平凡的遭遇，你们说对不对？"延芳问。

"带个'梅'字是吧？好好好！取个有'梅'字的名儿……"怀玉思索。

不约而同地，每个人都开始想名字。

"蕴梅！蕴藏的'蕴'！怎么样？"士鹏问。

"我说巧梅！巧合、灵巧的'巧'！"延芳说。

"思梅！思想的'思'！"怀玉沉吟着。

"有了有了，乐梅！快乐的'乐'！"士鹏叫着。

"哎！这名字好吧！"延芳接口，"孩子来世间一趟，就要活得快乐！"

怀玉、映雪一对看，也颇认同。

"袁乐梅！袁乐梅！我很喜欢这个名字！"映雪欣喜地看着躺在延芳怀里的婴儿。怀玉看到映雪的笑容，就立刻对士鹏说："多谢赐名！"

"哈哈！袁乐梅命名礼完成！"士鹏大笑说。

大家都笑了，袁乐梅，就这样来到人间，正式定了名字，也定了亲事！在清朝末年，这种联姻的方式，是最流行的。这是"人间佳话"，一番萍水相逢，结成儿女亲家。那晚，一屋子的欢笑，害得才两岁半的小起轩，躲着每个丫头奶妈，因为，人人都追着他笑着说："二少爷！有媳妇了呢！"

第
二
章

　　就这样，袁家三口和柯家一行人，开始一路向安徽走去。五
辆马车，行行重行行。大家一起休息，一起吃饭，一起住客栈。
成了儿女亲家，也等于一家人了！两家越来越亲近，也越来越融
洽。直到走到第六天，一件天崩地裂的事情发生，把两家人都打
进了万劫不复的地狱。

　　这天，车队走着走着，进入了一处山谷，四周十分荒凉，路
也变得狭窄难行。打前锋的车子忽然停住，车夫愕然地看着狭谷
前的马车路说：

　　"喂！停下来，停下来，前头的路给堵住了！"

　　几辆车上的人纷纷伸头出来看。士鹏跳下车，看到狭谷出
口，被很多大小石块堵着，好像曾经发生土石崩落的情形。他抬
头看看两边的岩石，在这种地势下，有崩塌也是自然。他微微蹙
眉，无暇多想，向后面招招手，喊着：

　　"来吧！来吧！大伙儿手脚利落些，把石块搬开了好上路！"

车夫们、家丁们都奔了过去，第三辆车上是怀玉一家，怀玉这时也跳下了车，对映雪说：

"我也去帮忙，快把窗帘拉上，别吹风，嗯！"

映雪甜甜一笑。怀玉也温柔地一笑，奔到前面去帮士鹏搬石头。一时之间，所有的男丁，全部跑去搬石头了。几辆车子里，只剩下女眷、孩子和丫头。

骤然之间，路边岩石后面，冒出了若干人头。带头的一个，手持大刀，一声命令："上！"

一群衣衫褴褛，看起来穷困潦倒的强盗，分执木棍、菜刀、斧头、匕首……他们闪电般冲向女眷的马车，映雪只见窗帘唰的一把被扯下，她大惊失色地抱紧婴儿，两名粗汉跳上车来。映雪惊喊：

"你们是什么人啊……"

话没说完，已被其中一人粗暴地揪起来。带头的强盗喊着：

"少啰嗦！下车去！快下车去！"

同时，延芳、徐妈和两个孩子紧抱在一起，也有两个强盗冲上车。延芳尖叫："你们要干什么？士鹏……士鹏快来呀！有强盗！有强盗！"

正在搬石块的士鹏和怀玉，被后面的声音惊动了，站起身子，回头一看，听到一片尖叫声，只见几个丫头从车阵中尖叫着奔跑出来。纷纷喊着：

"有强盗啊……老爷救命！有强盗啊！土匪啊！要杀人啊……"

士鹏、怀玉骇然变色，拔脚就冲向马车，喊延芳的喊延芳，喊映雪的喊映雪，还没冲到马车旁，就赫然看到一群强盗，其中一个用菜刀压在映雪脖子上，映雪紧紧抱着婴儿，脸色吓得惨白。强盗头用匕首压在延芳脖子上，徐妈和起轩、起云两个孩子被看守着，全部吓得面无人色。还有的盗匪，已经冲到车子里去搜刮财物和细软。士鹏、怀玉和车夫家丁们，眼见情势险恶，士鹏比了个手势，怀玉等人急急刹住脚步。

"别乱来啊！你们的老婆孩子在我们手上！"强盗头押着延芳喊。

两个孩子，开始大声喊爹，起云已经六岁了，不知轻重，挣脱身子，转身就想跑，强盗一把没抓住，起云却投进了延芳怀里，延芳赶紧搂着起云，变成母子都在强盗头刀子威胁下了，士鹏急喊：

"我跟你拼了！"就要冲出去。怀玉赶紧拉住士鹏喊：

"别冲动！别冲动啊！"

延芳紧搂着起云，白着脸说：

"我们不跑也不动，行了吗？你们要什么，只管拿去，但是别伤害人吧！"

强盗头挥了挥手里的刀，紧押着延芳说：

"你们这些有钱人，箱子行李几大车，我们村子里，几百家都没东西吃！我们不是来杀人的，只是来拿点东西去换粮食！你们识相，就不要动，我们拿完了就走！听到没有？如果不识相，就把你们全体杀掉！"

延芳动也不敢动，连哭都不敢出声，映雪则抱着号啕的婴儿，泪汪汪地直瞅着怀玉。一时间，吆喝声、啼哭声、翻箱倒柜声……乱成一团。怀玉心疼着映雪，心急如焚，士鹏紧咬着牙、拳头不住紧握，家丁车夫们也都不敢擅动，丫头们和徐妈带着起轩，在最后面啜泣发抖。

几辆车上，强盗们翻箱倒柜，搜刮财物，扔进他们携带的大布袋中。这头僵持的局面依旧，押着延芳的强盗头不耐烦了，回头喊：

"喂！你们好了没有？快点儿快点儿……"

士鹏见对方松懈，不假思索地就和身一扑。那强盗头猝不及防，被士鹏扑倒在地，家丁车夫们一拥而上，赶紧去帮忙，迅速地救走了延芳和起云。士鹏立刻用其人之道，反治其人之身，抢过刀子，紧压在强盗的脖子上。

局面瞬间改变，押着映雪的强盗，气急败坏地对着马车大叫：

"混蛋！别拿了，快出来啊！大哥失手了……"

"映雪！映雪！"怀玉眼看延芳已经脱险，紧张地喊着映雪。

"怀玉！怀玉！"映雪也凄然大喊着。

"你敢动一下子试试看？我真的会砍了她！"押着映雪的强盗大喊。

"不……不要不要，千万别动手……"怀玉急切地看着映雪喊。

混乱中，士鹏押着强盗头，喊着说：

"你们不要轻举妄动，你们的大哥现在落在我手上了，赶快把财物搁下，你！我们一对一地换人！"

"放屁！别听他的，你们拿着东西，带这女人跟孩子快走，他们不敢怎样的，别管我，大不了烂命一条报销就是了！"那挟持映雪的强盗头十分蛮横地嚷着。

"士鹏兄，我们换人就好，把财物给他们吧！"怀玉着急地说，"我保证赔偿你所有的损失，虽然我已经一贫如洗，可我姊姊、姊夫家富有，我们赔得起，多少都赔得起，真的真的……"

士鹏眉头紧皱，不断对怀玉使眼色，怎奈怀玉全心都在映雪身上，救人心切，完全视而不见。对方的强盗喊起来了：

"财物到了我们手里，就是我们的！人，你换不换？"

"我告诉你们……"士鹏振振有词地喊着，"这些财物是我经商多年累积下来的家当，假如你们不给我搁下，别说什么大哥了，你们一个人我都不会放过，你们睁大眼睛点点人头吧！我们这边的人数，多你们一倍，两个打一个都胜算在握，何况本人还是个练家子，一个对付你们三四个也不成问题，到时候把你们统统揪到官府严办，那后悔可就来不及了，你们家中怕还有父母妻小吧？"

强盗们面面相觑，大为动摇了，甚至有一人干脆抛了袋子。

"算了算了！这一趟认栽啦！"

跟着也有一人扔了袋子。

"笨蛋！人家说几句大话就把你们给唬住了，没用的蠢货！我手上还有他的人，怕什么呀？"押着映雪的强盗喊着。

"这对母女不是我的人，她们与我非亲非故，我自个儿的老婆孩子已经救下来了，所以你们牵制不了我，倘若你们在乎这位大哥，那就完全照我的话做，不然就硬碰硬，我奉陪，绝不含糊！"士鹏强硬地说。

"你怎么可以说这种话？"怀玉大惊，"你不能不顾我妻女的安危呀！"

"你少安毋躁好不好？"士鹏对怀玉低语。

"少安毋躁？你根本不管她们死活了，我怎么少安毋躁？我我……我不相信这个，你原来那么热心地救助我们，邀我们同行，我女儿的名字还是你取的，现在怎么会翻脸无情呢？你不可以……"怀玉越说越激动，突然扑向了士鹏，"匕首给我……把匕首和人都给我，我要同他们交换，换回我的映雪跟乐梅呀！"

脱离匕首威胁的强盗，不径行逃走，反加入抢夺，三人争成一团。映雪抱着乐梅，好不容易挣脱匕首的威胁，跑出战圈，拼命喊着怀玉。

错愕的家丁们想动手，但强盗们却冲过来，挥舞着手上的家伙。

一时间竟形成敌我混淆不清的状况，大家僵持地看着三人扭在一起角力，骤然间只听得一声惨叫。

"啊……"

有一刹那，三人都忽然静止不动，然后是强盗首先急急一挣，这力道带着三人分开来。赫然见到匕首握在士鹏手上，并染满了鲜血。怀玉怔怔地伸手摸了摸胸口，摸了一手的血，他瞠目结舌地踉跄一退，站不住就坐倒下去。

士鹏脸色大变，匕首拿不住地落了地。

映雪神情大恸，激动地狂喊：

"怀玉……"这一声凄厉的喊声，震动了整个的山谷。

强盗们一见，七嘴八舌地喊：

"杀人了！出人命啦！快逃快逃……"群盗一哄而散，全部逃之夭夭了。

映雪急忙抱着孩子跌跌撞撞奔向怀玉，扑跪在怀玉身边。

"怀玉！你伤在哪儿？伤在哪儿？"

怀玉用手捂着胸口，眼光看着映雪，挣扎着说：

"我……"

"你们还呆站着干什么？快拿药来给他止血呀！"延芳大喊。

士鹏崩溃地双腿一软，跪倒在怀玉面前，直着双眼，沙哑着声音说：

"你为什么要来抢刀啊？他们已经要屈服了，你看不出来吗？只要你沉住气，再忍耐一会儿就行了，我说那些话，只为攻破他们的心防呀！你怎么当我真的见死不救？你怎么不相信我呢？"

映雪一手抱着号啕的孩子，一手紧紧揽着怀玉，怀玉靠在她身上，一双眼睛圆睁地、直勾勾地看着士鹏，似在听他说话，可是始终没有表情，整个人也不动。映雪觉着不对劲了。

"怀玉？怀玉……"她颤巍巍地伸出手去试探怀玉的鼻息。然后，她把头一仰，神魂俱碎地狂喊出声，"不……怀玉！你怎能丢下我这样走了？"

士鹏、延芳和柯家众人，全部傻住了，鸦雀无声。

五天后，柯家把怀玉的灵柩，送到了四安韩家，这一路上，映雪几乎没说过话，只是紧紧地抱着女儿不放，机械化地吃东西，喂奶，除非倦极，也不睡觉。不论士鹏跟她解释什么，她都面无表情。什么叫"心如死水"，延芳明白了。怀玉和映雪的感情，一路同行时，延芳已经了解得清清楚楚。现在，只希望韩家能够体会和谅解士鹏的苦衷了。

怀玉的灵柩在韩家院子里放了下来。韩家一家人都围在灵柩旁边。怀玉的姊姊淑苹一下子就扑在灵柩上，痛哭失声，边哭边喊：

"怀玉！你死得太冤枉、太冤枉了，为什么这种天灾人祸要发生在你身上呢？姊姊好怨哪！我们袁家唯一的命根子，我都没有尽到保护的责任，我对不起袁家的祖宗啊！对不起我们死去的爹娘啊！"

映雪神色苍白憔悴不堪地抱着婴儿，万念俱灰，神情木然，任由泪水在脸上奔流。淑苹身后站着怀玉的姊夫韩伯超，悲伤地频频拭泪。他们对面，士鹏直挺挺地站着，一脸肃穆悲凄，延芳紧靠着他，也啜泣不止。家丁丫头们都垂着头，静静环绕。半晌，伯超说：

"你说你们萍水相逢，你说你们联手抗敌，这是一个错误，但是，你们柯家这么多家丁人手，怎么会单单让怀玉这一介书生去拼了命？怎么会？"

一句话使淑苹更痛定思痛，士鹏震动懊恼不已，映雪脸色像槁木死灰。

"是的，错了！以为是天意，以为是缘分，谁知，竟是一个错误和遗憾！"士鹏悲痛地说。淑苹还在哭，伯超说：

"别再伤心了，你哭不活，也叫不回怀玉了！眼前最要紧的，是把怀玉好好地安葬，然后尽心尽力地替他照顾映雪和女儿，以慰他在天之灵吧！"

士鹏神情一阵激动，忽然跨前一步，满怀内疚悔愧地开口说：

"韩先生！韩夫人！现在你们是这对遗孀遗孤唯一的长辈，

我想请你们做主，把乐梅许配给我的次子起轩，我将尽快择个吉日，重金下聘，假如映雪首肯，我极愿意接她们母女来我们寒松园住下，让她们一生一世都得到最好的照顾！"

延芳赶紧接口说：

"是的，是的！请给我们这个机会，好吗？"

伯超一脸错愕，淑苹一脸难以置信地瞪着眼，映雪则缓缓抬起了头，终于显得有些生命力，然而一双眼中却燃烧着恨意，颤抖地开了口：

"你……你怎敢提出这个请求？你怎么有脸？别忘了怀玉临终时候的模样，他那样睁着眼睛，直勾勾地瞪着你，死都不能瞑目！"

士鹏震动得脸色惨白，延芳也恐怖地睁大了眼睛，似乎那死亡的一幕又重现一般。映雪接着说：

"你杀了我的丈夫，杀了乐梅的父亲，居然还想跟我们结成亲家？"

"那是误杀！那是误杀！"士鹏喊着，"我……我甚至不知道什么时候，究竟怎么弄的，那匕首会刺进怀玉的胸膛，也许是那个强盗使的力，我不知道……"

"可你为什么要弄到那样危险的地步？为什么早先不听怀玉的话呢？"

"因为我有把握，我真的有把握呀！"士鹏说。

"不！你是舍不得你的财产！"映雪说，"反正受挟持的不是你的妻小！你就不想放弃，宁愿再试试，可是怀玉等不及呀！他要救我和女儿，就像你势同拼命地去救你的妻小一样！如果你当时不轻举妄动的话，或者就财去人平安了，如果我们不结伴同行，那就不会碰上这种可怕的事情，如果我们根本不曾相遇，我们一家苦虽苦，可也不至于落到这样悲惨的结果！"她瞪着士鹏，眼中冒出了火焰，声音却有如寒冰，"我一辈子都不会忘记怀玉临终时候的模样，我也不让你们忘记！所以哪怕今天没有人收留我，我李映雪弄到走投无路，沦落街头，我也绝不给你们一丁点儿赎罪的机会！"

士鹏、延芳震动着，宛如受到一种诅咒似的。淑苹拥着映雪说：

"弟妹呀！快别说这种话，你不会走投无路、沦落街头的，我们会好好待你呀！乐梅我也会把她当亲生女儿一般，你知道，我就宏威、宏达两个儿子，没有女儿，现在乐梅就等于是我的女儿，虽然她失去了父亲，可这个家会弥补一切，让她无忧无虑地长大成人，她将会是一个快乐又幸福的孩子，我保证……"

"听到了吗？从今以后，他们母女就是我们韩家的责任，自有我们韩家的人来照顾！映雪把话已经说得很清楚了！我们不需要你们柯家的人再帮任何忙，更不敢攀龙附凤！你们走吧！"伯超对士鹏夫妇义正词严地说。

士鹏和延芳对看了一眼，满脸的绝望。真没想到，萍水相逢，一见如故，客栈命名，结成儿女亲家……最后，竟然成为生离死别，仇深如海！

第三章

十八年后。

革命成功，清帝退位，朝代改变了，不变的却是人与人之间的是非恩怨。这是民国初年，安徽雾山村正在举行一年一度的狩猎祭活动。

一个男子昂首吹奏着乐器，悠扬悦耳，好几个人跟着他在吹奏。一些女子抬着酒坛子，捧着一篮篮的食物，嘻嘻哈哈地拿去摆在几张长桌上。

这是一大片草坪，四方拥来许多看热闹的群众，人声、乐声鼎沸。一块岩石上，一个青年身手矫健地一跃上来。他正是韩伯超的二儿子韩宏达，这年刚满二十岁，一个充满活力，直来直往，单纯而善良的青年。

"哇！赶上了赶上了！"宏达一面说，一面伸手给岩石下的乐梅，说，"我拉你上来！赶快看，好热闹啊！"

岩石下的乐梅，正是当初那个出生在梅林里的小女婴，现在已经长得亭亭玉立、楚楚动人。一对灵活的大眼睛，闪闪发光，细嫩的皮肤，吹弹得破。她被宏达拉上了岩石。看着广场上的人群，兴奋得脸颊发红。

"真热闹哇！"

"我就跟你说肯定好玩儿的嘛！幸好我们赶得快！看样子，面具舞还没开始呢！"宏达说。

场子外围处，有一丛人发出了欢呼。两人被惊动了，乐梅问："他们喊什么呀？"

"不知道哇！嘿！好多戴面具的人，我们快过去瞧瞧！"

两人便兴高采烈地奔了过去。只见一群戴了面具，持弓箭的男子，其中两人抬着兽笼，其余的人簇拥着往场子里走去。笼中是一只白狐，因为晃动而忽左忽右地碰撞着。围观的人群中，有人叫着：

"白狐吔！是只白狐……这个稀罕！可从没见过……是啊是啊……"

宏达与乐梅也杂在人群中，争相观看。宏达说：

"唉！我还以为会有只大虫，不然最少也有只大熊，结果只是一只狐狸！"

"这样一身纯白的狐狸，一辈子怕只看一回呢！我倒觉得不虚此行了！"乐梅很感兴趣地说，情不自禁地盯着那只狐狸看。看到白狐在笼中惊慌的模样，似乎它已经知道自己的命运，但那一双眼睛依然灵动，一身漂亮的皮毛也闪闪发亮。

"这样美丽的动物，真不该囚禁它，应该放了它！"乐梅说。

正在说着的时候，这群戴面具的人，已抬了白狐越过乐梅面前，但最后面的一个人忽然回头看着乐梅。乐梅一凛，心想自己一时的忘形，也许触怒了人家。但这人的眼眸亮晶晶的，眼神柔和又深刻。那薄薄的面具——是用不知什么材料做成的。上面画着简单的图腾，像一只老虎，特别而可爱。这老虎面具遮住了他大半张脸，可他下巴的线条和好看的嘴唇，再配上那对眼睛，几乎可以确定这是个英俊的男子。

被这样一个男子瞅了足足有十秒钟，乐梅不免也觉得脸红心跳了，好不容易等他转回头去，乐梅才松了口气。宏达站在乐梅身边，狠狠盯着那人背影，捋捋衣袖说：

"哼！算这小子识相，及时把头转回去，不然我就要上去给他两拳了！"

"好了好了，我们别惹是生非吧！我一个女孩儿家这样抛头露面的，本来就容易引人侧目，我看……还是回去的好！"乐梅说。

"你别开玩笑了，我们跑了个大老远来，还没看够本儿就回去，我才不干，反正这一路上侧目的、斜眼儿的看多了，再多挨一会儿也算不得什么，对不对？喏！你瞧你瞧，人家要开始了，别错过啦！来吧来吧！既来之，则安之！"

乐梅没有争论的余地，更不敢落单，便赶快追上去了。

只见场中央，兽笼落地。戴着各种不同造型面具的青年，集体向坐在一张高椅上的村长一拜，乐声停止了，大家也都安静下来。村长站立起来，微笑地张开双臂朗声道：

"各位各位！今天是我们雾山村历年来的庆祝活动，感谢老天爷，在狩猎季开始的头一天，没有让我们空手而回，我看见在场有许多外来的朋友，我以村长的身份欢迎各位，请跟我们一块儿同乐吧！"

大家发出了欢呼与热烈的掌声，乐梅、宏达也在群众之中，高兴地拍着手，乐声再度响起来。场中戴面具的男子们，便开始随着音乐载歌载舞。他们围绕着兽笼打转，边舞边唱出这个祭典的意义。男女村民拎着大酒壶，倒入大木碗，有的捧着食物，绕场分送给群众。

一位姑娘笑盈盈地把碗递到乐梅面前，殷勤相劝，乐梅盛情难却地接过来啜上一口，觉得味道不错！便一口接一口地喝个不停。

"这是什么？挺好喝的样子！"宏达说。

"是啊！这是我们自己酿的酒！"姑娘说。

宏达笑容一僵，赶快一把抢下乐梅的碗来。

"不可以喝酒！"

说得太晚了，乐梅早已喝去了大半碗，那姑娘高兴地直拍手，乐梅像个犯错的孩子似的，俏皮地对宏达笑笑。

就在这个时候，场中的面具青年忽然一齐抽箭搭弓，往笼中的白狐一比，身子一倾，齐声说：

"嗬！"

"啊……"乐梅一声惊叫。

幸而吼声震天，她这声惊呼并未惊动全场，只让她附近的人觉得好笑，宏达用胳臂肘碰她一下，示意她收敛。这时场中又重复了一次同样的动作。乐梅担心地说：

"他们干吗这样做？他们只是比画个样子，不会真的放箭吧?"

"谁知道!"宏达说。

"大叔!大叔!他们会放箭射那只白狐吗?"乐梅赶紧问隔壁的中年男子。

那大叔还来不及回答,场中又传来一次惊心动魄的吆喝声,令乐梅再一震。

"看样子,他们是会这么干的!"大叔说。

乐梅眼睛睁大望着那白狐。这可怜的畜牲吓坏了,在笼中惊慌地左冲右撞。乐梅更急于得到一个确定的答案,一眼看见刚才敬酒的姑娘在一段距离之外,乐梅不假思索地便往人群中挤过去找她。宏达看得很乐,浑然不知乐梅已不在身旁。乐梅奋力地挤到了那姑娘身边,一把抓住她。

"姑娘……姑娘……"

"哎!是你!你不是雾山村的人吧!"姑娘说。

"我是从四安村来的!不懂你们的规矩!"乐梅说,"他们拿弓箭只是个仪式对不对?并不会当真射杀白狐,对不对?"

"不对!最后是真要杀的,这是庆祝活动的最高潮,到时候每个人轮流放一箭!射死之后,再割开喉咙取它的血,再剥了皮,把它整只烤熟了,分给大家吃!血就调在酒里,分给大家喝!"

姑娘说得理所当然,乐梅目瞪口呆,只要想象一下那画面,她就要发晕了,身子微微一晃,姑娘忙伸手一扶。

"酒挺烈的,是不是?"姑娘说。

乐梅说不出话来,只得点点头。乐梅再望望白狐,好生不忍。只见白狐挣扎着,乐梅呼吸越来越急促,白狐冲撞着笼子,乐梅伸手摸摸滚烫的额头、面颊，快要喘不过气来了。这时宏达突然发现乐梅不在身边。

"乐梅！乐梅！"宏达四面找着。

乐声骤然停止，乐梅浑身一震，好像自己的心跳也停止了。只见其中一个戴面具者，举弓对准了白狐。乐梅圆睁着眼，张大了口，猝然狂喊出声：

"不要……"

然后，她想也没想，就狂奔出去，飞身扑向兽笼！而一支箭也疾射而出。

"啊……小心……"众人大喊。

乐梅和身扑在笼子上，连人带笼地翻倒。箭刺啦一声，划破她的手臂和袖子。宏达大惊失色，喊着：

"啊！乐梅……"

乐梅和笼子一起倒地，她顾不得手臂上热辣辣的感觉，只飞快地把笼子上的插销一拨！一边开门一边大叫：

"逃啊逃啊……快逃命去，快逃……"

白狐亡命地冲出笼子，全场围成圆环状的人群，顿时被东奔西窜的白狐搞得一片混乱，七嘴八舌地喊着：

"啊……啊……白狐冲出笼了……小心小心，这野兽发狂了，当心它乱咬人……快跑快跑哇……"

"捉住它！快捉住它！别让它跑啦……"村民们大喊。

人群你推我撞，摔跤的摔跤，尖叫的尖叫，场面完全失控了。

乐梅趁乱跌跌撞撞地奔跑着，一面不住回头张望。跑得上气不接下气，支持不住地停了下来，跌坐在一块石头上。这里静悄悄的，只有她的喘息声和潺潺溪水声。她喘了一阵，缓过气来，惊魂甫定，这才检视一下臂上伤口，一看自己都吓得跳起来。

"哦！好多血！"

乐梅心慌不已，竭力镇定一下，急急奔至水边，蹲下去捞水浇洗伤口。水一碰之下，痛得她猛地一缩，对伤口直吹气，吹着吹着，突然水中有什么晃了一下，竟有个面具的倒影！乐梅吓得蓦然跳起身子，回头一看，竟是那个虎脸面具的青年。乐梅惊呼了一声，想逃，却见那个男子把面具一把掀掉，露出一张英气逼人的脸孔，挺直的鼻梁，明亮的眼睛，正和善地看着乐梅。

"别怕别怕！我没有恶意，不会伤害你的……你看，让人害怕的是面具，我并不会让人害怕是不是？"男子说。

"你别过来！你们这样子的人挺野蛮的，好好的一只白狐，又要剥它的皮，又要吃它的肉，还要喝它的血，我看，可怕的不是面具，而是面具里的人！"

"嗬！我这可是自己在找挨骂了！好吧！算我说了傻话，但我的意思只是想降低你的恐惧罢了！"男子说。

"是吗？或者……是想降低我的戒心吧！"乐梅说。

"哦？你认为我有什么企图呢？"男子问。

"这……我放走了白狐呀！你们大概不会善罢甘休的，是不是？"

"会不会善罢甘休，老实说，我也并不清楚，不过我追踪你，纯粹是因为你受了伤，而且我很好奇，一个大姑娘家，怎么会出现在这样的场合中？"

"我不是一个人，我表哥跟我一块儿来的，他……他肯定在到处找我的……"乐梅讷讷地说。

"好了好了，我收回我的好奇，你别这么害怕好吗？来，让我看看你的伤吧！"男子说。

"别过来！我……我向你道歉好不好？对不起！对不起！我放走白狐的行为太莽撞了，不过坦白说一句，你们也实在没有权利杀它呀！我是说……虽然是你们捉到的，可它并不属于你们！它原来是属于山林的，你说对不对？"

起轩一言不发，只是啼笑皆非地静静看着她。

"当然啦！我知道现在才来讲道理是迟了一点儿，可是当时情急呀！我并不是有意破坏你们的庆祝活动，而是……而是……"乐梅想着该如何措辞。

"觉得这样美丽的动物，真不该囚禁它，应该放了它！"男子接口。

"哦，你曾经回头看我……糟了！你一定认为我是有预谋的，我真的没有预谋，我是一时之间，情不自禁就冲上前去的！我自己也不知道为什么会做这件事，那只白狐的眼睛亮晶晶的，好像很有人性似的！我想……我想……这都是因为……对了，你们的酒，我喝了好多好多，一定是酒后壮胆的缘故！"

"真的？那么回头我一定要叫他们把包谷酒改个名儿，叫勇气百倍酒！"

乐梅又困惑，又惊疑不定地望着他。

"好了，现在你最好跟我回村子里去，你的伤必须上药包扎！"男子说。

"不不……我不跟你回去……"乐梅身子往后退，眼看就要退到溪水里去。

男子一个箭步上前，伸手及时拉住她的手腕一提。衣袖一褪，乐梅手腕上的梅花形状的胎记就露了出来。男子一见之下，为之一震，整个人都怔住了，乐梅已在激动挣扎喊叫：

"放开我，放开我……"

"等一下，喂！你等一下，你是不是姓袁？"男子有点紧张地问。

"你怎么知道？"乐梅站稳了身子，惊讶盖过了慌张地脱口而出。

"你的名字叫乐梅！"

"你是谁？"乐梅更惊讶了，一直瞪视着他，这才发现他的眼睛漂亮有神。

"我说对了是不是？你是袁乐梅……原来，你就是袁乐梅！"男子喃喃地说，眼光无法从乐梅的脸庞上移开，两个年轻人，眼光注视着彼此，心中在不由自主地怦怦跳动，"你出生在冬季，生在一片梅花盛开的林子里，极其特别的是，在你的手腕上，居然就带有一个梅花形状的胎记，所以取名叫乐梅！"男子继续喃喃地说。

"这……这算是一种巫术吗？你怎么可能知道呢？"乐梅盯着男子问。

男子置若罔闻似的，只是一瞬不瞬地望着她，乐梅也好似真被施了魔法一般，不能动弹地与他互视着。上苍如果有眼睛，会看到这刹那的心灵交会吧！十八年前种下的种子，正在悄悄发芽，慢慢生根。两人在这一瞬间，都有点震惊，有点迷失，乐梅的酒意未消，还有点醺然薄醉。忽然，一声大叫传来：

"我看见她了，她在那儿！"

两人双双大梦初醒般地震了震，循声一望。只见两个戴面具的人正直扑而来。乐梅为之色变，本能地就想逃，脚下才动，手臂却被握住。男子急急地说：

"别怕，有我在，村长的儿子是我的好友，我负责替你摆平，最主要的是他们随身携带的一种草药，你的伤正需要，你一定要信任我，让我帮助你！"

乐梅忘了挣扎，十分眩惑地望着他，问：

"你到底是什么人呢？"

"想知道答案是吗？五天后是你们四安村的赶集日，我会在南门市场等你！"男子很快地说，就对那两个奔来的面具男子喊，"万里！万里！是你吗？"

男子当中一个高大健壮的人，把面具一把扯下，这是一张性格的脸孔。浓眉大眼，正炯炯有神地盯着乐梅，声音洪亮地说了句：

"可把你找到了！快准备！"

乐梅不知他们要做什么，不禁害怕地往后退，男子同时也微微横臂卫护着，对万里坚决地说：

"我不许你为难她！"

杨万里是村里名医的儿子，是这名男子的知己，两人年纪相当，从小就玩在一起，念书在一起，情同兄弟。这时，万里太惊讶了，瞪着眼睛说：

"你用了两个奇怪的字眼,一个是'不许'一个是'为难',许不许,我们再讨论,至于为难呢,是她把白狐放走,搞得天下大乱,我们还得劳师动众,漫山遍野地找她,你说是谁为难谁?"

"你要把我绑起来吗?"乐梅眨着大眼睛问。

"可能,除非你乖乖站着别动!"万里说。

"别这么凶!她已经吓坏了!"男子说。

"是吗?当我放出一箭,预备射的是一只白狐,结果却莫名其妙地射中一个姑娘,你倒告诉我,是谁吓坏谁?"万里问。

一阵敲击声,刚才走开的男人正蹲在地上,拿石块捣着一把草。

"那就是我跟你说的草药,待会儿帮你敷在伤口上!"男子解释。

"我想……不需要了吧!"乐梅不放心地看着那个捣药的人。

"你听着,我那副弓箭闲置已久,箭头上全生满了铁锈!"万里警告地说。

"可是草药加泥巴加石头渣渣,也不见得干净!"

万里瞪着眼,还来不及发作,男子已抢着说:

"放心吧!这是一种土方,治疗外伤很有效,野地里就应应急吧!好不好?"

"有的应急已经算她运气了,还有什么不好的。"万里接过了捣好的药,就拿出一把匕首,伸手就要握乐梅的胳臂,乐梅急急一缩。

"不……你你……你要做什么?你并不是大夫……男女授受不亲!"

万里瞪着乐梅，气得翻白眼喘大气，男子赶紧说：

　　"他马上要成为大夫了！事实上，他们杨家，好几代都是名医，到他这一代，就是第五代了！"

　　"别跟她啰嗦那么多了！上药！"万里命令地说，一把抓住乐梅的胳臂，就用匕首挑开伤口附近的袖子。

　　"放开我！你怎么这么粗鲁无礼，我不要上什么药，快放我走！"

　　乐梅这样一喊，把急得像没头苍蝇似的宏达喊来了，他三步两步地直冲过来，一眼瞧见了，大惊失色，怒声喊着：

　　"住手！你们这些流氓！住手！"

　　万里还握着乐梅胳臂，一脸愕然着，连开口的机会都没有，冲上来的宏达砰地就给了他一拳。万里一屁股跌坐在地上，男子急忙来扶。

　　"万里！万里！"

　　"喂！你怎么上来就动手打人啊？不讲理嘛！"万里起身，气坏了。

　　"你拿着匕首，动手动脚，轻薄良家妇女，我还跟你讲什么理？"

　　宏达吼了回去。一个转身，就给了万里一脚。这次万里有防备了，立刻抓住他的脚，把他给掀倒在地上，两人就大打出手。这时，许多面具青年都赶到了，在乐梅和男子的惊喊之中，立刻不由分说地参战，打成一团。

　　"别打别打！"乐梅喊着，"那是我表哥！"

　　"停止！停止"男子急喊，"误会误会！万里，快让他们住手！"

一众面具男子，早把宏达压在地上，多人一哄而上，一堆人叠罗汉似的一阵乱打。乐梅急得快哭了，喊着说：

"伤了我表哥，韩家不会和你们干休的！"

"万里！"男子一声大叫，声音洪亮有力，把众人都惊醒了，"还不把韩家少爷扶起来！谁敢伤他们一根寒毛，我和你们没完！"

终于大家停止了混战，乐梅立即扑向四仰八叉躺在地上的宏达。只见宏达鼻青脸肿，龇牙咧嘴的，惨不忍睹。

"怎么打成这个样子啊！你怎么一上来就打人嘛！"乐梅着急地说。

"他们在欺负你，我怎能不打？"宏达气呼呼地说。

"他们……他们是在给我上药！"乐梅解释。

"啊？可是……我瞧你们拉拉扯扯的！"

"她不肯上药，才拉拉扯扯！你明白了吗？那伤口不上药，会溃烂的！"万里瞪着宏达说。

宏达翻了翻白眼，再对众人望去。

这些人都摘下了面具，揉脸的、揉下巴的、揉手的、揉头的，不一而足，个个都面色不悦。宏达知道自己闯祸了，讪讪地说：

"抱歉啊！我……我误会了！"

没人吭气，只有起轩跨前几步，看着乐梅说：

"这就是你表哥，四安韩家的二少爷韩宏达是吗？"

"他是谁？"宏达问乐梅。

"巫师！"乐梅说。

"啊？"宏达听不懂。

“别管我是谁，你们两个都把伤口敷上药，然后快点儿回家，你们还有一大段路要走呢！再晚天就黑了！”男子说。

万里又上前，要给两人上药。宏达狐疑地看着万里，问乐梅：

“他又是谁？”

“巫医！”乐梅噘着嘴轻声说。

男子扑哧一笑，看着乐梅的眼光是深刻而温柔的，温柔得像云像雾又像水。

第四章

别说乐梅和宏达，回到韩家的狼狈和震动了。虽然宏达一路上问乐梅，回家后对于两人都受伤的事，要怎么说，无奈乐梅神不守舍，一直看着路边的树木发呆。宏达是个粗心大意，没什么大脑和心机的人，只知道回去一定会被映雪骂死，被伯超用家法处置，却不知道怎样解危。乐梅既然不说话，说不定乐梅有办法。他就只管驾车回家。

到了韩家，就看到映雪正在怒审乐梅的丫头小佩。小佩本来就是个带点傻气的丫头，生来少根筋。在映雪严厉的质问下，吓得发抖，只会说：

"小姐去哪儿，没告诉我！我不知道，真的不知道！"

忽然门口传来细微的一喊：

"娘！"

映雪一抬头，小佩一回头。

只见乐梅、宏达并肩站在房门口，乐梅紧靠门框，借以屏障掩饰伤臂,宏达则把一只胳臂抬起来靠着门框,借手遮住他发黑的那只眼睛,还笑嘻嘻地故作轻松。可是,那脸上的伤痕,怎么掩饰得住,小佩看到乐梅,就像看到救星一样,直冲过来,一把抓住乐梅的手臂,嘴里喊着说:

"小姐!我一直守、一直等,然后又一直挡,真的呀……"

小佩这一拉一握,正握到乐梅的伤处,乐梅痛喊一声:

"噢!"

这一下,两人的伤势全部露了馅,小佩惊喊:

"哦!二少爷,你的眼睛……你的脸……小姐!哇!流血了!"

"什么什么?谁流血?乐梅,你受伤了吗?嗯?快让我瞧瞧,在哪儿?在哪儿啊?"映雪不由分说地拉开小佩,喊着,"我的天!这是怎么弄的呀?你去做什么,会伤成这个样子?这怎么弄的吗?"

什么都瞒不住了,宏达不会撒谎,乐梅还陷在某种奇怪的情绪中,根本没有去想该怎么说,结果,宏达全都招了。淑苹、伯超、宏威和宏威的妻子怡君都赶到映雪房里,丫头们忙着拿药酒药膏,要重新搽药,乐梅却坚信那个巫医的药有用,不肯换药。淑苹听了经过,对着宏达就又推又打,大骂着说:

"哎呀!你既然把人带出去,就要紧紧地拴在身边啊!怎么让她跑去放人家的白狐你都不知道?这弓箭不长眼睛的,万一弄出什么可怕的后果来,你对得起你舅妈?对得起全家吗?你明知道,乐梅是你舅妈的宝贝女儿,也是我们全家的宝贝女儿啊!"

"混账!在自个儿家里胡闹不够,还要跑到别人地盘上去闹,总有一天你要捅出大娄子来!"伯超接口。

映雪与乐梅，坐在床沿上，乐梅不肯换药，映雪就剪开袖子，用纱布替乐梅包扎伤口，听了淑苹的话，感触强烈地看着乐梅，湿了眼眶，乐梅又着急，又懊悔，一把握住映雪的手，慌乱地说：

"娘！你别哭嘛！姑爹！姑妈！请你们也别责怪二表哥，是我自己胡来，我我喝了一点儿酒，脑子就糊里糊涂，当时想都不想地就扑了过去……"

"你怎么可以想都不想？你最少要想想我呀！"映雪终于开了口，"明知道人家是会放箭的，为什么还把自己置于险境？你有什么把握可以化险为夷？你又凭什么认为上苍会特别眷顾你？我最恨这种自以为是的行径，我最恨了！"

乐梅吓白了脸，迅速滑落，跪在映雪脚边，一迭连声地说：

"对不起！对不起！我知道错了，你别这样生气啊！"

"你还有脸坐着？快去给你舅妈下跪赔罪呀！"伯超推着宏达。

宏达也吓傻了，慌慌张张嘣咚一跪，结结巴巴地说：

"这……我……都怪我怂恿乐梅出去玩儿，不过呢……我也是一番好意，想叫她长长见识，时代不同了嘛！姑娘家不作兴老关在房里，什么保持天足，男女应该平等，女子也可以受现代教育，这些活蹦乱跳的思想，早已经传遍整个中国了，因此我才身体力行，决定带乐梅出去走这么一趟……"

宏达就头一句说得像样，越说就越是走样，听得全家人面面相觑，气急败坏，他居然越说越溜，甚至理直气壮了。

"什么节骨眼儿，还胡说八道！"宏威说。

"宏威你去……去给我拿家法来，这家伙自个儿胡天胡地不算，还去搅和乐梅，真是太不像话，我非好好教训他不可！"伯超说。

伯超直把宏威往外推，怡君则拖住宏威，向伯超哀恳着：

"爹！算了吧！你瞧宏达已经弄得鼻青脸肿，伤痕累累了，哪里还禁得起打呢？"

"就是嘛！还是大嫂明理！"宏达说。

"你还犟嘴，我不用家法就可以揍你！"伯超对着宏达冲过去。

淑苹赶紧拉住伯超，宏威和宏达都叫着爹，房里顿时乱了起来。

就在混乱中，映雪义正词严地开口了：

"要说教训，怎么也轮不到宏达的头上，这件事归根结底就是乐梅不对！她如果懂得自我约束，任宏达怎么怂恿，她也应该不为所动，结果她没有约束自己，擅自出门游荡已经行为失宜，更别说胡闹到这等地步，她简直是丢了韩家的脸，也丢了我的脸，是我这个做娘的教导不严，我愧对你们！"说着，就对着伯超跪了下去。

全体大吃一惊，淑苹连忙来搀扶。

"哎呀！你这是做什么吗？快起来！快起来呀！"

乐梅眼见弄成这个样子，两眼泪汪汪的，心里说有多懊悔就有多懊悔。

"我这会儿心情很激动！不想多说，以免失言，只想请姊夫答应我一个要求！"映雪说。

"什么事？你只管说！"伯超赶紧接口。对于映雪，还真忌讳三分。

"请姊夫给乐梅换个丫头，从今以后我要更加严格看管乐梅，需要个帮手，小佩不成！"映雪严肃地说。

乐梅一震，缩在门边的小佩，听了脸色大变，乐梅已激动地喊了起来：

"娘！你不能换走小佩，我不要别人，我只要她，她八岁就跟着我！对我而言，她不单是个丫头而已，简直就是个妹妹呀！"

"对！我还知道她那股子傻乎劲儿，死心塌地地依着你，今天你会利用她来帮你瞒天过海，那就怪不得我！"映雪的语气更严厉了。

"舅妈完全冤枉乐梅了，那个棉被底下塞枕头的障眼法，是我教小佩那么做的，根本不干乐梅的事！"宏达慌忙说。

这时忽闻哇的一声，小佩再也憋不住地放声大哭了，她一边哭，一边咚咚咚地跑到映雪面前一跪，磕头如捣蒜地说：

"舅奶奶！您别气我呀！我虽然有点儿傻，可我……我会想法子变聪明点儿，好不好？老爷！太太！我……我以后努力干活儿，不砸花瓶儿！不砸碗盘儿，不砸……不砸……什么什么都不砸了嘛！好不好？你们别赶我走，让我跟小姐在一块儿啊！求求你们！求求你们……"

乐梅看着小佩，心疼极了，扑向映雪，抓着她的裙摆哀求。

"我知道我的行为不可原谅，任你怎么处罚我，那都是我应当受的，但就是别用这个吧！这对我，对小佩都太残忍，你不是真心要这么做的，是我把你气极了，让你失望极了，我……我不该行为失检，不该惹是生非，最最不该的是让自己受了伤，因为我很清楚，爹是在一场意外中丧生的，在你的生命里，那是个致命的打击，而你为了我挺过来，把全体的爱都给了我，我是你唯一仅有的，那么我更应该为了你，好好地珍重自己、保护自己，可是我没有做到，重重地伤了你的心，我真的很抱歉，娘！请原谅我吧！"

一篇发自肺腑的话，也正中映雪内心最软弱之处，映雪不禁泪水滚滚而下，俯头看乐梅。乐梅满面泪痕，哀恳、忏悔地仰望着她。映雪不由自主地伸出手，轻轻抚住乐梅面颊，然后一把将乐梅的头紧紧揽住，乐梅也把母亲紧紧抱住。

母女这样一抱，一场风波就结束了。但是，乐梅却依稀感到，母亲对自己的保护，说不定会成为她永远的桎梏。她眼前闪过先前那名男子的脸和他那句话，"五天后是你们四安村的赶集日，我会在南门市场等你……"她把头深深埋进母亲怀里，好像要把这句话的诱惑力，也埋进母亲怀里。

那名与乐梅在水畔相遇的男子，正是柯起轩！

乐梅这儿发生的事，起轩一点儿也不知道。倒是万里看出了端倪，当天就大大地审问起轩，从来没看到起轩对任何女孩子，像对乐梅那样。因而，万里也知道了乐梅的故事，梅林产女、两家结伴和遇到强盗误杀的经过。万里听得匪夷所思，忍不住问起轩：

"你们见面了，但是，她知道你就是柯起轩吗？"

"她问是问了，可我怎么敢说，我……只能故作神秘地搪塞过去了！"

万里挑了挑眉毛，起身走向起轩，研究地端详着。

"我是不是听到一种惋惜、抱憾的声音了？"万里调侃地说。

"这很奇怪吗？"起轩诚挚地说，"你是无法体会的，你不知道这个悲剧对我们全家是个阴影，它不是当年发生过了就算完，这些年来它始终挥之不去，影响着全家，特别是我爹。据说他以前是个豪迈又热情的人，可从我解事以来，我所看见的却是一个沉默寡言、郁郁寡欢的父亲，我还听说返乡之后的头几年，他一直锲而不舍地造访韩家，努力地尝试赎罪，但对方不给他任何机会，于是他就变成了这个样子……所以刚才当我发现面前的女孩儿居然就是袁乐梅，真是让我太震撼了，我有一种冲动的感觉，想为她做任何事……但是，我却连最基本的姓名都不敢报出来……我从来只能默默地同情我爹，直到今天，在那一瞬间，我才觉得能够了解他的痛苦了！"

万里始终冷静、深思地聆听着，整个听完后，拍拍起轩。

"听着，人们常说父债子还，可那得看是什么债。金钱的债，假以时日，人力尚可为，这种恩怨债呢！就一点儿辙也没有了，你根本使不上力的，不是吗？"

"那未必！据我所知，我爹的弥补之道，就是着落在我身上！"起轩说。

"怎么说？"

"他一再跟对方提亲，央求他们把袁乐梅许配给我，只要联姻成了一家人，就可以照顾人家母女一辈子了！"

万里恍然大悟地看着起轩，说：

"我是不是听到一种蠢蠢欲动、跃跃欲试的声音了？"

"是又怎样呢？"起轩坦白地问。

"那么我诊断你是得了失魂落魄症，加上异想天开症，处方十二个字：萍水相逢，过眼云烟，抛到脑后！"万里正色说。那个时代，杀父之仇，绝对不是可以轻易化解的事，管它是误杀不是误杀！

　　起轩皱起眉头，知道这是一个遥远的梦。可是，他想着，五天后四安村的赶集日，他有个南门市场的约会，她，会去吗？

第五章

四安村的赶集日到了。韩家女眷，依例出门，到庙里烧香。淑苹、映雪、怡君、乐梅并排而立，虔敬持香祭拜。拜完，丫头们替她们把香插好。谁也没有注意，在庙门外，起轩在那儿走来走去，遥遥张望寺中，耐心等待着。

庙门口，淑苹等一行人出来了。起轩立即闪躲隐藏起来，悄悄注视着她们。

"今儿是赶集日，我们要不要去瞧瞧？"怡君问。

乐梅一听到"赶集日"，就浑身触电似的一震。淑苹、映雪对看一眼，映雪微笑摇摇头说：

"你们去吧！我最怕人挤人！"

"对对对，我也怪怕的，你带着乐梅去好了，见着好看的布料，就给我带几块回来！"淑苹说。

"是！那舅妈想要什么？"怡君问。

"我没什么，你们自个儿看什么喜欢就买吧！"映雪说。

"那我们走吧!"怡君说。

"我……"乐梅迟疑地说,"我也不想去!"

"怎么呢?"怡君问,有点扫兴。

"去嘛去嘛!赶集的时候,有很多好玩儿的、好用的、好吃的、好看的。很有意思的,不是吗?"小佩渴望地说。乐梅看着小佩那副模样,心里七上八下,不忍拒绝,可她又有说不出口的原因在困扰着,心虚又不安,渴望又怯场。

"这不打紧的,有大表嫂跟小佩伴着你,你去玩玩吧!别逗留太晚就行了!"映雪看出乐梅犹豫的表情,认为她还在为日前的事歉疚,忍不住鼓励地说。

乐梅看小佩,小佩对她拼命点头,她不由自主地,也就跟着点了点头。于是,三个女子就来到赶集市场。只见各种小贩错落分布,人潮穿梭其中,热闹非凡。小佩东张西望,兴奋得不得了,只有乐梅的表情最不自然,摩肩接踵的人群令她心慌,她自己都分不清这种心慌,究竟是期待,抑或是害怕。

三人在前走,起轩早已悄悄尾随,看到三人停下,他也停下。三人继续前行,他也继续跟踪。小贩们看到三个女子,不住招呼:

"太太!小姐!买胭脂水粉啊!"

"我的胭脂正快用完了,等我瞧瞧!"怡君说。

大家站在小贩面前,小贩夸张地推销着:

"这位太太呀!我一看就知道你是识货的!喏!这水粉好,洋货哩!跟我们江南的鹅蛋粉不同,这个抹在脸上,马上就干,又白又光又匀哪!闻闻,你闻闻看,好香的呢……"

乐梅微垂着头，静静站立着，心中却是思潮起伏。

"我这样心神不宁，未免有点儿傻气了，人家也许只是信口说说罢了，在人山人海中找人，谁会给自己找这种麻烦？我居然还当真了！"

乐梅兀自心事重重，不知道一段距离之外，起轩正双目炯炯地注视着她。

小佩手扯着乐梅衣裳，乐梅定定神看看她。

"那儿好多人在掷圈圈儿呢！"小佩说。

乐梅看她向往地伸长了脖子，了解地笑笑，转身去拍拍尚在热烈挑选的怡君。

"表嫂！我带小佩去前面玩掷圈圈！"乐梅说。

"好好好，一会儿我再过去找你们！"怡君说。

"走吧！"乐梅对小佩说。

两人经过一个古董摊，小贩正吆喝着拉生意：

"各位先生太太！少爷小姐！快来瞧瞧我这儿的古董，要不来自大内皇宫，要不来自王公府第，字画都是真迹，宝物也是真品，快来瞧瞧！"

乐梅好奇地望了望，小佩却不停地拉她到对面看掷圈圈儿套东西的玩意儿。有人一掷，套中了东西，大家拍手叫好。

"我真想试试，说不定也能套中什么呢！"小佩说。

乐梅把身上的零钱铜子掏出来。

"喏！都给你！"

小佩惊喜地伸出双手来接住。乐梅说：

"试试你的手气！我在对面看古董，你可别乱跑，知道吗？"

“知道知道，我不乱跑，就在这儿掷圈圈儿，谢谢小姐！”

乐梅微笑地拍拍小佩，留下她，折回去看古董，小贩赶紧说：

“哎！大小姐！喜欢些什么？字画古玩，还是珠翠玉佩什么的？”

乐梅放眼浏览着。只见琳琅满目，突然眼睛一亮，看到一个白狐绣屏。乐梅震动地蹲了下来，伸手指了指，问：

“那个绣屏可以让我看看吗？绣了一只白狐的那个！”

“行！行！大小姐真有眼光，这玩意儿顶特别，工细不算，你再仔细瞧瞧，那用的可不是丝线什么的，是用真正白狐的毛，一根根给绣出来的呀！原来是位小王爷心爱之物，据说这位小王爷呢，跟一个狐仙幻化的女子，发生过一段爱情故事，大概就像聊斋之类的奇遇吧！”

乐梅并没有真正在听小贩的话，只是定定地注视着绣屏。想着被自己放生的那只白狐，不禁微微一笑。对这样的巧合感到惊喜，又有些不可思议，她用手轻触绣屏，喃喃地说：

“怎么会这么巧？这倒值得买下来做个纪念呢！请问，这要多少钱啊？”

“二十块钱！”

“二十？”

“这是古董啊！而且用的是真狐毛！这没有两三只白狐，绣得起来吗？你说它名不名贵？好吧！看你是真喜欢，我就吃亏一点儿也不打紧，十五块好了！”

“十五块钱啊？这……我可买不起！”

乐梅望着小贩，可怜兮兮地又摇摇头。

"那你说好了，开个价吧！你说多少吗？"

乐梅再低头看绣屏，根本不知要说什么，突然身后有个声音传来。

"我说六块钱！"

乐梅一听这声音便大大一震，猛然回头，一看真是起轩，不由惊得跳了起来，冲口而出地说："是你！"

"我说过会来的！"起轩凝视着她。

"大小姐！这……我听谁的呢？"小贩着急地问。

"听我的，我说六块钱，怎么样？"起轩说。

"哎哟！不成不成，那我血本无归啦！你多少让我赚点儿嘛！十块十块，真的是最低价了！"

"八块钱！点头就成交，摇头我们就走人！"起轩说。

"这！哎呀！好吧好吧！碰上你这么会讲价，我也没辙了！"

起轩一笑，爽快地付了钱。乐梅垂头站在一旁，起轩的出现已让她够慌乱了，他居然还跟人讲起价来，更让她不知所措，方寸大乱，忽然一个盒子递了过来。

"搁盒子里头吧！"小贩说。

乐梅被动地把绣屏放入盒中，小贩合上盖子，又递还给乐梅。乐梅看看起轩，见他含笑看着自己，蓦然醒悟，很不好意思地忙把盒子递给他。

"呃……这是你的绣屏！"

"不！是你的！"起轩说。

乐梅大吃一惊，却见起轩已掉头而去。乐梅喊："喂……"只见起轩快步行至一处较僻静的地方，乐梅追着他喊，"等等啊！

请你等等啊！"

起轩突然停步回身，乐梅赶快也刹住脚步。

"你这个人怎么回事儿？这是你花钱买的东西呀！你快拿去吧！"乐梅说。

"你胳臂上受的伤怎么样？好点儿没有？"起轩关心地问。

"我……好多了，谢谢你！可这是你……"

"那天跟你表哥回家后，怕是根本遮掩不了吧？有没有受到严厉的责备？长辈们很生气吗？"起轩更加关心地问。

"我……我娘非常生气！"乐梅不知怎的，就坦白说出口。

"那她处罚你了？严重吗？"起轩更加更加关心地问。

"我……这真是很荒谬，我居然站在这儿跟你谈起话来了……"乐梅说。

"你来赶集，不是想认识我，想知道我是谁吗？"起轩问。

"不不不……我来赶集完全是个错误，不管你相不相信，总之，我不是来见你的，我也不想认识你，更不需要知道你是谁。现在请你赶快把你的绣屏拿去，快拿去呀！"乐梅心慌意乱地说。

起轩不说话了，乐梅的话颇让他感到挫折与泄气。

"不然我把它搁在地上了！"乐梅又说。

"你不要就扔了它，我不管，买下它只因为看你那样爱不释手，而且偏巧它绣的就是只白狐，好像在呼应你先前惊天动地放走的白狐，我觉得，它就是注定属于你的，所以我为你买下它！"起轩诚挚地盯着乐梅说。

乐梅呆住了，感动地望着起轩，起轩目光也深深地注视着乐梅，两人眼光缠绕了片刻。乐梅惊觉到自己的失态，蓦地垂下了眼睑，惊慌失措。

"还有一个小小的原因，那个小贩的介绍打动了我，不管是否虚构，我却愿意相信，这个白狐绣屏，确实牵引着一段动人的爱情故事！"起轩说。

乐梅一听到"爱情"两字，脸上一热，更加矜持起来，浑身不自在，急急地说：

"那个小贩说些什么，我没仔细听，言归正传吧！我承认我是非常喜欢这个绣屏，就像你说的，它让我想到那天放走的白狐，所以我看到它的时候很意外，但我没想到它这么昂贵，虽然价钱已经低了很多，我仍然是付不起的，至于你买下它转送给我，这份好意我心领，但是我完全没有道理接受！"

"为什么非要有道理不可呢？"

"你怎么这么问？我……反正我就是不能莫名其妙地接受陌生人的礼物！"

"我不是陌生人，我们已经见过两次面，而且又谈了很多话，我怎么会是陌生人？"起轩说。

"我无法再跟你争论下去，我真的要走了！"

"那么我有一个两全其美的建议，你可以心安理得地拥有这个绣屏，因为算是你买的，钱你可以慢慢攒，攒够了再还给我，这样总行了吧？"

"可是……我怎么还你呢？我根本不知道你……"乐梅期期艾艾地说。

"你不用担心，我们还有见面的时候！"

乐梅张口结舌，不知自己是该拒绝、该发问，还是该道谢，简直被起轩搅得人都糊涂了。起轩抬头一看，说：

"我好像看见你的家人来找寻你了！"

这话很有作用，乐梅顿时急急回头张望，却没看到任何人，再转回头时，起轩竟然不见了。乐梅急忙到处寻望一番，哪里还找得到人？她苦恼地看看手上的盒子，无可奈何地一叹。

于是，这个白狐绣屏就到了乐梅的卧室里，韩家女眷也都感兴趣地参观了一番，问乐梅多少钱买的，乐梅胡说了个"一块钱！"大家也就被糊弄过去了。晚上，乐梅双手托腮，坐在妆台前对着绣屏看，心里有着难言的悸动。她痴痴看了一阵之后，长长叹息了一声。

"怎么我会遇上这样的怪事？这个绣屏出现得古怪，那个神秘的人也古怪，而我更古怪，就像他所说的，已经见过两次面，谈过很多话，甚至还接受了他的礼物，而我对他却仍然一无所知！"

乐梅怅怅然地若有所思，然后她轻轻呵口气，用衣袖在玻璃上擦拭一下，这才起身上床。她躺了下来，忍不住又静静默想。

"他说还会再见面，是什么意思？难道是另一次的约定？如果是约定，那会在什么时候呢？"

乐梅竟然意乱神迷起来。心里，涌上一阵酸酸甜甜的滋味，有点期盼，有点迷惑，有点紧张，有点心动……这一切的感觉加起来，是无法言喻的一种温柔。她就被这份温柔，紧紧地包裹住了，她合上眼睛，居然在紧闭的眼睛里，"看"到起轩那对诚恳真挚的眸子！她立刻睁开眼睛，却又看到他唇边那委婉的笑容。此时此刻，真是"见了还休，争如不见"！

第六章

乐梅和起轩第三次的见面，是在元宵节的灯市里。

那晚，街道上的正中央，一直线排列着各式各样的花灯，把街道一破为二，人群便自然而然地一边正向而去，一边是反向而来。这些供观赏的花灯，形形色色的都有。百姓扶老携幼，提着自制的灯笼，兴致勃勃地观赏着花灯，到处都充满着节庆的热闹气氛。

乐梅、宏威、怡君、宏达、小佩等人，夹杂在人群当中赏灯，开心地指指点点，热烈地比较讨论着。乐梅看着灯，看着人，一个画面蓦然袭上心头。不禁想起赶集那日，在卖古董的摊贩前，起轩突然出现的一幕。

"又是人山人海、摩肩接踵的场合，然而'他'会不会又一次突然出现呢？"

乐梅兀自想得出了神。

在她对面，蠕动行进的人潮中，起轩赫然身在其中，他也不在看灯，一双眼睛一瞬不瞬地盯着乐梅。灯烛光影中，乐梅衣香鬓影，神思恍惚，那若有所思的眸子，如诗如梦。起轩缓慢移动中，目光始终停驻在乐梅身上。

乐梅走着走着，一抬头看对面。眼光不由自主地搜寻移动，只见一张张欢笑的脸孔，却都是陌生的。她不禁怅然，忽然胳臂被人一拉，小佩大发现地嚷着：

"小姐！小姐！快来看这个灯，是刺绣的吧！"

"快来快来，这个好看啊！"宏达嚷着。

"我们一个个跟牢了，人这么多，这么拥挤，当心别给挤散了！"宏威说。

人潮拥挤着，循环着。乐梅等人到了尽头，转个弯，刚才是"去"，现在是"回"了。怡君说：

"瞧！这面也有看头！"

于是他们兴致盎然地继续看灯，乐梅跟在最后面，亦步亦趋。这时她身后，起轩已经悄悄跟着，乐梅浑然不知，心不在焉地一下看看灯，一下看看对面的人，找什么似的。因为处在这样的地位，起轩可以肆无忌惮地注视乐梅，使得他舍不得遽然行动了。

乐梅东看看，西瞧瞧，突然，不知为何回头看去，竟然和起轩的眼光接了个正着。她不禁大吃一惊，心脏怦怦狂跳。起轩没料到她回头，蓦然接触到这样寻寻觅觅的眼光，也吃了一惊，但是，他很快地镇定下来，凝视着乐梅说：

"你在找我吗？"

这样冷不防的相逢，令乐梅完全不知所措，张口结舌的一句话也说不出来。

起轩忽然跨前，把她胳臂一握。

"跟我来！"

乐梅来不及思考，也来不及表示可否，人已经被一带就带走了。怎样脱离人群的，乐梅完全不知道，只知道回过神来，四周变得僻静了。起轩拉着她的手腕，一路奔跑，她身不由己地跟着他跑，跑到一个"灯火阑珊处"，起轩突然停步转身，马上放了手，礼貌地致歉：

"抱歉这么拉着你，因为我必须跟你单独说说话！"

乐梅脸红心跳地微垂着头，这一切都发生得太快，又完全出乎她的意料，使她慌乱、紧张得不知如何是好。可是那种甜甜酸酸的滋味，又把她包住了。一时之间，刺激而震动，心湖里荡漾着一圈圈向外扩大的涟漪。

起轩也显得有些紧张，好不容易能再会面，弄得他患得患失起来。两人之间沉默了好一会儿，都在整理着零乱的情绪。乐梅终于低低开口：

"我……我在攒钱……"

"什么？"起轩听不懂。

"攒钱，我说，八块钱不是个小数目，距离上回赶集日，不过十二天，你，你不会以为，我已经攒够了吧？就算攒够了，你都是这样突然出现，我……我并不能预知，又怎么会带在身上？"乐梅说得结结巴巴。

听着听着，起轩不禁露出微笑，为她的天真单纯而怦然心动，情不自禁地就跨前一步，紧紧地看着她，问：

"你真当我是来讨债的？"

乐梅慌张抬头，突然间变得那么靠近，乐梅更加紧张得结舌起来。

"那那……那不然呢？"

"假如这十二天，天天都是元宵节就好了，那样你就可以天天出来，我也可以天天见着你！"起轩冲口而出。

这话说得乐梅心跳得更厉害、更紧张了。

"元……元宵节，人人都出来看灯的，你，你遇见我，不过是碰巧……"

"如果我也住在你们四安村，你或者可以说是碰巧，但我住在雾山村，我是踩着自行车，骑了几里路来的！"起轩大声说，"再说，雾山村也有灯会！"

乐梅仓促地看起轩一眼，他那一脸诚挚的神情，她全收入眼中，窜进心底，不能不感动，不能不心动地轻声说：

"好嘛！我相信你就是了，你别这么激动！"

"因为你不知道，我的突然出现，背后是煞费苦心的，辛苦我倒不怕，真正怕的是见不到你怎么办。"起轩说。

"你……你对我说话越来越大胆了，如果你认为我是个轻浮的女子……"

"我绝没有这种想法，我只是忍不住地把心里话说出来，你不知道，在你而言，我这个人或者很陌生，可在我而言，我却觉得已经认识你很久很久了，这……这很难解释得清楚……"起轩说得战战兢兢。

"那么，你可以从你的名字开始，不然，我怎么能够相信一个陌生人的话？更别提什么解释了！"

"我姓……我姓何……单名一个字，明！我叫何明！"毕竟，起轩不敢说出真名，只怕这一切的追逐和安排，都在刹那间变成幻影。

"还有呢？你为什么知道我的姓名，知道我的身世，还知道四安韩家？你不可能认识我姑爹的，除非令尊认识。"乐梅问。

"不错，我父亲的确认识你姑爹，认识许多年了！"

"我就猜着是这样，除非是老朋友，不然姑爹怎么可能把我的事说给人听。"乐梅说到这里忽然顿住，脑中闪过一个念头，"对呀！姑爹为什么跟人家说这个？难道姑爹在悄悄地给我安排亲事？"想到这一层，整个人大感局促起来。如果这个何明，是姑爹安排的……

"怎么了？有什么不对劲儿吗？"起轩看她脸色不对，赶紧追问。

"没有没有，我……我要走了！"

起轩吃惊地连忙抢上前把她拦住。

"再等一会儿吧！"

"不行，我已经跟你说了太久的话，大表哥他们肯定已经发现我不见了！"

"那么回答我一个问题就好，刚才一见面的时候我就问你的，你在找我吗？"

乐梅不会撒谎，被这样一问，只想一逃了之，才举步，起轩咄咄逼人地说：

"你希望我像赶集日那天一样，突然出现在你面前，对吗？你希望再见到我，所以你会算日子，准确地记得从那天到今天，整整有十二天，你期待见到我，就像我盼望的一般殷切，对吗？对吗？"

乐梅被说中心事，又羞又窘，急忙退了一步说：

"我觉得你这个人太不光明正大，你总是藏在暗处偷看，又总是神出鬼没的，叫人吓一跳，一点儿小秘密都藏不住，你……你觉不觉得你太可恶了？"

这种间接式的承认，令起轩屏息数秒钟，不能言语，他心中受到了很大的冲击。乐梅以为他生气了，感到更委屈，低头含泪了。

"是你不好嘛！你还要生气……"

同时间，起轩一个箭步上去，乍然间，乐梅已被他抱在怀中了。

乐梅靠在起轩肩上的脸孔，充满了惊愕，闪动泪光的眼睛睁得大大的，脑子里一片空白，耳边传来起轩低沉的叹息，然后是充满感情的声音：

"的确是我不好，请原谅我的可恶！乐梅！你的一点儿小秘密，却给了我莫大的勇气，我会光明正大的，你等着瞧，我会做给你看！"

乐梅着魔似的，她移不开自己的眼光，起轩的话让她似懂非懂。她只觉得恍恍惚惚，又晕晕陶陶，被一个男人这样拥在怀里，她身子一僵，连思想都没有了。

这时，不远处有几个人经过，纷纷讨论着：

"今年的花灯可真好看……是啊是啊……那十二生肖最精彩……"

声音惊动了两人，乐梅这才惊觉自己被起轩抱在怀中，不禁羞红了脸，急急推开了起轩，逃也似的飞奔而去。

起轩深深目送，他没有追，却下定了决心。他在心里默默地说：

"乐梅！等我！十八年前，姻缘已定，我不会放任这姻缘飞走！"

乐梅的身子，已钻进人群和灯海中去了。

第
七
章

　　在柯家，真正的大家长并不是柯士鹏，而是士鹏的母亲柯
老夫人。这位老夫人虽然岁数已经不小，依然精神抖擞，脑筋清
楚，说话有条有理，主持着家里各种事务，丝毫都不含糊。士鹏
一家大大小小以及家丁仆人，都对这位老夫人尊重有加。但是，
她也是慈祥而感性的，有点像《红楼梦》里的贾母。她收住了儿
孙和一家子的心，也凝聚了全家的爱。

　　因此，当起轩慎重地把全家聚集在大厅内，连哥哥起云和
嫂嫂佳慧都没放过，全家就都震动了。这个柯家的第三代，柯起
轩，是老夫人的宠孙，也是士鹏最爱的儿子，不但长得英俊，才
气也非同小可。有青春的活力，也有书生的儒雅。诗词歌赋，无
一不通。如果是以前科举时代，大概早就金榜题名。可惜现在是
民国了，起轩的未来事业，还没定数，但是，士鹏已经完全把他
和起云，都当成自己事业的接班人。

　　当起轩在全家人面前，请求士鹏为他做主，去向韩家提亲

时，简直像一颗火药弹，把全家都震得天旋地转。老夫人几乎不敢相信自己的耳朵，一迭连声说：

"这老掉牙的话，你为什么忽然间再提起？是谁又在你面前嚼舌根来着？徐妈是不是？去去，起云！你去给我把那个老糊涂虫叫来！我交代过多少回了？这些个陈年往事谁也不许再提，早些年，搅得家里头愁云惨雾，叫人受够了！"

"奶奶！不关徐妈的事儿……"起轩才开口，起云就打断了他：

"你搞什么吗？叫我们全家听你郑重宣布一件大事，结果是这件大家巴不得忘掉的事情，你哪根筋不对啦？"

"这件事不可能忘得掉，也不可以忘掉，因为的的确确是我们对不起人家，绝口不提跟努力遗忘，都是一种逃避的心态，并不能让我们的良心真正平安，爹！我说得对不对？"起轩振振有词地说，眼光看向士鹏。

士鹏脸色极其难看，延芳不安又着急地想拦住起轩，拼命使眼色让他别说。

"我们有什么良心不安？"老夫人说，"你爹跟人家什么好话都说尽了，是人家不领情，老给他钉子碰，你当时还是个孩子，哪儿知道他受了多少罪啊？这会儿究竟是谁跟你胡说八道，让你这样子来指责你爹！"

"不是啊！你们全弄拧了，"起轩着急地说，"我完全没有指责的意思，我……哎呀！老实告诉你们好了，跳面具舞那天，我已经见到了袁乐梅，从那天开始，我就一头栽下去了，再也忘不了她，所以我打定主意，非她不娶，爹！娘！你们一定要为我做主，为我出面啊！她原来也是你们为我选定的媳妇儿，不是吗？"

一番激动又急切的陈述，把全家人都惊呆了，老夫人和起云、佳慧面面相觑，不敢相信。士鹏、延芳则震动不已。延芳问：

　　"你说的是真话？你真的见到了乐梅？她现在长成什么模样儿啊？记得最后一回见到她，当时，她是五岁吧！生得玲珑剔透，可爱极了，如今……应该十八了，她变成什么模样了呢？"

　　"这……这还用问吗？"起轩更加激动了，"小时候已经叫你形容得那么好，长大了自然更是出落得亭亭玉立、落落大方，她的容貌固然姣好，但绝非艳丽，而是那种脱俗、飘逸的美，就像一朵梅花，应该说是一朵白梅，她像一朵白梅那样纯洁清新！"

　　这份坦白，把延芳给听傻了，而士鹏却带着一种震动的情绪接口：

　　"这朵白梅已经在你的心里生了根！"

　　"是的，已经生了根，她不但让我一见倾心，更让我深深相信姻缘天定这句话，不然为什么在韩家紧闭大门，而你们也放弃了这么许多年后，我跟乐梅却会有这番巧遇呢？这不是天意是什么呢？"

　　士鹏、延芳震动互视，都被起轩的狂热给震动了。

　　"哼！我瞧这跟老天爷没多大关系，根本就是你意乱情迷了，现在你给我听着，不管她长得像白梅还是桃花儿，这天底下花容月貌的女孩儿又不是就她一个，你喜欢外貌漂亮的，奶奶负责给你物色就是了，保准赛过她！"老夫人说。

　　"但是我只要她呀！容貌不是最主要的原因，就算奶奶给我物色一打沉鱼落雁，我也一个都不要！"起轩有点生气了。

　　"你……"老夫人正要发作，佳慧上前，扶着老夫人说：

"奶奶不气不气，我来劝他两句……好！容貌不是主因，另外还有为爹一偿夙愿的心意在里头，对吧？不过，大嫂说句不中听的话，隔了这么多年，再要爹娘硬着头皮去看人家的嘴脸，你又于心何忍啊？"

表面说得客气，话中却有挖苦的意味，起轩听了又气又急，还不及反驳，起云已大声接口：

"佳慧说得对，你就别给爹娘出难题了，什么姻缘天定，一见倾心的，全是你自说自话，人家要知道你是谁，我看白梅只怕就变成了红辣椒，所以我劝你别傻了，天涯何处无芳草？攀这门亲，无非是自讨苦吃！"

大家正在七嘴八舌，争执不休时，士鹏忽然下定决心，有力地说：

"好了，不要再争执了，我们就走一趟四安韩家吧！"

大家全部安静了。起轩抽了口气，又高兴、又感激地看着父亲。士鹏语重心长地接着说：

"这段恩怨一日不解，我心中也一日不能自在、不得安宁，今天得知起轩跟乐梅这番巧遇，坦白说，我也忍不住要想，难道这真是冥冥中，有一股力量在安排着，且不敢说，这个安排是不是一次转机，就为了起轩的感觉已经如此强烈，这一趟，也势在必行了！"

就这样，士鹏、延芳带着起轩来到了韩家。伯超、淑苹、映雪在意外和震动中，在大厅里接见了这三位不速之客。映雪一见来客，就整个人都绷紧了。士鹏、延芳望着多年不见的三人，都有恍如隔世的感触与悸动，士鹏才跨出一步，还不及开口，映雪已出声：

"你们来做什么？"

"唉！这么多年不见了，你还是老样子！"士鹏说。

"岁月能改变的，只有我的外貌，其他的，什么都没变，也永远不会变！"映雪冷冷地说。

起轩神色一凛，忍不住深深注视起映雪来。映雪那份冷若冰霜让他不寒而栗。乐梅这位母亲，像个百年不化的冰雕。

"别这样吧！我们都是四五十岁的人了，难道就不能心平气和地坐下来，好好谈上几句话吗？"延芳委婉地说。

"很抱歉，长长的十八个年头，你或者在修身养性，可对于一个失去丈夫、带着孤儿寄人篱下的寡妇来说，怎么可能像你那般悠哉？就算我马齿徒长、性情怪僻又怎样？那还不是拜你们所赐吗？"

起轩闻言不禁变色，忍不住想上前开口，延芳一把拉住他，委婉地对映雪说：

"你误会我了，我一点儿也没有要刺激你的意思呀！"

"你们明知道，只要跨进我这扇大门，不论你们说什么、做什么，都是动辄得咎的，这儿根本就不欢迎你们！"伯超说。

"我们也没要求你们什么，仅仅是一件事，老死不相往来，这也很困难吗？丧亲之痛，我们可是费了好大劲儿，才把它压在心底了，你们为什么又要来挑起它呢？"淑苹接着说。

起轩再也憋不住了，冲口而出：

"这个创伤不是你们才有，我们也有啊！家父家母一直努力在做的，并不是挑破旧创，让它流血，而是想要治好它，却始终不得其门而入！"

一时间，伯超、淑苹、映雪都愕然看着这个气宇不凡的青年。起轩赶紧行礼：

"小侄柯起轩！见过韩伯伯、韩伯母以及袁伯母！"

起轩说着，对三人长长一揖，窗口外面，宏达刚刚走过，听到熟悉的声音，不禁停步，伸长了脖子看，等到起轩直起了身子，宏达为之一怔，大吃一惊。

"巫师！他不就是那个巫师吗？"

大厅内的映雪，不知怎么的，看着起轩好半晌都不说话，原来那种尖锐、拒人千里之外的神情已不复见，取而代之的是一种感慨与忧伤。

伯超、淑苹相对看看，不解着。延芳说：

"一转眼儿，孩子们都长这么大了，是不是？想当初，你看到的起轩，还只是个刚会说话的娃娃呢！"

"还记得投宿在客栈里的那天，我们抢着给新生儿取名字吗？乐梅这个名字，还是我想出来的呢！"士鹏说。

"你们带着儿子来叙旧吗？"映雪一下子充满反感地问。

"袁伯母！家父家母是我请求他们为我做主，为我出面，前来求亲的，我以十二万分的诚意，恳请伯母答应，将令媛许配给我！"起轩铿然地吐出了来意。

映雪惊呆住，伯超、淑苹也张口结舌，韩家人都呆住了。

"这门亲事，其实是旧话重提，所不同的是，今天由我自己前来，我的相貌，伯母已经看见了，至于我的人品，我愿意接受伯母提出来的任何考验，总之我要争取每个机会，让你来认识我！"起轩热情而诚挚地，几乎是勇敢地看着映雪。

士鹏、延芳彼此看看，儿子开了口，他们也松口气。

映雪先是不可思议地惊讶，然后，就斩钉截铁地回答：

"好！那么我告诉你，你没有机会！"

起轩一震。映雪盯着他，坚决地说：

"问题不在于你的相貌，或是你的人品，而是在于你姓柯！因为你是柯士鹏的儿子，所以你这辈子永远都没有机会！"说完，掉头就要走。

起轩一个箭步上去，拦住映雪的去路，急切地说：

"伯母！我真的诚心诚意恳求你……"

"你们请回吧！倘若要我叫人，那就不好看了！"伯超断然说。

"对对对！亲事免谈！免谈！你们快走吧！"淑苹接口。

"为什么你们不问问乐梅的意思？我同她彼此有情，你们能不能不要这么主观？"起轩急了，又冲口而出。

映雪、淑苹大吃一惊，映雪看着起轩，眼中似要喷出火来，厉声说：

"你竟敢对我说出这样莫名其妙的话来，我的女儿，充其量只听说过你的名字，我甚至不确定她还记不记得全呢！而你居然说什么彼此有情，这简直是公然侮辱！"

"不不……起轩的意思是说，他见过乐梅，而且对她一见钟情，那是发生在面具舞的庆典上……"延芳急于解释。不料起轩打断延芳，坦白说：

"那只是第一次，之后我同乐梅还见过两次面，第二次是你们四安村的赶集日，第三次是元宵灯节！"

这几句话一说，整个大厅里的人都呆住了，个个震惊又错愕。映雪连连急退，激动万状地喊了出来：

"你胡说！你胡说！你凭什么捏造这种谎言？"

"我如果是捏造的，怎么能说出一些细节？乐梅为了救一只白狐而被箭射伤，韩宏达跟人打架打得鼻青脸肿……"

"好……好……就算这一次是真的吧！关于后面两次我绝不相信，她身边都有人陪着，你如何跟她见面聊天？莫非你神通广大，会隐身术不成？"映雪问。

"我不会，可我会在大门口守候，我还会跟踪，然后趁她身边的人不注意的时候，我就把她带开了！"

伯超、淑苹、士鹏、延芳，个个听得目瞪口呆。

"你把她带开，而她就乖乖跟你走？你要我相信，我女儿明知你是柯家的人，还……"映雪没说完，起轩就打断了：

"她不知道，我从没告诉她我是谁，直到最后那次才说了个名字，也是胡诌的，不是真名！如果伯母肯平心静气的话，我可以详详细细地说给伯母听，以免扭曲误解了！"

"是你在扭曲，你如此丑化我的乐梅，究竟是何居心？柯士鹏！许延芳！你们屡次求亲被拒，那是你们自取其辱，因此而恼羞成怒的话，尽管冲着我来，不该教唆你们的儿子来口出狂言，这样子欺负我的乐梅，你们良知何在？"映雪激动不已，声音都气得发抖了。

"你说这话实在太冤枉人了，我们今天完全是受到起轩一片热情的鼓舞，这才前来求亲啊！关于庆典上的大闹以及那两次见面，我们也毫不知情，这会儿同你一样，都是第一次听到，惊讶并不在你之下，不过，我相信起轩不会凭空捏造，他初见乐梅，已经为她倾心，所以才会一再设法相见，虽然此举有所不宜，但我们今天来的目的，正是要求一份名正言顺呀！"延芳急切地解释。

"不错！"士鹏热烈地接口，"既然这一双小儿女已经彼此有了好感，你何不暂时撇开主观的成见，正视起轩的热情和我们的一片诚心诚意，甚至，你也不妨听听看，乐梅自己有什么话要说啊！"

"伯母！求求你了！"起轩说。

"姊姊！姊夫！你们不替我们母女做主吗？人家居然要乐梅出来对质了，这算什么呢？简直欺人太甚了！"映雪完全不信地喊着。

正在一团乱中，乐梅忽然冲进了房间，后面，紧跟着去报信的宏达。乐梅进入大厅，眼光就直勾勾地望着起轩，顿时就崩溃了，眼泪像断线珍珠似的滚下面颊，无法相信地说：

"真的是你！你……你居然是柯起轩！你怎么可以这样子欺骗我？"

这句话证实了两人确实见过面，映雪大受打击，狠狠跺跄了一下。

"我并不希望弄成这样的局面……"起轩看着乐梅，见乐梅落泪，已经魂不守舍了，简直不知该说什么。乐梅愤然反身一冲，撞在宏达身上，宏达一痛，已被乐梅推开。起轩喊，"乐梅！你听我解释……"

"喂！你给我等一等，乐梅是你叫的吗？你这个巫师，先给我解释解释清楚，这是怎么一回事？"宏达对起轩愤愤地喊。

"还解释什么！你们赶紧给我走，给我走，不然我真要叫人来撵你们了！"伯超怒喊着说。

"你不用叫人，我们告辞就是了！"士鹏一甩袖子，掉头就走。

"可是爹……"起轩喊着，还想转圜。

"你认为你的解释，现在谁听得进去呢？"士鹏拉着起轩就走。

起轩无法说话，眼光一直痛楚地看着乐梅，乐梅的眼泪和眼神，把他的五脏六腑都绞痛了。尽管他有千言万语要说，却身不由己地、被动地由士鹏拉出门去了。延芳跟在后面，满眼挫败，面色沉凝。

柯家人走了之后，映雪就进了她的卧房。房里有个供桌，桌上摆的是袁怀玉的灵牌。映雪神色悲凄地跪在桌前烧香，烟雾缭绕中，后方还跪着乐梅，一脸惭愧、悔恨。她憋不住地跪行上前，急切哀恳着：

"娘！你别这样，你不言不语的，已经足足跪在这儿一个钟头了，我宁愿你打我骂我，我反而好过些呀！求求你，你跟我说话，别对我不理不睬的，娘！"

"你叫我说什么呢？事实摆在眼前，十八年来的苦心教养已经毁于一旦，你这样放浪形骸、不知羞耻的行为，证明了我的教育是彻底的失败，我太对不起你爹了，你不要跟我说话，就让我一个人静静地向你爹忏悔吧！"映雪说。

一番话，听得乐梅痛悔得想死，哭着把母亲一抱：

"不要不要嘛！我求求你听我说，我真的不知道他是柯家的人，那次去看面具舞遇到他完全是一种巧合，接下来那两次，也都是他突然间就这么冒出来，我根本是处于被动的情况底下，我……我知道我处理得很糟糕，可从头到尾，我真的没有一丝一毫的主动，这点你一定要相信我呀！"

"好！你不知他的身份，你完全被动，但他这样三番两次地找机会接近你，这份处心积虑，已经昭然若揭了，说得难听一点儿，他分明就是在勾引你，一个庄重的好女孩，是应该被勾引的吗？是应该如此大意，不抱警觉之心的吗？"

"不应该不应该，我一开始就犯了大错，千不该万不该去看什么面具舞，我真后悔，我真希望从没遇见过这个人……"乐梅一迭连声地说，泪水一直掉。

映雪望着她，心中有忧、有怜、有痛地伸手把她一握，语重心长地说：

"乐梅！当我失去你爹之后，若问我在这世上还有什么希望，那个希望就是你，我为你存在、为你而活，除了给你一份儿完整的母爱，我还要替你爹来爱你，我是这样子全心全意地来栽培你，你懂吗？"

"我懂！我怎么不懂？打从小你就对我呵护备至，一年四季里，你天天都给我准备热水盥洗，直到我长大了还是如此，你也从不让我洗衣裳，怕我把手给弄粗了，有一年出麻疹，你守在床边三天三夜，一面给我敷冷巾退烧，一面盯住我的手不让我抓破了皮而留下疤痕。还有这么多年来，你总是省吃俭用，克扣自己，而我身上穿的戴的都一样不缺……娘！我无法一一细数，但我感受深刻，你把我看得比什么都重，甚至比你的生命还重要，我都知道的！"

"对！因为我要你是最完美的，一站出来，就让所有的人都赞不绝口，他们会说，虽然袁怀玉年纪轻轻就不幸过世，可他留下的一对孤儿寡母是如此争气，一点儿也没有辱没了他，我要你成为你爹的骄傲，也是我的骄傲啊！"

"我不会辜负你跟爹的，这一次请你原谅我，我跟你保证，我对天发誓，这样可怕的事情再也不会发生了，从今以后，我若是再见柯起轩一面，或是跟他说一句话一个字，我就不是人，好不好？"

"你真的会言行一致吗？"映雪问。

"那我赌咒发毒誓好不好？"

"我不要你赌咒发毒誓，我只要你真正痛改前非，一个女孩儿家，名誉最是重要，为你自己、为我，也为四安韩家历代的声望，你要格外洁身自爱啊！我热烈地期许着，你将来会风光体面、白璧无瑕地坐上花轿，步入你人生里的另一个阶段，在这之前，倘若你的名节有任何瑕疵，那我是宁死也不能忍受的！"

"我不会的，今天这么严重地伤了你的心，我已经是说不出的懊悔跟痛苦，因为我深深了解，长久以来，你一面担负着望女成凤的重任，一面又承受着寄人篱下的压力，虽然姑爹姑妈始终把我们视同家人，但你一直本本分分，严格律己，今天，我却同时打击了你的骄傲与自尊，我真的很难过……"

"好……好……你能体会到这一层，到底是与我贴心的女儿啊！我不怪你了，我原谅你了！"映雪说。

"娘……"乐梅痛喊了一声。

母女俩抱头痛哭起来。

第八章

这场"提亲"，弄了个乌烟瘴气，起轩在韩家受气不说，在自己家里也饱受责备。士鹏和延芳，等于又触痛了当年"误杀"的那个伤口，回到家里，不免埋怨了起轩几句。起轩里外不是人，最痛心的，是乐梅对他的误解。乐梅那对泪汪汪的眼睛，一直在他眼前心底打转，弄成这样，该怎么办？只能来找好友杨万里。

万里在山头上的树林里采药。起轩背着手，大步地走来走去，又走去走来。

"我怎么办？我怎么办啊？"起轩问。

万里采了株药草，直起身子，把它扔进背后背的竹筐里，对起轩走来，一面摇头说：

"病人多半是这样的，对于大夫的指示，左耳进，右耳出，给他开了处方嘛，他也不好好吃，闹到不可收拾了，他就又来找你了！"

"我不是病人，我是小人！"起轩沉痛地说，"她现在肯定认为我是个恶劣、卑鄙、龌龊、阴险、混蛋又可恨的小人！"

"那也没法子呀！假如我是她，我也会认为你是个恶劣、卑鄙、龌龊……你刚刚还说些什么来着？"万里记不清那么多词语。

"别管我说些什么，反正我不是那种人，我不是！不行，我得想法子再见见她，我必须向她道歉，跟她解释一番，而且要越快越好……万里！快帮我想想，我有什么机会没有？最近有什么节庆日子吗？有没有？现在我急得是脑子里一片糊涂了！"

"我看你是蛮糊涂的，就算你故技重施，再见到了，你以为她还会追着你还东西，或是惊喜得目瞪口呆？西洋镜已经拆穿了，记得吗？我判断她只可能有两种反应，要不尖叫，要不就给你一耳光，在那样的情况下，我想你是没什么机会开口道歉的，更别提解释了！"

万里说的是三分真话，七分戏谑，起轩却很认真地在听，听得直点头。

"对……对……所以地点很重要，得找个人迹罕至的地方，不受旁人干扰，我才有可能畅所欲言，可是什么地方好呢？什么地方好呢？"

万里可给怔住了，见起轩急切思索、绞尽脑汁的样子，受不了地上前一拍他：

"喂！你真是……"

"有了有了！"起轩忽然兴奋地说，"我知道她家附近有个普宁寺，后面小山坡上看起来挺荒凉的，应该没什么人去，对！就选在那儿好了，可是……我怎样把她弄去那儿呢？"

"你为什么不干脆冲进她家里，死拖活拉地把她弄去好了！"万里说。

"行不通的，提亲这么一闹，韩家的人一见是我，我只有吃闭门羹的份儿！"

起轩那样一脸无助的模样，简直魂不守舍。万里一呆，没了脾气，不耐烦地大步踱开，哇啦哇啦地说：

"我看你真是病入膏肓了，偏偏我又是个大夫，见死不救违反医德，所以呢……"他认真地思索起来。

"你要帮我去抢人？"起轩充满希望地问。

"我疯了，我去帮你抢人，顶多陪你等人，等到了再帮你抢，双拳难敌四掌，抢得快些，省得闹出大事来！"

"有道理，有道理，那还等什么，我们现在就去！"

起轩不由分说地拉了万里就跑。

韩家大门口，在街边一个角落里，起轩、万里各自靠坐在自行车上，起轩频频张望大门，万里若有所思，越想越不对。万里说：

"不行不行，我给你七搅八搅的，人都犯糊涂了，光天化日之下，怎么可以抢人呢？"

"你后悔了？"起轩问。

"不是呀！事情已经被你弄得够糟了！现在再这么胡搞，更要扩大你们两家的误会！"万里说。

"那你说怎么办呢？"

"这个……我们见着有人出来，就上去跟他说，叫他传话给袁乐梅好了！"

"你这算什么办法？他们家的人我并不全认识，随便出来个人，我怎么确定是不是韩家的人？就算确定，我也不能肯定他会传话，即使能肯定，也不能断定乐梅会来赴约啊！"

"好了好了，你现在先定睛看看这个人你认不认识再说！"万里说。

起轩顺势一望，只见宏达正带上了门，离去。

"是韩宏达！"起轩说。

"认识的是吧？咦？怎么这面孔好熟？"万里问。

"你也认识啊！他就是那个表哥！"

"好！就是他了，追！"万里说。

万里一脚踢松了车架，推车就走，起轩无可选择地跟着照做，一面喊着：

"叫他帮我传话？他会肯才怪！"

"会会会！这小子挺沉不住气，他是最佳人选，你信我的！"万里说。

两人边说边骑了自行车追去。追着追着，来到郊外的一片草原上。只见宏达心情不佳地信步走着，然后站在一棵大树下面，停下来眺望着风景，大大一叹。

一个车轮刹住，紧跟着又一个车轮刹住。宏达闻声回头看了看。起轩与万里正把车架好了，向他走过去。宏达一惊，脱口而出：

"柯起轩！巫医！"

"我叫杨万里！那天说巫医，是袁小姐戏言一句，大部分的人都喊我一声杨大夫！"万里一本正经地说。

"我管你是巫医是大夫，总之，你跟这个姓柯的在一起，我就当你是敌不是友！"宏达气呼呼地说。

"唔！肝火甚旺，要不要我给你开个清血降火的方子，免费送上！"万里说。

宏达眼睛都瞪直了，来不及发作，起轩把万里拦了一下。对宏达认真说：

"别打哈哈了！我知道你对我充满了敌意，那天在府上提亲，我实在太冲动了，总而言之，是我一开始就不够坦诚，才造成今日的咎由自取，现在我最愧对、最感抱歉的人就是乐梅，所以……能不能请你替我带句话给她？就说……明天下午，我会在普宁寺后面的小山坡上等她，请她前来一见！"

宏达听得瞠目结舌，继而七窍生烟，恨得咬牙切齿。

"你……还想要见她？她差点儿给你整死了你知不知道？我舅妈那种人是不发作则已，一发作起来非搞得泪流成河，急死全家不可啊！"

"她把乐梅怎么了？她打了她、伤害了她，是不是？"起轩急问。

"关你什么事？我严重警告你哦！你再敢来纠缠不休，害她倒霉的话，我会跟你拼了！"宏达瞪大眼睛说。

"好，你不告诉，我自己冲进你家去看看怎么回事。"起轩激动地说。

万里飞快地把起轩拦腰抱住。

"放开我！快放开我！"起轩喊。

万里强壮的胳臂紧紧箍住起轩，不让他挣脱，一面借机对宏达放话：

"喂！你看见没有？明天……明天如果不让他看见你表妹，我可没把握拦住这个疯子，到时候你舅妈肯定又要发作一下，泪流成河了，你表妹……不是更倒霉吗？"

万里一面要跟起轩角力，一面要跟宏达说话，实在辛苦得很，不过也没白辛苦，这话显然对宏达起了很大的作用。宏达警告地看着起轩说：

"姓柯的，你别乱发疯，乐梅既没缺块肉，也没少层皮，只要你别再招惹她，她就好端端的没事！"

起轩安静了下来，气喘吁吁地望着宏达，依然激动得很，不放心地说：

"除非亲眼看见她好端端的，否则我不能安心，你得替我把话传到，明天若是见不到她，我会杀进你家去的！"

"好哇！你来，你来试试看！我会在门口等着你，我看看你杀不杀得进去！"宏达摩拳擦掌地说。

"少安毋躁，少安毋躁，"万里急喊，"我认为这是很不聪明的，你想想看，真的打起来，肯定惊动全家，你舅妈一看又是起轩，免不了还是要发作一下，她泪流成河，你们两个血流成河，岂不更糟？"

宏达愣住了，被堵得说不出话来。万里接口：

"所以呢，唯一让你表妹不倒霉的法子，就是你把话传到，而且让她一定赴约，起轩见了她，道完歉，心也安了，静悄悄地息事宁人，不是很好吗？"

"哎呀！就算我把话传到，她也不会来见你的，她自己都说了，要是再见你的面，或是跟你说一句话、一个字，她就不是人！"宏达说。

"她……她真的这么说？她真的这么恨我？"起轩不相信地问。

"对！"宏达说，"所以你不要再烦她了，还见什么面，道什么歉，统统没意义，你别以为我不晓得你心里打什么主意，你想见面就是不肯死心嘛！那么我告诉你，你完全没有希望了，因为乐梅根本是我的，我今年都二十了还没成亲，你以为我在等什么？"

起轩又被打击了一下，苍白着脸不知所措，万里却静静地接口：

"是啊！你等什么呢？"

"自然是等时机成熟，父母点头啊！我再干脆告诉你们，事实上，我跟乐梅的好事已经近了，很近了！"宏达自说自话。

"是吗？要讲时机的话，早两年，该成熟的也成熟了，为什么这个头迟迟不点，我就医学的观点来分析，倒有一解！"万里慢腾腾地说，"这个表亲通婚，虽然是屡见不鲜，不过情况要分两种，如果是一表三千里，就没什么大关系，如果是血缘较接近的，像你跟你表妹这样，就不大妥了！"

"有什么不大妥？"宏达问。

"多着呢！"万里正色说，"不是我要吓唬你，我家祖上五代行医，这种例子看得太多了，近亲通婚，可怜的是下一代，生出来的孩子不是白痴，就是畸形，还有没手缺脚无脑瞎眼的，什么惨状都有，我奉劝你千万别冒这个险，不然一个不巧，痛苦可是一辈子呀！"

"你……你是什么蒙古大夫呀？这么恶毒地诅咒人！"宏达气冲冲地说。

"哦！这绝对不是诅咒，我还要提醒你一件事儿，回去好好地问问长辈，祖上有没有什么重复发生的疾病，有的话，那更是万万不可，因为会遗传的！"

"你胡说八道，我祖上有病？你祖上才有病！"

宏达吼完，再也按捺不住，冲上去就给万里一拳，打得万里往后一倒，被起轩抱住，万里甩甩头，也气了，拳头才一紧，双臂却被起轩钩住。

"不能打呀！"起轩喊。

"你又来这套，我……"万里挣扎着，话还没说完，宏达扑了上来，拳头左右开弓不算，还用膝盖顶撞万里的肚子。

"住手住手，别打了，我叫你别打了……你太过分了，如果我不抓住他，他一拳头就揍扁你了，你知不知道？"起轩对宏达喊着说。

"我只知道我很想一拳头揍扁你！"宏达说着，一拳就打向起轩。起轩跌开去，摔倒在地上，宏达摩拳擦掌，咬牙切齿走向起轩，恨恨地说，"我今天就先把你给打挂了，省得明天麻烦！"

起轩踉跄跌开，几乎又摔倒，他跳起来，发了火，警告地说：

"你别逼我出手，忍耐可是有限度的！"

宏达哪里听得进去，上来就又动手，起轩也不含糊了，挡架开去，抢了上风，一拳头举在空中又硬生生打住。宏达把眼一眯，已准备挨打，见他又不打，马上发动攻击，结果起轩又挨了一拳。

这时，另一头瘫倒在地上的万里，忽抬了抬头，发声喊：

"韩宏达！你净找人出气，真是太没风度，你都还没搞清楚祖上有病没病，何必气成这个样子？"

"你还讲！还讲！分明讨打！啊……"

万里原是佯装伤兵，待他扑来，利落地一翻身，一跃而起，三两下就把宏达揪起来，擒拿住了。万里说：

"哈！老虎不发威，叫你当成病猫了，来来来……过来过来！"

起轩一副狼狈相，瞪着宏达，是很想修理他。万里直喊：

"动手啊！起轩！"

起轩握了几下拳头，心中闷闷的，突然泄了气。

"算了！他是乐梅的表哥，我打不下去！"

"好！你不打，那帮我打，上回加这回，这笔账……"

"算我的，你问我要好了！"起轩说。

"你们两个少做戏了，谁要领你们的情，快动手，少废话！"宏达说。

万里定定望着起轩笑了笑，把宏达一推，他跟跄两步，一回头，只见万里一拍起轩，说："我们走吧！"

宏达不禁莫名其妙，觉得难题并无结论，想过去问明白，又不甘示弱，最后就眼睁睁看着人走了，兀自懊恼一句：

"哎呀！明天到底怎么办吗？"

这韩宏达本来就脑子里少根筋，回到韩家，左思右想，还是把乐梅拉到花园里，把碰到起轩和万里的事，一五一十地告诉了乐梅。乐梅一听，连连退了好几步。花容失色地一屁股坐在石块上，眼中迅速充泪，十分激动地说：

"他为什么还不放过我？我已经被他弄得无地自容了，他还要怎么样呢？什么道歉？什么看看我好不好？他居然说得出口？怎么天底下会有这种伪君子？然后这个伪君子又偏偏叫我碰上呢？"

"对对对，他是伪君子，我们别上他的当，明天不去！绝对不去！"宏达说。

"可不去的话，他又要跑来家里闹，那怎么办？"乐梅说。

宏达瞪着眼，无言以答。

"到时候，谁知道他又要说些什么。哦！娘会气疯的，我才在她面前痛定思痛，又保证又发誓的，怎么能够再伤她一次，我怎么办？我怎么办啊？"

"你别理他！料他也不敢真来闹，我明天坐在家门口守着，他来了，我就跟他拼了！"宏达说。

"你跟他拼命，岂不又惊动了我娘？你看你，左跟人家打一次，右跟人家打一次！就是你害我！"

"我错了，算我错了，好不好？我想想看……想想看啊……"

一旁的乐梅，逐渐冷静了下来，若有所思了片刻，忽然下了决心地低语：

"好吧！我去见他！"

宏达差点摔到地上去，一脸糊涂地望着乐梅。

"我想，我必须跟他清清楚楚地做个了断，才能一劳永逸，再也没有任何瓜葛……你肯不肯帮我？"乐梅问宏达。

"帮什么啊？"宏达不解地问。

"明天趁我娘午睡的时候，我们打后门溜出去，你骑自行车，火速地载我去，见了面，我就快刀斩乱麻把话讲清楚，然后我们再火速赶回来，好不好？"

"不行不行！帮你去和他见面，这事不成！你别把我当傻瓜了！万一你们要断不断，我岂不弄巧成拙！"

"我说过了，我是去做一个了断，免得他以后再牵扯不清呀！"

"你发誓，一定去做一个了断？"宏达问。

"我发誓！"

"最后的见面？"宏达再问。

"最后的！"乐梅点头。

"好……好吧！只好这么办了！"宏达头痛地说，觉得有点不妥，也不知何处不妥。反正，从小开始，乐梅决定的事，他韩宏达就没有违背过。

普宁寺安安静静地伫立在山头，旁边是一片松林与竹林。人烟稀少，像个与世隔绝的幽境。起轩焦灼不安地张望着，脸上瘀青了一块。万里气定神闲地靠在一棵松树上，脸上也瘀青了一块。

"你说她会不会来呢？"起轩盼望而又不安地问，接着又叹气，"唉！我只说在寺庙的小山坡上见面，也没说个定点，会不会她已经来了，却站在别处干等，哎！帮帮忙吧！替我去四处转转！"

"你别紧张好不好？这个小山坡总共就这么点儿大，她既然肯来的话，见不着人，自个儿也晓得四处转转，找一找嘛！"万里说。

起轩没心情争辩，继续踱步，继续紧张不安，继续东张西望，嘴里喃喃自语：

"不知道她见了我会怎么样？不知道我会不会词不达意、语无伦次？"

万里看见什么，一言不发地上前将起轩抓住，让他面朝那个方向，一面说：

"你马上就会知道了！"

前方急匆匆赶来一男一女，正是乐梅和宏达。

起轩看到乐梅，浑身一震，呼吸都差点停止了。万里放开他，迎了过去。一步跨出，就拦在乐梅、宏达面前，乐梅见了万里怔了怔，不解地看看宏达。

"你喊他巫医，记得不？"宏达说。

"我叫杨万里！跟你借个人，你的表哥！"万里笑嘻嘻的，说完不由分说，拉了宏达就走。走没两步，宏达一把挣开，说：

"干什么？我要在这儿守着，就近保护！"

万里又强行将他拉开，宏达再度挣开，一凶：

"喂！你拉拉扯扯的什么意思？"

"没什么，我们站远一点儿，好方便他们谈话，不然别别扭扭的，该说的没说，又要见第二次、第三次，你不怕麻烦，我还嫌累呢！"万里说。

宏达马上神色一凛，向二人看去。

只见起轩痴痴盯着乐梅看，无视旁人存在，而乐梅始终垂首默立。宏达蓦然心中一沉，有种说不上来的怏怏之意。他妥协地、屈服地对乐梅一喊：

"乐梅！我不走远，就在前头等你，你有话快说……嗯？"

乐梅默默地点一下头，宏达与万里便走开去了。

转眼剩下他们二人，乐梅仍是垂首默立不动，起轩便向她走了过去，乐梅感觉到他在移动，越来越近，她的心跳也越来越快，她竭力克制心中激动，以免失控爆发。起轩终于站在乐梅面前，深深歉疚地、低沉地说了声：

"对不起！请原谅我！"

"原谅你？我为什么要原谅一个骗子？你哪一点值得我原谅？"乐梅的眼泪冲进了眼眶。

起轩望着她激动的脸孔和盈盈泛泪的眼眸，满心疼惜，满腹柔情，全部倾泻而出，痛苦而坦率地说：

"如果我是一个真正的骗子，我为什么要暴露身份，拉着父母去你家求亲？"

乐梅一脸激动，却找不出话来反驳。

"你知不知道这背后并不容易，事隔多年再旧话重提，我必须力驳家中反对的声浪，才把父母说动，让他们鼓起勇气到你家去的，不错，先前我确实欺骗了你，但我对天发誓，我绝对没有存丝毫玩弄之心，遮遮掩掩，故作神秘，只因为我不想把你吓跑了呀！先前你可以说我是个骗子，如今走到这个地步，你不能再说我是个骗子，何况登门求亲，难道还不足以向你证明我的决心跟诚意吗？就看在这一点上，难道我不是情有可原吗？"

起轩无比热切、诚挚又充满感情的表情和声调，搅得乐梅心思大为混乱，原来想说的话都条理不清了，又是委屈，又是生气，她跺脚转身说：

"你强词夺理！"

"乐梅！我犯下最大的错误，是我太沉不住气，我太急于想得到你了！"

"你不准再对我说这种话！"乐梅哽咽地说。

"为什么不准？谁不准？你母亲是不是？提到她，我忍不住要说句冒犯的话，她简直不可理喻，如果不是被她逼急了，我绝不至于把你扯进来！"

"你……你居然还振振有词地批评我母亲？让我告诉你，她是全天下最温柔、最坚强的母亲，只有面对你们柯家人的时候，她才有剑拔弩张的一面，什么原因你心知肚明！"乐梅一连串地说，声音里带着泪，带着痛楚。

起轩霎时形同泄了气的皮球，定定望着乐梅好半晌，以一种无奈、哀恳的语气对她说：

"我们为什么不能化干戈为玉帛呢？一桩意外让两家人反目成仇，这十八年来，你母亲跟我父亲，变成两个最痛苦、最不快乐的人，而且把这份儿痛苦和不快，传染给身边周遭的人，我不明白为什么所有的人都视为理所当然。为什么大家要浪费十八个年头，去活在恨当中，而不活在爱当中？"

乐梅听呆了，愤怒与激动在不自觉中消失了。起轩诚恳的声音，铿然的理由，加上她心底的渴盼，让她什么话都说不出来。起轩的眼光，热切地盯着她，说：

"所以我现在要改变它，我选择了爱，你呢？"

"我……我不知道，你不要问我……"乐梅觉得脑子里昏昏沉沉，直觉地感到，如果现在不逃走，可能就永远都逃不掉了。

她转身想逃，起轩急急把她一拦：

"我不问你问谁？回答我！"

乐梅挣扎了一下，勉强平静自己的语气，说：

"你听着，我今天之所以来见你，不是要跟你讨论这些，我是来告诉你，从今以后，你我划清界限，请你不要再突然出现，不要再跑到我家来，更不要再叫人传什么话，我们就当是不曾认识过的陌生人，再也不见，永远都不见……"

起轩一脸绝望的样子，再加上那块瘀青，看起来更可怜了，乐梅几乎说不下去，急急把视线转开，努力横了心地继续说：

"至于……至于那个绣屏，我应当拿来还给你的，我不会赖账的，等我存够了钱，一定会还给你，我已经知道你是柯起轩，钱该还到什么地方去，我自会安排的！"

起轩一声不响，乐梅不敢看他，心中又慌又酸又痛。

"就……就这样吧！我走了！"

乐梅才跨出两步，胳臂就被起轩一把握住，她一震抬头。

"如果你真的安心要跟我划清界限，你为什么掉眼泪？"

"我没有掉眼泪……你放开我，让我走吧！"乐梅匆匆去擦眼睛。

"你明明是喜欢我的，当我是何明，还是什么张三李四也好，那时你已经喜欢上我了，现在我人还是这个人，变的只是个名字，却换来了划清界限，早知如此，我还求什么光明正大，算我后悔了行不行？我宁愿做何明，做张三李四，行不行？"

"你知道你最可恶的是什么吗？就是现在你所说的，你欺骗我的动机完全是自私的，只为你自己一个人想。你明知道我是谁，明知道我们两家的恩怨，明知道这一切是不可能的，是绝无希望的，你为什么还要来招惹我？"乐梅越说越气，想也没想，一句话就冲出了口，"为什么要让我喜欢上你？"

起轩大受震撼，顿时不能言语。乐梅却豁出去了，所有的话，像潮水般不受控制地滚滚而出：

"你知不知道你把我骗得多惨？为了你，我把我所受的教养抛到脑后，为你心神不宁，为你朝思暮想，甚至……还以为你是姑爹为我安排的对象……我居然让自己被你弄得糊里糊涂、神魂颠倒，我真恨自己这么没出息，我娘骂得对，我是放浪形骸，我是不知羞耻……"

起轩再也按捺不住，她把乐梅一拥入怀，紧紧拥着。

"你干什么？放开我，你放开我……"乐梅边哭边挣扎。

"我不放，我不放，在你说了这些话之后，我怎么还能放得了手？我一辈子都不放你了！"起轩热烈地说。

乐梅在他怀中一震，集中全力地把他一把推开。

"你不放也得放，别说我娘，就说我自己，我也绝不允许自己对不起爹，杀父之仇，不共戴天，更别说共处一个屋檐底下，不可能，这绝不可能的……"

乐梅痛喊之后，掉头飞奔而去。

起轩如同被判死刑，神情惨然地呆立原地，无法动弹。

第九章

这天晚上，起轩一脸沮丧，无精打采地骑着自行车，缓缓沿着一座大宅院的围墙，失魂落魄地往前走。这座宅院的大门上，一块陈旧褪色的横匾，上面写着"寒松园"三个字，是一栋荒废闲置、无人居住的宅院，从外面看上去一片黑漆漆的，更添几许阴森的气氛。起轩虽然心事重重，但是这条路是轻车熟路，他眼睛也不看路，谁知车子骑到转角处时，忽然冒出一个身影，一边张望一边倒退。

"小心……"起轩喊。

"啊……"一个女子尖叫一声，抱着包袱摔倒，起轩也连人带车地跌在一旁，他赶快爬起来上前致歉。

"对不起！我骑车不专心，一时分了神，没看见你，你要不要紧？"

"没关系，我我……我自个儿也不小心，眼睛没看路……"女孩说着，起轩一听是女孩声音，吃了一惊，急忙把手缩回。

女子试图站起，岂料右脚却使不上力地一软，发出一声："噢！"

"怎么了？我把你撞伤了是不是？"起轩歉然地问。

"怎么寒松园是这个样子呢？我大老远地找来，这儿却根本没人住！"女孩说，起轩在月光下，才看出对方是个十八九岁的姑娘。

"你说你大老远地找来，难道你认识寒松园里什么人吗？"起轩问。

女孩这才抬头正视起轩，虽然有着风尘仆仆的狼狈，却难掩她容貌的清丽，一张秀秀气气的脸孔，一对含愁的眼睛。她楚楚可怜地摇了摇头。

"我不认识什么人，只是听说雾山村柯家，是著名的大盐商，他们家有座大宅院，叫寒松园，所以我就来了，我想问问他们，需不需要个丫头？"

"你就这样一个人来的吗？"

女孩点点头，随即神情一痛。起轩问：

"很疼啊？是扭伤了还是怎么呢？"

"不要紧。我请问你，这儿是寒松园吧？我识的字不多，中间那个'松'字我还可以确定，旁边那两个字，就没把握了，也许我弄错地方了是不是？也许这儿根本不是雾山村？"

"这儿是雾山村，你没有弄错，这座宅子也的确是寒松园，只不过那个告诉你的人所知有限，柯家嫌这宅子阴寒，已经在十多年前就迁出这座宅子了！"

"他们搬走了？十多年前就搬走了？"

"别紧张，他们并没有搬得多远，这儿是村头，现在的柯家就在村尾！"

女孩眨巴着眼，似乎一时间还会意不过来，一脸茫然地看着起轩。

"你究竟打哪儿来的？"起轩问。

"南平乡！"

"南平乡！"起轩一惊说，"离这儿少说有三十里路吧？"

"我不知道有几里路，总之，天还没亮我就开始走，直到刚才发现了这座大宅院，虽然没人住，我好歹是走对了，没迷路！"

"怎么你的父母放心你一个人走这么远的路？一个姑娘家，人生地不熟的，实在太冒险了，而且你今晚要在哪儿落脚呢？这儿有亲戚吗？"

"我什么亲戚都没有，就我一个人，我爹老早就不在了，而我娘……几个月前也去了，幸亏隔壁大婶儿好心，让我帮她干活儿，换口饭吃，可我也不能一直麻烦人家呀！后来就听人说起柯家，于是我想来碰碰运气……"

"那么你的运气不错，因为你遇见了我！"起轩说，"来，扶着我的车，慢慢站起来，我载你去我家！"

"去……去你家？"

"对呀！你不是要去柯家？我也是啊！我是柯家的二少爷！你叫什么名字？我带你去碰碰运气！"

"我、我姓方，名叫紫烟，紫颜色的'紫'，烟火的'烟'！"

"紫烟？"起轩喃喃地说，"名字挺好听的，应该运气也不错吧！"

女孩瞪大了一对黑白分明的眼睛，不敢相信地看着起轩。

紫烟的运气确实不错，到了柯家，仆人们发现起轩撞伤了人，全部围了过来，立刻都热心地开始帮忙，上药的上药，送粥的送粥，等到老夫人赶到，几乎立刻喜欢了这个清秀、礼貌、兢兢业业的紫烟。于是，柯家多了一个丫头，对于起轩来说，这个丫头的插曲，完全不在他的心上，他想的，只是四安村韩家的袁乐梅。他整个人心事重重，神思恍惚。

几天过去了，这天早晨，乐梅站在窗前，只是愣愣地发呆。小佩拿着抹布，这边擦擦，那边抹抹，眼睛却一直在注意乐梅。乐梅叹口气，从窗边走到妆台前坐下，一瞬不瞬地看着绣屏，看着看着就伤心地掉了眼泪。小佩见乐梅在拭泪，眼睛睁得老大，不安极了，擦拭的动作也跟着加快，且漫无目标的，结果抹布碰撞了笔架，哗啦一声掉了满地。

乐梅转身一看，小佩正扑在地上，一面捡，一面看她，解释似的说：

"不小心碰倒的，还好不是茶杯什么的，这些笔摔不坏！"

"小佩！你过来！"乐梅忽然说。

小佩哦了一声，赶紧走到乐梅身前，乐梅什么也不说，先就把小佩环腰一抱，小佩猛地呆住。乐梅说：

"哦！我好难受、好痛苦啊！"

"你生病啦？我告诉舅奶奶去，赶紧给你请大夫……"小佩慌张地说。

"不不……千万别告诉我娘，你若跟她说一个字，我就完了！"

"可是……不告诉舅奶奶，又不请大夫，你会不会越来越严重呢？"

"我不知道，我觉得现在已经够严重了！"乐梅哽咽地说。

"那怎么办？怎么办呢？"小佩急得要命。

"你别着急，我并不是真正得了什么病，而是一种……一种感觉上的病，外表看不出来，请大夫也没有用，因为这个病根……是在我心里、脑子里、四肢百骸里，它已经无所不在了……"

"这……这么厉害，那是……是什么东西呀？"小佩吓得脸色都白了。

"一个人！"乐梅说。

"一个人？"小佩大惊，"他怎么跑到你脑子里、四肢里去的？"

"我喜欢上了一个不该喜欢的人，想忘了他却偏偏忘不了，明知不会有结果还把自己陷得那么深，道是有缘却无分，道是有分却无缘！"

小佩听得糊里糊涂，只能拼命眨巴着眼睛：

"你在说绕口令吗？我听了后面就忘了前面，到现在还没弄懂你的意思！"

"没关系……只要你抱着我，我就会好过一点儿了！"

"好好……我抱着你，我抱着你了！"小佩把乐梅紧紧抱着，恨不得把那个什么缘，什么分的东西，给乐梅从天上地下抓了来。可是，她知道自己笨，没有那个本事，不禁陪着乐梅伤心起来。

乐梅伤心的时候，起轩也好不到哪儿去。他无精打采地走向花园凉亭。

亭中坐着老夫人与士鹏、延芳。紫烟已经摇身一变，成了个俏丽的丫头，侍立在旁。她一眼瞥见了起轩。

"二少爷来了！"紫烟说。

吸着水烟的老夫人，嘴里唔了一声，水烟才离口，紫烟一碗掀了盖的茶碗已递过来，另一手则把水烟接走。起轩进入了亭子。

"奶奶！爹！娘！你们找我？"

"来来……坐下坐下，"老夫人说，"我跟你说，袁乐梅那档子事儿不成就算了，没什么大不了，连着几天，都见你像斗败了的公鸡似的，我实在瞧不过去了，所以刚才同你爹娘在商量着，明儿个邀请唐老爷，带他的千金来我们家里玩玩，我要叫你知道，天下的窈窕淑女，岂止袁乐梅一个，明天你尽可以仔细地瞧瞧人家唐小姐，不仅生得美，而且雍容大方，知书达礼……"

老夫人这段话，起轩听得呼吸沉重，脸色发青，听到乐梅的名字，神情便一痛，一痛再痛，最后根本听不下去了，大声说：

"我不要相亲，倘若你们非要安排不可的话，我只有逃出去躲起来了！"

老夫人脸色僵住，有一瞬间的窒息无声，紫烟那样轻地为起轩奉茶，可是瓷器托盘接触桌面的细微声音却仍然清晰可闻。

"你不该这么说的，奶奶也是为你好啊！"延芳说，"她不忍心见你成天垂头丧气、失魂落魄的，请唐小姐来玩，主要是想转移你的心思，谁说就一定是相亲来着？"

"我自个儿的心思，转不转得了我最清楚，我都无可奈何了，那位唐小姐又能做什么呢？"起轩气呼呼地说。

"你还没见着她，怎么知道她不能做什么？既然你可以对袁乐梅一见钟情，焉知这样的事儿不会发生在唐小姐身上？"老夫人问。

"奶奶！你以为一见钟情是很容易发生的吗？"起轩瞪着老夫人，说，"许多人一辈子都没有过，好比你、好比爹跟娘，所以难怪你们无从体会，不能了解，那么让我告诉你们，所谓'钟情'，就是把全体所有的感情都集中在一个人的身上，整个心思，每一寸意识都被占据！见不着她，天地等于零，天地都没有了，你们就是在我面前放十个唐小姐！一百个唐小姐！我也视而不见！"

老夫人与紫烟听到如此强烈的句子，前者愕然，后者震动。至于士鹏和延芳，更是被儿子的表白震撼住了。士鹏愕然地说：

"天地等于零，你用这么强烈的字眼来表达，是要叫我怎么办呢？任何一家的小姐，我都可以为你搬出家世、财力，三媒六证地玉成其事，就只有这个袁乐梅，我是一筹莫展啊！"

延芳忍不住起身走到起轩背后，心疼地抚着他的背说：

"你一定要自我克制呀！这样越陷越深可怎么得了？"

"我不知道……反正我就是无法自拔，无可救药了！"起轩说完，跳起身子，就冲出亭子去了。

老夫人回到房里，不禁重重叹气，说：

"唉！该是欠了他们袁家的，不然好好的一个人，怎么会转眼间就神魂颠倒成这个样子？"抬头看着为她忙碌的紫烟说，

"唉！我们柯家真不知道是犯了什么煞星，几代下来都要出些个不安宁的事，你先前认错的那座宅子寒松园啊！就是风水不好，所以在老太爷过世以后，我便决心搬出来，搬到这儿来，一住十多年了，倒还真是风平浪静，谁知道冤家路窄，鬼使神差地，现在竟叫我们起轩遇上那个袁乐梅……"

紫烟一边听，一边用精致的餐具盛着花生羹，眼睛还不时地望一下老夫人，表现出专注的样子。老夫人醒了醒神说：

"哦！我说这些，你一定听得没头没脑，闹不清怎么回事儿！"

"那不要紧啊！只要你想说，我总乖乖地听，你把烦心的事全倒给我，就当我是畚箕好啦！倒完了，我给你收拾了去，你不就无事一身轻了！"紫烟说。

"有这么简单倒好喽！我这么一大把年纪了，儿孙的事儿嘛，可真让我觉得力不从心，管不动啦！"

"老夫人！你是家中地位最高、最重要的人物，什么事也及不上你的健康要紧，只要你健康硬朗，你的福气自然可以庇护儿孙，就好像福星高照一般，那还用操什么心呢！"紫烟甜甜地说。老夫人不禁深深看着紫烟，说：

"你这张嘴涂了蜜是怎么着？"

"你要真觉得中听，那就快尝尝这碗花生羹。喝了几天的杏仁汤，今儿个给你换换口味！"说着，就递上花生羹。老夫人喝着，不停点头：

"唔……汤汁又浓又稠，花生简直是入口即化，滋味儿好极了，比杏仁汤更胜一筹！"

"你老人家喜欢最好了，这花生羹吃起来，牙齿不费劲儿，又对身体有益，以后我常煮给你吃！"

"想不到，这样廉价的东西，竟然可以做出这么好的滋味儿来，你这丫头真是聪明，这费了你许多工夫吧？你究竟是用什么神妙的秘法呢？"

"其实简单得很，只消在汤里加一点儿苏打粉，花一个钟点的时间就煮成了！"紫烟说。

"好丫头！你是打哪儿学来这么多诀窍啊？"

紫烟蓦地一震，脸上的笑容逐渐消失了，微垂着头，竭力克制着情感，低低地说：

"都是我娘教给我的！"

"你进门儿好些天了，我都还没好好问问你的身世，你家里究竟是怎么个情形啊？"老夫人审视着紫烟，情不自禁地关心起来。

"老夫人想听，那我就说了，我家住南平乡，当我娘怀我的时候，我爹出远门做生意去，谁知一去就再也没回来，所以我根本连爹长什么样子都不知道，是我娘一手辛辛苦苦地拉扯我长大……"

"你爹人不回来，连信也不曾捎过一封吗？"老夫人问。

"没有！他就像断了线的风筝一样，不见了！"

"那么你娘也不改嫁，居然为他守一辈子活寡？"

"是啊！守寡不说，还要养活她自己和我，所以她替人家洗衣烧饭，粗活细活，什么都做，苦苦撑到我长大，她却再也撑不住自己的……她疯了！"

老夫人一震，心中十分同情。紫烟眼圈一红说：

"不过她没有折磨自己太久，又疯又病地过了一年，她就去了，我不知道这算不算是老天爷在可怜她？"

"是的是的，"老夫人一迭连声说，"你应当想成是天可怜见，让你娘早些解脱。在人世间少受些苦，至于你呢！你现在在我们柯家，吃穿用度都不必愁，也算是苦尽甘来，而且你这孩子又这么能干乖巧，善体人意，叫我是打心底喜欢，所以你放心吧！往后我们柯家会好好照顾你的，嗯？"

紫烟望着老夫人，面对这样一个慈祥的蔼然长者，她忽然喉中哽住了，吞吞吐吐地说：

"谢……谢谢老夫人！"

老夫人看她受宠若惊的样子，更加怜惜地轻轻拍了拍她的手，看着天空说：

"不知我那傻孙子起轩，这会儿又跑到哪里去了？"

起轩还能去哪儿，一面跟着万里走着，一面指手画脚地对万里说着什么。万里身子一侧转，瞪着眼睛大声说：

"什么？又要去韩家门口站岗？"

"我写了一封信，必须想法子交给她呀！"

"你里头写了什么？"万里问。

"这怎么能告诉你？"

"听着，我对情话绵绵的东西一点儿也不感兴趣，我只想知道，你是不是又要约她再见面？"

起轩默默地点了点头。万里受不了，拂袖走开去，跟着就哇啦哇啦地大发作起来，对着起轩痛骂：

"我就知道，我就知道这事会没完没了，你让我证实了我的理论，女人像鸦片，沾不得，沾上了就变成她的奴隶，我就想不透，为什么那么多的男人甘愿做奴隶？孑然一身，自由自在的多好？看看你，原来生龙活虎的一个人，现在搞得三分像人，七分像鬼，你……你简直就像头驴子，给人在额头前面吊了根胡萝卜的笨驴子，傻里呱叽地拼命往前走，为了一根永远吃不着的胡萝卜！"

万里噼里啪啦地发泄完，起轩只是站着不动，始终定定注视着万里，脸上除了绝望，还有受伤。万里瞪着他几秒钟，忽把头一仰，望着天空，用力地吐了口气，片刻后摇摇头说：

"我真不敢相信，我居然在想怎样为你抓只鸽子！"

"抓鸽子？"

"飞鸽传书听过没有？"万里说，"如果你想再拦一次韩宏达，我敢说这封信的下场是化为一堆灰烬，而袁乐梅连一片灰都不会看见！"

"可是……你会训练鸽子吗？"起轩居然问了一句。

"我会才有鬼！"万里叫着说，"我真是交友不慎，陪你奔波、站岗、打架不算，现在还要为你训练鸽子，我真不务正业，现在你给我听着，'飞鸽'是不难啦！可要叫它'传书'，而且还得传对人，这个我看少说也要半年工夫！"

"你在寻我开心是不是？算了，我自个儿去设法！"起轩转头就要走。

"如果你不满意这个法子没关系，可你也别冤枉我，我杨万里是什么人？为了朋友，别说是飞鸽传书，就是狮子跳火圈儿我也给你办到，谁寻你开心了？我是一片认真，实话实说，谁寻你开心了？"万里对着他喊。

起轩一退，不禁又歉然了，过意不去地站住，对万里说：

"对不起！我是心乱如麻，又心急如焚，你就别跟我计较了吧！"

"不计较行啊！除非你想得出比飞鸽传书更好的办法！"

起轩蹙起了眉头，思索了片刻，忽地灵光一现，眼前闪过小佩在灯节的脸孔。他想了想，猛一击掌，脱口而出：

"鸽子有了！那个小丫头！"

接着，当然又是埋伏在韩家门口站岗。终于，皇天不负苦心人，小佩拎着一个瓶子从街道那边往韩家这儿来，一路晃呀晃地往前走。走着走着，迎面走来了起轩与万里。

"小姑娘！"起轩喊。

小佩一看，两个男人拦在面前。

"你叫……小佩，对不对？"起轩和颜悦色地问。

"你……你怎么知道？你是谁啊？我不认识你们啊！"

"我们认识你就好，你是袁乐梅身边的丫头，对不对？"万里再问。

"对呀！你还知道我家小姐的名字，你们怎么都知道？"小佩惊讶地说。

万里、起轩对看一眼，都感觉到小佩单纯中的傻气。

"因为我们是你家小姐的朋友啊！"万里说。

"朋友？你们是小姐的朋友？可她怎么会认识你们呢？什么

时候认识的？在哪里啊？我怎么都不知道？"小佩张着大眼，一副惊讶的样子。

万里看看起轩，招架不住了，用胳臂肘把起轩往前一顶。

"你问他！"

"你……你回去慢慢问你家小姐好了，现在是这样，我想请你帮个忙，这儿有一封信，劳驾你拿回去交给小姐……"起轩说。

"这封信是写给小姐的吗？"

"对对对……"起轩连声说。

"谁写的呢？"小佩问。

"我！"起轩回答。

"可你是谁呢？"小佩再问。

"不是告诉你了吗？他是小姐的朋友嘛！喏！"万里不耐烦了，"你记得把它交给小姐就对了，好不好？"

"可是小姐会问我呀！那我怎样告诉她，说这信是他写的，不是你写的！"小佩望着万里问。

"她看了信以后自然就会知道，信上有名字嘛！行了吗？"万里说。

"可是我要先跟小姐说，我在路上遇到两个人呀……你们姓什么？"

"姓……"起轩赶紧改口说，"姓何！你就说在路上遇到一个姓杨的跟一个姓何的，她就明白了，懂了吗？"

小佩嘴巴嚅动着，在那儿默诵。起轩不放心地再叮咛：

"最重要的是，这封信只能交给小姐，千万别落到其他人手中，特别是小姐的母亲，更是千万千万不能给她知道，好不好？"

"不然会怎样?"小佩问。

"会倒霉、会遭殃、会完蛋,你跟你的小姐都会,可以了吗?"万里说。

小佩给他吓住了,起轩横万里一眼,然后指着万里,对小佩委婉地说:

"他说的可是真的,不过你也不用害怕,只要把信藏妥了,别掉出来,别说漏嘴,只告诉小姐一个人,信也只交给她一个人,就什么事也不会发生了!"

"好好好……我藏好它,藏得牢牢的……"她把瓶子放在地上,回转身子,衣襟解开两个扣子,将信塞入贴身藏好。起轩看看万里,万里在那儿大摇其头。

小佩弄妥了,急急转回身来,拍拍衣襟。

"好了好了,我藏好了!回去就交给小姐!"小佩赶紧要走。

"哎……等等,你的瓶子别忘了!"

"哦!对对对,这是王妈要的酱酒……"

"记住哦!回去就交给小姐!"起轩叮咛又叮咛。

"回去就交给小姐!回去就交给小姐!"小佩一路说着,走进韩家大门去了。

万里啼笑皆非地目送她,摇着头说:

"这个信鸽呀,别飞到什么陷阱里去才好!"

一句话说得起轩眉头深锁,心里七上八下。

但是,小佩却安安全全地把信带到了。乐梅才听小佩说了一句,就跳起身子。

"你遇到一个姓杨的跟一个姓何的人?"

"我现在分得很清楚了,凶巴巴的那个姓杨,蛮和气的那个姓何……"

"那封信呢?你不是说有封信吗?在哪里?"乐梅急问。

"在这儿,在这儿,我把它贴身藏着……"

小佩一时解不开纽扣,乐梅迫不及待地伸手帮忙解,终于拿到了信。乐梅抓着信走开几步,心情激动着,说不出是酸是甜。她先把信贴在胸口片刻。

"你去门口守着,看到有人来马上叫我,知道吗?"乐梅说。

"好!"小佩害怕地,叽咕着去门口守着,"会倒霉,会遭殃,会完蛋……"

乐梅这才急急去坐好了,镇定一下,抽出信来看,只见信上写着:

> 乐梅,那天在小山坡上,你一句"杀父之仇,不共戴天",形同天崩地裂一般,在你我之间裂开了一道巨大的鸿沟。这几日来,我心灰意懒、浑浑噩噩,终于在痛定思痛之下,我做了一件事,我把刀山剑海、毒蛇猛兽放入这道鸿沟当中,然后我再试着用道德、礼教、恩怨、亲情等等等等来绑住自己,最后我问自己该怎么办?我的答案是——要娶你!要娶你!要娶你!

乐梅看到这儿,再度把信笺压在胸口上,震痛、感动、困扰、酸楚齐涌心头,她整颗心都怦怦跳动,一股热浪就冲进眼眶，她咬了咬嘴唇，让那痛楚来压制住激动，再度展信来看：

于是……我义无反顾地纵身一跃，却力有未逮。现在，我整个人悬挂在这道鸿沟的边缘上，而你会怎么做呢？倘若你不管我，我的下场就是被万剑穿心，惨遭吞噬，可你不会这么忍心的，是不是？你会伸手拉我一把的，是不是？是不是？明天，同样是午后，同样在小山坡上，我等你的答案！

起轩

乐梅放下信，抬起头来，满脸的迷惘彷徨，满心的震撼和渴望。

"他又要见面了，我……我怎么能去？我怎么能去呢？"

乐梅心慌地站起身，握着信笺，掉了魂似的走来走去，茫然失措着，越想越委屈，越激动，倏然间把脚一跺，恨恨地说："他怎么可以这么坏，这么欺负人呢？什么万剑穿心，惨遭吞噬，他故意这样危言耸听，他故意的……"

乐梅泪汪汪地冲向床，扑在床铺，泪水稀里哗啦地掉下来，她用力地一捶枕头，心如刀割地说："都跟他说了，没有希望，不会有结果的嘛！他为什么还不放弃，还要写这封信？他这样子，要我怎么办？"

第十章

　　起轩到了小山坡，焦灼张望。万里在他旁边，也焦灼张望。两人不约而同地转身走了几步，相对一怔。起轩说：

　　"她怎么还不来？你说，会不会出问题了？"

　　"我看是不大保险，我一想到小佩那副愣里愣气的模样，那比飞鸽传书还叫人提心吊胆！"万里说。

　　起轩已经很不安，被万里这么一说，心情更沮丧。万里说：

　　"瞧！这么冷的天，我居然急得都出汗了……奇怪！我急什么？又不关我的事！都是中了你的毒了！"

　　起轩叹口气，不知能说什么。忽然，小佩匆匆奔来，边找边喊：

　　"何先生！何先生！何先生……"

　　起轩和万里两人，正在心烦意乱，听到呼声却都无心理会，然后蓦然间，两人同时醒悟地一对看，才想起何先生就是起轩。两人赶快循声找去，找到了小佩。

"小佩！小佩！我在这儿！在这儿！"起轩急喊。

双方一会合，小佩上气不接下气地说：

"何先生！……小姐说……说她不会来的，请你别等了……"

起轩脸色一变，失望把他整颗心都绞痛起来。

"她……她叫我快快跑来告诉你这句话，现在……我要再快快跑回去了！"

"等等，等等，你先喘口气，看看人家有没有话要说呀？"万里拉住她。

"小姐说我不可以逗留，讲完了就要快快地走，你别拉我呀！"小佩说。

万里不放手，着急地对起轩喊：

"喂！你说话呀！有什么话叫她传达没有？"

"该说的都写在信上了，她不来，我还有什么话说？我就粉身碎骨算了！"起轩痛苦而绝望地说。

这种痛苦的神情，让万里同情不已，小佩还在挣扎，急得去扳他的手指头。

"痛呀，快放开我！我真的要走了嘛……"

"不要吵！"万里对小佩一吼，"你给我乖乖站着别动，先休息一下，你待会儿才跑得更快嘛！懂不懂？"

他这么一凶，倒挺管用，小佩真的站住不动，骨碌碌地转着两只眼睛看他。

"好好好，你一边休息一边听我说！你回去告诉小姐，这位何先生一大早就骑着自行车出发，足足骑了四个钟头才到这儿的，所以他绝不会轻易就放弃，他要在这儿一直等，等到天黑为止。不过天黑了以后，他还得骑四个钟头回去，你们要知道，这一路上黑漆漆，伸手不见五指的不说，还得经过什么山沟小溪、独木桥、小树林、羊肠曲径，那条羊肠曲径还有一个地方被雨水冲得塌方了，断壁悬崖就挨在脚边儿，一不小心掉下去，绝对是粉身碎骨，你听清楚了没有？"

万里一长串说下来，说得又快又急，指手画脚的，小佩睁大着眼，一会儿看万里，一会儿看起轩，到最后经这一问，一脸茫然地张口结舌着：

"那个……那个悬崖嘛！然后……然后下雨嘛！对不对？那个羊肠子怎样了？变成精了吗？"

"哦！我肠子都快给你气断了！"万里说，"羊肠曲径，羊肠曲……就是像羊的肠子那么窄、那么小、那么弯曲的路，好不好？"

"哪儿有那么小的路？"小佩不信，瞪大眼，"给蚂蚁走的吗？"

"形容词嘛！只是一种形容嘛！可不可以？"万里快要疯了。

"好嘛好嘛！那……那还有什么，你再说一遍，我背起来就是了！"

万里摇摇头，举手做投降状。

"我投降了！叫她传话比训练一只鸽子还累，我放弃，我看我们还是回去训练鸽子好了！"

起轩却一言不发，咬咬牙，下定决心似的，从口袋里找出一支铅笔，却找不到纸，急急问万里：

"你身上有没有纸？"

万里摸索了一下，拿出开药方的小册子，起轩劈手夺了蹲下去就写起来。

"你干吗？给她写备忘录啊？"万里问。

起轩不搭腔，很快写好了，把纸一撕，一面折叠，一面急急走到小佩面前说：

"回去把这个交给小姐！快去！快去！快！"

小佩又迷糊了，一会儿不许她走，一会儿要她快走。她也不追问了，回身就跑，一口气跑回了家里。

因此，乐梅很快地接到了纸片，她急急地打开一看，只见上面潦草地写着：

等你，今天，明天，每一天！

乐梅把纸片抓成一团，紧紧握在胸口。小佩惊奇地说：

"这么快就看完啦？可人家说了好多话！这个那个的，还说有一条路像羊的肠子那么小，还能变成精，被雨水冲坏了，不小心会掉下去，掉到……掉到……对了，掉到悬崖下面去！他们到底住在什么地方，这么危险？"

乐梅震动地一看小佩，再也受不了，心慌意乱地说道：

"我必须走一趟，你在后门口给我等门好不好？"

"你要跑出去啊？"

"我很快就会回来嘛！"

"可是……如果谁看见了我，问起你来，我我……我怎么办啊？"

"你……谁问你什么，你统统推说不知道，等我回来，我自己会想办法解释，明白了吗？"

小佩慌张地点点头，跟乐梅走出卧室。

起轩靠在树干上，目视前方，很坚定地动也不动。万里坐在一旁，不时地望他一眼，抓耳挠腮地不知该拿什么话来安慰他好。忽然间，起轩一动，整个身子挺直了。万里愣了愣，急忙顺着他的视线一望。

远远有个身影正飞奔而来。

万里忍不住跳起来，还来不及开口，起轩整个人已像支箭一样地射了出去，迎着那身影奔去。

乐梅看见起轩了，她狂奔而来。起轩也对着她狂奔而去。两人奔着奔着，奔到了一块儿，乐梅刹住脚步，起轩也刹住脚步，两人喘息互视着，神情都激动不已，眼里，都盛载了千言万语，一时之间，痴痴对望，无言以对。

"你……你一定要答案是吧！"终于，乐梅开口了，眼中闪耀着火焰般炽热的光芒，"那么我来了，我给你拖下万丈深渊，跟你一起粉身碎骨、尸骨无存，这样你满意了吗？"

乐梅说完，起轩握住她的胳臂，猛地将她一拉入怀，紧紧地拥抱住她，乐梅在他怀中痛哭失声。起轩用手臂紧搂着她，已经不知是天上？是人间？是梦里？是幻里？只觉得自己的心跳，震动了整个身子。

万里远远看着这对苦恋的恋人，也不由深深感动了，感动之余，又有一股微妙的怅然之感。他摸摸鼻子，悄然地走开去，让他们两人独处。

起轩终于放开乐梅，双手捧着她的脸，心疼地、温柔地、深情款款地说：

"我们不会粉身碎骨、尸骨无存的，只要你跟我站在一条阵线上，我们俩就有救了，眼前唯一要克服的困难，只剩下你母亲，我们一起来面对她！"

"什么意思？"乐梅问。

"我跟你一块儿回去，我们一同向你母亲表明心迹！"起轩下决心地说。

乐梅脸色大变，一下子脱离起轩，急急直退。嚷着：

"不行不行，绝对不能这么做！"

"你不要害怕，我可以想象你母亲的反应会相当强烈，但是没有关系啊！她今天不接受，我明天再来，她再反对，我后天再来，我每一天每一天地锲而不舍，滴水穿石，铁杵成针，她总有一天会屈服的，对不对？"

"不对，"乐梅说，"你不了解我娘，她对你们柯家的恨，是强烈到宁死不屈的，如果她会软化，早在多年前，你父母频频登门请求宽恕的时候，她就该退一步了，不是吗？"

"可是现在情形不一样，她或许不会对我父母投降，也不会对我投降，可她会对你投降，因为她是那么爱你，任她再顽强，面对你的时候却不能不心软，她最终还是希望你快乐幸福的，是不是？她现在在做的，却是阻止你快乐幸福，当然，她是不肯承认的，所以我们要让她相信一件事，如果不能够在一起，我们就什么幸福都没有了，根本就是完了！"

乐梅望着他，心中一半是认同的，另一半却在惶恐着，退缩着，挣扎不已。

"我……我……这样好不好？你先别出面，让我……让我自己跟我娘说！"

"为什么？这是一场战争，我不要让你一个人孤军作战，我要跟你并肩作战！"起轩坚定地说。

"谁说我要跟我娘作战了？你搅在里头，那就绝对是一场战争，只有我跟我娘的话，我不要争，也不要吵呀！我……我就是求她嘛！不断地哀求她，求到她心软为止，这样，我说的话她才听得进去，事情才有希望啊！"

"那么……你真的会跟你娘说，会求她，是不是？"起轩不放心地问。

乐梅点点头，起轩又忍不住问：

"什么时候说呢？"

"你一定要这样咄咄逼人吗？你知不知道我这么跑出来，已经是很冒险了，也不知道小佩会不会露出马脚，若是被发现，我应该编个什么理由，我心里乱得不得了，你还要追问我这个？"

"好好好，你别生气，我不是安心要逼你，我是很惶恐，我并不确定你要我的决心，是不是跟我一样强烈。你娘会对你心软，你同样也会不忍心伤她，我听你表哥说过，你娘发作起来，会搞得泪流成河，那么你很有可能就受不了了，结果最后反而是你屈服，那我怎么办？你会不会这样呢？你是不是真的要我呢？"

乐梅一张脸顿时变白，浑身都为之颤抖了。

"你……你居然还拿这种话问我？我现在站在这儿跟你见面谈话，我犯的罪就足够下十八层地狱，我为你万劫不复了，你还质疑我的决心？"

乐梅猛力地一把推开起轩，掉头就跑。

"乐梅……"起轩飞快追上她，抓住她，乐梅用力挣扎着，起轩紧紧用胳臂箍住她，圈住她，一面激动地表白，"我如果放你这样心碎而去，我才应该下十八层地狱，是我说错话了，我不该怀疑你，其实我是对自己没信心，因为我没有足够的时间，更具体地向你证明什么，你又不让我去面对你娘！我不知道还有什么方法可以使你相信，爱我不是犯罪，绝不是的，虽然你现在为我受苦、受委屈、受折磨，但我这个人值得你付出这些，你要为我坚强，为我突破难关，将来我会用一生一世向你证明，我是值得的，好不好？"

起轩这样一番话，乐梅逐渐地停止了挣扎，安静了下来，然后她缓缓转身，泪光盈然地瞅着起轩，柔肠寸断地说：

"你无须向我证明什么，我就已经认定你是值得的，在你摘下面具的那一瞬间，我就再也无法把你从我脑海中抹去，我早就认定你了呀！"

起轩只觉得心都被揉碎了，很激动地一把捧住乐梅的脸，仓促而震颤地吻了她一下，接着再吻去她的泪水，两人喘息互视，望进彼此眼底深处，然后，就深深地、深深地拥吻住。

这一吻，天旋地转，万物皆醉了。

吻完，两人耳鬓厮磨，昏昏然不知身在何方。这时，寺庙中传来浑厚的钟声，将二人惊醒。乐梅说：

"我得赶紧回去了！"看着起轩说，"三天后，你在这儿等我吧！不敢保证一定有什么结果，但我总会让你知道事情的发展！"

"好！三天后我等你，我准时在这儿等你！"

"回去的时候，骑车千万要小心，好吗？小佩说什么……路被雨水冲坏了，又是悬崖什么的，好危险，而且天黑路远……"

起轩已听得心里暖洋洋，窝心得不得了，一把将乐梅拉近自己，紧握着她的手说：

"你放一百二十个心，别的不讲，就为三天后要来见你，我绝对会小心得不能再小心！"

乐梅微微地一笑。

起轩怦然心动，不禁又想吻她，她身子一缩，急忙挣脱，匆匆抛下一句：

"三天后再见吧！"

起轩追了几步，揽着一棵树，目送乐梅飞奔而去的身影，心中又是怅然，又是欢喜，对未来三天将发生的事，心里却交织着期待与忐忑。

在柯家，小佩躲在假山后面探头探脑，眼睛滴溜溜地打转，东张西望，十分紧张。一阵短促的拍门声，把小佩吓了一跳。

"小佩！小佩！是我呀！我回来了，快开门啊！"乐梅喊。

小佩定了定神，如获大赦，忙从藏身的假山后面跑出来。

小佩把门一开，乐梅匆匆闪身入门，十分紧张地问：

"怎么样？有人发现你吗？"

"没有没有，我躲在假山后头，中间只有张嫂来收衣裳，打这儿经过，可我躲得好好的，没让她瞧见！"

"还好还好，我们快回房吧！"

小佩没命地点着头，与乐梅急急奔回房。

房门轻轻一推，乐梅与小佩匆匆进来，一抬头，双双大吃一惊，小佩更是一把蒙住口，差点叫了出来。房中赫然坐着映雪，背对着二人，听到声音，却动都不动。乐梅期期艾艾地说：

"娘！你……你几时来我房里的？我我……我跟小佩到花园里喂鱼去了！"

映雪既不答应，也不转身，好像一座石像似的。

乐梅、小佩相对看看，不安起来，一齐向前移进。

"娘！你怎么啦？"乐梅问。

映雪依旧不动，她的双眼直勾勾瞪着，脸白得像纸似的，身后乐梅已靠近过来了。乐梅怯怯地喊了声："娘……"然后声音僵住了，她一眼看见，映雪双腿上，正摊放着起轩写的那封信。乐梅整个人吓傻了，顿时呆若木鸡。

"说……你是不是去见他了？"映雪声如寒霜。

乐梅张口结舌，如鲠在喉。没想到这么快就要面对母亲，知道无从逃避，她咬咬牙，点了点头。

映雪心中剧痛，脸上肌肉抽搐了一下，手也不由自主地把那信抓成一团。

"娘！请你听我说……"

乐梅话没说完，映雪已霍然而起，将乐梅一把推开，直冲向柜子，拉开抽屉，就一件件衣裳抓出来乱扔。乐梅惊喊着：

"娘……"

"舅奶奶！"小佩也恐惧地喊。

两人同时扑过去，乐梅拉着映雪，小佩则扑落地去捡衣裳。

"娘！你这是做什么呢？"乐梅哀声问。

"我要立刻带你离开这儿，走得远远的，免得你再堕落下去！"

"你别这么说，我并没有堕落呀！"乐梅坦白地说，"我只是爱上了不该爱的人……"

映雪狠狠踉跄了一下，一股强烈的愤怒吞噬了她。她瞪着乐梅喊：

"爱？这样子你就称之为'爱'了，你还说你没有堕落？这柯起轩是个魔鬼，他污染了你，你已经不再冰清玉洁了，这样的你，不配穿绫罗绸缎，走，你现在就跟我走……"说着，拉住乐梅的胳臂，就往门外拖去。乐梅一路哀喊着："娘……"

小佩吓傻了，抱着一两件衣裳都忘了放下。慌里慌张追出房，只见映雪拉着乐梅在院落里急走。

"我们回我房里去，拿了你爹的牌位就走！"映雪说。

小佩大为惊慌，眼望她们，脚却往另一个方向奔跑着。大喊：

"老爷……太太……老爷……太太……"

淑苹、伯超、宏达、宏威、怡君都被惊动了，纷纷奔来。只见映雪一手捧牌位，一手拽着乐梅疾行，乐梅泪盈盈地踉踉跄跄。伯超急急一拦，映雪仓促停步。淑苹惊喊：

"哎呀！映雪呀！你还当真要带乐梅走？到底出了什么事，让你激动成这个样子吗？"

"再怎么样生气激动，也不该冲动到这个地步。你有什么道理，可以不必跟家里面任何人商量，也无视我这个一家之主的存在，就这么铆了劲要走，你有什么道理？你说！"伯超有点动气了。

乐梅低着头一直拭泪，映雪羞愧又痛心地哽咽着说：

"好，不瞒你们说吧！我是羞愧难当，没有脸再在这儿待一分钟了，因为我在乐梅房里发现了一封信，一封……柯起轩写给她的情书！"

全体一惊，大家面面相觑。

"信中的内容不堪入目，"映雪继续说，"更可怕的是，他们已经不知道在什么时候偷偷见过面了，而这封信正是要求乐梅再度跟他幽会，结果，她承认她刚才是去见了柯起轩，甚至还说……总而言之，她是彻底地迷失了，我很羞耻地说，我这个女儿已经完全没有贞节的观念，所以在她把自己弄得身败名裂，辱没韩家的门风以前，我必须把她带走。姐姐！姐夫！我们母女糟蹋了你们十八年来的恩情，我下辈子再来做牛做马地还给你们吧！"

听了映雪的话，众人皆十分震惊，宏达听到乐梅承认二度见面，更是震动，而乐梅听到母亲强烈的措辞，心碎欲绝地掩面而泣。映雪更是一面说，泪水一面在脸上奔流，最后拽着乐梅，激动地拔脚一冲。大家各喊各的：

"映雪……舅妈……舅奶奶……"

"舅妈！你不要这么激动嘛！我告诉你，乐梅会第二次去见那个姓柯的，肯定又是逼不得已，就像第一次那样！"宏达急忙说。

"你怎么知道？什么第一次、第二次的，莫非你都有份儿？"宏威问。

"第二次没我的份儿，那……那第一次……对啦对啦！是我传的话啦！我在路上叫他拦住了嘛！他说要是不见乐梅一面，第二天就要杀进我们家里来。乐梅吓坏了呀！她不想舅妈再受刺激，不得已，只好去见面嘛！谁知道那家伙还不死心，现在又神通广大地连信都可以送进来……"

"你还撇清，我看就是你传的！"伯超怒骂宏达。又问乐梅，"乐梅你告诉我！别护着他，老实说是不是他？你点个头，我就叫他好好吃一顿排头！"

乐梅已无法解释，只能含着泪摇摇头，这时，一个细细小小的声音说：

"是……是我啦！"

全体转头，视线都集中在畏畏缩缩的小佩身上。众人正要审问小佩，被映雪打断：

"好了，你们不要再追究小佩或是宏达，他们做了什么都不重要，整件事只有一种解释，就是乐梅根本被鬼迷了心窍，三从四德、礼义廉耻在她心里已经整体瓦解、荡然无存了，所以你们什么都不要再说，也不要再拦我，我是铁了心要走的，你们别担心我们一无所有，我已经想好了，我要带她到远远的外地去，找间尼姑庵就遁入空门，了断一切！"

"什么？这……你胡说些什么呀？"淑苹说。

"我很认真，哀莫大于心死，我就是心死了，对她再也不抱任何期望，我万念俱灰了！"映雪说。

乐梅望着映雪，心痛难当，有口难言，宏达急冲过来，焦灼不已地喊：

"乐梅，你别不吭气呀！快跟舅妈解释解释，你是迫于无奈而去见面的！目的也是要断人家的念头，快说呀！别吓傻了，在这儿含冤不白呀！"

"娘！"乐梅终于开了口，"我们母女如此情深，我怎么也想不到有这一天，你会对我说出这么多侮辱的、鄙视的、唾弃的话，每听一句，我就觉得好像有刀子在切割我一样，而你每说一句，我想你心里面也在疼，在流血……"

映雪闭住眼把脸转开，却关不住泉涌的眼泪。乐梅悲切地看着她，继续说：

"你以为我愿意这样伤你的心吗？你以为我愿意背弃自己的誓言，阳奉阴违地来辜负你吗？我不愿意，我千万个不愿意啊！你相信我，我已经用我全部的意志力在克制压抑了，但我……我……我最后还是……情不自禁呀……"

映雪战栗了一下，心寒直透背脊。全家人也被乐梅如泣如诉的表白震撼住了。宏达更是被震得呆若木鸡，往后退了退，完全傻住了。宏达和乐梅一起长大，老早就认定乐梅是他的人，这下子，希望全部瓦解。

"我知道我对不起爹，对不起你，对不起全家所有的人，我的所作所为，就像一个可耻的叛徒，一个不可原谅的罪人，但我的心已经收不回来了，哪怕铰断青丝，遁入空门，我也仍然是心在凡尘，心挂起轩啊！"乐梅豁出去了。

"你当着全家人的面，这种话都说得出口，你简直厚颜无耻！"映雪喊。

"我知道，你对柯家的恨，已经根深蒂固，无论什么人都无法化解，可你看看我，今天是我在求你呀！"乐梅心碎地说，"你爱我胜于自己的生命，不是吗？为什么不能因为爱我而退一步，尝试着接纳柯家的人？也许你会觉得如释重负、海阔天空呢！"

映雪震住地、呆住地、不相信地瞪着乐梅。乐梅也忐忑地、期待地、渴盼地望着映雪。众人全部噤若寒蝉地看着两人，屏息以待。映雪提高声音说：

"海阔天空？几句甜言蜜语，就让你从'不共戴天'，转变成了'海阔天空'，好……好哇！我爱惜得胜于自己生命的女儿，原来就这点儿出息，她拿一把刀，让仇家去握刀柄，而让自己的母亲去握刀刃，她要我这样子证明我的爱，否则我就是在恨她……乐梅呀！你实在不懂我对你的爱，即使你如此狠心地糟蹋我，我都宁愿死也不要恨你！"

映雪说完，一脸惨烈地抱着牌位对一座假山冲过去。宏达伸手一拉，映雪势如拼命地用力一挣，宏达竟抓不住地松脱了手，但映雪也失去了准头，在一片惊叫声中，变成是身子撞上了假山，一下子痛得倒地。

"娘……娘……娘……"乐梅惨叫着奔过去。

众人也全围上来，淑苹、怡君、小佩都扑了下去。淑苹说：

"你要吓死我呀！有话好好说嘛！干吗这么想不开？要不是宏达拉上一把，叫你撞上去了还得了？"

"是，我太冲动了，不该在这儿寻死，咱们母女已经是韩家的耻辱，我怎么还有脸给你们添晦气，要死就到外头去……"映雪说。

"不要……不要啊！"乐梅崩溃了，痛喊着说，"我求求你，我……我什么都不要了，只要你好好的，我什么都不要了，你就当我什么话也没说过，行吗？"

映雪震动了一下，不甚确定，也没有把握地呆着。怡君说：

"舅妈！你听见没有？乐梅她还是向着你的！"

"是呀是呀！"淑苹接口，"她不会不要娘，我们乐梅不是那种人，快别再伤心了，年轻人一时间意乱情迷，也是难免，但这么多长辈会保护她嘛！我们慢慢来开导她，把她拉回正途上，不就是了！"

"你真的要娘？真的肯为我而放弃他，对吗？"映雪盯着乐梅。

乐梅痛苦万分，然而映雪那张沧桑的、渴求的面孔，更令她揪心不忍，于是她心碎肠断、五内俱焚地哭泣着说：

"娘！我在你心中的分量胜于一切，而你在我心中的分量，又何尝不是如此？从今以后，我的生命里再没有'柯起轩'这三个字！"

映雪大为动容，如释重负地拥紧了她，不能言语。

小佩抱着牌位跪在一旁，除了怔怔地看着，也不知所措。伯超与宏威、怡君等人相对叹息摇头。眼看一场风波虽已平息，可对宏达造成的打击和震撼，却在他心中余波荡漾着，久久无法平息。

第十一章

宏达孤单地坐在池边，波光粼粼，他的思绪也像光影般闪烁不定。

"两小无猜、青梅竹马地一块儿长大，我却从来不知道，在那样纤细、柔美的外表底下，竟然蕴藏着像火一般强烈的感情，唉……我到今天才认识乐梅，我到今天才知道情为何物！"

宏达的失意，远远不如乐梅的心碎。两天过去了，表面一切都很安静。映雪对乐梅小心翼翼，乐梅对映雪也小心翼翼。全家都静悄悄，但是，隐隐中，却有一股"山雨欲来风满楼"的气氛。这晚，在花园中，宏达转过一个假山，意兴阑珊地走着，不经意地一抬头，怔了怔。

乐梅站在一棵树下，一动也不动，目光缥缈地望着远方，望得出了神，她那样专注，连宏达来到她身边，她都浑然不觉。宏达看在眼里，心里又难受，又不是滋味，低声一喊：

"乐梅！"

乐梅震了一下，看宏达一眼，便垂下了眼睑，那表情好似做了什么亏心事叫人逮着一般。宏达说：

"想不想……想不想同我聊聊？"

"聊什么？"乐梅没精打采地应着。

"在经过前天那样子的惊心动魄之后，难道你真的可以说收就收，从此古井无波，那除非你是仙！是神！"

这么一说，乐梅眼圈登时就红了，急急地奔开几步。

"你好不好别憋着？"宏达是直肠子，心疼地说，"这阵子，你把心事全藏在肚子里，一句不说。那现在反正全穿帮了。你跟我还有什么事是不能说的？我这个人再木头，都可以感觉得到你的伤心，而这个家里头，只有两个人你可以倾诉，一个小佩，一个我！跟小佩说那是对牛弹琴，隔靴搔痒，那你还不跟我说？"

宏达的一阵叽里呱啦，也不知是正中痛处还是不中，乐梅更难过了，低头直淌泪，双手擦个不停，弄得宏达更沉不住气了，在她身边踱来踱去，一个急不过地冲口而出：

"好好好，你一定要逼我先说！我就跟你摊开来说，前天我是狠狠地被打击了，我们俩从小一块儿长大，我以为我对你是再熟悉、再了解没有了，包括你的个性、感情！结果我错了，最起码在感情这方面……这该怎么说？打个比方吧！我像个才启蒙的孩子，而你已经放洋留学了，真正是天差地远，难怪十八个年头都过去了，我也从没本事让你为我说那四个字……情不自禁！"

乐梅把头抬起，泪盈盈地瞅着失意的宏达，终于开了口：

"你别这么说，我们之间的感情是自然又真挚的，就因为太自然，所以从不觉得有那个必要去强调或挑明，那是一种兄妹之爱，现在如果你真有所体会，就别说什么打击，什么天差地远。事实上，我不过就是比你先遇上了，等哪一天你也遇上了，说不定你比我更强烈、更惊心动魄呢！"

宏达听得一愣一愣，呆了半晌，摇头一叹。

"我瞧是不容易，我想象不出，什么样的女孩儿可以让我为她豁出去。想遇上这样的感情，谈何容易。"

乐梅听得心中酸涩，也嗒然无语了。

"唉！怎么搞的？是我安慰你，不是你安慰我呀！"宏达说。

"你已经安慰我了，经过了前天，我一直有挥之不去的罪恶感，觉得自己是这个家的祸源，而你还愿意跟我说话，愿意关怀我，你说，我怎么不安慰？"

"我不相信我安慰了你，我也明白，我绝不可能安慰得了，但我又受不了看你伤心，怎么办呢？我可不可以帮你做点儿什么？"

"你真的要帮我？"乐梅心中一动，问。

"千真万确，只要能让你好过一丝儿，任何事我都帮！"

"那么……请你为我去见起轩一面吧！"乐梅哀恳地瞅着他。

宏达猛地一呆，怔怔地看着乐梅。

结果，起轩在小山坡上，等到的不是乐梅，而是宏达。听了几句话，起轩就快要疯了，他将宏达一把揪住，激动万分地摇着他：

"什么叫她放手了？什么叫她放手了？"

"你别拉拉扯扯，让人家好好说！"万里在旁边，劝着说。

"真是的，我就是来跟你说明一切，你用不着动手动脚，大吼大叫！"宏达挣开起轩，气冲冲地说。

"她答应要为我坚强，为我突破难关的！她说会一直求，不断地求啊！我不是那个值得的人吗？我不是她认定的人吗？她怎么可以放手？怎么可以？"

万里、宏达同感震动，前者是感同身受那份痛苦，后者是被那份海誓山盟刺激了，于是一股无名火冒上来。宏达说：

"对！你行，你魅力无穷，就算你能够迷死人，可当我舅妈要一头撞死在假山上的时候，那股魄力也足够震醒乐梅了！"

起轩大吃一惊，震住了，呆住了。

"原来她母亲以死相逼，所以乐梅就屈服了！"万里恍然大悟。

"不然还怎的？"宏达看着起轩说，"她为你豁出去的还不够，难不成，你要她六亲不认，违背伦常，逼死亲娘？那你也未免太高估自己的魅力了！"

"我就不应该听她的，我为什么不坚持己见？让她孤军奋战就会变成这个样子，我根本早已料到，为什么还明知故犯？好……我现在就去你家，我去跟乐梅并肩作战！"起轩激动地说，就要向前走。

万里和宏达，一左一右同时拦住了他。万里说：

"你不准去！"

"对！不准去，除非你有本事把我打倒！"宏达说。

"打就打！"起轩撸起袖子。

"不能打！"万里对起轩郑重地说，"你冷静两分钟，现在开始，脑筋跟着我的话转。人家对女儿都不惜死谏，这下若是见着你，那还有不拼命的吗？人家恨不得抽你的筋、剥你的皮、喝你的血……"

"你当我舅妈是野人啊?"宏达打断。

"好,是你的舅妈,你形容好了!"万里把话让给宏达。

"我……我猜她会去拿把菜刀来砍你!"宏达说。

"瞧!那你是乖乖让她砍,还是跟她一决生死?"万里说,"这两种方式都有可能造成一个结果,就是乐梅一头去撞假山了!"

两人你一言,我一语,弄得起轩心浮气躁,着急地吼:

"你们根本是在瞎编派!"

"好,不编派!讲个明白简单的道理吧!一团火正旺的时候,你说是该浇盆水下去,还是浇盆油?"万里说。

起轩无言以对了,跌坐在石头上,双手抱头片刻,低沉而痛苦地发出声音:

"我不要放弃,我也不能让乐梅放手,我并不想像她母亲那样,以生命做威胁强迫她选择,但是如果她真放手,我早早晚晚也会被痛苦折磨死!"

宏达听得目瞪口呆,万里一脸严肃地对宏达正色说:

"你听见了,这得叫乐梅知道,几时能安排她出来一见?"

"你说什么?"宏达惊愕地说,"你们还想她出来一见?你还敢说不是威胁,你跟我舅妈一样,这个死那个死的,我看早早晚晚,是乐梅被你们逼死了!"

"好好……不见就不见,我不敢逼她,也不敢为难她,我只想对她表达,我要她的决心永不改变,那么,我写封信好了,你帮我带给她!"起轩说。

"谢谢你啊!"宏达说,"就是你叫小佩传的那封信叫我舅妈给搜出来了，才搞得这么鸡飞狗跳，你还写信，别害人了吧！"

"不写信，那传话总行了吧！死无对证！"万里说。

"这我也不干！"宏达说。

"可你现在不是帮乐梅传话了吗？"起轩说。

"那不一样！"宏达说。

"小肚鸡肠！"万里讽刺地说。

"你说谁？谁小肚鸡肠？"宏达问到万里眼前去。

"眼看人家两情相悦，打翻醋坛子是无可厚非啦！倘若是条汉子，甩甩头，不当回事儿，别在你表妹面前大肚大量，到了这儿来又小肚鸡肠，是不是？现在你决定吧！你到底是要大肚大量还是小肚鸡肠？你说，你说嘛！"万里说。

"我……我……我当然是大肚大量！"宏达又中计了。

"干脆！"万里赞美地说，"我开始欣赏你了，既然如此，我们也不啰嗦，从今儿个起，每隔三天，我们到此见面，互通消息！"

"我……"宏达愕然地开口，还没说下去，万里就接口打断：

"你很好，虽然年纪轻轻，可你提得起放得下，你这个朋友我交定了！"

宏达气结不已，可又拉不下脸来拒绝，只有气呼呼地肩膀一顶，顶开万里的手。万里忍着笑，对起轩使个眼色，表示搞定。起轩却心情沉重，望着远方，整颗心都悬在乐梅身上。这样被母亲逼迫着，被情所困着，可怜的乐梅怎么办？

起轩骑车回到柯家的时候，紫烟正端着个托盘走到假山深处，盘上有碗盅和棉布袋。她一面走，一面四下张望，不见有人，便蹲下去把托盘放在地上，从口袋中掏出个纸包。纸包打开，是几粒巴豆，紫烟用手指掐碎豆子，她掀开盅盖放进去，用汤匙搅动。就在这时，起轩牵着车子，垂头丧气而回，无意中一瞥，瞥见蹲在地上的紫烟。

"紫烟！"起轩喊。

紫烟大吃一惊，差点掉了盖子，她快手快脚弄好，站起来一回身。

"二少爷！"

"你在干吗？"

"没什么，正要去伺候老夫人，突然间簪子掉了，所以蹲在这儿找！"

"找着没有？"

"找着了，瞧，都插上了！"紫烟有点紧张地说。

"那快去吧！"起轩心不在焉地说。

"是！"紫烟说。

起轩推车走了，紫烟一口气才松下来，赶紧去亭子里伺候老夫人，先把两个棉布袋搁上老夫人两肩。紫烟说：

"我把盐在锅子里炒得热烫烫的，再装进这个棉布袋里，这么给你敷上一阵子，待会儿你肩上的疼痛就没影没踪了！"

"我们家是几代的盐商，旁的不敢说，盐巴是要多少有多少，可就没人知道还可以这么利用……唔！热热乎乎的，真舒服。"柯老夫人说。

"这盐巴可利用的地方还多着呢！像把豆腐浸在盐水里，煮的时候它就不容易碎，出来完完整整、漂漂亮亮的，再有，削了皮会发黄的水果，像苹果、水梨，只要浸过盐水，你放心搁着，它绝不黄！"紫烟说。

"好……行了……你是万事通，我知道，赶明儿，我把家里一大帮子丫头全叫来，你做师傅，给她们开堂授课怎么样？"

"那不行，把她们都教会了，我就不稀奇了，你还会疼我吗？"紫烟说。

"小丫头片子！人家什么都学得来，就你这张嘴！那是怎么也学不来的！"柯老夫人说。

"真的？那我这张嘴，请老夫人把燕窝粥喝了吧！"紫烟说。

"待会儿……待会儿……"柯老夫人说。

"待会儿怕凉了不好吃！"

"那就不吃了，这几天净闹肚子，抓了药也止不住，弄得我四肢无力，浑身酸疼，实在也没什么胃口！"柯老夫人说，用手揉了揉肚子，叹口气说，"唉！人老了，就是不中用！"

"你快别这么说，闹闹肚子罢了，不是什么大毛病，我总会想法子给你调理好！"紫烟柔声说。

"就是你这股子孝心，不时地给我弄这弄那，逗逗乐子什么的，我情绪才好得多，我告诉你，自从你来到我们家里，我就常常想起一个人……"柯老夫人不胜思念地想着说，"那是以前我身边的一个丫头，她叫纺姑！"

紫烟大大一震，捶背的动作乍然停止，亏得老夫人看不见她的表情，同时又在缅怀过去，也不觉有异。柯老夫人继续说：

"她就跟你一样，模样儿生得好！又心思灵敏，做起事来麻利又仔细，也同样地善察人意！那时候，我还真是疼她！"

紫烟神情透着异样的激动，一动也不动地听着这些描述，然后，她深深喘口气，竭力稳着声调问：

"后来呢？她……她怎么了？"

老夫人陷进了回忆里，这段往事，她早已淡忘了。不知为何，现在居然想了起来，看紫烟的贴心，不由自主就把纺姑的故事全盘托出了。

纺姑是老夫人身边的丫头，却犯下了柯家无法饶恕的错误。那天，纺姑扑跪在老夫人面前，心慌意乱地带泪哀求着她：

"老夫人！你要为我肚子里的这块肉做主啊！"

"怎么？你……你居然怀了表少爷的孩子？"老夫人震惊地问。

"怕都有……三个多月了，我问表少爷怎么办，他说他不知道，然后……他就开始避着我了，像我身上有沾不得的病似的……"纺姑边哭边说，"我好害怕，再这样下去，肚子总是一天天要大起来呀！我……我要怎么做人呢？老爷会打死我的，除非你给我做主，这事儿我也只能求你，老夫人！你一向最疼我了，你给我做主，救救我吧！老夫人……"

"你叫我怎样做主呢？表少爷一家子人，马上就要从北京回来了，老爷已经决定，等全家团圆后，就把表少爷的婚事办了，讨个喜上加喜，你不是不知道哇！"

"我知道，我知道，我也没别的想头，只求老夫人做主，把我给表少爷做小，对我就是大恩大德了！"

"做小？他还没成亲，就有你这么一个挺了大肚子的姨太太，这像话吗？那曹家可是大门大户、有头有脸的人家，怎么也不会叫他们的闺女受这种委屈，你这个样子，会毁了这门姻缘你知道吗？"柯老夫人说。

"那……你的意思……是要毁了我吗？"

"别说傻话，你不会毁了，这么办吧！我会给你一笔钱，足够你衣食不缺，最少挨到孩子落地都不成问题！"

"你……你要赶我走？"纺姑大惊。

"不是我赶你走，你自己也明白，拖不了多少日子，你一样待不下去，是不是？我给你钱，也是念在我们主仆一场的情分上，对你是仁至义尽了，懂吗？"

"不！我不懂，我不要这样，你不能不管我，只拿钱来打发我呀！你不是常说我贴心，对你比亲生女儿还有孝心吗？那现在你怎么能见死不救啊？"纺姑激动地说着，就去拉老夫人的衣服。老夫人急于摆脱，喊着：

"放手！纺姑你听着，你不要不识好歹，今天是你不守本分，失身于人，败坏了我柯家的门风，是你对不起我呀！你还有脸在这儿哭哭闹闹？"

"不然我该怎么办？我肚子里这块肉并不是我一个人弄出来的，表少爷绝情，你也这么绝情，那是我活该倒霉了？我不要，我不要不要不要……"纺姑越来越激动，居然抓住老夫人一阵乱摇，老夫人大惊喊：

"住手……快住手……来人呀！快来人呀！来人呀！"

纺姑停了手，神魂俱碎，悲痛达于极点地跳起来冲出去。喊着说：

"我这辈子是完了……完了……既然你不顾我的死活，我就死给你看好了！"一面喊，一面冲向后院去。老刘跟家丁、丫头们匆匆奔来。老夫人急喊：

"哎呀！老刘！快快快，你们快去阻止纺姑，她发了疯地要寻死呀！"

老刘等人大惊，呼喊着急奔而去。结果在井边拦住了正要跳井的纺姑。纺姑大受刺激，哭闹不已，呼天抢地地要寻死。老夫人被丫头们扶着赶到，觉得这种败坏门风的事，居然闹得尽人皆知，更是又生气，又下不了台，当下就做了决定，命令地说：

"老刘！你们把她给我撵出去，从现在起，纺姑再不是我们家的丫头，她还要怎么哭哭闹闹，寻死觅活，统统由她去，关到了大门外头，就与我们无关，谁敢理她，谁就给我卷铺盖儿，听见没有？"

全体吓傻了，只有老刘唯唯诺诺应着。

纺姑与柯老夫人互视着，一个悲愤，一个决绝。柯老夫人说：

"还不把她给我拖出去，叫她走！"

老刘和众人动手去拉，纺姑一腔悲愤，倾泻而出，厉声大吼：

"老夫人！你够狠，就算是你养的小猫小狗，几年下来的感情，也不能说赶走就赶走，何况是我这个早早晚晚、全心全意伺候你的人！你这么绝情绝义，你有一天会遭报应的！不用拉我，我自己走！"纺姑喊完，回头就冲出柯家大门。

老夫人说完这段回忆，紫烟和老夫人都有片刻的沉寂。然后，老夫人用充满感情的声音说：

"虽然事隔十七八年了，我始终没忘记她，当时我在气头上，对她也过于严厉了，心里挺后悔的。但我想，她还会再回来求情的，谁知道，她竟然一去不回了。有一阵子，我还真担心她，也叫人出去打听过，都没消没息的。她是个孤儿，老家没什么人，后来听说，她也根本没回去，这使得我想接济她点儿什么，都无从着手。于是我只能希望着，她也许遇到了老实的好人，有了依靠。这样年复一年地过去，有时候，我真的盼望她会突然出现，回来看我了，我们老主仆不计前嫌地叙叙旧，我也好把我心里的这番懊悔，说给她听听！"

老夫人一番肺腑之言，让紫烟有惊讶、有震动、有痛苦，更有说不出的心酸，她咬牙忍着，忍着，一瞬不瞬地盯着老夫人。只见她说到最后，竟真情流露地掉出了眼泪，她放开紫烟的手，掏了手绢来擦拭。

紫烟呆住了，困惑了，定定站着不知所措。

柯老夫人拭完泪，抬起头，长长舒了口气，不禁有些难为情，解释似的说：

"真不知道这股冲动怎么上来的。跟你说了这么多，不过，说一说呢，我心里头舒坦多了……怎么啦？"

紫烟却完全丧失了应对的能力，只觉酸楚泉涌，真想放声大哭，柯老夫人见她眼中闪着泪光，怔了一下，说：

"傻丫头！我没事，你瞧，我已经没事儿了，你别难过呀！"

紫烟的泪水，却夺眶而出。老夫人说：

"喏！肩膀不痛了呢！你的聪明法子又奏效啦！我精神来了，也有胃口了，来，你把燕窝粥端来我吃，嗯？"

紫烟骤然一阵心慌，看看粥，再望望柯老夫人，竟脱口而出：

"别吃了，都凉了！"

"不要紧啊！反正我有胃口，去端来吧！去！"

紫烟不知如何是好，愣愣地、机械地走到桌边，端起碗盅，呼吸急促，心中激荡不已，猛然一个冲动，她拔脚冲出亭子。一口气跑到假山后，把碗里的粥泼了出去，心中的脆弱和堆积的愤怒也如同解放了，化作泪水，泉涌而出。

柯老夫人太惊讶了，大惑不解地呆坐着，只见紫烟又冲回亭子来，把碗放下，便扑跪在柯老夫人面前，真情流露地说：

"老夫人你别生气，我……我不要你再闹肚子了，从现在开始，我要亲自替你弄吃的，所以我把那碗粥倒了，你别生气！"

"我不生气，你会这么冲动，是叫我那番话给感动的，对吧？你没想到，我这个看似严肃的外表底下，也有那么重感情的一面，是不是？"

紫烟张口结舌，不知如何作答，柯老夫人已将她一把揽入怀中了。

"唉！好一个单纯又热情的孩子，但愿我真有你想象的那么好！"

柯老夫人不胜唏嘘，紫烟整个人，都被这拥抱给震撼了。

第十二章

　　这天，在韩家大厅里，映雪双手不住地捏着手绢，透露出她心中的不安和焦躁。她对伯超和淑苹说：

　　"姐姐！姐夫！我想同你们商量一下，看能不能尽快地给乐梅成亲！"

　　伯超、淑苹一阵错愕，不禁对看一眼。映雪说：

　　"闹到这个地步，我跟你们就实话实说了吧！虽然乐梅嘴上答应了我，但我已经不敢再相信她，夜长梦多，我真害怕有那么一天，她就糟蹋在柯起轩的手上了！"

　　伯超、淑苹很明白了，再对看一眼，淑苹使眼色要伯超说话，伯超蹙眉摇摇头，淑苹可按捺不住，就开门见山了：

　　"那么，你心里可有属意的人选？"

　　"其实，亲上加亲，是最好的事！不知道现在……乐梅还高攀得起吗？宏达会不会嫌弃她？"映雪说。

　　窗外，宏达正站在那儿，一听这话，嘴巴张得老大，差点叫出来。厅里的淑苹，颇为碍口地说：

"这本就是我们所期望的，可是，现在这种局面，恐怕要问问孩子们自己！"

"我知道，乐梅闹成这样，你们已经看轻她了！"映雪说。

"绝没有这样的事，你别胡思乱想了！"淑苹说。

"我没有，我只求个坦白，倘若你们心中有一丝丝勉强的话……"

"你安心要问，应该是问问宏达跟乐梅，尤其是乐梅，以她现在的心情，你要跟她谈婚事，那绝对是勉强，一百个勉强，一千个勉强！"伯超说。

"对！我也是！"

这一声把三人吓了一跳，只见宏达气势汹汹地跨步入厅来。

"你……你也是什么呀？"淑苹惊愕地问。

"勉强啊！我一路这么傻等，等着你们把乐梅给我，你们就不给嘛！这话要早几个月以前说，我冲进来谢谢你们，跪地磕三个响头，欢天喜地地买鞭炮放去。弄到现在呢，人家两情相悦、山盟海誓了，再提这事，怎么不勉强？"

映雪心慌地望望淑苹，淑苹忙数落宏达：

"真是没规矩，大人们谈话，你一个劲儿在那儿插什么嘴！"

"我怎么能不插嘴，这是我的大事呀！你们用父母之命压迫乐梅，就算成功了，我也胜之不武，甚至可以说有点儿卑鄙，所以我在此郑重声明，哪怕我再喜欢乐梅，我也不愿意做个小人！"

"这……这儿子是怎么回事儿？哎！你说说他呀！"淑苹看着伯超。

"唔！很有那么点儿骨气！"伯超难得欣赏地看着宏达。

宏达先是一呆，随即感动地冲着父亲一笑，淑苹不禁松了口气，映雪却心慌意乱起来。

"这么说……你是不要乐梅了，那怎么办？夏家怎么样？上回来提过亲的夏家，你们还记得吧？虽然家境普通，可好歹是读书人家，也就过得去了！"

"舅妈，你不觉得应该先问问乐梅的意思吗？"宏达说。

"她现在还有什么资格挑人家？她完全没有！"映雪说。

宏达看映雪这样，咬咬牙，回身就走。出了大厅，直奔乐梅的卧房。乐梅一听，这还了得！从椅子里跳了起来，一路飞奔向客厅，宏达、小佩在后面追着喊。乐梅充耳不闻，一口气冲入厅中，喘吁吁地站住，惊慌地望着三位长辈。

"我不要嫁人！我不要嫁人！"乐梅坚定地说。

伯超、淑苹都不便开口，映雪则直直瞪视着乐梅，冷冷地说：

"男大当婚，女大当嫁，你已经到了年纪，而且俗话说得好，女大不中留，留来留去留成愁！"

"我不会，我我……我安分守己，再不让家里面任何人烦恼了，真的，我不要嫁，宁愿一辈子伺候娘！伺候姑爹！姑妈！好不好？"乐梅急急地说。

"你别这么不懂事，你姑爹姑妈已经把你抚养成人，这就恩重如山了，你还要怎么样？你不能叫他们养你一辈子！"映雪说。

"现在说到我头上来了，我可不能不讲句话，乐梅我是把她当女儿的，就算要养她一辈子，那也是理所当然的事！"伯超不以为然。

"我看……婚事就先搁着吧！这样也谈不出个结果来，而且我坦白跟你说，我是有很强烈的私心，乐梅要嫁，那除非是嫁在我们家里，不然我是怎么样都舍不得！"淑苹兀自乐观地说着，"这小两口子慢慢儿来，三天两头地跟这个劝劝，那个说说……"

乐梅身后早站着宏达与小佩，听到这里，宏达沉不住气地冲上前打断：

"娘！你省省力吧！别说三天两头，闹个三年五载也没用的，你真正舍不得，很简单，让乐梅维持现状不就结了，何必非要她做我老婆，对不对？要劝你好好劝舅妈，别把乐梅乱嫁一通！"

小佩也忍不住跑到映雪面前，双手合十地又拜又求。

"舅奶奶行行好，别叫小姐嫁人吧！小佩也舍不得呀！不想同小姐分开，求求你呀！舅奶奶！求求你！……"

映雪只觉四面楚歌似的，一阵心浮气躁便倏然站起。

"你们为什么全帮着她？如果你们真不明白，那我就挑明了说，她不想嫁人的真正原因，不是什么孝心，也不是舍不舍得的问题，关键就是那个柯起轩！"

乐梅的心，像被利刃刺到，狠狠地痛了一下，不禁抬头。映雪接着说：

"这是她的缓兵之计，你们懂吗？你们现在支持她，过不多久，他们又私会了、又藕断丝连了怎么办？到时候，弄得肚子里有了搁不住的东西回来怎么办？"

"舅妈……"宏达喊。

乐梅的心，再度被利刃直刺心窝，神情大痛。

"你这话说得真是过分了！"伯超说。

"一点儿也不过分，你们到底不是她的父母，所以只有我这个亲娘敢说重话，本来就是良药苦口，忠言逆耳，可今天你们一定要听我的呀！别忘了怀玉当年是怎么死的、死得多惨、多冤哪！今天你们若是不支持我，等乐梅真的糟蹋在柯家人手里，你们对得起怀玉吗？"映雪义正词严地喊着说。

淑苹原本一脸的惊愕，直听到怀玉的名字，神情便不禁一痛，伯超也把眉头深锁起来，不忍辩驳了。

乐梅则再也受不了，痛苦地把耳朵一蒙。

"别再说了，别再说了……娘！你不能因为不相信我，就把我当作货物似的抛售出去呀！你……你要我怎么样保证，怎么样发誓，你说好了，我全依你，只要能让我守身如玉，我什么都可以依你！"

"你说什么？守身如玉？你为谁守身？你是像我一样的寡妇吗？我才谈得上守身如玉，我不懂你凭什么说这四个字，你凭什么？"映雪咄咄逼人。

"好好……我承认，我不想嫁人，的确是为了柯起轩，我守身如玉也是为了他，好不好？"乐梅豁出去地喊了出来。

"你给我住口！"映雪厉声喊。

淑苹惊得一跳而起，大家都举步又止，紧张地包围着这对剑拔弩张的母女。

"娘！就算你同情我，可怜我行不行？我心里面已经打定主意，既然这辈子我跟起轩是无缘人了，那我也不愿意嫁给任何人的，因为我根本不可能再爱任何人，遑论委身呢？那是强逼我不贞不洁呀！你要这么残忍地对我吗？你应该完全可以体会的，我的心态，就像你为爹终生守节一样，全心全意地去对一份感情忠实到底，将心比心，你就成全我吧！好不好？"

乐梅的一片痴心深情，听得举座都动容，都同情，唯独映雪不然，她冷得像冰山，脸色白得像纸，用一种傲然的、鄙夷的、愤怒的口吻说：

"你居然敢跟我比？我跟你爹是凭媒妁之言，听从父母之命，从小定大定，正式下聘，到大花轿来迎娶，一步步规规矩矩，多么地慎重其事，在洞房花烛夜，我跟你爹才是生平头一次见面，婚后相敬如宾，一点一滴地把感情培养起来……哪里像你？私相授受，暗中传情，你的心灵已经不干净，那就如同失节，你还大言不惭什么守身如玉，还敢与我相提并论，你简直侮辱了我跟你爹！"

乐梅听得不住后退，一步一踉跄，羞辱已达饱和，觉得整个人要爆炸了。

"对对对，"乐梅痛喊着说，"我污秽肮脏，我下流无耻至极，在你这个烈女的心中，我简直是一无是处，所以你也不在乎我的感觉，反正只要不是柯起轩就好，其余管他张三李四王二麻子，我都人尽可夫！"

映雪勃然大怒，将淑苹一把推开，一个箭步冲过去，啪的一耳光就甩在乐梅脸上。乐梅猝不及防，整个人跌开去。小佩尖叫："小姐……"扑过去。

全体震住，都不敢相信地看着这对母女。

乐梅抬起头，抚在面颊上的手垂下，小佩一脸惊慌地看着她，她却直挺挺站起身，看着映雪，眼中盛满了恨意。这样的眼光，陌生而决绝，映雪倒抽了口冷气，就像有把刀在心头那么一斩，她猛提一口气，声音却仍不免颤抖着：

"好！你什么都不必说，你用这种眼光看我，就表示我们母女的感情一刀两断，我李映雪就当没有你这个女儿，袁乐梅已经死了，不存在了，你走，随你去找柯起轩还是什么人，统统与我无关……"

"舅奶奶！你要做什么？"小佩喊。

顿时间，厅里充满了声音，喊映雪的喊映雪，喊舅妈的喊舅妈，一片叫声中，映雪已把乐梅推出厅去。

"你走……我没有你这个女儿！"

乐梅踉踉跄跄出，只见门很快地被映雪关上，里面一片混乱，各种喊声：

"你这算什么？"

"快把门打开呀！"

"乐梅！舅妈气糊涂了，你可别真的走啦！"

"小姐……小姐……"

这些声音同时进行着，乐梅完全崩溃了，母亲把她彻底打倒了。她神魂俱碎，一掉头，冲过了院子，打开了大门，对着前面的马路，踉踉撞撞飞奔而去。跑了长长的一段，不见有人追来，显然韩家的人，都被母亲压制了。再跑了一段，她终于不支地扑在墙上，一边伤心哭泣，一边沿着墙壁滑下，坐倒在地。

伤心了一阵，她擦擦眼泪，可怜兮兮地抬头四顾，茫茫然不知何去何从。

"怎么办呢？我要到哪里去呢？起轩！我只有厚脸皮来找你

了，我娘不要我，那你就接收我吧！"

乐梅拼命回想，上次去"雾山村"看面具舞的那条路，那是跟着宏达去的，当时还驾着骡车。想着想着，想出了一些端倪，站起身来，就对着雾山村的方向奔去。她情绪不稳，脚步踉跄，就这样，她跑出了四安村，方向也对了，开始向着雾山村失魂落魄地奔跑。

不知道跑了多久，进入山崖边的窄路了。记得上次，也曾走过这段窄路。这条通向起轩的路，是她唯一的选择。心里，母亲对她那些不堪入耳的指责，还在耳边回响，脸上那一耳光，还在疼痛。不知何时，眼泪就爬满了一脸，在母亲那句"我们母女的感情已经一刀两断……"下，五脏六腑，都好像被乱刀斩碎。

在她前面不远处，有塌方的石块，把原来就狭窄的路面堵塞得更窒碍难行。乐梅不知不觉，哭奔得越来越急，一路跌跌撞撞，完全陷在崩溃的状态里。这样奔到了塌方处，眼睛被泪水迷漫着，什么路况都没看到，情绪激动地踩着乱石，脚下一绊，惨叫了一声，整个人沿着山坡，像个皮球似的连连翻滚而下。

乐梅的头猛力撞击上岩石。她一动也不动了，四下里一片静默。

这时的宏达，带着家里全部的家丁仆人，在伯超做主下，在四安村到处找寻乐梅。整整一个时辰了，四安村也就那么点儿大，几乎大街小巷，全部找遍了，依旧找不到乐梅的身影。当全部找人的家丁都集合了，个个摇头，连乐梅平常会去的郊外寺庙，也都找过了，就是没有踪影。宏达忽然开窍了，脑袋里闪过

一个念头,急忙说:

"现在也许有一个可能,她往雾山村去了!"他转向所有家丁仆人说,"我们往雾山村的方向走!一路注意,这条路不好走,任何角落都别放过!"

众人急急出发。大家都是骑着自行车找,车轮颠簸疾行,一辆接一辆。宏达领头,家丁们随后,一行人奋力往塌方处而来。宏达满头汗水,心里就是浮着不祥的感觉,焦灼地望着前方,恨不能立即看见那熟悉的身影。路况不佳,车子摇晃颠簸着接近乱石堆,宏达隐约见到一样有色彩的东西,卡在悬崖边。宏达心头一震,飞快地向前。

一刹车,车轮骤停,那彩色的东西赫然是一只绣花鞋。宏达下了车,脸色苍白,连架车都来不及地把车一放,任它倒向一旁,宏达扑下去拾起那只鞋。

"这……这不是乐梅的鞋吗?"宏达说。

"二少爷!怎么了?发现什么了?"家丁们纷纷停车询问。

宏达猛地往路旁一扑,急急往山坡下张望。一眼看到坡底下躺着的乐梅。宏达大叫:

"乐梅!"

"啊!真是小姐呀!她怎会跑到这儿来,这这……哎……少爷!你做什么?危险啊……少爷……"家丁们看到宏达要往悬崖下面滑去,七嘴八舌喊。

"你们别管我,快去附近找人家求救,借绳子,借骡车,借人手,能使得上的全借来救人要紧,快去啊!"宏达说,"还有大夫!"

"是是……我们求救去，可你自个儿也小心啊！走走……"家丁们嚷着。

宏达连滚带爬，终于滑下了坡，他急忙拉开树枝藤蔓，搬开挡路的岩石，扑向乐梅，一迭连声地喊：

"乐梅！乐梅！"

宏达到了乐梅身边，才一眼看到，乐梅额头上、面颊上都有凝固的血迹，衣服上也是血迹斑斑，样子非常可怕。他倒抽口冷气，急忙探她鼻息，一探之下方如释重负，脱口而出地喊：

"哦！谢天谢地！你还活着，你可要挺住，千万要挺住啊！"

宏达激动不已地把乐梅紧紧搂着。

宏达把乐梅救回了韩家，骡车载着，后面跟随着家丁和仆人。到了大门口，宏达抱着乐梅就冲向她的卧室，大夫紧紧跟在后面。小佩一直在门口守着，看到满身是血的乐梅就吓傻了，哭喊着，跟着跑。

"小姐！小姐！你怎么了？你不要死……"

映雪、伯超、淑苹等人都奔到院子，只见家丁们个个灰头土脸、狼狈不堪地站在那儿发愣，好像还没回魂。伯超急问：

"怎么回事儿？乐梅找到没有？人呢？"

"二少爷直接抱进去了，因为小姐受了伤，我们是在一个悬崖下找着她的！"家丁说。

全体惊骇地呆住了，还来不及反应什么，映雪已伸手将众人一把拨开，拔脚就对乐梅的卧室冲去。冲到了门边，她用手抓住门框，面无人色地急喘着。

床边除了大夫仍在专心把脉，宏达、小佩都闻声回头看。

"乐梅！乐梅！……"映雪喊着说。

"舅妈，你等等……"宏达说。

映雪哪儿能等，冲到乐梅床边，只见乐梅脸白如纸，人事不知，凝固变色的血迹看起来触目心惊。映雪眼瞪得像铜铃，呼吸急促，双手颤抖地又摸乐梅脸，又抚乐梅身子，又去握乐梅手的，完全张皇失措了。大夫急忙说：

"这位太太！请你让开，我才好诊治呀！"

"就是就是，你快让让吧！"宏达说。

映雪眼睛直勾勾地离不开乐梅，并开始挣扎反抗。小佩哭着说：

"小姐的头都摔破了，你要让大夫给她救命呀！"

映雪痛喊一声：

"乐梅……"

这一喊，把正赶到的伯超等人吓得心惊胆战。淑苹问：

"怎么了？乐梅怎么了？"

"乐梅呀！你居然这样子跟我硬碰硬，我已经后悔我的口不择言了，你却横了心地去跳崖寻死，你就是要让我后悔莫及，是不是？啊？"映雪落泪喊。

"什么？这傻孩子呀！居然冲动地去寻短见呢？"淑苹说。

"糊涂糊涂，究竟情况有多严重啊？"伯超问。

怡君和宏威也在东喊一句，西喊一句，宏达被这一团混乱搅得真要疯了，狂吼一声，大声说：

"统统静下来！乐梅不是去寻短，是去寻人，"他看着映雪说，"你赶她走的，你叫她去跟姓柯的，所以她就往雾山村去了！因为山路塌方，路况险恶，再加上情绪激动，肯定就没留神嘛！幸亏她掉了一只鞋，不然谁会发现她躺在那悬崖底下不省人事的，先前要不是你堵着门给耽搁了，我早追上了，她还会失足，还会跌成这个样子吗？那么现在你总可以安静下来，别再耽搁大夫救治的时间，别搞到真的后悔莫及，好不好？"

映雪踉跄着后退了一下，脸色惨白，什么话也说不出来。

伯超看看情势，镇定了下来。

"好了，现在我们统统都出去，淑苹！怡君！你们留在屋里帮着大夫，其他人全给我到外头去，安安静静地等着！"伯超说。

该退出去的人，都退出去了，只留下女眷和小佩在房里帮忙。大家站在乐梅房外等候大夫诊治。伯超面色凝重，映雪呆若木鸡，宏达好似笼中困兽般地不安，来来回回地踱步，宏威心情沉重着。

终于，房门一开，先出来的是怡君，喊着：

"宏威！宏威！快叫人照这方子抓药去，一个外敷，一个内服！"

"好好好！"宏威说。

接着，大家的注意力自然全集中在大夫身上。

"大夫！"映雪急忙问，"我女儿怎么样了？除了头上的伤，还有其他的伤没有？骨折脱臼什么的，有没有啊？"

"那倒没有！可是……"

只见淑苹拿手绢在擦泪。映雪心口一紧，几乎不支了。宏达对大夫一凶喊：

"到底怎么样？你说清楚好不好？"

"哦!"大夫赶紧说，"现在是这么着，她的头部受到了严重的撞击，这人的头啊，是髓海所在，五脏六腑的气血皆上注于此，由于外力使髓海震荡，故而引发气血逆乱、气壅闭塞、元神无主了，因此，我给她开的处方，以宣窍通闭为主，先看看她能不能清醒过来，倘若能，那还有希望，倘若不能……呃……只怕有性命之忧啊！"

映雪两眼一花，身子就摇摇欲坠。宏达对大夫说：

"你啰嗦了一大篇，结果开个处方却像赌博似的，输赢各占一半，这人命关天的事，能这么搞的吗？"

"这这……实在是因为她伤重难治，我不能不先跟你们把实话说了呀！有道是大夫医病，上天医命，我们只有尽人事听天命了！"

"不……不可以……"映雪狂喊了一声，飞奔至床边，扑倒在床侧，双手攀住乐梅胳臂。哭着喊，"乐梅！我不该对你说那些残忍的话，不该打你，更不该赶你出门，我最近一再地被打击，整个人已经失去了理性，你为什么要跟一个失去理性的人来赌气？现在伤成这个样子，你要真有个什么，我就是不想活，都没有脸到地底下去见你爹呀！"

众人进屋来，见映雪哭得悲惨，都感到悲痛彷徨不已。

床上的乐梅，已经换了干净衣服，血迹也清除，额头伤口也做了包扎，这时颤动着睫毛，似要苏醒，嘴里喃喃地喊着：

"娘……娘……"

映雪陡然止住哭声，急遽抬头，见乐梅头在枕上辗转，她忙爬起来坐上床沿，倾身向前喊着：

"乐梅！娘在这儿，娘在这儿，你睁眼瞧瞧我呀！"

"醒了醒了，她醒了……"众人说。

乐梅的确是睁开了眼，急促而虚弱地说：

"娘……别不要我，别……别……"

"要的要的！"映雪连忙说，"娘怎会不要你，我收回所有可怕的话，娘要你呀！要你呀！"

全体激动不已，彼此欣慰互视。

"她真的醒了，能说话了呀！"怡君说，"醒了就没危险……"

话没说完，乐梅忽音量提高，激动地、昏乱地呻吟着说：

"不……起轩，起轩，我们不能在一起……不可以……我不能对不起爹跟娘，我不能……"

全体为之一呆。只见乐梅眼睛忽睁忽闭，眼神空洞，并没有真正注视着谁，说的话也都是无意识的，上句不接下句的：

"起轩，我跟你一起下地狱去，我们……我们一块儿万劫不复……万劫不复……万劫……"

映雪眼泪一掉，一把掩住面孔啜泣着说：

"她没醒，她根本没醒，怎么办啊？"

大家全部心慌意乱，沮丧已极。

"她还没吃药呢！大夫不是说她什么……元神无主吗？药都没吃，怎么清醒得过来，是不？"淑苹说。

"这位大夫是宏达临时救急请来的，我瞧他不怎么有把握的样子，我还是赶紧叫人去请庄大夫，我们一家大大小小，从来都由他看病，让他来瞧瞧才靠得住！"伯超回头大喊，"老鲁！去请庄大夫……庄大夫!"

庄大夫请来了,说得更严重了:

"病人流血太多,元神已经离开身体,魂魄散了,现在只是拖延时间……大家有话就跟她说说吧……"

"什么魂魄散了?拖延时间?"宏达怒喊,"你会不会治病?"

映雪心如刀割,扑在床边,泣不成声。乐梅兀自断断续续呓语着:

"起轩……起轩,对不起,我求了,求了,我娘……我娘不肯……"

映雪心痛如刀割地扑在乐梅身上哭泣,一句话也说不出来。

宏达看不下去地急遽转身,冲到门边,扶着门框喘息,深吸了口气,他忽然想起,就直冲到门外去了。这时候,不正是起轩在山坡上等他的时间吗?

确实,起轩与万里在山坡上等候着,起轩心神不宁地走来走去,万里只是看着他。这种深深的痴情,其实非常震撼着万里,他从来没有想过,什么叫刻骨铭心,什么叫"一日不见,如隔三秋",现在,全部看在眼里了。

两人正在百般不安中,忽然,宏达飞奔而来,看着两人,一面跑得喘吁吁,一面上气不接下气地喊着:

"巫医!你有没有方法可以救乐梅?她快要死掉了!"

"什么?"起轩大大一震,脸色蓦然变白,上前握住宏达的右肩,喊着,"什么叫她快死掉了?"

"就是我舅妈,忽然间发疯一样的,非把乐梅嫁掉不可!乐梅跟她求,跟她争,闹到最后不可开交地翻了脸,舅妈当场把乐梅赶出家门,说不认这个女儿了,乐梅一定是哭着往雾山村跑,跑到山路塌方那儿,就掉到悬崖底下!"

起轩整个人一软,差点摔倒,万里伸手一拦。他几乎是挂在万里的臂弯上,神情大恸,万里也震惊异常。

"她还活着是不是?"万里有力地问。

"她跌破了头,满脸满身的血!我请的那个蒙古大夫说她有性命之忧,后来又请了庄大夫,说她什么魂魄散了……"

"那么她还活着,她还活着!乐梅……"

起轩拔脚就向山坡下冲去。万里拉着宏达跟着跑,喊着说:

"快追!这下就算袁伯母拿刀来砍他,也没法把他砍走了!"

第

十

三

章

起轩奔向韩宅大门，没命地拍门，嘴里疯狂般地喊着：

"开门啊！开门啊！"

家丁打开门，起轩急急地就往里冲去，冲锋陷阵般在家丁的拦阻下奔跑，一面直眉瞪眼地喊着：

"她住在哪一间？乐梅住在哪一间？哎，我自己去找……"

小佩正用扇子扇着小火炉煎药，蓦然看到起轩在众家丁的拦阻下奔来，吓了一大跳。却不知怎的，她的眼泪也冲了出来，站起身子，喊着说：

"这儿！这儿！小姐在这间房，她快死了……"

起轩就直冲到乐梅房外，正好怡君、宏威从屋里出来。宏威说：

"怎么回事儿？"

屋里映雪、伯超、淑苹，个个目瞪口呆地看着起轩冲进来，如入无人之境，对于房里的人，完全视而不见，他直接扑向乐梅的床前，在床头边一跪。

"乐梅！乐梅！我来了！我来了！"起轩看着面色如纸，昏迷不醒的乐梅，痛喊着，"你不是要到雾山村找我吗？如果能让我早一步知道，我会像箭一样地飞过来接收你，现在我人在这儿，就在你跟前，你投向我，投向我吧！"

三位长辈惊呆着，门口的怡君、小佩、宏威与家丁们，一时间也看呆了，映雪不相信地眨眨眼，猛抽一口气，涌上来的愤怒如同火山爆发，她一个箭步冲过去，对起轩夹头夹脑地乱打。

"你这个凶手！你还有脸来？都是你把乐梅害成这样，她投向你，把命都给投掉了……"

伯超、淑苹大惊，连忙去拦阻映雪，齐声叫喊着：

"别这样，快住手啊！乐梅还在生死边缘，我们先救人吧！"伯超说。

淑苹和伯超就去拉住映雪，一下子又被她挣脱，扑上去再打。

"我跟你拼了！"映雪喊着，"你父亲杀了我丈夫，现在又换你来毁我的女儿，她要有个三长两短，我就跟你们同归于尽……"

起轩动也不动，只紧紧护着乐梅，任由巴掌、拳头像雨点似的落在他头上肩上。宏威、怡君拼命喊：

"舅妈！舅妈！你冷静点儿啊……"

四人七手八脚地好不容易把映雪拉开了。门外，挤着若干家丁丫头们，在那儿探头探脑，宏达与万里飞奔而至，见状为之变色，急急排众进门来。进了门，却看见更惊人的一幕。

起轩紧紧注视着乐梅，伸手想抱乐梅，毕竟不敢去动她，猝然转过身来，往映雪面前一冲，红着眼眶，大声说：

"到底谁是魔鬼？谁是凶手？是你呀！袁伯母！"

"住口！"映雪喊。

"从头到尾，我做过什么伤害乐梅的事？我没有！"起轩说，"是你，你用上一代的恩怨来压迫她，用死亡来威胁她，最后还把她赶出门……"

"这一切的一切，还不都是被你所逼，"映雪打断他，"天下的女人何其多，可你偏偏要来勾引我的乐梅，你离间我们母女的感情，你一步步地把她从我身边夺走……"

"但愿我把她夺走了，我就应该不顾一切地把她夺走，可我却奢望能打动你，因为我心中对你有一份钦佩，你那么年轻的时候，不但坚强地熬过了丧夫之痛，更坚贞不移地守着这份感情，把全副心思都用来教育唯一的女儿，这样高尚伟大的母亲，绝不至于残忍无情、蛮不讲理、把人逼上绝路……可你就是！"

"你……你们怎么都不说话？居然由着他如此嚣张、黑白颠倒地来批判我？"映雪对屋里众人喊。

"因为你造成的悲剧就在眼前，因为你固执地一再反对，终于变成一只无形的手，把乐梅推下了悬崖，要了她的命！"起轩说。

"她……她还没……你怎么可以诅咒她？"映雪声音都颤抖了。

"不是诅咒，而是心中无惧，我不怕她死，真的，因为如果她真死了，我就跟她去，那就再没有人能拆散我和她，我还怕什么？到那个时候，你是不是就满意了？我一死，我的父母亲，柯家上上下下的人都痛不欲生，你是不是就觉得一偿报仇的凤愿了？一生忠实、一生节烈，到头来，是为了换一场玉石俱焚、同归于尽？一件不幸的意外，却要两个家庭家破人亡地来弥补，这难道就是你要的？这难道就是袁伯父的遗愿吗？"起轩不再激动，只有沉痛的一番话，却像醍醐灌顶似的，深入人心，映雪整个人呆住了，无言以对。

一阵死样的沉寂之后，万里走上前去，轻轻拍拍起轩：

"控制一下你自己，让我看看乐梅吧！谁说没希望的，别忘了还有我呢！"

起轩震了震，万里唤醒了他！骤然抬头，满眼祈望地看着万里。万里对他重重点头，再面对众人说：

"请各位允许，让我替乐梅诊断诊断，我叫杨万里！是个大夫，别看我年纪轻轻，我家中世代行医，打从小就耳濡目染，十五岁开始，我已经替人开处方治病了！"

"爹！他祖上五代都是医生，就凭这点，应该请他瞧瞧！"宏达说。

"请！"伯超赶紧说。现在，抓到一线希望，就是一线希望。

万里对伯超拱拱手，过去坐在床沿上，专注地把起脉来。一时间，一屋子的人全望着万里，不管每人现在是否敌对，却抱着同样的希望。万里诊断完，走出乐梅的房间，在外厅里坐下，手上拿着两张处方，凝神研究着。

"这两位大夫的处方大同小异，多半是打通气脉为主！"万里说。

"哎！没错，我记得是这么个说法！"宏达说。

伯超也点头。

"气闭固然得打通，可是活血更加重要！乐梅是头部撞伤，现在昏迷不醒，只怕头里有血块！"

伯超、宏达对看一眼，困惑又着急。

"简单地说吧！"万里说，"我看乐梅的舌头颜色不对，瞳神扩大，脉搏缓慢，呼吸不均匀，再加上她痛苦的样子，呕吐、呓语、神志不清……种种症状看起来，她头部的撞伤，颅内出血是很严重的，如果血块瘀积不化，她即使活过来，也可能会变成……白痴！"

"你不能让她变成白痴！你救她！快救她！"宏达着急地说。

"这是说前两位医生都没对症下药了？现在要怎么办？"伯超问。

"现在我给她开个处方，这是以活血化瘀为主，你们立刻去抓药，原来的药就别吃了，还有，这服药原是一日一服，不过我想她昏昏沉沉，就是强灌也吃不全，所以先抓它三服，分三次喂给她吃，应该就足够了！"说着就提笔写药方。

"我这就去抓它三服药！"宏达抓着药方就跑。

"谢谢你。"伯超对万里真诚地说，真没想到会天降神医。

"快别客气，这原是我的天职啊！希望韩伯父能够摒除成见，全权信赖我！"万里正色而真挚地说，"我说几句分外的话，不过完全是客观的立场。起轩和乐梅的感情，我一路看过来的，我只有两个字可说：'感动'！"

伯超一震。

"所以，今天除了禀着天职，再加上对他们两人的一份感动，我铆足了全力，也要把乐梅治好，我恳请伯父不但要信任我，还要多多担待起轩，现在这个情况，是千军万马也拉不走他了，让他留下吧！对乐梅只有好，没有坏！"

"我答应，一切有我担待！"伯超不禁点头。

"多谢伯父成全，柯家那边，我会去通报消息的。另外，我也会同我父亲研究研究，替乐梅配最好的药，我每天都会来的！"

伯超颔首不语。

终于，宏达抓了药来，万里亲自去熬药，一面交代徐妈、小佩等人，火候该多少，水分比例该多少。最后，这珍贵的药材熬出的药汁，被捧到了乐梅的面前。映雪在乐梅身后托着，淑苹在前面扶着，小心翼翼地让乐梅坐起来，靠在映雪身上。

小佩捧着碗一边不停口地吹，一边过来坐床沿上。

淑苹又忙着在乐梅下巴底下兜条毛巾，映雪把碗接过去，先尝一尝，试试温度，便开始喂食。伯超与起轩两个大男人，只有呆站一旁看的份儿。

映雪缓慢而仔细，可仍是喂一匙，溢出半匙。小佩拿着一条毛巾，不时东擦擦，西擦擦。起轩看得心痛不已，闭着眼睛，痛楚咽气。

喂着喂着，乐梅猛然一呕，药汁整口吐出来，同时也呛咳起来。起轩一惊抬头，冲前几步，硬生生地克制着。

小佩着急地揉搓乐梅胸口，映雪一脸心疼懊恼，伯超、淑苹在一边干着急。

乐梅却开始呓语：

"起轩……对不起……起轩……我到雾山村……"

起轩这下再也控制不住，扑过去拉开小佩，跪在床前，一把紧紧握住乐梅的手。

"我在，我在，你安心，好好把药吃了，我就在你身边陪着，绝不离开，永远都不离开……"起轩说，"让你一个人面对这一切！我该死！你得好好活着，让我用一生来报答你……"

映雪的脸孔是转开的，为着一份自尊、一份要强而冷漠着。说也奇怪，起轩这么一说之后，似有镇定的作用，乐梅竟安定了下来，这不禁引得映雪把脸孔转回来，却看见起轩眼中聚满泪水，望着乐梅，那么专注，那样心碎，然后泪水便夺眶而出了，映雪不由一震。

起轩垂下头，把乐梅的手紧紧贴住自己的眼睛。伯超、淑苹、小佩见了他这模样，个个心酸，人人眼中含泪了。

映雪看着起轩，再看看乐梅，心中挣扎着，拿碗的手往前递一下又缩回，她迟疑又迟疑，终于无声地一叹，把碗递了出去。起轩抬了抬头，立即看见眼前一个碗，再往上一看，映雪不自在地避开他的注视，但手没收回去。

起轩赶紧接过了药碗，小佩感动地、振作地到起轩身边准备帮忙。淑苹不大相信地眨眨眼，看看伯超，伯超正舒口气，动容地深深点着头。起轩看看喂药的汤匙，说了一句：

"换一把小点的汤匙来！要能塞进她的嘴里才行！"

小佩赶紧换了小汤匙。起轩就接过汤匙，开始喂药。

映雪慢慢地把眼睛抬了起来，看见起轩全神贯注、无比细心、无比耐心地喂着乐梅，小佩则在身边不时伸出毛巾擦一下，两人合作无间，齐心协力喂药。那药汁竟然一口又一口，慢慢地滑进了乐梅的嘴里，吞进了肚里。

映雪震撼地看着这一幕，整颗心都柔软起来，眼中，不由自主地充泪了。这泪水，不再是仇恨的，而是感恩的。她心里那块十八年的寒冰，正在慢慢融化。

这天晚上，柯老夫人带着士鹏和延芳，亲自到了韩家。宏达、宏威、怡君迎了出去，不敢相信地领着柯家人往乐梅房来，宏达先快手快脚地抢先进屋。

"爹！有客来访！"

"是柯家老夫人，还有柯先生、柯太太！"宏威说。

屋内众人全部一怔，起轩立即起身迎向门口。只见紫烟一手拎个篮子，一手搀着柯老夫人进来了，士鹏、延芳跟在后面。起轩说：

"奶奶！爹！娘！一定是万里告诉你们的，而你们立刻就赶着来了。"

"真是冒昧得很，我们得到消息，就这么直接来了，请万勿见怪，当我听见乐梅是在直奔我们雾山村的途中，失足受的伤，我老人家于心不忍，也于心不安，无论如何都要过来瞧瞧这孩子！"柯老夫人说。

她一派大家族的长者风范，诚恳稳重的谈吐，把一屋子人都给镇住，伯超看映雪一眼，见她俯首不语，伯超便理所当然地答话：

"承情之至，乐梅她还不省人事，我们代她谢过老夫人！"

"我们可以瞧瞧她吧？"柯老夫人说。

"请！"伯超说。

于是柯老夫人由延芳与紫烟搀扶到床边，她们静静地注视着乐梅，紫烟同情着，延芳心疼着，柯老夫人则感慨不已。起轩说：

"她吃了万里开的药，人虽然还没清醒，但安宁得多，呕吐的情形也减少了！"

"哦！那太好了！"延芳说。

"紫烟！你快把万里交代些什么，告诉人家吧！"柯老夫人说。

"是！"紫烟看着小佩说，"你肯定是伺候袁小姐的，是吧？请你过来听我说明！"

小佩怔怔地点头上前，怡君忙抢在她前面，对紫烟说：

"哦！你跟我说好了！"

"是！这是止血定痛散，外敷伤口用的，待会儿就可以替小姐换药，一天换一次！"紫烟又拿出另外几包配好的药来说，"这是杨大夫新开的处方，多加了几味药，同样预备了三份，明儿一早就煎给小姐吃！"

"好的好的！"怡君说。

"还有这一份儿是'麝香'、一份儿是'血竭'，可别混在一块儿了，这两样是要另外用水冲泡了服用！"紫烟又拿出药包解释。

"你们听清楚了没有？帮忙记着吧！"怡君已经开始昏头，更别说小佩了。

结果除了宏威、宏达，其他如伯超、淑苹、映雪都不约而同地齐声回答：

"记着了记着了……我们全在听……你别打断人家……"

"这是最后一样了，田七粉，杨大夫就怕这么多药喂食起来十分辛苦，所以特别交代，这个药粉可以掐一丁点儿撒在小姐的鼻子里，多少吸进去了，有醒脑的作用！"紫烟再交代。

众人频频点着头。怡君干脆拿了纸笔来记。紫烟说：

"杨大夫说，他明儿个会尽快赶过来的！希望袁小姐药到病除！"

"一定可以的，"柯老夫人说，"这儿有韩家、袁家同我们柯家，还有杨家的万里父子，老老小小这么许多人共同为她祈福，老天爷不会睁眼不顾的，告诉我，乐梅的母亲是哪一位？"

映雪惊动了一下，看向柯老夫人。没有人介绍，老夫人对映雪一望，走到她面前，深深注视着她，然后，就诚诚恳恳地说：

"你就是映雪。我早应该来看你，刚出事的头几年，我跟士鹏他爹，就应当陪着士鹏一块儿来赔罪，我这儿子是什么样的人，知子莫若母了，倘若整个事件能重来一遍，他宁愿那把刀是捅在他自个儿的身上！"

士鹏面孔微微抽搐着，压抑着内心激动。映雪则如见往事，历历在目，心中痛楚，含悲忍泪着。柯老夫人又说：

"这话他自己说不出口，可我能说，我能说的有太多太多了，我就是应当不厌其烦地来找着你，以一个母亲对母亲，以一个妻子对妻子，甚至以一个母亲对女儿的立场，来一步一步化解你心中的怨恨与不平，倘若我那么做了，那么今天，我或者就不是痛心而来，而是以亲家老祖母的身份，开开心心地来串门子吧！"

全体皆深深为之感慨。柯老夫人继续说：

"唉！所谓'前人种树，后人纳凉'，我们这些个做长辈的，就缺这份儿无私，缺这份儿胸襟，如今才叫他们小一辈的，辛辛苦苦地在那儿搬砖堆砌，想架起一座化怨解恨的桥梁，我们却眼睁睁看他们付出血泪，甚至几乎付出了生命，我们全该惭愧，因为枉为人父、枉为人母了！"

在这篇血泪凝聚的话里，起轩坐入床沿，握着乐梅的手唏嘘不已。

几个长辈望着这对苦命鸳鸯，都有后悔、歉然、怜惜的复杂情绪。

"我话虽重，可是语重心长，今年吃到七十岁了，我想我也够资格这么说，总而言之，人的一生平平安安、无风无浪，那是最大的福分，即便不能，那么手里少抓几个后悔，少抓几件憾事，也不至于蓦然回首，物是人非事事休，欲语泪先流啊！"柯老夫人说。

这番话震动了每个人，也震动了紫烟，她迅速望向柯老夫人，见她泪光盈然，感慨万千，紫烟忙垂下眼睑，缓缓吸气，克制着内心的激荡。

"你们要觉得我说得有道理，从现在起，大家化干戈为玉帛吧！别叫躺在床上的乐梅不安宁，你们别说她神志不清，也别说为时已晚，当我们的心中摒除了恨意，拔除了恶念的时候，福虽未至，祸已远离，让我们一起放宽胸怀，一起放手吧！放掉这个后悔，放掉这件憾事，众人一心，只为乐梅祈福吧！"

人人感动着，几个女眷，如延芳、淑苹、怡君，都为之泪下了。

士鹏再也忍不住，突然跨步上前，笔直走到映雪面前。士鹏说：

"请你允许，让我到怀玉灵前上炷香吧！多年来，我一直希望做这件事，除了祈求他的宽恕，今日更要祈求他，保佑乐梅化险为夷，我诚心诚意地请求你的允许！"

映雪显得手足失措，求助似的望望身边的淑苹，淑苹还湿着眼睛在擦泪，被她一望更没主意，便看向伯超，映雪也跟着看着伯超。伯超说：

"你别看我，是非恩怨都明明白白地摊在你的面前，解铃还须系铃人，你必须自个儿拿主意！"

映雪震了震，俯头沉思了片刻，徐徐吐完一口气后，她低低说道：

"怀玉的牌位……在我房里，我……我领你去！"

士鹏先是呆着，接着骤然喘了口气，激动得不知如何是好。延芳热泪盈眶。起轩也热泪盈眶。柯老夫人便说：

"来！我们柯家的人，都去给乐梅她爹好好地上个香！"

于是映雪、伯超、淑苹便领着柯老夫人、紫烟、士鹏、延芳、起轩等人出房。

剩下的宏达、宏威、怡君、小佩都感动目送着，宏达一个忍不住，回身直冲到床边，对着乐梅昏睡的脸孔，热烈地说：

"乐梅！你一定要好起来，等你好起来的时候，我会把所有一切，从惊心动魄到感人肺腑，一字不漏地说给你听，包你听得泪中带笑，笑中带泪，所以你要赶快好起来呀！嗯？"

于是，这晚，柯家人在供桌前一字排开，神情肃然，紫烟把点燃的香，分送到各人手上。映雪、淑苹、伯超站在一旁看着。

柯老夫人等虔敬地一拜、再拜、三拜。

祭拜完毕，紫烟再把香收了去，这时候，士鹏只觉乍然间从沉重的桎梏中解脱了出来，他无法控制地痛喊了一声：

"怀玉！"就放声痛哭了。

这一哭，引得延芳也伏在他肩上哭泣，同样得到了一种解脱的宣泄。起轩不住地拍抚着双亲，心情也激动不已。柯老夫人也频频拭泪。映雪到了这个地步，更是柔肠寸断，泪如雨下了。淑苹、伯超泪眼相对，彼此抚慰。

这样一番祭拜，一番痛哭，恩恩怨怨，都化为虚无。大家最关心的，只剩下乐梅的伤势和身体了。

从这天起，起轩就自由出入乐梅的房间。除了更衣洗涤，起轩回避之外，喂药喂食，都是起轩和小佩的事。两人已合作无间。万里每天都来，把父亲也带来诊视，一起开药，一起熬药。宏达和起轩、万里三个，已经成了好友般，彼此帮忙。映雪和淑苹主要是帮伤口换药包扎，毕竟女人的手比较温柔，尤其是母亲的手。

这样，在柯家、韩家、袁家、杨家的合力治疗下，伤口慢慢好了。只是，乐梅的神志依旧不清，总是昏昏沉沉地睡着。这天晚上，起轩靠在一张椅子里睡着了，他看来憔悴又狼狈。

有人拿着一件棉袄，轻轻替他盖上，他却如惊弓之鸟似的一惊而醒。

"乐梅……"他惊慌地喊。

"她没事，没事……"映雪赶紧说。

起轩抹把脸，这才发现自己身上盖了棉袄，不禁一怔看着映雪。

"披着它，再歇一会儿吧！你累坏了！"映雪说。

"伯母！谢谢你！"起轩感动着，受宠若惊。

映雪定住不动，迟疑了一下，转回来面对起轩：

"是我该谢谢你，这些天来，你衣不解带、寸步不离地帮我照顾乐梅，今天我为你添件衣裳，实在不足挂齿！"

"不！绝非不足挂齿，你这小小的举动，对我却意义重大，从全面排斥到细心添衣，如果是乐梅看见了，她会以为自己掉进了一个全新的世界，我现在也就是这种感觉！"

映雪听了，心中生起一种柔软却又酸楚的感情。

"是啊！这里有个全新的世界在等着迎接她，只要她能醒来，我愿意给她一切最美好的！"

两人心意相通，彼此互视。这时，忽闻床上的乐梅低吟了一声，两人一惊，一齐扑到床边察看。起轩说：

"你瞧她是不是要呕吐呢？"

"应该不会吧！这两天都没这个症状了……我们还是把她扶起来的好！"

于是两人合力把乐梅扶起来，让乐梅靠在映雪身上，起轩急忙去拿了毛巾和盂盆过来准备着。却见乐梅不断眨动着眼睛，慢慢地，眼睛睁开了。乐梅在模模糊糊中，看见起轩焦灼的面孔。

"起……起轩……"

起轩怔了一下，但不敢确定。映雪便心疼地、怜惜地抚摩乐梅的头发。

"她又在呓语了是不是？唉！不吐就好！"

乐梅听着声音，无力转头，但眼珠却往映雪方向转，嘴里轻轻唤着：

"娘……娘……"

起轩大大一震，毛巾、盂盆全掉在地上，他脱口大叫：

"她醒了，她醒了，我是说她真的醒了，这不是呓语，她刚才是看着我，然后叫我的名字，现在又听了你的声音才叫娘的，而且她眼珠子在转，在找人，她要看着你呀！"

映雪先是被起轩吓一跳，随即就被他的激动所感染，拉了枕头让乐梅靠，好让自己可以看见乐梅的脸，一边迫不及待地喊着：

"真的吗？乐梅！乐梅！娘在这儿，你看见我了吗？你叫我，回答我呀！"

乐梅这下可以看见映雪与起轩的面孔，同时在她眼前，她努力睁了一下眼，然后喃喃说：

"我……我在做梦……"

起轩、映雪呆了一下，起轩急得又大叫：

"不不，不是做梦，你看清楚，我是起轩，我跟你娘一起在照顾你，一直在盼望你清醒过来，盼了好多好多天。乐梅，请你醒过来，请你多说一两句话，多一两个反应，让我们确定你是清醒的好不好？"

乐梅果然再度睁开眼睛，努力集中精神地看着两人。映雪渴盼地说：

"孩子啊！这是真的，娘跟起轩可以同时出现在你面前，没有张牙舞爪，没有愤怒争吵，娘再也不逼你从中择一，你可以同时拥有我们的爱，你听清楚了吗？所有的痛苦折磨，统统都过去了，请你健健康康地好起来，好起来呀！"

映雪说得声泪俱下，起轩的脸孔，也充满着热烈的期盼。

乐梅感到了真实，脸上有了表情，她不断努力地睁大眼，目光在两人之间游移，嘴里重复地喊：

"娘……起轩……娘……起轩……娘……起轩……"

映雪与起轩听她喊一声便点点头，也是越来越激动，那种狂喜，那种失而复得的震动，让他们泪中带笑，笑中又带泪，最后映雪忍不住地把乐梅一抱。

"乐梅！你真的醒了！真的醒了！"

起轩伸手抚摩乐梅抱着映雪的手，乐梅立刻把这只手紧紧握住。起轩顿时热泪盈眶，三人都沉浸在重生的喜悦中。

第十四章

　　三个月后，乐梅痊愈了。在一个吉日里，柯家的聘礼，也浩浩荡荡，一抬抬地抬进韩宅大门。起轩和乐梅，终于守得云开见月明，正式订婚了。根据当地的习俗，订婚之后的未婚夫妻，就不能再见面，也不能私下通信，必须等到正式迎娶那天，当新郎新娘的时候，才能再聚。而且订婚期要一年。这个习俗也不知道是为了什么，起轩才没办法等那么久，最后，婚期定在半年后。定了亲，再等六个月，也是甜蜜的等待吧！乐梅心事定了，开始为了新婚，亲自绣一床锦被，她选了鸳鸯图案，把所有对新婚的期盼，全部一针一针绣进这条"鸳鸯锦"里。也用这个，来治疗自己对起轩的相思。

　　对于起轩来说，骤然从每天见面，变成要六个月不见，他简直烦躁得不得了，但是，想想六个月以后，就会把乐梅娶进门来，从此朝夕相伴，他也只好少安毋躁了。有时，想到"洞房花烛夜"，还会傻傻地痴笑起来。

当然，对于这个婚事，映雪也有些怅然，虽然柯家就在雾山村，毕竟和四安村有段距离，从此母女不能朝夕相伴了。可是，这事却被士鹏一句话给决定了：

"映雪，同乐梅一起进我们柯家的大门吧！"

映雪一震，还没想清楚，士鹏又说：

"既然已经前嫌尽释，又成了亲家，为什么不让我们成为真正的一家人呢？"

映雪心里是愿意的，可不知怎么的，嘴上就是说不出来。

"我用一个理由来说服你吧！你舍得跟乐梅分开吗？"延芳感性地问。

这话正中下怀，映雪忍不住就看一眼淑苹与伯超。

"好好好，她已经被你们说服了！答应了吧！还有什么比这样更圆满的呢？"伯超说。

映雪温柔地微微一笑，对士鹏、延芳点下了头。

这事解决了，还有小佩。当韩家全部欢欢喜喜等结婚时，小佩却眼眶红红的。每天对乐梅殷勤得不得了，伺候得周周到到，然后哽咽着说：

"你再过六个月就要出嫁了，我……我再怎么伺候你，也只剩下六个月的日子，你结婚后，我怎么办呢？"说着说着，就哭了起来。

"你……你不要哭嘛！谁说只剩六个月的日子？谁说我们要分开了？我会带你一块儿过门，你始终跟着我，直到有一天你嫁人为止，好不好？"

小佩泪汪汪地看乐梅一眼，嘴巴撇了撇，摇摇头，又哭了。

"你哄我的，人家才不会要我呢！我是傻丫头，老闯祸，人家怎么会要我？那边的紫烟姑娘，又聪明又标致，说不定她煎出来的药都是甜的，人家肯定派她伺候你，没我的份儿！"

乐梅心疼地一把抱住她，一迭声地喊着：

"有的有的，当然有你的份儿，我谁都不要，就要我的小佩！小佩跟我一起嫁过去，是我的陪嫁丫头！不然我就不嫁，行了吗？"

还有什么不行的呢？柯家对乐梅，是言听计从的，这事也定了。

柯家这边，忙着迎娶，更是忙不完。全家都在重新装修房子，布置洞房。只有起轩无所事事，整天想着，这六个月怎样挨过去？不知道夜探韩家，算不算违规？想起好不容易才征服了映雪，决定还是不要鲁莽行事。看到起云和怡君夫妇，为他忙得晕头转向，不禁抱歉地说：

"辛苦大哥大嫂了，这么费心地张罗一切，真希望我也能帮点儿什么！"

"你要帮就帮你自个儿吧！新娘子左右是跑不掉，你能不能别再害相思病，利用这半年，好吃好睡，弄得神清气爽，等着做新郎官吧！"起云说。

大家都笑了起来，起轩不好意思地笑笑，心中却涨满了喜悦。

老夫人东想西想，忽然从衣兜里拿出一把钥匙，对紫烟说：

"我这儿有一把钥匙，是'南房'的钥匙，很重要的，交给你管吧！"

"是，你只管吩咐我要做什么？"紫烟接过钥匙说。

"你带几个丫头呀，去那间屋子里给我找一找，我记得里面存放了许多好东西，像成套的银器啦！上好的象牙筷子，还有婚礼用的金杯，景泰蓝的茶具，嵌了珠宝的屏风……和各种珠宝，总之，你去瞧瞧，用你这机灵的小脑袋瓜子清点清点，看我们能用些个什么。"

"奶奶要把家当全搬出来了，好小子！你成个亲倒比我还吃香，还风光，啊？"起云说。

一片笑声中，起轩笑嘻嘻的，脸孔发着光，环视厅子，真恨不得大喜之日转眼就到才好，怎么还要等六个月呢？

这晚，在雾山村的小酒馆里，铿锵一声，三只酒杯一碰。

"等等！这一杯干什么？"宏达说。

"羡慕！"起轩说，"我现在是羡煞你们两人了，一个借同住之便，一个借行医之便，你们都可以看见乐梅，就我不能，想想看，还得再熬上半年呢！哦……这是什么规矩嘛！"

"哎哎哎……你真不够大方，你们还有一辈子好过呢！而我们再怎么样看乐梅，最多也就这半年的时间了，你自己说，是谁羡慕谁啊？"宏达说。

"对不起！"万里说，"这一杯我不喝，本人不羡鸳鸯只羡仙，我不过是陪在你身边打转而已，结果爱情带来的痛苦、烦恼、眼泪和疯狂，我全体感同身受，简直就像大病了一场似的，我不懂这番折腾，有什么值得羡慕？"

"万里！"起轩说，"爱情要是没有痛苦，你怎么能领略甜蜜的滋味呢？爱情要是没有眼泪，欢乐的笑声又要从哪里飞来呢？我告诉你，这人世间要是没有爱情，那就像一片荒原、一片沙漠，为爱情而哭而笑，或疯狂昏乱，这才是有味的、真实的人生，不然你就不算真正活过！"

万里静静地瞅着起轩不语，那边宏达已经大声叫好起来。

"我赞成！来，我们为爱情干一杯！"

"让我替你的话加一个小小的注脚，怎么样？"万里说，"我想，并不是每一段轰轰烈烈的爱情里边，都存在一位医术高超的大夫，幸而有之，那才能真正'活过'，假如不幸没有，只怕是真正'活不过'了！"

起轩眉毛一扬，不说话了，研究地看着万里。

宏达已经喝得有些傻了，瞪着眼睛"哈哈"笑了两声，但仍意识到气氛有点不对，可又弄不清怎么回事，困惑地抓抓头。

"我是不是听见一种不大是滋味儿的声音了？"起轩说。

万里脸上的表情忽然变得不自在起来，把面前的酒一口干了，似乎是挣扎了一下，他骤然大声道：

"对！你说对了，我的确很不是滋味儿，谁说爱情都是先苦而后甜，那是因为你得到了圆满的结果，有些人是得不到的，好比宏达，好比……好比我！"

起轩一惊，宏达更夸张，一骨碌跳起来，整个身子几乎要横过桌面地倾向万里，一面用手指直掏耳朵。

"你说什么？再……再说一遍？"宏达说。

"说就说，难不成只许你承认喜欢乐梅，就不许我承认吗？"万里说，"你需要这么惊讶吗？古有明训，窈窕淑女，君子好逑，我自认是个君子啊！两位有意见吗？"

起轩似笑非笑地看着万里，用一种类似惊喜的口吻说：

"真想不到啊……铁汉居然也会动情……这简直就像铁树会开花，这……是几时发生的事？是不是因为你教她打太极拳的缘故，两人有说有笑，有谈有聊的，就拉近了距离，对不对？气死我了！"

"你气什么呀？我本来自由自在，心无杂念，快活得像神仙的一个人，为了帮你、救你，才陪你一块儿跳进漩涡里，转得我头晕脑涨，现在可好，你得了佳人，我成了病人，也许兄弟我这一辈子就动心这么一回，却眼看是毫无结果，你这个罪魁祸首，起码应该安慰我一下，以示风度嘛！"万里说。

"不行不行！"起轩说，"你太危险，我要是再对你有风度，那是加倍危险，对不起，我要先小人后君子，打从明儿起，你别再去韩家！"

"那谁带乐梅打拳？打拳对她的健康有很大的帮助呀！"宏达问。

"你带你带，你不是也跟着学了，以后就由你带着乐梅打拳！"

"哦！他危险，我安全，他带你就这么紧张，我带就准定没事儿，你这分明是瞧不起我嘛！"宏达说。

"好了好了，你别穷紧张了好不好？我再危险，也威胁不了你，乐梅对你的一片心，谁也动摇不了，我这辈子弃权，等下辈子吧！"万里说。

"喂！就算等到下辈子，你老兄也得排在我后头，懂吧？"宏达说。

"错了！"起轩说，"这辈子、下辈子、下下辈子，永永远远，乐梅都是我的，任何人都没份儿，我说这话，天地为证、日月为鉴，我生生世世都要找到她，生生世世都要跟她做夫妻，白头到老！"

万里、宏达呆了一会儿，相对一望，然后都泄气地大大一叹，起轩慌忙说：

"干杯干杯！两位兄弟的盛情，我柯起轩谨记在心，永生不忘！"

三个杯子一碰，干了杯子，三人彼此相视着，扑哧一声地都大笑起来。

紫烟这天心事重重，拿了钥匙，她去过了那间"南房"。里面的珍珠宝贝、金银器皿、绫罗绸缎、古画珍玩……琳琅满目，震惊了她。她知道柯家有钱，没料到这么有钱。这让她又想起了母亲，那个被老夫人驱逐出门，最后堕落烟花的母亲。当母亲人老珠黄时，老鸨逼着母亲，要让紫烟卖身。为了保护紫烟，母亲被痛打，然后被赶出妓院。然后，母亲疯了，母女住在一间废弃的屋子里。母亲对着紫烟反复地说：

"我是纺姑！老夫人身边的纺姑，老夫人身上香着呢！我每天帮她采花，帮她晒干，帮她熏着衣裳，熏着被子……那寒松园可大着呢……我穿过了微雨轩，然后是吟风馆、望星楼、卧云斋、梦仙居……到了落月轩，我这一生中最美好的回忆，统统藏在那寒松园里……"接着就暴怒起来，"柯家是我的一切，老夫人打断了我的一切！我快要死了，只要死了，我就要飘啊飘……

回到寒松园去报仇！我要老夫人的命！"忽然间，母亲眼睛瞪得像铜铃，"紫烟！你去帮我报仇……报仇……报仇……"

然后有一天，紫烟出去干活，回来的时候，看到母亲悬梁自尽了。

紫烟成了孤儿，母亲的话，在她耳边不断回响，不断回响……就像山谷里的回音。柯家、老夫人、报仇！她用了很多时间设计，跟踪起轩，假装撞车，成功地混进了柯庄，也成功地成了老夫人的亲信和贴身丫头。可是，这条"报仇"之路，她却走得颠三倒四，几次已经到手的机会，都在自己的"不忍"下，再被自己破坏掉！那老夫人身上，有种让她无法抗拒的东西，她不知道那东西应该叫什么，她就是无法对老夫人下手！

起轩要结婚了，整个柯家都是喜气洋洋的，唯独紫烟，孤寂落寞又愤恨自己。这晚的月色很好，她特别思念母亲。那一生被柯老夫人毁掉的母亲、堕入烟花的母亲、疯掉的母亲、悬梁自尽的母亲！在月光下，她提了一桶水，走到花园僻静无人的角落里，放下水桶，跪在前面，一遍又一遍把她的头浸到桶中水里去。

"清醒清醒你的脑子！清醒清醒你的脑子！别人能够狠心绝情，你为什么不能？为什么这样懦弱？为什么？"

紫烟呛了水，一阵剧咳使她跌倒在旁边的地上，一身狼狈，喘息着仰望天空。

"娘！为什么这个柯老夫人，跟我想象中的完全不同呢？难道时间真的改变了她？难道她真的变成了一个慈悲的老人家？但这样她就值得原谅了吗？"

紫烟痛楚莫名，抱头跃起，对着周遭低语：

"不……不……我不甘心，我不甘心就这么罢休啊！现在我可以随时随刻下手报仇了，这不就是我要的吗？为什么我还要退缩？"

她扑跪落地，当的一声，那把钥匙掉在地上。紫烟一看钥匙，她急促喘息，激动昏乱之下，突然生出一个念头来。

"好……好……对人我下不了手，对你们的家当，你们的那间宝库，我总下得了手吧！"

她咬牙切齿地一把抓了钥匙，站起身来。

夜过三更，紫烟抱了稻草，从那间"南房"倒退出来，一边抛稻草，一边退出屋子。门边还有一捆稻草，她一阵乱踢，将稻草踢散。屋子里里外外都已经布满了稻草。紫烟气喘吁吁地一路直退，拿起了放在地上的一盏油灯，咬咬牙，把心一横，将油灯摔了出去。哐啷一声，油灯砸碎在门口那一堆稻草上，火上加油，顿时便熊熊燃烧起来。

紫烟震动地退了退，火光映照在她脸上，闪烁的光影和噼噼啪啪的燃烧声音，带给她一股复仇的快感。她一边跑走，一边喃喃地说：

"烧吧！烧吧！把你们的宝贝全体烧个精光！烧吧……"

这晚，万里正在他那"济世堂"书房里，桌上摊着一本医书，他以手支头地睡着了，外头传来嘈杂吵嚷的声音。好多人在嚷嚷：

"哎……你们瞧见没有？那儿怎么在冒大烟，会不会是失火啦？"

万里被吵醒，揉揉眼，尚在迷糊中。听到药铺的徒弟们在嚷嚷：

"哎呀！火苗蹿上来了，你们瞧，你们瞧……"

万里一惊，顿时清醒了大半，起身走出去，推门而出，只见好几人正对着远方火光冲天处指指嚷嚷着：

"不得了，村尾失火啦！不知道是哪一家……哎哟！火烧得好大呀……瞧瞧去，快瞧瞧去……"

万里一脸震惊不安地看着人们三三五五地奔去。一位老先生正匆匆跑来，不知在人群中看见了什么熟人，大叫一声：

"哎！阿城他爹……咳！我正是赶着来告诉你，那失火的是柯庄呀！"

"什么？我们阿城在柯庄帮佣啊……"

老者话没说完，万里扑过来，一把抓住了他，急急地问：

"你说柯庄失火？柯士鹏的柯庄吗？你有没有弄错？"

"怎么会弄错？我从那儿过来，亲眼看见的呀！"

万里大骇，一把放掉了老者，拔脚向柯庄狂奔而去，一面回头对徒弟说：

"守好药铺！把治疗室准备好，万一有人受伤可以及时治疗！"

柯家这场火，来得猛烈，窗口轰然一响，火舌乱窜着。

整个柯宅房间里里外外，到处都是火在熊熊燃烧，柯家的家丁仆人和好心的邻居，分别在不同的方向，排了几行人，紧张地传递着水桶、面盆之类的盛水容器，来扑火救灾，还有些人敲着锣、敲着脸盆地奔走喊叫着：

"走水走水啊！大家快来帮忙救火呀！走水走水，家里的木桶水盆儿全搬出来，帮帮忙，帮帮忙啊……"

柯家仆人快传着水桶，后面的人也一直传递，水桶传到了前线，纷纷泼向火苗，但火势太大，几桶水简直徒劳无功。燃烧的匾额骤然倾斜，哗啦一声砸将下来，底下救火的人惊叫四散。

"小心小心啊！"众人喊着，"小心柱子！小心屋檐！小心窗子……"

火势越来越大。

万里飞奔而来，喘吁吁地站住，被眼前的景象震慑着。他冲进混乱的人群中，大声吼叫：

"有没有看见柯家的人？柯家的人是不是都救出来了？你有没有看见柯家的人？你呢？你呢？你呢？"

人们和他错身而过，有的忙乱不顾，有的摇头，有的称说"不知道"。

万里焦灼万状地抓住一个人。

"你有没有……起云！"

"万里！爹！爹！是万里啊！"起云通报着。

前面一人转过脸来，正是士鹏，万里激动地又抓住士鹏。

"哦！谢天谢地，其他的人呢？是不是都逃出来了？"

"应该是吧？幸亏发现得早，不然火势一发不可收拾，真是太可怕了！"

"他们都在哪里啊？起轩呢？为什么没跟你们在一块儿救火？"万里问。

"我不知道，也许在照顾家人吧？你帮我找找，看他们有没有人受伤了！"

"是！我这就找去。"万里说。

万里到处冲冲撞撞地寻找、呼喊：

"起轩！奶奶！柯伯母！你们在哪里？起轩！……"

"万里！万里！我们在这儿……"

万里循声望过去，只见一堆女眷或站或坐地挤在一处哭泣。万里立即奔了过去，先就抓住了老夫人和延芳。万里说：

"奶奶！伯母！你们没事儿吧？啊？"

延芳哭着摇摇头，老夫人则一边发抖，一边抓住万里喊：

"万里啊！太可怕了，火一下子就烧了起来，要不是紫烟丫头发现得早，拼命叫醒我们，我们全完了，全完了……"

万里看紫烟一眼，只见她直着双眼望着火场，掉了魂似的喃喃自语：

"怎么会烧成这样？怎么会……"

万里顾不得紫烟，再冲向佳慧，她一手抱着号啕的小铮，一手搂着大哭的小康在发抖。万里说：

"大嫂！你怎么样？你和小康、小铮有没有受伤？"

"没有……没有……"佳慧说。

"可是起轩呢？他到哪儿去了？"万里四面一看，紧张地问。

"怎么？他不是跟爹和起云在一块儿吗？"佳慧说。

"没有哇！我刚刚才碰见他们，他们还说，起轩应该是同你们在一起！"

"什么？我们始终都没看见他呀！"延芳说，"怎么会这样呢？难道……难道他还在里头吗？起轩啊……"凄厉地大喊起来，"起轩！"就要往火场里冲去。

"伯母！你要做什么？"万里一把抓住延芳。

"起轩在里面，他一定还在里面啊！如果他出来了，怎么会不来找自己的家人，让大家安心啊？老天！他还在里面，怎么办？他说他要去南房找个东西送乐梅，火，好像就从南房开始烧的……"

紫烟骇然不已，瞪大了眼睛。拔脚就往火场里冲去，惨烈地喊：

"我去找他！我去……"

万里一把拉住紫烟。

"你一个女孩子，去干什么？送命吗？"

在一片喊叫起轩的声音中，万里大声一喊：

"大家冷静一点儿，你们统统待在这儿别动，听见了吗？我来想法子救人，交给我！"

万里着急昏乱地冲了几步，猛然看见地上堆放着几床棉被毛毡。万里不假思索地冲向最近的一个传水行列，劈手夺了水桶，他举起水桶兜头一淋，淋湿了全身，在旁人愕然之下，他又抢了一脸盆的水，冲向那堆棉被毛毡，把整盆水浇在一床毛毡上，然后抓起湿淋淋的毛毡一裹，拔脚就往火场冲去。众人惊呼：

"喂！你是不是疯啦？火这么大，你不能进去呀……"

万里充耳不闻，他奋不顾身，拼命一般地往前直冲，没有人拦得住、拉得住他，就在众人频喊"拦住他"的声音下，他已经冲进熊熊大火中去了。

整座宅子都陷入一片火海当中，救火的队伍全部放弃了，眼看大火吞噬着屋子。柯家众人和紫烟，魂都没有了，个个瞪视着那重重叠叠垮下的门楣廊柱，好似被掏空了一样，老夫人和柯家众人都哭泣地喊着：

"起轩！万里！起轩！万里！起轩，万里……"喊得声音都哑了。

就在这一片呼喊声中，万里背上扛着被烧得面目全非的起轩，从火场中飞奔而出，救火众人惊呼着，赶紧拿起水桶，对着两人泼洒过去，一阵嗞嗞的声音加上烟雾，从两人身上冒了出来，烧焦的味道弥漫在空气中。老夫人一声痛喊：

"起轩！"就厥了过去，紫烟赶紧抱住老夫人的身子，哭喊着：

"老天！老天！怎会这样？怎会这样？"

雾山村的药铺，就是当时的医院，最大的一间，就属于万里父子的"济世堂"。起轩已经躺在一个担架上，被好多人抬着，万里一口气奔到济世堂，后面，柯家众人追的追，赶的赶，老夫人被邻人的骡车载着，女眷们挤在一起。万里砰然推门而入，一身肮脏狼狈，十万火急地大叫着：

"快快快……把他抬进去，放在床上，抓牢他的手，千万别让他碰自己的脸……徒弟，去把我爹找来！起轩被烧成了重伤，快来帮我救人啊！"

起云和数名家丁抬着起轩，起轩全身被一床毡子裹住，脸上用一片布覆盖着，只在眼、鼻、口处挖了洞，他挣扎地呻吟，却发不出什么声音，显然是痛苦极了。药铺外，延芳没命地奔来，就要冲进去。

"起轩！起轩！我的儿子啊……"

"你别进去吧！万里和他爹会尽力救治的，你进去也帮不上忙呀！"士鹏说。

"你也看到了，他被烧成那个样子呀！他还能活吗？还能活吗？为什么没有一个人发现他还困在里头啊？"

"别这样，别这样吧！当时都太混乱了呀！"

一旁站着颤巍巍的老夫人，由紫烟、徐妈搀扶着，管家老刘跟在一旁。

"为什么是起轩哪？困在里头的，为什么不是我这个老太婆呢？为什么是起轩哪？"

"老夫人！刚刚你才厥过去，不要太激动！你振作点儿啊！"徐妈说，"万里少爷会救他的！乐梅掉下悬崖，万里少爷都救活了！我们相信万里少爷吧！"

紫烟在一旁呆呆地站着，好像魂都没有了。

韩家得到消息，是第二天早上了。老刘亲自到韩家去报信。淑苹一听，震惊不已，睁大眼睛问：

"什么？昨儿个夜里失火，房子全烧掉了？"

"人呢？房子没关系，人救出来没有？"伯超急问。

"都救出来了，只有……只有……"老刘说不出口，眼眶涨满了泪。

映雪恐惧地看着老刘，颤抖着说：

"不会是起轩吧？起轩没事吧？"

老刘一个劲儿擦眼泪。映雪脸色变白。

"他死了？"她问。

"二少爷他……二少爷他没死，可是……他叫万里少爷背出火场的时候，已经给烧得……烧得面目全非，惨不忍睹啊！救不救得活，实在没谱！"

韩家众人全部惊怔。映雪用手压住胸口，脸色惨白。

"这事……"映雪声音颤抖着，眼神却十分坚定，"要瞒着乐梅！在乐梅面前，谁都不能说！知道吗？"

众人纷纷点头。伯超急忙问老刘：

"你们一夜之间，家园付之一炬，现在可怎么办啊？"

"我们还有座旧的宅院，寒松园，把那儿打扫清理一番，安身之处倒还不用愁！那院子比柯庄还大！"

"好好好，待会儿我立刻叫人打包一些衣物、食物，你看有任何需要，只管吩咐他们，我再调一批人随你回去，帮忙整理寒松园！"伯超说。

"多谢韩老爷！多谢韩老爷！"

"谢什么，我们是亲家，如今柯家有难，我自当鼎力相助！"伯超说。

"唉！天有不测风云，若是财去人平安，倒也算是不幸中之大幸，可偏偏弄了个二少爷生死未卜，最叫人痛心啊！"老刘说。

"可他有万里呀！我们乐梅不都叫他给救活了吗？他也一定能救起轩，一定能的！"淑苹充满希望地说。

"这么优秀的一个孩子，我不相信他的福命会如此短暂，我绝不相信！"伯超说，拍拍映雪的肩，"上天有好生之德！"

映雪魂不守舍，痛楚地看看乐梅房间的方向。

"这算什么苦命鸳鸯呢？一个才好，一个又倒！"她喃喃地说着，脸上有着恐惧的阴影，"看样子，婚礼是肯定无法举行了！"

第
十
五
章

万里向床上一扑，紧张地、小心地翻看起轩的眼睛，起轩整头整脸都包扎起来，仅露眼、鼻、口，万里再看他嘴唇发紫，急得回身大叫：

"爹！我看他又有厥脱的现象！"

杨老大夫与紫烟正忙着研药，一震抬头，杨老大夫急声道："那么快，拿药粉给他鼻饲，用麦管吹进他的鼻后道！"

紫烟与万里同时冲向一张桌台，上面瓶瓶罐罐一堆，紫烟抢先拿起一碟药粉和一根吸管一样的器具。

"快给我，你不会弄的！"万里说。

"我会，我会，我已经看着你做了几次，我真的会！"紫烟说。

"你应该跟其他人一样待在外头，别在这儿碍手碍脚！"万里说。

紫烟毫不理会，只把麦管沾了粉的那头微微插入起轩鼻孔，然后用嘴一吹气，重复地做着。万里怔住了，杨老大夫惊讶地说：

"她做得很好，你就让她做吧。我们帮手也不够，两个徒弟都在熬药做药膏，你快来帮我磨药！"

万里忙冲到父亲身边，赶快动起手来。

紫烟这时暂停了一下，俯看着昏迷的起轩，激动低语：

"活过来，求求你，你一定要活过来呀！"

万里看在眼里，震了震，但此刻无暇多想，便低下头去卖力地捣着药。

紫烟一边掉眼泪，一边继续吹药粉。

在这间房间外，老夫人脸色苍白，闭着眼呼吸急促地撑持着，徐妈站在她身后替她不停地按摩。士鹏垂头丧气，延芳则挺挺坐着，面无表情，一双眼睛直勾勾地望着里面。就在此时，宏达一阵风似的冲进来。众人一惊。

"宏达！"士鹏说。

"柯伯伯！我是奉了家父之命，专程赶来的，我们弄了一车子的日用之物，又派了好几个家丁来帮忙，这会儿都跟着老刘到寒松园去了！"宏达说。

"令尊盛情……回去请代我道谢！"士鹏黯然地说。

"快别这么说，老夫人！伯母！我爹娘同我舅妈，听到这样不幸的消息，都非常痛心着急，他们巴不得立刻赶过来，又担心惊动乐梅，后果不堪设想，因此派我前来致意！"宏达说。

老夫人与延芳看着宏达，都悲伤含泪，不能言语。宏达急问：

"起轩现在怎样了？"

"还没能稳定下来，我们断断续续地进去瞧过几眼，只见万里他们父子竭力在救治他……"士鹏说。

"我可不可以进去瞧瞧？我不会妨碍任何人的，就站在门口瞧他一眼！"

士鹏点了点头，宏达往里面一冲。冲到门口，就看到一个惊人的场面，只见起轩猛然从床上坐起，双手往脸上乱抓，张大口喊叫，却发不出正常的声音，而是一种气声。万里紧急地自起轩身后扑过来，抓着起轩双手，一边大声喊叫着：

"快帮我阻止他，捉住他的手呀！快快……把那捆棉布拿来，我们必须把他捆起来……"

宏达站在那儿，一脸惊骇至极。再看向起轩，这正激烈挣扎，捆得如同木乃伊的人，怎么可能是起轩？这时紫烟正抖开那捆布条，与万里、杨老大夫手忙脚乱地捆着起轩。起轩痛苦挣扎中，一脚踢中了紫烟的肚子。紫烟痛得喊了一声，跌倒在地。万里抬头看到目瞪口呆的宏达，就急忙喊：

"宏达，快来帮忙，拿棉被盖在他腿上，再压住他，快！"

"哦哦……"宏达赶紧上前帮忙。

"行了行了，这下我牢牢抓住了他的手，你快把他捆起来！"老大夫说。

于是万里迅速地用布条缠绕，将起轩双臂贴身缚住。紫烟从地上勉力爬起，手捂着肚子，对万里着急地说：

"他一定是疼极了，不是有止疼药吗？给他吃呀！别让他这么痛苦！"

"我也希望让他止疼，可是用药不能漫无限制……"万里说。

"他都疼得死去活来了，还限制什么呀？"紫烟喊。

"疼痛要不了他的命，药物过量却可以致死，这样你懂了吗？

懂了吗？"

紫烟震慑住，惶然不知所措，门口传来老夫人的声音：

"发生什么事了？你们在吵什么？起轩怎么啦？"

"快别压着他，他腿上有伤，他浑身都是伤呀！"延芳一看，惊喊。

起轩顿时双足乱踢，棉被叫他一踢，飞向延芳，延芳惊呼地一个踉跄。

"你们别过来，他因为疼痛，挣扎得很厉害，我们必须把他的双手绑起来，以免他伤了自己，加重伤势啊！宏达是在帮忙我们！"老大夫解释。

"他好不容易恢复意识，有了感觉，我们却净在这儿浪费时间！"万里说。

"好好好，是我错了，有什么吩咐，你只管说，我完全照做！"紫烟应着。

"那就快把桌上那碗'开音汤'拿过来呀！宏达！再像刚才那样压住他！快！"万里说，"柯伯伯，伯母，请在外面等，不要进来！"

延芳慌得不知要帮忙好，还是阻止好，士鹏将她一把拉开，震颤地说：

"信赖万里！他是在救起轩的命啊！"

延芳眼泪一掉，士鹏拉她退至老夫人身边，老夫人慌张不知所措着，紧紧握住延芳的手，婆媳两人，都为起轩痛楚莫名。

在治疗室里，紫烟端来了药，起轩腿被宏达压制，身子被徒弟抓住，万里一手托他下巴，一手扶住他后脑勺稳住，说：

"喂他喝！快喂他喝！"

紫烟小心地喂，却喂一口吐一口。万里着急地说：

"你要强迫灌下去，他必须喝这个药，不然他咽喉的灼伤会更加恶化的！"

紫烟一震，咬咬牙，便强灌起轩，直灌得他呛咳起来，紫烟不禁急急一退。

"回来！"万里喊，"他必须再喝，把这一大碗都喝完才行，如果你做不下去，你就给我出去，别再进来！"

"我做我做，我什么都做，好不好？"紫烟慌乱地说，双眼直直地看着起轩。然后，自己含了一口药汁，用来漱漱口和喉咙就吐掉，然后又含了一口药汁，在所有人还来不及反应之下，紫烟一俯头，就跟起轩嘴对嘴地把药汁徐徐注入。

万里与父亲大吃一惊。宏达目瞪口呆，紫烟喂完一口，猛吸口气，再含一口，继续嘴对嘴地喂着，起轩虽仍有挣扎，却不再呛咳，这个方法显然奏效了。万里震动了，长辈们在外间伸头观看，个个感动着，尤以老夫人为甚。大家安安静静地看着紫烟喂药，总算一碗药，漏掉一部分，却大部分都喂进去了。

终于，精疲力尽的起轩安静下来，似乎睡着了。

宏达放开了压住起轩的手，再仔细看起轩，一个控制不住，冲出房间，一直冲到"济世堂"的院子里，扑在一棵树上，没命地扯开领子衣扣，不住地喘着大气，却无法镇定下来，他激动地对树端上一脚，接着又握拳猛捶树身，他身后突传来万里的一喊：

"宏达！"

宏达猛然回身，看见疲倦、狼狈不堪的万里。

"那不是起轩，那怎么会是他呢？不过是几天以前，我们三个还在痛快地干杯，醉话连篇，为什么突然间会发生这种事情？我不能接受这个……"

"站好……你给我站好！听着，从昨晚上冒死冲进火场，把焦头烂额的他给拖出来，然后不眠不休地救治到现在，你无法想象我内心的痛苦有多么巨大，所以别在我面前崩溃好吗？我没有多余的力气来支持旁人！"

宏达退了一下，狼狈地抬着衣袖拭泪，无言以对。

"把眼泪擦干，现在坚强的人已经没有几个，你必须是一个，懂吗？"

宏达深深吸口气，点点头。

"你要安慰韩家的长辈，稳住他们，如果你稳不住，叫乐梅发现了，那没有人知道会出什么事，这一个惨剧已经让所有的人痛不欲生，不能再制造第二个了，你一向沉不住气，但是这回，你无论如何都要稳住！"

"可是……他会变成什么样子呢？"宏达问。

万里脸上猛地抽搐一下，跨着大步蹽开，大声说：

"我不管他变成什么样，只要他能活下来，那才是最重要，最重要的！"

这么吼完之后，万里二话不说地就一头冲进药铺去了，留下宏达呆若木鸡地站在原地。

十天过去了，起轩还躺在"济世堂"的治疗室里。房中安安静静，起轩躺在床上一动不动，万里在一旁累得打瞌睡。半晌，起轩睁开了眼睛，眨动着，唇干舌燥地嚅动着嘴巴。他虚弱地试图说话，无声地说着：

"水……水……"

他咽口口水，却咽得他用力地闭了闭眼睛，很痛苦的样子，然后再试一次，依旧徒劳无功，他的手摸索上来，想摸摸喉咙，所触都是棉布，等到摸到整脸都是棉布时，不禁慌了，手胡乱地一挥，哐当一声，把旁边桌上的一个碗打落地上。

"起轩！起轩！……"万里一惊而起。

"万……万里……"起轩努力睁着眼，努力抓万里的衣襟。"万里……"他一再地喊，却只有口形和气声。

一脸胡楂，红着双眼，狼狈万状的万里，震动不已。

"你在喊我的名字，对不对？你认得我了，你真正清醒了，对不对？"

万里大叫之际，房门口，紫烟正端着一碗药仓皇而入，也是一副钗横发乱，疲倦不堪的狼狈模样。紫烟颤声说：

"你说什么？他清醒了，是不是真的啊？"

"真的真的，他虽然发不出声音，可从他的口形可以看得出来，他是在喊我的名字啊！"万里激动地对紫烟说。

"二少爷！二少爷！"紫烟扑下身子，睁大眼睛看着起轩，激动至极地喊。

"我……我的声音……我的脸……"无声的口形，恐怖的眼神。

"我知道我知道，你别急，听我说，先不要强迫自己说话，你还不能说话，因为你的喉咙受了伤……"万里说。

抓着万里衣襟的起轩手一紧。

"为……为什么……"起轩眼神急迫。

"不要惊慌,我告诉你,你已经昏昏沉沉了十天之久,现在终于清醒过来,你等于是在鬼门关前打了一转,还有什么比你能活下来更值得庆幸,啊?所以你要安静,别再激动了,让我慢慢告诉你发生了什么事,好吗?"

起轩喘息着,闭着眼睛辗转着脑袋,痛楚让他不停地抽动。万里激动得热泪满眶,紫烟已经满脸泪痕,一瞬不瞬地看着起轩。万里说:

"听着,十天前,你家发生了一场大火,我不知道你还记得多少,总之,当我冲进火场以后,在大厅找到了你,把你救了出来……"

起轩呼吸急促起来,眼睛用力睁着,盛满震惊恐惧。万里继续说:

"不瞒你说,你浑身烧伤多处,连喉咙也被热烟熏伤了,所以你现在无法说话,为了避免伤口感染发炎,我把你全身都包裹起来,你绝对不要把这些棉布扯开,懂吗?"

起轩呼吸浊重地想挣扎起身,万里握住他急声说:

"听我说,我跟我爹为你调配最好的药膏、药油,每天给你换药,清理伤口,还有你的喉咙,也有几种药方在交替治疗着……"

起轩仍在辗转挣扎,紫烟再也支持不住地溃决了,哭喊着说:

"二少爷!我对不起你,对不起,对不起……我已经用最快的速度通知大家,叫大家逃命,每一个人都平安没事,偏偏只有你被困在火场里，弄成现在这个样子，我……我真该死！"说着，就痛哭失声地跪倒在床边。

"如果不是紫烟，不敢想象这场大火会吞噬几个人？如果不是紫烟，等不到你清醒，只怕我跟我爹都已经累倒了！"万里说。

紫烟哭得更痛苦，这些话只让她更受煎熬。

"你的家人，现在都在寒松园，等他们知道你脱离了险境，一定会欣喜若狂，韩家那边也一样……"

起轩的手臂遽然一伸，睁大着眼睛抓住万里，激动得几乎想爬起来。万里急忙把起轩压回枕上，说：

"别激动，乐梅还不知道，我们全体瞒着她，怕她受不住这个打击，你放心，我们会继续隐瞒，你只管安心地调养，一切等你的伤好了再说！"

起轩费力地喘着，抓着万里的手也慢慢放松了，片刻后，他突然又抓住万里的手，忙乱地往自己的脸上放去，那样无助、迫切地看着万里，向万里求救着。

"是，我明白，我会尽最大的努力来医治你，我会的，你相信我，嗯？"万里用力点头。

紫烟泪汪汪地看着他们，觉得起轩所有的痛，都转移到她身上，而且，更加重数倍。什么叫"后悔"，她现在终于懂了！却再也无法改变自己造成的悲剧！

起轩度过了生命危险，将近一个月后，终于可以回家休养了。为了他回家，紫烟又赶回寒松园，为起轩的生活起居，安排一切。

这天，紫烟手抓着抹布往桶中一浸。她跪在桶边，绞干了抹布，没命地在地板上又搓又擦，这间屋子空荡荡的，尚未陈设。她工作得那么卖力，手指都泛红破皮了。她咬牙使劲地干，豆大的汗珠从她额上、鼻尖滴落着。

房门口，老夫人颤巍巍地出现，见了一怔，喊了一声：

"紫烟！"

紫烟恍若未闻，仍在猛搓。老夫人再喊：

"紫烟！"

紫烟骤然停止，抬头一望，她满脸汗水，眼眶凹陷发黑，脸色苍白憔悴，几乎不成人形。老夫人很心疼地走了进去，直到紫烟的面前，掏了手绢替她擦汗水。老夫人哽咽地说：

"好孩子！你为我们柯家做的一切，我心里记着，等这个家安顿好了，我要好好地谢你！"

紫烟木然的神情陡地一痛，扑在老夫人的身上，抓住她的裙子，把脸埋在老夫人怀里，就哭了起来，嘴里喃喃地说着：

"我做了什么？我做了什么？我把二少爷整个人都毁了呀！"

"快别胡说，是水火无情，怎么是你呢？这次多亏是你及时奔走警告，柯家上上下下的才能幸免于难啊！至于起轩……只能怨他运气不好了！"

紫烟泣而不语，主仆俩哭了一阵，老夫人擦擦泪叹息着说：

"唉！不管是运，是命，好歹起轩是把命给捡回来了，过几天，他就可以搬回来这儿……万万想不到，有一天，竟会弄得这样潦倒悲惨地回到这落月轩来……哦！这个备受诅咒的地方，莫非是命里注定了的，任你怎么逃，怎么躲，都没有用……没有用……"

紫烟濒临崩溃地伸手抹把脸,爬起来踉跄地走开,嘟囔着说:

"对……对……你们都逃掉了,躲掉了,报应却报在无辜的后代身上……"

"你……你在说什么?"老夫人没听清楚。

"我在说什么?"紫烟蓦然醒神,转向老夫人,哀恳地说,"我……我再说一句最真心的话,求求你让我待在落月轩,从今以后,让我来伺候二少爷吧!"

"你是说真的?你真的愿意?"老夫人惊讶地问。

紫烟点点头。

"好紫烟!"老夫人走向她,把她的手一把握住,"除了你,我还真想不出第二个人选,你是这么细心,又这么忠心耿耿,除了你,交给谁我都不放心,但我始终开不了口啊!今天你却自个儿提出来,我……我心里真是说不出地感动,你不但是个忠仆,更是个义仆!"说得热泪盈眶。

紫烟受不了这些话,把手一抽,生硬而迅速地说:

"谢谢老夫人!"赶紧就掉过头去,不敢再看老夫人。

老夫人却看着紫烟的背影发怔,心里,有她自己的领悟。

在韩家帮忙下,落月轩很快就收拾好了,窗明几净,清雅宜人。在整个寒松园里,落月轩是最安静独立的建筑,在园内的东北角,是个别有洞天的小院落。

起轩终于搬回落月轩了,离开了"济世堂"那间治疗室,算是回家了。卧室里安安静静的,起轩躺在床上睡熟了。紫烟在桌前忙碌着,手持竹片从钵中挖起一团膏状物,然后在一片剪成面具似的棉布上均匀涂抹。桌上、台子上，已有许多块大小不一的棉布，都涂好了药膏。紫烟专注地工作着。

床上的起轩睁眼醒了过来，他吃力地、慢慢地想把自己撑起来，却力有未逮地倒回去，不禁生气地用力拍床。

"来了来了，怎么才睡一会儿就醒了？"紫烟惊跳回身，扑向床边。

起轩烦躁地用力摇头。

"睡不着，不想睡了是不是？那饿不饿？渴不渴？"

起轩伸手一把扣住紫烟手腕，想借力而起，结果一用力，拖得紫烟踉跄一下，另一手急急一撑床面，才没跌在他身上。起轩生气地脚一踢，踢开了棉被。

"好好好，你想坐起来是不是？不急不急，我这就扶你起来了，嗯？这样好吗？好吗？"紫烟谨慎地扶起他，替他把枕头垫好，说，"这样好吗？"

起轩喘息地点点头，做了一个喝水的手势。紫烟会意，赶紧奔去倒了杯水过来，递给起轩。起轩接过杯子就喝，因为受到棉布包裹的影响，连喝水都不方便，边喝边漏。紫烟伸手想帮忙，说：

"慢慢喝，慢慢喝……"

起轩推开紫烟的手，喝够了后，看紫烟一眼，然后在自己面前举起巴掌，再看看紫烟。

"什么……什么意思？"紫烟明知故问，佯装不懂地摇摇头。

起轩看着她，嘴唇用力抿了抿，猝然间就把杯子摔在地上。紫烟惊跳地说：

"你别生气，别生气呀！我懂了，你要镜子，可这间屋子里没有啊!"

起轩激动地伸手一指外面,一指再指。紫烟哀恳地说:

"你要镜子做什么呢?你的伤都还没有好啊!"

起轩激动万分,一掀被子竟要下床。

"你要做什么?你不可以下床啊……"紫烟惊喊。

起轩右脚着地一撑,却完全使不出力。整个人摔仆到地上去。紫烟大惊,没命地扑上前去,不住口地喊:

"少爷!少爷……"

一阵脚步杂沓,万里与士鹏率先冲了进来,都吓了一跳。老夫人跟着冲进门,看到这个情形,大惊失色地喊:

"这这……怎么回事儿啊?起轩怎么会摔在地上,啊?"

万里、士鹏正把起轩抬回床上,延芳冲进来白着脸喊:

"起轩!你要不要紧啊?万里!你快给他瞧瞧啊……"

"少爷想要镜子,我处理不当,真对不起!"紫烟难过又自责地说。

一听这话,大家全明白了,没人说话,同感为难。起轩疼痛稍减,缓过一口气来,抓住万里用力摇一下,双手做个拿笔书写的手势。万里无奈地说:

"好,是该跟你谈谈,你要说什么,你写吧!"从身上掏出册子跟铅笔,往起轩手里一放。

起轩喘息着,低头疾书一阵,然后激动地拿给万里看。只见纸上潦草写着:

为什么不给我镜子?

"因为现在没有意义，等你好了，自然会让你看！"万里说。

起轩一把抢下册子，撕掉再写。老夫人与士鹏、延芳不安又紧张地面面相觑。

起轩再拿给万里看，纸上写：

> 我会好吗？每天换药，我看见我腿上、身上的伤口，它们是那么可怕，我的脸也是那样，对吗？

万里沉吟不语，起轩抓住他的胳臂用力一摇，接着再摇一下，激动又迫切，眼中充满了泪水。

万里在床沿上坐下来，深深注视着起轩，用冷静而沉痛的声音说：

"你每天追问我，追问每一个人，你是不是毁容了？是不是变成哑巴了？右腿是不是废了，再也不能走路了？现在让我告诉你，在这些答案都尚未确定以前，你已经先变了一个人，你知道吗？变成一个自私、脾气暴躁、不可理喻、最叫人头痛的病人……"

起轩激动地要抢纸笔，万里捉住他的手，语气强烈地说：

"先听我说完……"

延芳一个忍不住地想阻止，却被士鹏拦住，对她坚决地摇摇头。

一阵角力之后，起轩当然敌不过万里，颓然静止了下来，喘着大气。

"你瞧，你可以跟我角力，"万里说，"但是一个多月之前，把你从火场中拖出来的时候，你气若游丝，大家都以为你完了，所以你要弄清楚，你已经保住了一样最珍贵的东西，生命！"

起轩垂着头，仍然喘息，却已失去激动。

"然后呢？"万里继续说，"你还拥有清楚的头脑，还拥有眼睛，没有失明，四肢也没有残缺不全，你还能吃能喝能睡，对于一个劫后余生、大难不死的人来说，你应该感到幸运了，更何况，你的脸、你的喉咙、你的右腿，都还在一步步地复元当中，只要你听话吃药擦药，它们都可能恢复到更好的状态，在一个前提之下，你要先懂得珍惜自己！"

万里一番话说得铿锵有力，每一个人都热泪盈眶，迫切又期待地望着起轩，等着他的反应。起轩垂着他的头，摇晃着他的脑袋，一手抓住万里的手，用另一手的食指，在万里手掌上用力画一个问号。

"这是什么意思？你不懂怎么珍惜自己？你心里面在这么说吗？"

起轩既不点头也不摇头，黯然默认了。

"好……好……所以你一个不高兴，就把自己摔在地上……你给我听着，现在站在这间屋子里的人，不分远近亲疏，这一个多月下来，为了你弄得精疲力竭、心力交瘁。而在这间屋子以外，还有许多人为你食不下咽、睡不安枕，我们有没有人埋怨半句？有没有人乱发脾气？没有！我们禁得起家园全毁的打击，禁得起你生命垂危时，带来的那种巨大悲痛，也禁得起不眠不休的等待、抢救、精神的折磨、肉体的透支等等等等，却禁不起你这么一摔，这就叫'珍惜'，这样你懂了吗？"

延芳眼泪一掉，扑下去，一把捧住起轩的脸，痛喊着说：

"儿子，儿子啊！你的模样儿或者会有所改变，但你不能因此而讨厌自己，不爱惜自己呀！这样子，会叫所有关爱你的人，在痛心之余，还要感到伤心呀！没有人愿意发生这个悲剧，但它就是发生了，这是无可奈何的，从出事以来，奶奶、你爹和我，都恨不得能以身相代，替你疼，替你痛，只要能救你，叫我们把皮肤割下来给你，我们都愿意啊！可惜这做不到，做不到啊！"

延芳说得泣不成声，起轩不禁把母亲紧紧一抱。泪水从起轩眼眶中流出来，濡湿了棉布。紫烟看得痛苦至极，受不了地把脸一蒙。老夫人老泪纵横，士鹏也哭了，他抬手把泪擦去，上前握住起轩的肩头，哽咽着说：

"不要灰心绝望，你也听见万里说了，还能恢复到更好的状态，而你所要做的，只是付出你的耐心，尽量让自己心平气和，听万里的话，还有同照顾你的紫烟合作，这并不那么困难的，对不对？"

"要想痊愈，起码还要三个月！你要振作起来，好好地配合，什么事都别去想，哦哦……我知道，你的婚事，自然是你最挂心的，倘若到时候来不及，那就往后延吧！韩家那边会全力配合，在乐梅面前掩饰过去的，一直等你复元到最理想的程度，这样好不好？嗯？"

起轩垂首片刻，终于点了点头。

众人这才松了口气，纷纷欣慰地点头颔首，在众人后方的紫烟，她含泪转身面向窗口，心里疯狂般地默祷着：

"老天保佑二少爷！老天保佑二少爷吧！"

第十六章

经过这次震撼教育，起轩终于可以完全配合万里的治疗了。几天后，他可以说话了，虽然他发出的声音，是沙哑的，像个老人的声音，但是，万里保证会慢慢进步。他能说话了，柯家每个人都欣喜若狂，没有人会在意他的声音不再是以前那么年轻洪亮。然后，又过了一阵子，他能下床了，拄着拐杖，他可以一跛一跛地慢慢前进，尽管每走一步，因为拉动挛缩的伤口，都会疼痛不已，他却坚强地走着，拼命练习着。他变得积极而努力，全家都跟着振奋起来。

直到那天，起轩在柯家众人面前，拿到了那个他心心念念的手镜。众人都望着他，房中却一片沉默。大家面面相觑，个个都忐忑不安，心里七上八下。

万里已经在拆解棉布，一层又一层，一层又一层，他越解越快，越解越急。每一个人都感染了他的情绪，呼吸都变得急促了。终于全部解完了，他手一垂。

棉布面具落在地上。起轩执镜的手在颤抖，几度要举起又放下，最后紧紧一握，下定决心举起。一照之下，只见起轩踉跄地猛然一退，砰地撞在柜子上，显然受到莫大的惊吓。众人开始惊喊：

"起轩……起轩……"

"啊……啊……啊……"起轩恐怖地大叫着，"这不是我，这根本是个怪物！怪物！怪物……"

延芳扑下去把他抱住，大声叫着他的名字。起轩一面挣扎，一面狂喊：

"为什么要救我？为什么不让我死？你们早就看见我的脸烧成什么样子，你们早就知道，那还救我做什么？应该让我死，让我死……"

起轩身子猝然一冲而起，强大的力道把延芳推得摔跌开去，起轩双手抱着头往外冲去。众人纷纷追了出去，拼命喊着：

"起轩！起轩！起轩……"

起轩瘸着，跌跌撞撞地直扑到落月轩井边，全力在推那盖子。万里、紫烟前后飞奔而来。万里喊着说："住手！快住手！"

万里先冲到，抓住了起轩，接着紫烟也加入，三人拉扯成一团。

"放开我，我不要这张脸，我宁愿死……"起轩嘶哑地喊着。

"不准！我不准你死……"万里用力地去抱住他。

"你这个混蛋！谁要你救我的，还不如烧死了干净，谁要你救我啊……"

万里砰的一拳把起轩打倒在地。紫烟惊喊：

“二少爷……”

万里喘息地，激动万分地扑在起轩面前，大声地说：

“不管你要不要，我就是不能见死不救，因为我们情同手足，所以哪怕前面是烈火冲天，是刀山油锅，只要杨万里有一口气在，我就是会为你赴汤蹈火！”

起轩面朝下地趴在地上，他蠕动着拱起背脊，紫烟跪在他身边伸手相扶。

“你有没有受伤？让我看看好不好？”

“走开！”起轩一推。整个人像个蜗牛似的蜷缩在地上，脸孔垫在双臂之间，强烈地啜泣起来。

紫烟坐在一旁地上，痛苦地陪着掉泪。

万里眼眶潮湿着，情绪非常激动。起轩沉痛至极地说：

“你骗我……我……我没有镜子，我看不见自己，而你给我信心，给我希望，使我真的相信情况不是那么糟，我忍耐又忍耐，努力又努力，是，我可以说话了，虽然声如破锣，可总强过做个哑巴。是，我可以走路了，虽然变成一个瘸子，可总强过做个残废。然而……然而现在这张脸……我该说什么？拥有这张丑怪无比的脸，总强过失去生命，是吗？不……不……拥有它是生不如死！生不如死！”

这时，老夫人与延芳，分别由士鹏、起云、佳慧搀扶着赶到井边，听到起轩说的话，个个都心痛到极点。延芳挣脱了搀扶，扑下去抱住起轩，肝肠寸断地哭着说：

“不许你说这种话，万里把你从火场中抱出来的时候，你焦头烂额，浑身冒着烟，你能活下来，我已经觉得是个奇迹，根本连想都不敢想，你还能恢复到今天这个样子，我在心里头是千恩万谢啊！我知道，我知道你第一次看见自己的脸，一定会很受打击，但我们不在乎呀！没有人觉得你丑怪，只感到无比地心疼，我们每一个人都是如此，我相信连……"说到这里，她不禁咽住了。

"说啊！"起轩痛楚地接口，"你要说，连韩家的人也是如此，连乐梅也是如此，对不对？"

延芳闭住眼睛，流泪不语。起轩说：

"你说不出口的！我会吓坏乐梅的！"

延芳心痛如绞，而泪如雨下了。大家都掉着眼泪，心酸不已，强烈地感受到起轩那种绝望和痛苦。然后，起轩反而第一个冷静下来，他坚决地说：

"我……我要退婚！"

全体一惊，个个面面相觑。

"如果你们不想我死，就立刻去韩家退婚！"

起轩沙哑的声音，透露着无比的坚决。万里明白，这无比的坚决后面，藏着一颗热爱乐梅的心。他要乐梅记住以前的他，那个英气逼人、容貌出众的他！众人也都明白，没有一个能够说话了。

这天，士鹏和延芳来到了韩家，痛楚地说出了起轩的决定。

"起轩要退婚？"映雪一听跌坐在椅子里，非常震惊地看着士鹏。

士鹏沉重地点点头，延芳则黯然不语。伯超、淑苹无法相信地互视着。

"他毁容了，是不是？"映雪急急问，"宏达每次探望回来，总是报喜不报忧，起轩能发声说话了，起轩能拄着拐杖走路了，但是脸上的伤，他都避重就轻，推说不知，我心里早有了七成账，起轩是不是为了这个原因而退婚，是不是？"

"是……是的，那张脸孔，把他整颗心都打碎了，他的头一个反应是不要活了，他冲到院子里去，激动得要投井啊！"延芳含泪说。

映雪神情一痛，十分震撼。伯超、淑苹也震惊不已。

"打从一开始，我们心里就有数，他那张脸是不可能好了，在这段复原期间，我天天祈愿，他能接受，你们能接受，乐梅也能接受，我愿意付出任何代价，来争取这个美满的结果。我是太一厢情愿了，或者说，我根本在逃避事实，事实就是悲剧并没有结束，它永远不会结束了……"士鹏伤痛至极地说。

映雪眼泛泪雾，情绪错综复杂。淑苹和伯超都沉痛地唏嘘不已。

"事到如今，除了抱歉跟遗憾，我不知道还能对你们母女说些什么。唉！月有阴晴圆缺，人有悲欢离合，此事自古难全，可我实在痛心，我们两家人的缘分竟是这么浅薄，一再地以欢喜开头，却以悲伤收场……请原谅！"士鹏再说。

"请原谅！"延芳跟着说，夫妇两个就起身对映雪、淑苹和伯超行大礼。

伯超、淑苹都坐不住了，急急起身拦住。

"快别这么着，快别这么着……"伯超说。

"哦……怎么会演变成这个样子？真叫人心酸难过极了！"淑苹说。

"映雪！"伯超一喊。映雪一震，惊醒似的。

"你怎么说呀？难道你要答应退婚不成？"伯超问。

映雪振作一下，站了起来，走到士鹏面前，按捺着激动，坚定地说：

"不！我不答应！我现在就同你们回去，我要见起轩一面！"

四人听了，都定定地看着映雪。

"既然退婚是他的意思，我要他自己对我说，这两个多月来，我废寝忘食、提心吊胆地等待，等的可不是这么一句话，这个婚姻是他千辛万苦争取来的，现在不管他那张脸毁坏成什么样子，都不能凭这一句话就算完，我要见他，一定要见他！"映雪坚定地说。

士鹏和延芳相对一看，泪湿眼眶，他们知道映雪的个性，只能点点头。

于是，映雪来到了落月轩，在士鹏夫妇的安排下，在园中来回走动等待着。在她身后，一个身形悄然出现，赫然是个戴了虎图腾面具的人，头戴一顶帽子，穿着衬衫、长裤，手握拐杖。

映雪沉思片刻，蓦然间一回身，冷不防地被吓一大跳。惊呼出声：

"哦！"

"伯母！"起轩说。但是，他的声音沙哑，以致映雪完全没听出是起轩。

"你是谁?"映雪狐疑地问。

"我是谁?"起轩轻轻一叹,苦涩地说,"我是你火速赶来,急着见面的人!"

映雪震住,睁大眼睛望着这人,恍然之余,仍不敢相信、不敢确定地一喊:

"起轩?"

起轩不答话,只是拄着拐杖,一步一瘸地慢慢走向映雪。映雪屏住呼吸,目不转睛地看着看着……起轩在映雪面前站住,幽幽地说:

"瞧!没变的,除了'柯起轩'这三个字,我已经彻头彻尾地变了个人!"

映雪深深吸口气,酸楚兜心而起,顿时湿了眼眶,她一把握住起轩的胳臂。

"我真没想到你是这样……哦!我的意思是,虽然我知道你的声音不一样了,也知道你必须依靠拐杖,我以为这些我都有心理准备,可是……当我亲耳听见这么沙哑的声音,亲眼看见你走得这么辛苦,我这颗心都揪起来了,还有你的脸……"说着她就要伸手抚起轩的脸。

起轩急急一退,大叫说:"不!"

"为什么不?无论你的脸变得多么可怕,但你并没有吓跑你的亲人啊!我虽然不是亲人,但是,在我心里,早已是以母亲的感情来看待你,所以你也不会吓跑我,你让我证明给你看吧!"映雪含泪说,仍抖着手向前,要摘下起轩的面具。

"不要不要!"起轩倒退,激烈地说,"我告诉你,我但愿这世上没有任何人看过我的脸，只恨出事的时候，我整个人奄奄一息，根本没有能力阻止，不然我绝不让任何人看见，因为当我自己看见了以后，才完全体会到，这段日子里，身边的人看着我的时候，他们看的不是起轩，而是一个可怜、悲惨的变形人，即使现在我戴上了面具，也挡不住那种眼光，所以到此为止，我受不了再多一个人这么看我！"

"好！我不勉强你，但我要说，哪怕你的外观变了，声音变了，可对我而言，你仍然是起轩，我想……乐梅她也……"映雪话说了一半。

"别说下去，因为你不能代表她说话！"起轩打断了她。

"对，我不能！那么让她自己……"

"没有必要，我们替她做决定，你就告诉她，我不治了，死了！"

映雪大吃一惊，张口欲言，但起轩不给她开口的机会。

"当然，她会受不了，会发疯发狂，会痛不欲生，然而她有你们，就像我有我的家人一样，所以她会活下去，然后妥协，到那时候……就让她改嫁吧！"

"你别说到那么远去，单讲眼前你要我去欺骗她，我告诉你，我是怎么样也说不出口的！"

"欺骗不了，那么我就让它变成事实也在所不惜！"起轩强烈地说。

"你……"映雪听出那份坚决，大惊失色。

"这话不是威胁，我是真的不想活，你看见的只是我的外在，可这场大火烧毁的，不只是外在，还有内在的自信心，对人生的希望，甚至于生命力。你倒告诉我，叫乐梅跟一个万念俱灰的行尸走肉一同生活，能有什么幸福可言？你惜她如命，今天就应该挡在她面前，替她拒绝这样不幸的婚姻！"

"我不能代她说话，同样地，你也不能代她，或是代我发言啊！我们假设好不好？假设她不在乎呢？假设她对你的感情依旧，你还会万念俱灰吗？你还认定没有幸福可言吗？"映雪也激动起来。

"我跟她结缘，是在面具舞的庆典上！她的清新脱俗，灵气逼人，深深地吸引着我，而她也曾经说过，当我摘下面具的那一刻起，她就再也无法将我的面孔从她脑海中抹去，所以无可讳言地，相貌是我和她相互吸引的一个主要原因，然而今天，我这张脸……可以把自己吓得魂飞魄散，请问乐梅看了会怎样？尖叫地逃走，还是当场吓昏了？如果真能吓跑她，我倒愿意忍痛一试，怕就怕试成了你假设的状况，那怎么办？真的结为夫妻吗？这可是朝夕相处，一辈子的事儿啊！我这么的自卑自惭，将要如何来面对她？而她终日面对一张破碎的脸，这就是她至爱的人，叫她又情何以堪？不要抱存妄想、自欺欺人了，履行这个婚约，绝不是什么快乐的结局，根本是一连串痛苦与折磨的开始，到最后，再深刻的爱也会被磨蚀殆尽，我宁愿死也不要跟乐梅走上这条路！"

这一大篇话，让映雪越听越沉重，也越心酸无奈，最后不由嗒然无语，愁肠百结了。起轩喘口气，转而面对映雪，迫切哀恳着：

"我的人生已经没有希望，只有一片黑暗，你怎么忍心把乐梅推进一个暗无天日的境地去？只要把她拖得离我远远的，她的人生就还有发光的时候，不是吗？我别无所求，只求在她心中维持我原来的模样，知道她心中永远保存一份儿对我的真情至爱，我就心满意足了！"

"可是乐梅怎么办呢？你说了这么多，我却无法思考你的顾虑是不是正确。乐梅的人生，将来还会不会发光，我真的不知道，这是谁都不能预测的事，我能肯定的是，把你的死亡和你的毁容，摆在乐梅面前的话，她绝对选择后者！"

"不……不！我到底要怎么说才能使你明白啊？"起轩痛苦至极地喊。

"是你不明白，是你糊涂呀！"映雪说，"我了解你这段日子里备受煎熬，身心上都受到极大的痛苦跟折磨，以至于变得这样灰心丧气，可你不能因此也对乐梅失去了信心，不要忘了，她对你的感情是强烈到愿意为你生、为你死，即使我们母女相依为命、骨肉情深，她都割舍得下呀！她为了你是这样子义无反顾，又怎么会因你毁容而心生二志呢？"

一篇话不但不能打动起轩，只是让他更加激动，最后他猝然转身，浊重喘息地说：

"好了，什么都不要再说，请你退后三步！"

"做什么？"映雪问。

"你逼得我没有办法了，我现在要摘下面具，让你看看我这张脸，你刚才不是要看吗？要证明吗？那么现在就退后三步！"

映雪凛然着，不再多言，依言往后慢慢退了三步，站定，屏住气息。

起轩呼吸沉重地缓缓抬手，抓住面具。这面具是用棉布缝制的，上面的虎图腾画得有点可爱，并没有很恐怖。只见起轩把面具一摘，映雪脸色巨变。

"哦……"映雪用手一蒙嘴，阻止了叫声，却管不住脚下连连直退，踉跄地跌坐在一块石头上。

起轩很受伤地逃开几步，要把面具戴上，可太急了，失手掉在地上，他慌得拐杖也不要了，扑下双手一抓面具，这才戴好，然后他双膝一点地，跪在那儿，倏然间失声哭了起来，颤声说：

"如果我现在面对的是乐梅，这对她、对我，都是最残忍的一件事，我宁愿杀死自己，也不要做这件事，所以请你行行好，去告诉她，我已经死了，行吗？行吗？"

映雪坐在石头上，无法动弹，手还一直捂着嘴，似乎一放开，就会控制不了，她整个人只是不住地战栗，不住地淌泪。

"求求你就答应我吧！只有通过你的说服力，乐梅才会相信，这桩婚姻，也才能彻底做个了断，让我跟她，都得到解脱，你真的怜悯我，真的爱惜她，就为我们这么做吧！好不好？"起轩悲苦地哀求着。

映雪终于放下了手，望向起轩，泪如雨下，痛断肝肠。

映雪回到韩家，这事就定了。映雪凄然地对伯超夫妻、宏达兄弟等人说：

"我看……还是由我单独跟她说的好！"

大家面面相觑一阵，伯超对她点了点头。

映雪进了乐梅的房间，心脏怦怦跳着，看着乐梅还在绣着那

"鸳鸯锦"，更是心如刀绞。没心机的小佩，看不出映雪红肿的眼睛，赶紧奉上一杯茶。

"舅奶奶喝茶！"小佩笑嘻嘻地说。

"我有话跟乐梅说，你出去吧！"映雪说。

小佩看出映雪的不对劲了，听话地跑了出去，并把房门带上。乐梅审视着映雪，见母亲神色惨淡，心里有点慌，嗫嚅问：

"怎么了？发生什么事了？"

"我……我……"映雪说不出口。

"请你快说出来吧！是个坏消息，对不对？没关系，你说，我……我挺得住，你说好了！"

"你……你可真的要挺住，这个坏消息……对你、对我们所有的人，都是个晴天霹雳……"

乐梅圆睁着双眼，呼吸急促着、恐惧着。

"柯家出事了，一场大火，把柯庄全毁……"

"什么？你说什么？"乐梅瞪大了眼睛。

"所有的人都平安逃脱，却只有起轩一个人被烧成了重伤……"

"不……不……"乐梅惊骇地拼命摇头，拒绝相信听到的话。

"这是三个多月前发生的事儿，我们全体瞒着你，不敢透露半个字……"

"三个多月？你们瞒了我三个多月？"乐梅激动地、尖声地问。

"我们怕你受不了呀！当时起轩生命垂危、生死未卜，万里同他爹拼命地救他、治他，但是……他的情况始终危危险险，一直拖到上个月的廿四日，也就是十天前，他……他咽下了最后一口气！"映雪一口气说了出来。

乐梅瞪视着母亲，先是激动得不得了，越听脸色越怪异，最后竟变得呆若木鸡。映雪急喊：

"乐梅！乐梅……"

"他死了？你在告诉我……起轩已经死了？"乐梅眼光发直，声音空洞。

映雪蒙住嘴，压抑住哭声地点点头。乐梅开始摇头，把眼泪摇了下来，神情也痛楚起来，最后撕裂般地一喊：

"你骗我！我不相信，不相信，不相信……"

"乐梅……"映雪喊。

房间外面，伯超等人都在那儿惴惴不安地等待，忽然房门砰然被乐梅打开，她哭奔而出，凄厉地喊叫着：

"起轩！起轩……"

众人当下七手八脚地去拦住她。宏达说：

"你要干什么？冷静点儿啊……"

"放开我，我要去雾山村，让我走，我要去看看到底怎么回事？你们放手……放手……"

追出来的映雪，痛苦又激动地对乐梅喊：

"你不用去了，他已经收殓下葬，入土为安了呀！"

乐梅猝然回身，满面泪痕地看着映雪，几欲疯狂。

"不可能，不可能的，除非我亲眼目睹，为什么不让我亲眼目睹？你什么都不告诉我，现在却突然间说他死了，甚至都埋葬了，我就是不要相信！"

"是真的，是真的，我为什么要编造这么可怕的谎言来欺骗你呢？我……你们说话呀！帮我证实呀！"映雪求救地看着伯超等人。

大家都很不忍心，伯超把牙一咬，率先开口：

"你娘跟你说的都是实话，大家苦苦瞒着你，就是怕你承受不住打击，可是如今却再也无法瞒你了！"

"就算早先让你知道了，柯家也不会让你去看他的，因为那场大火把他烧得惨不忍睹啊！"淑苹说。

乐梅狠狠一退，浑身都为之颤抖着。

"柯家那边也是把人下葬之后才通知我们的，不是他们轻率，或是疏忽了，而是……没人忍得下心，做那个扔炸弹的人！"怡君说。

"我们这些天仍然瞒着你，实在是因为难以启齿，这个不幸的噩耗，对你真的是太残忍了！"宏威说。

每个人言之凿凿，听得乐梅面如死灰，寒彻心扉。

小佩战栗不已地轻扯宏达衣袖，小小声、发着抖地问：

"大家说的不是起轩少爷，一定不是他，对不对？对不对呀？"

"是他是他，就是他！"宏达说，"他苦撑了三个多月，还是没有撑过去！"

乐梅听着大家的话，突然坚决地说：

"他的坟墓在哪里？我要去祭拜他的坟，我现在就要去……"话没说完，脚一软，就跌倒在地。

宏达赶紧一抱，把她从地上抱了起来，奔进房内，把她放在床上。乐梅刚刚倒在枕上，她又挣扎着想要起来，喊着说：

"我要去祭坟，你们快……快扶我起来啊……"

"你这个样子怎么能去呢？你还没有跨出大门，怕就已经支持不住了呀！"映雪落泪说，"你就为我躺一天吧！好不好？明天我再带你去祭坟，好不好？它就在那儿，永远都静止不动，你早一天，晚一天去，都没有差别的呀！"

乐梅神情一痛，心碎地一翻身，把脸转向床铺里侧，绝望地哭泣着。

大家心照不宣，都望着宏达，伯超拍拍他，示意他快去。宏达转身出门，直奔雾山村去了。

第十七章

"她要祭坟，那就给她一座坟吧！"起轩说。

宏达怔了怔抬头，望望其他人，没人说话，个个表情凝重地沉默着。

起轩转个身，缓缓走到父母面前，沉重地说：

"孩儿不孝，请爹娘委曲求全，就为我造一座坟墓吧！当乐梅亲眼见到坟墓的时候，她就再也没有怀疑了，因为任何做父母的，都不会做这种事来诅咒自己的儿子，见了坟，她就完全相信，我不在人世了！"

延芳眼泪一掉，士鹏黯然无语。

宏达看万里一眼，见他只是沉痛地望着起轩不语，宏达便颓然，无奈地一叹。

于是，这天，在韩家和柯家所有人的陪同下，乐梅来到了起轩的坟前。这是一个阴天，风萧萧，云暗淡，草木含悲。起轩的墓在柯家墓园里，一个松林之中。

乐梅脸色苍白，神情凄怆，在众人簇拥之下走来。当大家来到那个新冢前面时，在一棵松树后面，起轩戴着面具，正在那儿悄悄地窥视着。乐梅！这个牵系着他内心所有思维的女孩，如今竟然憔悴如此！他立刻就心痛起来，躲在那儿，用手抓紧手杖，靠在树干上，目不转睛地、贪婪地看着那张惨白的脸孔。

乐梅在墓前停住脚步，那簇新的竖立的墓碑上，清清楚楚写着：

爱儿柯起轩之墓

下面是柯士鹏、许延芳的名字和逝世的年月日。

乐梅睁大着眼睛看了几秒钟，抖着的手伸出去一触墓碑，顿时崩溃了。她扑下身子，抱住墓碑，咬着唇把眼一闭，眼泪水滴滴直落，哭着喊：

"我来了……我来了……起轩！你听见没有？听见没有？"

起轩在树后，泪水冲进眼眶，他紧咬牙关不让自己出声。但是，心碎是什么？心碎没有声音，心碎没有形状，心碎却让人痛进四肢百骸里！他再也没有此刻这种体会，乐梅的心碎，加上他的心碎，有多痛？

起轩在体会"心碎"的时候，乐梅已经"心碎"地开了口：

"没有一个人肯告诉我，你出了事，当你在为生命挣扎的时候，我却整天在忙着刺绣……"乐梅哭泣着诉说，"你知道吗？我绣了一条'鸳鸯锦'，这些日子来，见不到你，也不能书信来往，我只能一针一针地绣，所有的美梦，都绣在那'鸳鸯锦'里，现在，这'鸳鸯锦'要盖到谁的身上去？"

起轩把头一垂，双手一下下紧握着拐杖，无声地啜泣了。

"起轩！起轩！大家合力隐瞒我，我可以体谅，但我不能原谅你也隐瞒我，这三个多月，你怎么可以把我置身事外？为什么你不曾呼唤我的名字？为什么你不曾渴望一见我的面？当你将要撒手而去，也不曾要求见我最后一面，说一句道别的话吗？你……你就这样走了，走了十天，连魂魄也不曾入梦来，只留给我一座孤坟，一个冷冰冰的墓碑……你怎能如此狠心，如此狠心地对我呀！"

起轩在乐梅声声问中，他支持不住地，背脊沿着树身寸寸滑下，坐倒在地，把脸埋在臂弯中，痛断肝肠。在她惨痛的声音中，柯家、韩家众人，几乎个个都哭了。扶着老夫人的紫烟，更是泪不可止。

"我不能原谅你，哪怕上穷碧落下黄泉，我也要找到你，问个明白！"乐梅一双眼睛直勾勾地看着墓碑，猛然间就一头狠狠地往墓碑上一撞。映雪大叫：

"乐梅！"

起轩大大一震，惊跳而起，急忙忙一看，只见万里抢在众人之先，扑上去拉着乐梅，急喊着：

"别做傻事，人死不能复生，你别这么想不开啊！"

话没说完，乐梅已全力挣脱了万里，竟直扑起轩躲着的松树而来。就要撞树，起轩急喘着，张口结舌，恨不得冲出去抱住她，却死命地克制了自己。只见全体的人都冲了过来，七嘴八舌地喊着：

"拉住她！快拉住她呀！"

起轩正想冲出去，额头带血的乐梅，一个不支，摔仆在树前。起轩连忙一缩，此时此刻，他不只心碎，是整个人都碎成片片了！

大家团团围住了乐梅，映雪正跪在她身边，一把拉起她，紧紧搂在怀中，失声痛哭着说：

"你怎么可以寻死？这么多人含悲忍痛、用心良苦，所谓何来呀？还不都是为了保护你，你看看起轩，只剩下这么一座孤坟，叫高龄的老奶奶，叫双鬓斑白的父母亲，白发人送黑发人，人生还有什么比这个更悲惨的？"

老夫人与士鹏、延芳都擦着眼泪。映雪继续对乐梅说：

"起轩是遭逢意外，是天不假年，并非不珍惜自己，你尚且怨他狠心，那么你当众轻生，岂不比他更狠心千百倍？既知孤坟叫人心碎，你怎么忍心以身相从，再添一座孤坟呢？"

乐梅无言以对，只是神魂俱碎地抬起胳臂，环绕住映雪的脖子，号啕痛哭了起来。众人环绕，谁都无力安慰，个个悲痛不已，泪湿衣襟。

起轩心痛如绞，眼睛紧紧闭住，棉布做成的面具，已经染上斑斑泪痕。

这晚，乐梅病了。万里开了镇定宁神的药，可是，乐梅吃什么吐什么。无论是药或者汤汤水水，全部无法入喉。映雪、万里等人，从早上忙到深夜，乐梅滴水未进。映雪急得快疯了。宏达把万里拉到角落去，低声交谈着。

"你看要不要紧？这么一撞，对她原来的旧伤，有影响没有？"宏达问。

"外表的不过是皮肉之伤，她真正的伤是在心里面！"万里说。

映雪和韩家大大小小，都不知拿乐梅怎么办才好。在落月轩里的起轩，已经等了万里一整天，见万里不来，知道一定在乐梅那儿。他更是情绪混乱，心神不宁。当紫烟一再端来茶饭给他吃，或是嘘寒问暖时，他终于对紫烟爆发了：

"你的工作只是伺候我，我叫你，你再来，我不叫你，你就走开！我不需要你紧跟着我，不需要你同情我，知不知道？"说着，就用手杖戳地，戳得紫烟连连后退，目瞪口呆，不知所措。

"活着……已经很苦了，如果还不能保留一点点自尊，那就更苦了，我希望你能了解，以后，我要求什么，你才做什么！我没要求的，你就别做，也别管我，别理我，那么我反而觉得自在得多！把饭菜拿走吧！除非是万里来了，否则不要来打搅我！"

"是！"紫烟静静地去收拾桌上的饭菜，一边收，一边擦着掉下来的眼泪。

第二天，万里和宏达终于到了落月轩，起轩正在引颈盼望，看到二人，就一瘸一瘸地急忙迎上前去，急迫地说：

"万里！乐梅怎么样？你为什么在那儿待了一夜？不是说皮肉之伤吗？难道回去之后情况恶化了吗？快告诉我，快告诉我呀！"

"情况的确是恶化了，不过跟她所受的伤无关！"万里说。

"那是什么？那是什么呢？"

一旁垂头丧气的宏达，忍不住抬起头来激动地喊着：

"是她的心，她心碎了！不想活了，我们给她吃什么，她就吐什么，完全控制不了，不管是有意识的、无意识的，她都在放弃生存，你听清楚了吗？"

起轩抽了口气，大大震动起来。宏达继续喊：

"你错了你知道吗？你的'死亡'，并不是为她好，一点儿也不好……你回心转意吧！别装什么死了，冒个险试一试嘛！你难道还不明白，会要人命的不是你这张脸，不是你变调的声音，也不是你一跛一跛的腿，而是你的'死亡'带来的那种绝望啊！"

起轩狠狠地把宏达推开，冲上前一把揪住万里，沙哑地喊着：

"救她！救她！救她呀！不管用什么药，让她多少能吃进去一点，你总要想个法子让她别再吐呀！她失足坠崖的时候你能救，我烧得焦头烂额了你也能救，现在为什么不能？啊？"

万里也憋不住了，将揪在衣襟上的起轩的手一把扯开，大声说：

"因为我也不是万能的好吗？当初救得了你们，我固然是绞尽脑汁，倾我所学地去做，但是还有一个很重要的原因，就是在你们心底深处，都有一股求生的欲望，你们想要活下去，想要跟深爱的人'同生'，可是现在乐梅失去了'同生'的对象，她完全没有求生的欲望了，所以她抗拒所有的食物汤药，一心一意只求与你'共死'，这样你懂了吗？"

"好个同生共死……同生共死……"起轩眼光发直，嘴里喃喃地说着。

"救救她吧！我不相信你宁愿眼睁睁地看着她一天天衰弱下去，甚至死去！"宏达说。

"我不愿意，但我无能为力，因为我已经死了，一个死了的人还能做什么呢？该做的是你们活着的人，她放弃了，你们不放弃，也不准她放弃……"

"但你并不是真的死了呀！你也是一个活生生的人，因为没有勇气面对，所以就全面逃避，你再逃下去会害死乐梅啊！我现在觉得这场联合欺骗，真是荒唐得不可思议，我不知道自己为什么要参与其中。我不干了，我要你去面对乐梅，坦白真相，让她自己决定要怎样。"宏达说着，转身就要走。

"你要我去面对乐梅，不如去拿把刀来杀了我！"起轩森冷地看着宏达说。

"我简直要叫他给搞疯了！好好好……你这么自私，都不为乐梅想一想，你以为放个狠话我就没辙啦？我……我现在就回去告诉乐梅，你根本没死！"

万里狠狠地一把将宏达给拽回来，用力地说：

"你给我站住！"

"干什么？我是回去，又不是去拿刀！"

"废话！两者殊途同归！"万里说。

"好好好……你支持他，不支持我，你认为他的命珍贵，那我认为乐梅的命珍贵，行不行？我们分道扬镳！你放不放？你放不放？"

"够了！"起轩沉痛地说，"你们两个是我最要好的朋友，最够交情的兄弟，我以为你们应该最懂我、最了解我才对，可你们却听不出来！我宁死不愿面对乐梅这句话底下，是我对她的爱之深、惜之切，假如说我今天让她自己选择，以她善良、烈性和意志坚贞的个性，哪怕我这张脸会让她崩溃！她还是会决定嫁给我，你们信不信？"

两人怔住，从这句话中体会出另一番震动。起轩痛楚地继续说：

"她会把所有的恐惧、害怕、绝望、心碎……天知道还有些个什么感觉，统统都埋在心里，一个字都不说，你们去想象一下吧！那会是一种什么样的日子？"

两人默默无语，什么话也说不出来，认真地在想象着。

"唉！'不在乎'，听起来多么简单容易，然而，真正能做得到，那除非是神，强迫一个人去做神，他终有一天会不堪负荷而崩溃。所以，我要你们联合欺骗乐梅！不要给她选择的机会，不要让道义、责任、爱情变成重重枷锁，铐着她去做神，过着生不如死的日子，请你们试着了解，试着体会这份爱，除了生命以外，这已经是我对她付出的一种极限了！万一她为我日渐憔悴，你们谁都救不了她的话，那我还可以为她付出一样东西：我的生命；我就跟她同生共死吧！"

起轩说完这话，便转了身，拄杖徐徐离去。

留下万里与宏达，深深受着撼动。目送起轩离去，心中仍余波荡漾，无法平息。宏达黯然俯首一叹，先前的剑拔弩张全体消失得无影无踪。

"我们回去守着乐梅吧！什么也别想，只要全心全意地照顾她，挽救她！"万里说。宏达看看万里，眼眶微红地用力点点头。

乐梅一连呕吐了五天，粒米不进。整个韩家都人仰马翻了。

到了第五天，乐梅在昏昏沉沉中，映雪抱起她的身子，崩溃地哭着喊：

"乐梅！乐梅啊！你不可以这样，你答应过我，无论发生任何事情，我都不会失去你！告诉我，我要怎么做才能抓住你，我到底该怎么做啊？"

乐梅苍白的脸孔伏在映雪肩上，毫无生气，虽闭着眼睛，可有泪水自她眼角流下。她的睫毛颤动了几下，迷迷蒙蒙地微微睁眼，眼光落到披在桌上，她已经绣完的"鸳鸯锦"上。忽然间，她开了口：

"让我……让我抱着起轩的牌位……成亲吧！我……我要用一生一世……来为起轩守丧！"

韩家全体的人都震惊地呆住了。映雪看着这样的乐梅，再也无力反对。只要人活着！只要她肯活，什么条件她都答应。她对着乐梅，郑重地点了点头。

当柯家听到这个提议时，全体震惊至极。老夫人不敢相信地问：

"你说什么？她要抱着起轩的牌位成亲？"

坐在一旁的起轩看似平静，但握着拐杖的双手却猛地一紧握。

映雪点点头，悲哀地说：

"我不能不点头，你们知道吗？当我答应她之后，她就突然间可以进食，不再呕吐了，所以万里判断得没错，她这完全是一种心病，抱牌位成亲，让她在精神上找到了寄托，她的神魂才安定了下来，在这个情况之下，我能不点头吗？今天我是来同你们商量商量，接下去该怎么办呢？"

"咳！这孩子……竟然如此痴心啊！"士鹏感叹着。

"起轩！"延芳说，"你听见了没有啊？乐梅不惜抱着你的牌位成亲，这样一片真情，诚属难能可贵呀！你要不要赌一把，复活算了！"

万里静静等待着，宏达激动地紧盯着，紫烟一脸盼望着。

在众所注目下，起轩内心里也在天人交战，一下下紧握着拐杖。良久之后，以一种挫败的、颤抖的声音说：

"那就让她抱牌位成亲吧！"

"你疯了是不是？她连你的牌位都肯嫁，用情之深，意志之坚，你不感动吗？还要这么顽固。你的脑袋并没有烧坏，你可不可以用它好好地想一想啊？"宏达恨不得给起轩一拳。

"你有话就好好讲，不要口不择言！"万里制止宏达。

"我没办法，我心里想什么就要讲出来，不管中听不中听，我就不信你们没有同感，只是你们不敢说，好像他是块玻璃，一碰就会碎了似的！"宏达说。

"我的确是的，我禁不起碰撞，我很容易就会破碎，只有你一个人看不出来，还天真地把我当作一个正常的人，你一定要逼得我大声对你说，我不正常！"起轩瞪着宏达，越说越沉痛，"我从头到脚，从里到外都不正常，我不要求你来体会，这是怎样的一种痛苦，只要求你别再对我左一句分析，右一句教训的，我没有烧成白痴，我也不是无动于衷，我说让她抱牌位成亲，不是不经思考，而是痛定思痛之后，才说出口的！"

一阵强烈的表白，把宏达震住，也语塞住。起轩痛楚地接口：

"她的一往情深，一片痴心，要讲感受，你们谁会比我强烈？

但是，让我反问你们一句，当她在坟墓前哭得肝肠寸断，当她神魂无主地拒绝饮食，当她幡然觉醒地要抱牌位成亲，你们以为，在她脑海里的那个起轩，会是我这个样子吗？任你们用尽所有最恐怖的形容词，她没有亲眼看见过，就永远无从想象。那么当她想到我的时候，就永远是从前的容貌，所以……是那个起轩让她魂牵梦萦，是那个起轩让她刻骨铭心，是那个起轩，让她一往情深、一片痴心！"

大家听了，难过的难过，心酸的心酸，落泪的落泪……这才体会起轩用情之深。他要保留在乐梅心里的形象，那个"完美"的起轩，那个"完整"的起轩！

"我已经一无所有，手里面还抓得住的，就是这一份儿情深义重，我靠着它，聊以自慰，得以生存。请你们不要剥夺它，请你们，可怜可怜我，我痛恨说这句话，但这一刻，我愿意把仅有的一点儿自尊踩在脚底下，说一声，请你们可怜可怜我，成全我，也成全乐梅。荒谬也罢，不近情理也罢，现在都不要追究那么多，等她嫁进来，过个一年半载，寂寞和孤独会浇灭她对我的感情，会动摇她的意志，时间可以改变一切，可以治愈她！求求你们相信我，帮助我吧！"

起轩这一篇情真意切的话，听得老夫人已是老泪纵横，心疼难当地站起来，颤巍巍地扑向起轩去，一迭连声地说：

"奶奶相信你，奶奶帮你，你要怎么做，怎么办，奶奶统统都依你，嗯？"

起轩一把抓住老夫人的手，传达着他的感激，老夫人转向映雪，说：

"等乐梅康复了，我们选个日子，就让她嫁过来吧！能得到她这样一个媳妇儿，是我们柯家前世修来的福气，我们会好好疼她、爱惜她，将来哪一天她想开了，打算另觅归宿的话，我们全家都会祝福她的！"

"委屈乐梅了，好好的一个孩子，要她来给我们起轩守着望门寡！"延芳说。

"这是她的命，她的心意那么坚决，我还能说什么？只有代她说一声，多谢成全了。"

举座一片恻然心酸。半晌后，万里振作一下，开口说：

"大家别再伤心了，既然决定这么做，应该考虑点儿实际的问题，乐梅一旦进了门，起轩怎么办？总不能成天躲躲藏藏的吧？"

"我们把落月轩封起来，就说里头闹鬼，让落月轩的大门，变成一道禁门！"起轩坚定而胸有成竹地说，"寒松园很大，她不会有心情来逛园子的！只要我待在这道'禁门'里，秘密永远都不会拆穿！"

众人思索着，士鹏担忧地说：

"这也许挡得了一时，就怕日子一长，免不了，还是会出问题！"

"爹指什么呢？怕她撞见我吗？"起轩问。

"对呀！这恐怕很难幸免！"延芳说。

"就算真的撞见，你们以为她认得出我吗？"起轩有力地问。

士鹏、延芳一怔，看着眼前的起轩，喉中哽住，什么话都说不出来了。

第十八章

　　就这样，乐梅按照原定婚期，凤冠霞帔，抱着起轩的灵位，在柯家的大厅里，正式地举行了婚礼。万里是司仪，在隆重的气氛下，穿着正式，神情严肃地朗声说：

　　"一拜天地，跪……"

　　乐梅捧着牌位，面朝厅外地跪下。

　　"叩首！再叩首！三叩首！"万里说。

　　乐梅叩首中，柯家众人默默看着，一片肃静。

　　"起……二拜高堂！"万里说。

　　乐梅起身，转个面，堂上居中坐着老夫人，士鹏、延芳分坐两旁。

　　"跪……叩首！再叩首！三叩首！"万里说。

　　乐梅跪下，再度叩首。

　　老夫人与士鹏、延芳都一脸感动，满腹辛酸，眼中含泪。

　　"起……夫妻交拜！"万里说。

这时，小佩上前去，接过乐梅手上的牌位，小心地放置在旁边一张空着的跪垫上，然后退开。

"跪……"万里说。

乐梅一跪下，面对着牌位，不禁满怀悲凄。

"叩首！再叩首！三叩首！"万里说。

谁都不知道，窗外悄悄站着起轩，目睹着这一幕，眼看他魂牵梦萦的乐梅，对着自己的牌位虔诚叩首，他多想冲进去，抱住她的头，吻去她的泪，但是，他什么都不能做，只能咬紧牙关，让心头随着乐梅的叩首、再叩首而滴血。他身后默默跟随的紫烟，早已泪流满面。

乐梅最后一个头磕完，直起身来，脸上多了两道泪痕。

"起……"万里说。

乐梅边起边落泪，小佩泪汪汪地把牌位送还乐梅手中。

房里的女眷丫头都在拭泪，气氛一片哀伤。

"礼成！送入洞房！"万里说。

洞房设在寒松园的吟风馆里，是个小小的院落，雅致可喜。

窗外悬着一弯明月，屋中供桌上，烧着两根喜烛，中央摆着牌位。乐梅已经卸下了凤冠，更换了衣裳，与映雪及延芳静静对坐无言。这是没有新郎的洞房花烛夜，映雪和延芳只怕乐梅孤单，特地陪着。小佩正把箱笼中的衣裳，逐一收进柜中抽屉去。床上，铺着乐梅绣的鸳鸯锦被，空气却是凝结的。

"你们饿不饿？我去厨房叫人弄点儿消夜！"延芳没话找话说。

"我不饿，谢谢娘！"乐梅说。

"我也不饿，别麻烦了！"映雪说。

气氛又沉闷了下来。乐梅终于坦白地说：

"你们真的不用再陪我了，请回房歇着吧！因为我想，这毕竟是我的洞房花烛夜，虽然没有新郎，只有牌位，可我还是很重视这一晚，我不希望违背了礼节，所以，请让我单独陪伴我的丈夫吧！"

映雪、延芳听呆了。小佩愣愣地站在一边，心里酸酸的。还是映雪最了解乐梅，伸手一拉小佩，起身说：

"好吧！好吧！我们出去！那些个衣物明天再收拾！"

乐梅默默相送，等到三人都出去了，她把门掩上，转个身，环视着新房，一片簇新，加上大红的色彩，加上鸳鸯锦，却仍然是这么冷冷清清。乐梅的目光落在妆台上，蓦然想到什么，她走向那箱笼，掀开盖，翻了翻，找出了绣屏跟一个荷包来。她把绣屏小心地、仔细地在妆台上摆设好。说：

"起轩，这是你唯一送给我的东西，我不但一直珍惜着它，而且我没有停止过攒钱，当初你为了要我收下，就说服我慢慢攒了钱再还你，不知你是否记得，还是早已经忘了？"

窗口，一张面具若隐若现，起轩正藏在窗外，悄悄注视她的一举一动。听到她这样一问，就情不自禁地、无声地说：

"记得记得，你我之间的每一件事、每一个细节，我都清清楚楚记得！"

"一天又一天，我总算攒够了八块钱，原来想在婚后，出其不意地拿出来还给你，我猜想你的表情定是又惊又喜，这个钱，你自然不会收的，那我们就把它跟绣屏摆在一起，当作一种纪念……你说好不好?"

"好!好!它们的确值得纪念,而且令人回味无穷!"起轩痴痴地,在窗外用心声回答。

"唉!"乐梅长叹,"囍字成双,连一个绣屏也有荷包来配对,只有我这个新娘是孤零零的形单影只!"

"不不……你不是孤零零的,我在陪着你,我在啊!"起轩无声地应着。

然后,乐梅起身,看了看床上的鸳鸯锦,竟然找出了文房四宝和纸张,就在灯下写起字来,起轩在窗外着急,探头探脑,不知道她在写什么,忽然,他听到她一面写,一面低低地念着,竟然是乐梅写的一首诗:

梅花开似雪,红尘如一梦。

枕边泪共阶前雨,点点滴滴成心痛。

记得当时初相见,万般柔情都深种。

但愿同展鸳鸯锦,挽住时光不许动!

乐梅写到这儿,似乎接不下去了,看着那张纸,她整个人都痴了。窗外的起轩,也听得痴了,她绣了鸳鸯锦,却希望"挽住时光不许动"!起轩这时心中绞痛,百感交集,简直不知身之所在,忍不住就深深长长地一叹。

"谁?"乐梅被惊动了。

起轩大为惊慌,急急往下一蹲。

"谁在外面?"乐梅向窗子走来,对窗子外面看。

起轩动也不敢动，大气也不敢喘一口。缩在一堆盆栽里面。乐梅不见任何动静，只见花园里的花木摇摇晃晃的，风穿过树梢，发出簌簌瑟瑟的声音。乐梅把窗子合上，走到了供桌前，定定注视着起轩的牌位，双手合十说：

"起轩！我已经成为你的妻子了，你在泉下有知，可要助我度过往后的漫长岁月，如果怜惜我长夜孤枕，辗转难以成眠，就常来梦里与我相会吧！"

乐梅盈盈含泪伫立着。窗外的起轩把窗纸戳了一个小洞，痴痴注视着。

这，就是乐梅和起轩的洞房花烛夜。

第二天，在新媳妇见过了柯家长辈，送上亲手制作的礼物，又共进早餐之后，延芳对映雪使了个眼色，就带着乐梅和小佩，在寒松园里熟悉环境。一对亲家母是有默契的，私下已经讨论过了各种可能的情况。

延芳带着三人，参观着各个大院中的小庭院。小佩惊讶地说：

"这园子真大呀！比韩家还要大呢！"

"有这么大的一座园子，为什么另外又盖了柯庄，是因为寒松园太陈旧了吗？"乐梅不解地问。

"不尽然，寒松园固然是上百年的古建了，但经过无数的翻修整建，才有今天的局面，当初之所以另盖柯庄，是有不足为外人道的原因！"延芳说。

"什么原因呢？"映雪问。

"都是一家人了，我也不瞒你们，"延芳说，"我们会举家迁出，是因为这座园子……闹鬼！"

乐梅一惊。小佩则睁大眼，张大了嘴。

"是真的吗？以前我也略有所闻，我还当是无稽的谣传呢！"映雪说。

"这话问我，我可说不准，我在这儿只住过三四年，并没有撞见过什么，不过几个老家人，他们可就有一肚子的故事了！"延芳说。

"是整个寒松园闹鬼吗？怎么会呢？"乐梅问。

"是落月轩！"延芳说。

"落月轩？还有座院子叫落月轩？"乐梅好奇地问。

"在寒松园的最深处，所有的悲剧故事，都是在那里头发生的！"

乐梅这下也睁大了眼睛，小佩则咕嘟地猛咽了口口水。

"我也是听来的，这得追溯到柯家好几代以前了，大概是祖父的曾祖吧，他有个姨太太，却和当时寄住在这儿的一个秀才有了暧昧，给老祖宗发现啦！就逼着那姨太太跳了井，那口井就在落月轩的后院里，谁知道那秀才也多情，跟着就在书斋里上吊了！从此，这园子里就开始不干净，到曾曾祖父那一代呢，又因为曾曾祖母虐待一个姨太太，闹到后来，姨太太也跳了那口井，据说就更不安宁了，再过来呢，听说奶奶身边的一个丫头，许多年前也不知为了什么，差点儿又跳了那口井……"

映雪、乐梅认真倾听，小佩胆小，听得悚然不已。

"总之呢，有感于世世代代、层出不穷的不幸事件，爷爷同奶奶便下定决心要搬出去，但是我们迁居柯庄十余年，谁想到最后仍是付之一炬，又回到这寒松园来，爷爷在地下有知，怕也在那儿徒呼负负！"

四个人边走边谈，突然就走到一个院落前，只见两扇大门紧闭。上面有块横匾，正是"落月轩"三个大字。四人站住，抬头望着横匾，都是一脸凛然的表情。

"这就是落月轩了，因为这儿有……"乐梅咽住了，改说，"是不祥的地方，所以把它关闭起来了？"

"对！寒松园里的任何一个角落你都可以去，就是这儿，你可千万别来，这两扇门，你要把它当作是禁门，禁止进入的门！"延芳郑重地吩咐。

小佩心中惊恐，猛点着头。乐梅半信半疑地看着那两扇大门。

"不管怎样，亲家母这样说，我们就尽量不要到这儿来！"映雪接口，"不管是真有鬼，还是假有鬼，我们宁可避鬼神而远之，是不是？这儿就不要靠近！"

"跟你说这些，是不是吓着你了？"延芳问乐梅。

"不会的，我记着你的叮咛，那就不会有事儿的，对不对？"乐梅说。

"对对对……呃……不过，万一，我是说万一，你在夜里听见什么声音，或是看见什么，你也别害怕！"

乐梅倏然站住，恍然似的脱口而出：

"那么昨晚不是我的错觉了？"

延芳、映雪同时大吃一惊。映雪问：

"什么意思？你昨晚听见了什么？还是……还是看见了什么？"

"我……我也不大确定，只是觉得，好像窗外有人似的，好像……还听见叹气的声音！"乐梅说。

"小姐啊！你别吓人好不好啊？"小佩立刻惊呼起来。

"不怕不怕，是这样的，我就是听家里面的人说过，夜里偶尔有些奇奇怪怪的声音，像脚步声啦、叹气声啦……甚至，还有人看见过窗纸上印着人影儿什么的……"延芳困难地解释着。

"太太！"小佩害怕地说，"你不是说只有刚才那个院子吗？只要不靠近它就不会有事儿，还是整个寒松园都闹鬼呀？"

"你别紧张，我们住进来都几个月了，尽管有声音有人影，可从来也没有人出过事儿。总之，你们就别理它，一到了晚上，尽量别出房门，睡觉的时候，把门窗关紧，只管睡你的觉就对了！"延芳说。

映雪上前握住乐梅，心疼地、柔声地说：

"犯不着自己吓自己，就算真有鬼魂，只要我们不去侵犯它、招惹它，那就相安无事的。照你婆婆所说，柯家的鬼魂都关在那落月轩里头，是女鬼也好，是男鬼也好，愿他们统统都安息吧！"

这些话带给乐梅一种莫名的震动。她心里油然地想着：

"柯家的鬼魂……柯家的鬼魂……起轩！你的魂魄，是不是也飘飘荡荡在其中呢？"乐梅顿时迷惑起来，甚至有点期盼起来。

新婚第二夜，乐梅坐在妆台前，微侧着头，将一把散放的长发抓在胸前，一下一下地，缓缓梳着头。在她的屋外，起轩用盆景排列，做成一个隐蔽处，小心地躲在那儿，从半开的窗子外，小心翼翼地探视屋里的乐梅。

只见乐梅梳着梳着，便出了神，依稀看到面目完好的起轩，含笑入镜来，自乐梅身后一握她的肩，乐梅一抬头，惊喜地喊：

"起轩！"

窗外的起轩浑身一震。

"让我来，好吗？"窗内，乐梅依旧沉浸在幻想里。她痴痴地、满腹柔情地望着镜里的起轩，嘴角含着笑。

窗外的起轩，眼看乐梅对镜子发痴，看得整颗心都揪在一起，心中低语：

"唉！你这样为我痴痴傻傻，为我失魂落魄，我却只能暗中偷窥，默默地心痛。乐梅！你一片深情，我又何尝不是如此？但我有口难言啊！乐梅……"

乐梅仍陷在自我的幻想中，身后的起轩那般深情款款，俯下身来，与她面颊贴着面颊，她闭住眼，深深陶醉着，不禁柔情万缕地低唤：

"哦！起轩……"

"乐梅，我在……"起轩身不由己地应了一声，虽然声音如破锣，低咽如轻叹，却让乐梅心有灵犀般一转身，昏乱迷惘中，赫然瞥见窗外有一张面具。乐梅顿时惊呼着：

"啊！"

同时间，窗外的起轩也迅速隐藏起来。乐梅追到窗口，什么东西都没看见。她的心狂跳着。面具！面具！她想起初见起轩那天，起轩就是戴着面具！乐梅心情大乱，对着窗外说：

"起轩！是你吗？你……你的魂魄有知，怜我朝思暮想，所以前来见我，是吗？是吗？"乐梅越来越激动，一个忍不住，一把推开了窗，急切探视，接着大喊了一声：

"起轩！回来！"

四下黑漆漆，只有风声树影。乐梅情不自禁地扭转身子，奔向房门，夺门而出，对着四面团团转着、喊着：

"起轩！你来呀！你的魂魄也在寒松园里，是不是？如果是的话，请你出来吧！我不害怕，不论你是鬼是魂，能看看你也是好的，你出来呀！起轩……"

起轩把自己隐藏得更严密，心，裂成碎片了。

乐梅这样一闹，映雪、小佩，分别跑了出来，映雪兜着一件外套，一脸的惊慌，小佩则揉着惺忪睡眼。映雪急喊：

"乐梅！乐梅！你怎么了？"

"娘！"乐梅说，"我觉得起轩来看我了，真的，就是刚才……刚才在我的窗子外头，他来看我了……"乐梅喘着气说，"窗子外头……好像有一副面具……"

映雪神色一凛，小佩眼睛瞪得更大了。乐梅急促地解释：

"我第一次见到起轩，是在面具舞的庆典上，我刚才看见的，就是当初他戴的那种面具！"

"你你……你会不会是……是在做梦呢？"小佩说。

"不是做梦，我清醒得很，婆婆今天不是才说过，寒松园里闹鬼，晚上会有奇怪的声音或是人影，我想是真有其事，因为我都遇上了，不管这园子里有多少鬼魂，其中一定有一个是起轩，因为这是他的家，他来看我了！"

"快别胡说了，瞧你，把小佩吓得面无人色，直打哆嗦了。"

"你今天听婆婆说的时候，你的口气是相信的呀！你不是还说，愿柯家的鬼魂，是女鬼也好，男鬼也好，统统都安息吧！那又为什么不相信我呢？"乐梅说。

"我……咳！我今天也是随口说说，早知道我就什么话也别说，省得你受到这些话的影响，弄得现在这么疑神疑鬼的！"映雪说，"我知道，就是思念过度，你无时无刻不想着起轩，再有，你没能见他最后一面，一直是你心中最深的遗憾，所以你婆婆跟你说起关于柯家鬼魂的事，不知不觉地就正中下怀了，他的人已经见不到，那么就是见见他的鬼、他的魂也好。一旦在脑子里种下了这个念头，于是听到风声，你当是叹息声，看到树影，你当是什么面具人影，这完全是想念得太殷切而产生的幻觉啊！"

映雪字字句句勾痛着乐梅心底的创痕，也字字句句敲碎了起轩的心。映雪一边说，乐梅一边掉眼泪，映雪最后心疼万分地把乐梅一拥入怀。

"哦！可怜的孩子，你的心情已经够苦了，若是再让这些鬼魂之说来困扰你，你会更苦，我也更痛心啊！"

小佩也难过着，伸手在乐梅背上轻轻地拍着。

三人相互依偎，其心可悲，其情可悯。躲在盆景后的起轩，更是心魂俱碎。

这天，士鹏、延芳到了落月轩。开门的是紫烟，迅速让进二人后，便赶快把门关上。士鹏夫妇走进大厅里，只见起轩呆呆地坐在那儿，面具后面的脸看不到表情，眼睛里却泄露着最深的痛楚。紫烟上了茶，夫妇两人坐定，起轩开口了：

"我看，我还是搬出寒松园比较妥当吧！"

听起轩这么说，士鹏夫妇大惊。延芳说：

"你完全误会了，你岳母绝没有半点儿这意思，她只是希望我们来提醒你，请你小心些罢了，怎么扯上搬出去什么的？"

"你知道她是懂感情的人，不会不了解你的情不自禁，只是乐梅太痴狂了，我们谁都不愿意见到她走火入魔的，是不是？"士鹏说。

"都怪我，"延芳埋怨着自己，"昨儿个怕是描述得太过火了，我为的是防止她靠近落月轩，谁想到竟然适得其反，让她一头栽进了鬼魂的迷信里头去，还巴望着跟你的鬼魂相见呢！唉……"

"所以我还是搬出去的好，我这个'鬼'消失了，就带走了一切的鬼里鬼气，乐梅也就不会再胡思乱想了！"起轩说。

父母亲又是一呆，接着延芳骤然站起，很激动地说：

"不准！我说不准就是不准！你整天关在这落月轩里，我们不能跟你同桌而食，不能跟你促膝谈天，就是见个面，还得偷偷摸摸，提心吊胆的，这还不够叫我心疼吗？现在你如果搬出去，要见你的面更加困难，连随时想找紫烟问一问你的衣食温饱、日常起居，这都不行了，你叫我怎么受得了？"

"我知道，"士鹏接口，"你现在整颗心里，就是一个乐梅，她值得你如此，我并不怀疑，在你全体为她设想，不惜放逐自己的时候，你能不能分出一点儿思想空间，也想想你的老奶奶、你的老父老母？今天，你走到这样不幸的地步，我们不忍心再要求你什么，但你是我们钟爱的儿孙，大家一直努力地伸出双手，想牢牢地抓住你，请你别漠视，别伤我们的心，这样不算是一种苛求吧？"

起轩听得难过不已，闭住眼，双手撑在膝上，抱住垂下的头，不能言语。

"都怪我不好，陪老夫人送完消夜，我不该多耽搁的，应该快点儿回到少爷身边，昨晚上，如果有我跟在一旁提醒的话，就什么事也没有了，是我的疏忽，是我……"紫烟忍不住说。

起轩骤然放开手，对紫烟一吼。

"好了，你不要再说了，根本不干你的事儿，不用你替我揽过错！"

紫烟马上噤若寒蝉。

士鹏、延芳颇为吃惊，延芳竭力替紫烟缓颊：

"你别拿紫烟出气嘛……"

"没关系的！"紫烟逆来顺受地说。

起轩烦躁地猝然起身，拄杖急急踱开一段距离，喘了几口气，勉力缓和住情绪，颓然地说：

"对！我没道理发脾气，也不该提议搬出去，是我自己答应，让乐梅抱牌位成亲的。既然要她心冷、心死，我就不该再去装神弄鬼地撩拨她！"

"你也不是有意的呀！"延芳说。

"有意也好，无心也罢，总之，我这样矛盾的行为，已经弄得大家无所适从。她才进门两天呢！以后的日子还长着，如果我头一个就熬不住，那什么都完了……你们放心吧！我不会再去骚扰她的！"起轩有气无力地说。

士鹏夫妇看着这个和以前已经完全不同的儿子，什么话都说不出来了。

晚上，小佩一手提着一盏油灯，一手拎着食盒走来。她举起灯这里照照，那里照照，脚步越来越踌躇不定，嘀嘀咕咕地自言自语：

"奇怪了，怎么走了半天还到不了吟风馆？园子盖这么大，厨房盖这么远，小路又这么多，我哪儿记得住？晚上又是这么黑，夜路走多了又会……哦……不会不会，一定不会碰到的……"

小佩慌慌张张地急切找路。

在花园对面，起轩穿着一身黑衣，提着灯笼，拄着拐杖缓缓而行。起轩走着走着便停下来，在心里低叹着：

"别给自己借口了，说是只去看她一眼，可一站在她窗子底下，便什么都忘了，不行，我要控制自己，一定要控制自己……"

起轩咬咬牙，强迫自己转过身子，往落月轩走回去。

小佩惶惶然，在花园里迷路了，一脸无助地走着。猛然间，视线定住。只见远远的一个灯笼，缓缓地，忽上忽下地晃呀晃。小佩看得张大眼，张大嘴，想喊叫却发不出声音。那灯笼似乎停住了片刻，然后突然在它前面又裂开一道光线，原来是一扇门开启了，这道光稍纵即逝，但已隐约见到了横匾是落月轩，接着便恢复了一片漆黑。

小佩目瞪口呆地僵立了数秒钟，憋着的一口气才猛地换过来。顿时脱口惊呼：

"有……有……有有……有鬼啊！"

回到吟风馆，房门砰然一声推开，小佩跌跌撞撞而入，把坐在桌前看书的乐梅吓了一跳。小佩脸色发白地说：

"有鬼啊！这儿真的有鬼，吓死我了，吓死我了！"

乐梅已起身，急急奔了过来握住小佩。

"别喊别喊……"乐梅说，"你先坐下来，坐着好好说！"

"我不是去跟你弄消夜嘛！回来就不小心走岔了，对这儿又不熟……"

"我知道，我知道，然后呢？你到底看见什么了？"乐梅追问。

"一个灯笼！"

"灯笼？"

"可是没人提着！"小佩说。

乐梅为之悚然。小佩战栗地说：

"它自个儿这么一上一下，一上一下，晃呀晃的，就飘进那座院子去了！"

"你是说落月轩？"乐梅问。

"对对对，落月轩，就是太太说不准进去、不准靠近的落月轩！"

"你确定吗？那个灯笼真的没有人提着？会不会是太黑了？你看不清楚，今晚没月亮，外头特别黑呀！而且，如果那真的是鬼，他干吗要提灯笼？"

"这……这我怎么知道哇？"小佩说。

"我懂了，你八成是走到了其他的院子，撞见别的丫头提着灯笼，可你没看清楚，先就害怕了，再错把那儿当成落月轩，就更吓得厉害了，对不对？"

"不对不对，那儿真的是落月轩，其他的院子都点着灯，怎么会那样黑漆漆的？还有啊！太太自己说，落月轩是关闭的，不给人进去，是……是那个什么门？"小佩说。

"禁门!"乐梅说。

"对啊!可我看见那个门开了吔,里头还有光,就因为有光,我才看清楚那是一道门,也才认出那是落月轩,那我当然就吓死啦!"

乐梅脸色微变,沉默了下来。

"我是不知道一个鬼为什么要提灯笼。反正我只记得落月轩是鬼住的地方,那……那提灯笼的就肯定不是人了嘛!"

乐梅神情眩惑了。

"我转头撒腿就跑,跑得太急,还摔了一大跤,灯也掉了,消夜也打翻了,我都不敢收拾,怎么办啊?"

"不要紧,明儿天亮了再去找吧!"乐梅深思地说,"幸好你没受伤,现在快回房去换换衣裳,好好睡一觉,就当这事儿没发生过,一个字也别提,特别是在我娘面前,省得她又担心了,知道吗?"

小佩点点头,战战兢兢地回房去了。

乐梅坐了片刻,起身走到供桌前,注视着牌位,对着牌位说:"我想,现在我有点儿明白了,阴阳两界,岂是畅行无阻的呢?信则有之,不信则无。从今以后,我心中再无恐惧,但愿我这一念之诚,终能感动鬼神,让我们夫妻得以相见吧!"

乐梅痴痴地望着牌位,带着最深的渴望之情,但愿此情能感天地,泣鬼神!

第
十
九
章

　　万里和宏达站在花园里，看着乐梅和小佩走来。宏达立刻热烈地说：

　　"来来来，给我好好瞧瞧，我可是奉了爹娘的命令，得把你从头到脚看个仔细，回去要详尽报告啊！"

　　乐梅只是静静地、淡淡地看着宏达微笑。

　　"你怎么搞的？才嫁过来十几天，人就瘦了一圈儿，肉都长到你那儿去了！"宏达说，看了一眼站在旁边的小佩。小佩一脸惭愧地垂下了头。

　　"她能随遇而安，就是一种福气啊！"乐梅说。

　　"唔！傻人有傻福，你也是个傻人，可我看不见你的傻福，只看见你的水土不服！"宏达说。

　　"你是来探亲还是来吵架的？"万里问宏达。

　　"我没有水土不服，我很好，很好！"乐梅说，"别为我担心，虽然哀愁的感觉挥之不去，但我已经慢慢找到了一种平静、一种

238

寄托!"

"怎么说?"万里关心地问。

"你们相不相信人是有灵魂的?"乐梅说。

宏达、万里愕然对看一眼。

"我相信,人死了以后,不会就这样化为尘土、化为乌有了,冥冥之中,应该还存在着一种世界,属于幽灵的世界!"乐梅静静地说。

"慢着慢着,你哪儿来的这些稀奇古怪的念头啊?"宏达问。

"这不是稀奇古怪的念头,你们不知道,打从头一个晚上,就是我的洞房花烛夜,我就感觉到起轩似乎在冥冥中的什么地方陪伴着我。这种感觉,一天比一天强烈,虽然我听不见他,也看不见他,但我真的相信,他就在我身边守着我,所以,我找到了一种前所未有的平静,于是我不再以泪洗面了,我深深了解到,纵使阴阳两界,天上人间,阻碍的只是一双肉眼罢了,即使我看不见他的形体,但我和他共此心,共此情,他知我知,那么他就无处不在了!"

宏达与万里听得完全呆住。

"你们信也好,不信也好,告诉你们这些,因为你们是我跟起轩共同的好友,我可以对你们坦白,你们把这些话搁在心里就好,我只是想让你们知道,我不寂寞,也不孤独,我会好好地过日子,真的,因为……我有一个'鬼丈夫'!"

万里与宏达都瞪大眼睛,无话可答了。

在吟风馆看过了乐梅,宏达和万里就去落月轩看起轩。紫烟领着两人向房间走去，一面说着：

"你们来得正好，少爷已经把自己关了好几天，硬生生地忍着不去看少奶奶，所以情绪很不好，你们来陪他说说谈谈，他肯定会好过得多！"

说着已近房门口，紫烟抢上去两步，在门板上轻轻敲了敲。

"少爷！杨大夫同韩家二少爷来了！"紫烟推开房门，让进二人。

只见起轩垂头丧气地坐在桌边。万里、宏达对看一眼，都感到一种压迫人的沉闷气氛，两人无言地走到桌边。万里说：

"怎么不吃药，都凉了！"

听到这话，紫烟急急跑过来看，着急地说：

"少爷！你答应我会喝了它的！"

"我改变主意了！"起轩冷冷地说。

"别这样，我知道你心情不好，但你也不能不吃药啊！你的外伤虽然已经好了，可是体内的热毒还没有完全消退，你不继续吃药，将来多出其他的毛病可怎么办？杨大夫！你说我讲得对不对？"紫烟说。

"完全正确！"万里说。

"我这就拿下去热一热，你们聊你们的，待会儿我再端来给你喝！"

起轩骤然把手一挥，把整碗汤打翻，然后转身对紫烟嘶吼着说：

"你以为你是谁？在我的朋友面前唠唠叨叨，管我吃药，还带分析病情，最后竟然自做主张，什么叫你们聊你们的？你凭什么用这种口气说话？你什么时候开始自封为落月轩的女主人了？你只是落月轩的一个丫头，听清楚了吗？"

起轩这样一吼，紫烟越听越惊慌，听到最后，简直无地自容，大为受伤，把嘴一蒙，掉头就飞奔了出去。

万里与宏达惊愕不已，对这一阵狂风骤雨简直来不及反应，等到紫烟奔出之后，宏达不禁责怪起轩：

"你是怎么啦？怎么对紫烟说这样难听的话？你……你简直在羞辱她，从你受伤以来，她多么仔细地服侍你、照顾你，你没有感觉吗？她只是一个丫头，真亏你说得出口！"

"对对对，我是个怪胎，一个冷血动物，好不好？就算我的奇经八脉全烧坏了，最少还有一样没烧坏，就是我的感觉。假如这么多个月下来，你们还看不出来的话，那么我现在告诉你们好不好？这个紫烟在为我奉献一切！"

宏达呆若木鸡，万里则一直沉默不语。宏达抓抓头，似乎这才恍然大悟。

"其实你们都是旁观者清，不是吗？我不管你们心里在想什么，但我可以告诉你们，我心里想什么，我不要害她，所以你们别插手，别过问，可以吗？"

宏达有些不知所措，看了看万里，万里终于低沉地开口了：

"好一个不要害她，同样地，你也不要害乐梅，于是你把自己当成是毒药一样，将身边的人一个个都推开。我相信你做这种决定的时候，是经过一番呕心沥血的挣扎。起先我认同你，也体谅你，因为我也是被推开的人之一，而我还承受得起！可是现在，放眼看看其他的人，我觉得有点儿怀疑，像刚才紫烟那样满怀羞辱地跑了出去，像刚才在花园里，看乐梅那样痴痴地说，她会好好过日子，因为她有个'鬼丈夫'，你知道吗？我真的很怀疑了！"

起轩整个人像给钉住了似的，寸步不能移，也不能动弹，不能言语。

接下来，万里和宏达，一人一句，都在数落着起轩。起轩变成了闷葫芦，你说你的，他想他的心事，不说话也不回答。等到宏达和万里离去以后，起轩才站起身子，屋里安安静静的，只有他手杖着地的声音，一下下地响着，他在屋里头缓缓地走动。

"乐梅说她会好好地过日子，她并不孤独寂寞，因为她有一个'鬼丈夫'！"万里的声音在一次次地冲击着他。"鬼丈夫"三个字像回声般在屋里回荡不已。他震动地看向虚空，凄然低语："是的，我像个鬼！我就是她的'鬼丈夫'！她连'鬼丈夫'都要，因为那个'鬼丈夫'，是以前一表人才，行动自如的柯起轩！"

转眼间，中秋节到了。这晚，在寒松园的餐厅里，灯火通明。柯家全部围绕着餐桌坐着，庆祝节日。徐妈领着丫头们一旁上菜服侍着，老夫人举杯说：

"来来来，今儿个中秋节，大家都要喝杯酒庆祝！"

大家都纷纷举杯喝了酒，大家忙着吃菜，忙着庆团圆。窗外，一轮满月，高挂在空中，天气晴朗，月亮四周，都镶了一道月华。

"娘！这东坡肉烧得还挺好，您吃一块！"延芳给老夫人布菜。

"娘爱吃鱼，多吃些鱼吧！东坡肉太油！"士鹏说。

"这个元宝鸡也鲜嫩得很！"佳慧说。

"行了行了，你们别忙，替我夹菜给乐梅吧！"柯老夫人说。

低着头的乐梅，赶紧一抬头，把碗微微倾斜，给柯老夫人看碗里的菜。

"有啊！我有菜！"乐梅说。

"还说呢！就那么一丁点儿，你要不给我多吃些，我只好把你当客人似的招呼，叫人人给我盯着你！"柯老夫人怜惜地说。

"好好，我吃，我吃……"乐梅赶紧说。

"起轩也爱吃蜜汁火腿，给他留一份儿起来！"柯老夫人忽然说。

徐妈当场一呆，柯老夫人自己也惊觉失言。人人都看向乐梅，暗自心慌。只有紫烟平静地接口说：

"是！待会儿留一份儿，送去二少奶奶房里，摆在二少爷的供桌上！"

乐梅其实完全没有疑心，只是心痛地、怔忡地望着一桌子菜，听到这句话，心有戚戚地点着头，接口说：

"对！不只是他爱吃的，应该每一样菜都弄一份儿，今天是一家人团圆过节的日子，虽然这张桌上少了一人，大家心里不能少了他，所以不是待会儿再留，应该现在就弄了去摆在供桌上！"

大厅窗口，起轩早就隐藏在那儿，听到乐梅的话，微微俯首，无声地叹息。

餐桌上，大家都有如大梦初醒，士鹏略带激动地对丫头们说：

"你们都听见了，快照二少奶奶的话去做！"

徐妈带着丫头们赶紧行动，乐梅说：

"我们敬起轩一杯酒吧!"

"对对,来,倒酒倒酒,大家为起轩喝一杯!"柯老夫人说。

丫头们分别执壶倒酒。乐梅诚心诚意地说:

"起轩!我们在这儿举杯遥祝,不论有没有一滴酒可以到黄泉,我总是希望你知道,没有人忘了你!"

人人感动着,默默地也喝下一杯。

窗外的起轩,静静地站着。看着乐梅虔诚的神情,简直无法移开自己的目光。他的妻子,他曾经多么渴望娶到的妻子,现在正在向她的"鬼丈夫"敬酒。

乐梅咽了咽气,轻声对小佩说:

"再给我倒一杯!"然后举杯,"这一杯,是我代替起轩回敬大家!"乐梅又诚心诚意地说。

她身边的映雪忙拍抚她的背,心疼地劝着:

"够了够了,你又不会喝酒,这么个喝法,你会醉的!"

"别紧张,在自个儿家里,就是喝醉了,又有什么关系?我从不知道喝醉酒是什么感觉,据说一醉能解千愁呢!"乐梅苦涩地说。

窗外的起轩一跳,心中低语:

"别傻了,一醉不能解千愁,只会愁更愁啊!"

乐梅又喝了一杯。屋里的人是借酒浇愁,屋外,起轩转个身,背贴着墙,不忍再看。对他而言,是"酒未到,先成泪"了。

乐梅醉了,小佩扶着她回到吟风馆,她脚步不稳地走进房,又扑向供桌。

"小姐……你慢点儿慢点儿……"

乐梅醉醺醺地望着桌上一碟碟的菜，喃喃地说：

"好……好……他们把菜送来了，这样很好，起轩！你慢慢用！"

"会会会，他会用的，你放心，快到床上去吧！来啊来啊！你就不肯听舅奶奶的话嘛！一直喝一直喝，饭才吃了一半就不行了……啊……"扶到床边，被乐梅带着一起倒下地，两人摔成一团。窗外的起轩，恨不得冲进去搀扶。

小佩狼狈爬起，手忙脚乱地扶着乐梅上床。

"你看你，喝得这么醉，你躺着哦！我去给你打盆热水，泡杯热茶来！"

说完，小佩砰砰砰地跑了出去。床上的乐梅，烦躁不安地辗转着，忽然掀了被子，挣扎爬起。窗外，戴着面具的起轩快要急死了。这么醉醺醺的，她要干吗？只见乐梅踉踉跄跄地又来到供桌前，身子摇晃着，怔怔地看着那些菜。

"你来过吗？你会来吗？或者……我应该给你送去落月轩才对，是不是？"

窗外的起轩急得心慌意乱，沙哑低语：

"你在说什么？拜托你快上床去躺着吧！"

却见乐梅歪歪倒倒地满地找，终于在供桌底下找到食篮盒，她拉出食篮盒，开始动手装菜。

"你在干什么呢？别管那些菜，快躺着休息好不好？"起轩哀求地低喃。

乐梅拎着食篮，就这样歪歪倒倒，脚步不稳地提着食篮走出了吟风馆。起轩拄着拐杖急忙在夜色中追逐着她。乐梅忽然站住，狐疑地一回头。起轩赶紧往隐蔽处一藏。乐梅倾听了一下，睁大眼睛望了望，什么也没有，只有唧唧虫鸣声。

乐梅咽咽口水，继续前行，边走边回头。起轩偷窥着，不敢紧跟，直等到乐梅不再回头了，这才急起直追。追得急了，起轩脚踩在一段枯枝上，喀啦一响。

乐梅惊跳地猛一回身。

"谁？"乐梅问。睁大眼睛看。

黑暗里，似乎有个影子那么一闪，稍纵即逝。

"小佩？是不是你？不是小佩，她不会这样吓我的……起轩！是不是你呢？如果是你，请你出来，我不会害怕的！"她喊着。

躲藏的起轩，心里怦怦跳着。他知道，她心里的起轩不会吓到她，但是，目前这个起轩绝对会吓到她。他不能言语，只是小心地、心痛如绞地偷窥着她。

等了片刻，一阵风拂来，乐梅激灵灵打个冷战，握紧了手上的食篮盒，一面倒退，一面环视四周，叹口气说：

"好吧！也许你不是起轩，我……我不管你是谁，请你别捉弄我，我只是想把这篮食物，送到落月轩去给我的丈夫，摆在门口就好，我不会进去的，这样……可以吗？"乐梅一面可怜兮兮地问着，一面倒退。

起轩早已适应了寒松园地势，也早已适应了夜色的黑暗，眼见乐梅身后有个斜坡，乐梅却浑然不知地一步步倒退，已越来越靠近斜坡了。

"别再后退了，你会跌下去的！"起轩着急地、无声地说。

乐梅总算站住，可她已经把自己弄得很紧张，开始感到四周恐怖兮兮。忽然树梢上一只鸟，一阵扑翅飞走。乐梅惊呼一声：

"啊！"

脚下一急退，就挨到了积水处，湿泥令她一滑，人往前摔仆，食篮盒砰然着地，哗啦一阵。起轩想也没想，已经扑了过来，把食篮盒一把推开，抓住乐梅往前一拖。乐梅猛然抬头，骤然见到一张面具，慌乱加上惊吓，发出尖叫：

"啊……"

起轩迅速放掉她，瘸着腿，没命地奔逃而去。乐梅挣扎抬头，目光紧追逃去的起轩，惊魂甫定之余，不禁震动得无以复加。

"又是那个面具，我清清楚楚地看见了，那跟起轩的面具好像！起轩……"

小佩发现乐梅不在房里，一头冲出了房，慌张大叫：

"小姐！小姐！你在哪里啊？怎么会这样呢？菜也不见了，小姐也不见了……救命啊！救命啊！小姐被鬼抓走了！"

起轩没命地冲向落月轩虚掩的大门，一推而入。追来的乐梅，膝盖以下的裙子一片脏污，十分狼狈，然而她跌跌撞撞，情切万状地挥手大喊：

"别关门，起轩！我是乐梅啊！别关门……"

起轩砰然关上门，慌手慌脚上了闩，还紧紧抵着门急喘。

"怎么办？怎么办？"

砰的一声，他为之一震，显是乐梅扑在门上了，接着就听见她在喊：

"起轩……开门，请你开门啊……"

"不可能的，她怎么会认出我？不可能的呀……"

乐梅拼命拍着门，几近疯狂一般，哀恳地喊着：

"为什么不理我？为什么要躲我、要逃走啊？我盼了多久，才终于等到你现形，那么真实、那么活生生的……出来啊！起轩！求求你出来吧！别用这道禁门拒绝我、隔离我呀！起轩……"

一门之隔，起轩同样也伏在门上，两只手掌平贴在门板上，手指慢慢地弯曲起来，那样用力地抠抓着，痛彻肺腑地、无声地饮泣着。门那边，乐梅仰起满是泪痕的脸孔，如泣如诉地说：

"我知道，人鬼殊途，各有各的空间，是不可能，也不可以交会的，对不对？但你又放不下我，你的魂魄时时萦绕在我身边。我对你的一片痴情，你心疼，你感动，看我为你送食物，就在冥冥中护送，看我摔跤了，你就再也忍不住，打破禁忌地现形了，对不对？虽然你遮住脸孔，一句话也不对我说，可那个面具，是不是虎图腾的面具？我们第一次见面，你就戴着虎图腾的面具！你一直用它来暗示我，告诉我你是存在的，不是吗？不是吗？"

起轩听着，伸手摸摸脸上的面具，恍然地想着：

"是这个面具，原来她认的是这个面具，并不是认出了我……唉！我竟然已经把它当作是我的脸，而忘了它是一个面具……"

乐梅心碎神伤地退了退，望着这个禁门哀求：

"出来吧！起轩！出来吧！你既然已经破了禁忌，跟我真真实实地接触了，我就再无怀疑、再无恐惧，即使人鬼相交，要付出代价，要受到诅咒，我也义无反顾，你听见了吗？"

起轩痛苦地抱着头，跋脚踱步，恓恓惶惶。

"哦……不要逼我吧！我要怎么收拾才好？"

乐梅满怀激动，难以按捺，带着酒意，威胁地说：

"你真的不出来，那我就进去了，我这就去找一把斧头来，我要砍破这道禁门，打通阴阳之路，不见到你，我绝不罢休！"说着，回头要跑去找斧头。

门内的起轩，再也忍不住，伸手将门闩一拔。这一响，使奔开的乐梅倏然止步，震动回身，直勾勾地、屏息地望着那两扇禁门。戛然一声，门缓缓打开了，起轩迟疑地、缓慢地现了身，他心虚着，目光极不安定地闪烁着，双手紧张地抓着门，预备随时再关上似的。

多少日子以来的愁苦思念，魂牵梦萦，霎时化作泪水，泉涌而出，乐梅张着口喘息，哽咽一喊：

"起轩……"

"二少奶奶！我不是起轩少爷！"起轩赶紧说。

乐梅活像兜头挨了一记重锤，整个人给钉在地上。乐梅说：

"你你……你是谁？你……你究竟是……是人……是鬼？"

起轩一颗紧张的心镇定了一下，也抽痛了一下，心想：

"谢天谢地！她果然完全认不出我的声音……"胆子壮了，胡乱地说，"你别害怕，我是人，我是……是柯家的一个园丁，专门看守落月轩的园丁！"

乐梅昏昏乱乱地，脑筋一下子转不过来。

"很抱歉……惊扰了你，我不应该任意走出落月轩的，我……我以为这么晚了，不会碰见什么人！"起轩说。

乐梅只觉体内原本熊熊燃烧的一片热情，霎时间烟消云散了。

"你……你是人……是个园丁，可是……你为什么戴着这个面具？"

"这是起轩少爷给我的，我不知道它会引起你这么大的误会，我……我是不应该出来见人的，但我刚才听你说了那些话，让我不得不出来澄清一下，真对不起，我不是起轩少爷，也不是什么鬼魂，我只是一个普普通通、微不足道的园丁罢了！"

乐梅不知如何是好，宛如骤然间迷失的孩子，惶惶然而手足无措。起轩很着急、很不安，但不敢贸然躁进地开口说话，甚至不敢和她的眼光直接接触。

一段死样的沉寂之后，终于传来了众人的呼唤声：

"乐梅！乐梅！你在哪里啊？乐梅……"

几个晃动的灯笼，正迅速地向落月轩而来。

乐梅眨眨眼，恍恍惚惚、失魂落魄地循声看了看，向着灯笼蹒跚地走了几步，然后整个人都失去了重心，倒了下去，软弱地说：

"我……我……"

一双胳臂适时地托住她的身子。起轩炙热的眼眸痛楚已极地紧盯着她。

第二十章

乐梅醒过来的时候，已经是第二天快晌午了。映雪、延芳、小佩都在房里照顾着她。看她醒了，映雪把她扶了起来，小佩赶紧递上毛巾，映雪接过毛巾替她敷了敷脸，正要擦拭时，乐梅忽一把捉住映雪的手，说：

"那位老伯……落月轩里，有位老伯……戴着面具的老伯！"

延芳拿着杯水到床边，愕然地与映雪对看了一眼。

"老伯？"延芳说，"呃……是啊！他是看守落月轩的园丁，他叫小……"立刻咽住，改口说，"我……我是说，他叫'老柯'！"

"老柯？那么是真有这么个人，不是我在做梦了！"

"你是昨天晚上醉糊涂了，闯到那儿去被他吓昏了呀！"小佩说，"我们赶去救你的时候，我一看见他，我也吓死啦！要不是人多，我肯定也要被他给吓昏的，后来才弄清楚，他是个人，不是鬼，不过是个怪人，不然干吗戴着面具吓人？"

"你知道什么？他戴面具是有不得已的苦衷！"延芳说。

"什么苦衷？我记得……他有告诉我，那面具是起轩给他的！"

"对对对！是起轩给他的，我知道，那个面具对你有特殊的意义，因为你跟起轩是在面具舞的庆典上认识的，这原是属于你们感情上的一个小秘密，我虽然也知道，可是日子久了，我就忘了这回事儿，我完全没有想到这个面具会造成一种误解，而带给你这么大的刺激，不然的话……一开始，我就会告诉你，落月轩里头……其实住着一个戴面具的人……"

"可是，不管有没有那个面具，你都应该告诉我，里头还有一个人住着呀！为什么不告诉我呢？昨晚上……我一度把他当作是起轩的鬼魂，终于现形了呀！"乐梅说。

延芳难过而失措，小佩轻轻拍抚着乐梅，映雪赶紧加入劝慰：

"你别伤心、别激动呀！你婆婆当初之所以没告诉我们，是因为那个人性情孤僻怪异，他从不跟人打交道的，对不对？"

延芳连忙点头。乐梅还想说什么，映雪抢先说：

"你听我说，起先我也非常惊讶，不过在你昏过去的这段时间里，大家已经原原本本地告诉了我，那个人的确是经年累月地住在落月轩里头，几乎是与世隔绝了，因为他的脸……据说是有某种缺陷，没人看过，也没人知道，反正大概是很严重，所以他才要戴着面具……对了，说到他戴着面具，你又看不见他是什么样子，你怎么知道他是位老伯呀？"

映雪一串语焉不详的解说，乐梅还来不及细思，突然面对这问题，她便被动地、怔忡地回答：

"我也不知道，只是听他的声音，觉得很苍老似的……他其实不老吗？"

"是啊！他是个老人没错！"映雪说。

"哦……对……他是老家人……老家人……"延芳赶紧呼应。

乐梅奇怪地看着延芳，又看看映雪，映雪努力不动声色地想了想，说：

"我听奶奶说，他是爷爷那个时代用的人，爷爷过世以后，大家不是全搬到柯庄去了吗？就只有这个老柯留在寒松园看守着，这趟搬回来，院落怎么分配，特别是落月轩该怎么办，全都是奶奶做的主，你婆婆并没有接触过这个老柯，也难怪她弄不清楚！"

"对对对，就是这样，就是这样，总之，还是怪我糊涂大意了，当初我只想你们别接近落月轩，免得撞见什么不干净的东西，至于老柯……反正他就是很古怪，几乎一步都不出落月轩，他是那种……很容易就被人遗忘了的人，不是我刻意要隐瞒什么，说来说去，还是我不好，我只要随口提过一句，就什么事儿都没了，乐梅，请你原谅我的疏忽，好不好？"延芳急急接口。

"我没事，只是被搅得有些混乱、有些迷糊，"乐梅愣愣地说，"我不能理解，既然落月轩是不祥之地，谁都不愿意靠近它，为什么单单允许一个老人孤独地住在那儿？只是因为他性情孤僻吗？如果他必须戴着面具来遮掩他的缺陷，这才是他孤僻的真正原因吧？我想……起轩是体会到了，所以送面具给他！"

延芳、映雪、小佩都听呆了，默然半晌，延芳忍着心头的一股酸楚，柔声说：

"好了吧！你不需要花脑筋去研究他，他……已经习惯这么过日子了，如果有人去打搅他，他还会很生气呢！不过昨儿个是例外，因为你喝醉了，以后，还是别靠近那儿吧！"

乐梅默默无语，黯然地若有所思着。延芳、映雪悄然对看一眼，都是无奈又担忧的神情。这篇谎说得乱七八糟，也不知道乐梅相信了没有。

当起轩听到延芳说，乐梅已经把他变成"老柯"，他苦涩地回答：

"老柯……我给她的感觉，居然是个老头子……"

延芳、紫烟对看一眼，都很难过。忽然外面有人拍打着大门。

"这打门的声音不对，不是我们约定的三下！"紫烟说。

"那……那会是谁？"延芳说。

"还会有谁？"起轩说，"她不死心，又来了！你们别动，也别出来，让我自己应付！"说着，就拄杖匆匆而出。

乐梅站在门外耐心地等着，当她再伸出手去打门时，里面门闩一响，她惊跳地退了退才站住。门开了，起轩出现。

光天白日下再见，乐梅仍不免微微震动。

"你……你好，老柯！"

起轩目光闪烁了一下，并不接话。

"我……我是来解释，因为昨晚上，我非常失态，而且，我从不知道你的存在，再加上喝醉酒的缘故，所以糊里糊涂地闹了一阵，我心里很过意不去！"

见她这般歉然、婉约地说着话，起轩情不自禁地就安慰起来：

"没关系，都过去了，你……请二少奶奶自在，不必放在心上，我虽然深居落月轩中，但你对二少爷的一往情深，我都知道，并且深为感动！"

"希望我没有带给你麻烦，大家没有责怪你什么吧？"乐梅问。

"没有！"

"那就好！"

两人之间沉默了一下，起轩按捺着不舍，勉强自己说：

"那么……二少奶奶请回吧！以后，不要再来这儿了！"

"请等一等，你能不能告诉我，起轩跟你的感情是不是很好？"

"是！这世上，就数他，与我相知最深了！"起轩不由自主地回答。

"听说你长年独居在这儿，又从不跟人打交道！那么，只有起轩会来看望你、陪伴你，对不对？他会送面具给你，足见你们之间的感情深厚，你可不可以多告诉我一些你们之间的事呢？"

起轩顿住了，但见乐梅那样迫切、哀恳的表情，起轩简直无法拒绝，紧紧握了握拐杖，他便拄杖走了出来。说：

"好吧！既然你这么好奇，我就说一些给你听，你应该知道了，我戴面具，是为了遮丑，我这张脸是见不得人的，因为年少时的荒唐，叫仇家寻仇，在脸上狠狠砍了两刀，砍得血肉横飞！"

乐梅悚然地睁大眼睛，似乎可以想象到那种景象。

"命是捡回来了，可这张脸，却彻底给毁了！从此，人家见到我，莫不尖叫奔逃，当场吓晕了的也多的是，人人像躲瘟疫似的避着我。我找不到工作，连做个乞丐都办不到，就在无处容身、无法生存的当口儿，遇见了起轩的爷爷，他可怜我的悲惨，念在我是本家同宗的分儿上，就收留了我！"

乐梅听得深信不疑，大感同情。

"我在柯家，虽然是安定了下来，但我这个样子，还是叫人人害怕，不敢接近，只有起轩，他不怕我！"

听到这句，乐梅不禁一脸感动，震撼不已。起轩越说越溜了：

"后来，大家搬去柯庄了，我留在这儿，反倒落个清净。别人都忘了我，只有起轩没忘，他不时地来看看我，在他十五岁那年，头一次参加了面具舞的祭典之后，他就跑到这儿来，把面具给了我，那个面具不是这个，那个是用纸糊出来的，这个是棉布的，他说，戴起来比较舒服！也可以清洗，他活着的时候，还常常带新的来给我，我这儿还有好几个！都是虎图腾的！"

"原来如此……这么说来，落月轩其实不是大家想象的那么可怕，它藏着一些温馨的故事，只是大家不知道而已！"

"这个……也不能这么说，你以为我为什么有这个特权，可以什么也不管，只负责守着落月轩？就是因为我这个人杀气重，再加上我这张脸，连鬼见了都要害怕，所以只有我镇得住这座院子！"起轩说。

"可是……起轩进去过呀！以前他常常来，不是吗？"

"他都拣白天的时候来，而且身边有我啊！"起轩说。

"那么，现在也是白天，我身边也有你陪着，可不可以让我进去看看？"不料她突发奇想，起轩一时间竟答不出话来了。

"可不可以呢？"乐梅哀恳着，"我真的很想进去看看，就算是一种安慰吧！你先前不是说，我对起轩的感情，你都知道，也很感动吗？如果你真的感动，就带我进去，好不好？"

起轩看着乐梅，完全无法抗拒了，目光柔和，心神荡漾，终于低低地说：

"好吧……你答应我，会紧跟在我身边，只在花园里看看就好了！"

乐梅连忙点着头。起轩就拄杖而行，缓缓领着乐梅走进落月轩。乐梅环视着院中的花木扶疏，讶异着，眩惑着，悸动着。

在一个隐蔽的角落里，延芳与紫烟小心翼翼地躲藏着，惊讶于两人竟在院中漫步，紫烟拉拉延芳，把食指竖在唇上，延芳忙点头，双双藏好，暗中窥视。

"起轩从小到大，有不少的时光消磨在这儿呢……你们曾经坐在这儿聊天吗？"乐梅问。

起轩默默地点点头。乐梅便低低一叹，轻轻抚摸石椅，不胜依恋。那份痴傻，看得起轩喉咙中哽了老大一块。乐梅幽幽地说：

"他对这儿、对你，应该都有一份特殊的感情……告诉我，柯家的鬼魂是不是真的都在这儿出没？你已经住了这么久，你一定知道！那么起轩的鬼魂是不是也在其中，是不是呢？"

起轩呼吸有些急促，嘴唇紧抿着。乐梅又哀恳地看着他：

"虽然昨晚是一场错误，我还是相信，他的鬼魂是存在的，我有感觉，真的有，那么像你这样的人，一定比常人更了解这类事情，请你老实告诉我，你感觉得到他吗？或者，你看过他吗？告诉我吧！求求你！"

起轩熬不住了，在冲动下拄杖大步踱开，并脱口而出：

"对……我感觉得到，我是看过他……"

乐梅大大一震，呆了两秒钟，一个箭步绕到起轩面前，睁大眼睛问：

"真的？什么时候？晚上吗？每天晚上吗？"

"不一定！"起轩仓促地回答。乐梅那渴盼的眼神，让他完全无法抗拒。

"那么，他会在你面前现形吗？很真实地出现，然后跟你谈话，是不是这样？是不是？"

"也不是，我并不是说，可以清清楚楚地看见他，而是……而是在一种虚幻的境界里头，然后，然后我跟他，就用心灵来交谈！"起轩答得吞吞吐吐。

"你们可以交谈……他好吗？"

"不好！"起轩冲口而出。

乐梅心中一抽，眼泪一掉，急遽转开身去，起轩差点控制不住地想伸手扶她，忙又缩回来，紧紧握住拐杖。

"关于我的一切，他都知道吗？"乐梅哽咽地问。

"当然，鬼魂不是没有知觉，他什么都知道，从你去祭坟哭墓，当场要撞碑殉情。然后你了无生趣，一病求死，到后来的抱牌位成亲，他统统都知道，你在阳间心碎，他在阴间断魂，可是他又爱莫能助，无可奈何，你说，他怎么会过得好呢？"起轩无法控制，一连串说出了自己的心声。

乐梅这下整个人都听得痴了，也完全无心遮掩，只是泪如泉涌地望着起轩。

"洞房花烛夜，你说囍字成双，连绣屏跟荷包都配成了一对，只有你形单影只，他听着心都碎了，还有你写鸳鸯锦，他多么想安慰你，想让你知道，他在陪着你，一直陪到烛尽天明，但他就是做不到，他有口难言，无法现身啊！"

"起轩……他连鸳鸯锦都知道……"乐梅顿时掩面痛哭失声。

这一痛哭，把起轩整个惊醒了，他慌了手脚，想抚慰，又不能那么做。觉察到自己也泪湿眼眶，赶快背转身子……狼狈仓皇地擦拭从面具下淌出的泪。

偷窥的延芳与紫烟，相对着急，却又不知所措。

发泄了一阵，乐梅一边擦泪，一边心碎抽噎说：

"为什么……我跟他情深若此，为什么我不能像你一样跟他沟通呢？我要怎么样才能做到，求求你指点我好不好？"

起轩收敛起来，赶紧武装了自己，说：

"我不能指点你什么，我也不知道我是怎么办到的，你……你不要再问了！一切到此为止！我已经让你进来过了，又说了这么多话，你还要我怎样呢？你请回吧！拜托你快走好不好？"

"好……我走，我知道，我已经打扰你太多了，非常感谢你，今天这一切，对我意义深重，但是……能不能请你再答应我一件事？"

"说吧！"

"不论什么时候，当你再跟起轩沟通时，请帮我带句话，就说，我在吟风馆等着他，今天，明天，每一天！"

乐梅说完，噙着满眶泪水，拔脚飞奔去了。

起轩看着她的背影，整个人定住不能动弹，良久之后，他才颓然跌坐到石椅上去，抛了拐杖，双手抱着头，痛苦不已。躲在一旁的延芳和紫烟，也都跟着黯然落泪，连安慰的话都无言可说了！

这种演变，柯家都震动了。柯老夫人由紫烟扶着，坐入椅中大叹：

"阿弥陀佛！总算是有惊无险，遮掩过去了！"

"就怕遮得了一时，遮不了永久！"映雪说，"照你说的情形，起轩是借着'老柯'一吐为快，而乐梅却是把'老柯'当作能通阴阳的人，那么我看，这次只是个开始，往后，乐梅大概一个忍不住，就要跑到落月轩去问长问短，假如真的这样，日子久了，你们不担心有一天会露出破绽吗？那会发生什么事情呢？"

"可是……已经演变成这个样子了，我们挡也挡不住，如果这时候来阻止他们见面的话，实在是……实在是有点儿于心不忍啊！你们没看见，他们是怎么谈的话，两个都是痴心得不得了，太叫人心疼了！"延芳心痛地说。

士鹏神情一痛，忍不住说：

"就由他们去吧！这样一种方式，也许不够好，但是，他们毕竟是在一起面对面地说话了，即使不相认，却可以经由'老柯'来抒发他们对彼此的一片深情。这种安慰，是我们这么多人，有心也无力做到的，这种安慰，更足以胜过我们的千言万语，同意吗？"

"我不知道该说什么？"映雪说，"当初，起轩要我欺骗乐梅，我起先不同意，后来是不得不同意，接着乐梅要抱牌位成亲，意志之坚，死都不足惧，我又怎么能不同意？我觉得我这个人的一生，就是不停地在妥协，在屈服。对天意，对命运，对种种的人事物，都是如此，所以大家觉得该怎么做，就怎么做吧！"

柯老夫人一叹地说：

"你心里苦，沉甸甸的活像压了块大石头，这我完全能体会，因为我们每一个人都是这样的，谁愿意见到这两个苦命的孩子，再受到一丁点儿伤害呢？不管你有多少无奈，至少，你可以相信一件事，起轩绝不会害乐梅的，他要扮通灵的'老柯'，必有他的道理，他不会忘记最终的打算，是希望乐梅另觅归宿，这句话，没有人能对乐梅开得了口，只有他自己，通过'老柯'的口来劝导，或者有用！"

一直在旁边倾听的紫烟，不禁急了，一个冲动下，便嘣咚一跪。

"紫烟大胆插句嘴！"

大家被她这突如其来的举动吓了一跳。柯老夫人说：

"你怎么啦？有什么话你尽管说，快起来吧！"

"你们做父母的关心自个儿的儿女，原来没有一个丫头插嘴的份儿，可我实在忍不住要替二少爷和二少奶奶求个情，不管当初有多少苦衷，又是怎么样的不得已，总之他们就是已经拜了天地，做了夫妻。既是夫妻，那就劝合，别劝离呀！你们说的打算，根本就是拆散，二少爷会有这种念头，那是心病作祟，你们为什么不帮助他治好心病，反而要被他的心病牵着鼻子走呢？"

大家都震动了，尤其是柯老夫人与士鹏夫妇，更有一语惊醒梦中人之感。

"就算这个心病你们治不了吧！现在有二少奶奶呀！"紫烟积极地说，"我倒希望他们再继续见面，因为二少奶奶对'老柯'没有顾忌，她会说出许多心里的话，慢慢地，也许会一点一滴地治好二少爷的心病，那不是太好了吗？你们不以为有这种可能吗？"

柯老夫人、士鹏、延芳神情大动，彼此互望，都有认同之感，不约而同地便望向映雪，希望她有所表示。

紫烟也望向映雪，见她在那儿举棋不定，便急急跪行到她面前，哀求说：

"亲家奶奶！二少奶奶都进门四个多月了，你能不能告诉我，你跟她提过……说暗示好了，你暗示过她，可以随时放弃这种日子，另做打算吗？"

映雪无言以对，摇了摇头。

"那么请你再告诉我，将来就算有人提了这件事，是你也好，是二少爷通过'老柯'的嘴巴来说的也好，你觉得二少奶奶会怎样呢？你是最了解她的人，你觉得她真的会点头，真的去改嫁他人吗？"

映雪望着紫烟，终于招架不住地脱口而出：

"好了好了，我承认，你说得是有道理，也许……也许我应该乐观一些，抱着希望来看待吧！"

紫烟一阵激动，一把握住映雪的手，感激得什么似的。

柯老夫人、士鹏、延芳也都深深期许着，好像，有一扇希望的窗打开了。

紫烟觉得自己应该行动了！造成这场悲剧的是她，或者，收拾悲剧的也是她。这天，她发现起轩很专心地在书桌上，画一幅梅花。梅花！那是乐梅的名字。紫烟走上前去，看着那幅画说：

"这梅花画得很美，二少奶奶的名字又叫乐梅，这幅画送给她的确很适合！"

"我不过是随便画画，打发时间罢了，怎么会是要送给她？你真是异想天开了……就算真想送她画，我又怎么送得出手呢？"

起轩说。

"怎么送不出手？借着'老柯'就送得出手了！"

"你偷听我跟乐梅谈话？"

"我……我不是有意的，那天太太拉着我，担心你应付不过来，所以偷偷在角落里看着你们，你别恼啊！"

起轩看着紫烟一会儿，她那副小心翼翼的神情，令他不忍。

"我不恼，你又没错，错的是我不该对她胡言乱语！"起轩说。

"我不认为那是胡言乱语，二少奶奶虽然流了许多眼泪，可是每一滴都包含了感动和安慰啊！我跟太太都强烈地感受到了，更何况是你？我相信你也因此得到了很大的安慰，那么这样有什么错？有什么不好？"

起轩微垂着头静听，听完依然沉默着，紫烟不见他有反对的意思，就大了胆子地继续鼓励着：

"少奶奶太可怜了，我觉得，你尽可以放胆地对她多说一些有感情的话，甚至做些什么，就像刚才说的，把这幅画送给她，这有什么关系呢？反正一切都有'老柯'做你的挡箭牌，你不用害怕呀！你当然看得出来，少奶奶是完全相信'老柯'了，随你怎么说、怎么编，她一句话都不会怀疑的！"

起轩受着怂恿，不由自主地看着画，感到一种诱惑、一种心动，使他拿起了画，但顿了顿，他又颓然放下，急促摇摇头：

"不行……这样不好！"

"怎么呢？怎么不好吗？"

"不好就是不好，咳……你不要搅乱我，我已经为我的定力太差在懊恼不已了，暴露自己先就是大不应该，扮个'老柯'又扮成了通灵人，更是糟透了，你还来给我胡乱出主意，你存心要考验我的定力是不是？"说着说着，就暴怒起来，抓着画一撕，紫烟想抢又不敢，起轩已经把画撕成好多破片，往空中一撒，拄着手杖，一跛一跛地冲出书房去了。

丢下紫烟独自黯然了一阵，长长叹了口气，走到桌边去收拾。看着那残破的画，紫烟惋惜不已，一片片收着收着，忽见一片画纸上，有朵梅花完整无毁，画得十分好。紫烟灵机一动，赶紧把这朵梅花收进衣服口袋里。

于是，这天一清早，落月轩的大门就被乐梅拍得砰砰地响。房中，起轩在喝茶，紫烟正收拾他用完的早膳，听到打门声，双双一震。紫烟说：

"二少奶奶又来了！"

起轩不说话，似乎挣扎了一下，终究是忍不住地站了起来，匆匆而出。紫烟心里有数，振奋、期待和紧张地看着起轩走出去的身影。

起轩把大门一开，映入眼帘的，是乐梅发光的面孔，因为某种兴奋，使得她双颊微红，眼睛闪亮，让起轩心中猛跳，看得出神了！多少日日夜夜，不曾看过乐梅如此喜悦的脸孔！他愿意用自己的一切，换得她唇边那朵微笑！乐梅说：

"我真怕你不来开门，我知道你不喜欢被人打搅，可是……我非来不可，我有话要说，而这些话只能告诉你！"

起轩只是望着她，无法动弹地望着这张激动的脸孔。不管怎样，他无力拒绝她，身子一让，他说：

"进来吧！"

乐梅走进院子，跟着起轩向前，嘴里低喊着：

"我要谢谢你！"

"谢我什么？"

"你又跟他沟通过，而且帮我传了话，对不对？你知道发生了什么事吗？"

"什么事？"起轩困惑着。

"今天清早我起床的时候，照往常一样，先到供桌前去上香……"

"你一起来就做这件事？"起轩打断她。

"是啊！早晚三炷香，起床时、就寝前，我都要上香的，每天如此！"

起轩咽口气，眼神充满着感动和不忍。乐梅兴冲冲地说：

"总之呢，今天我才上完香，一眼就在牌位底下发现了这个！"

乐梅摊开了手掌，在她掌心，赫然躺着他画的那朵梅花！起轩看那纸梅花一眼，吃惊的眼睛骤然睁大，幸亏乐梅并无征询之意，自己就很肯定地继续说：

"我知道这是起轩给我的，我就知道他会感动，因为你帮我传了那句话，说我会等他，今天、明天、每一天，他非感动不可，因为……从前我跟他苦恋的时候，他传信约我在一个小山坡上见面，我很想去见他，可是理智上又不能去，我心里反反复复地不知煎熬了多少遍，最后就叫小佩去告诉他，我不能赴约，谁知道小佩却带回一张小纸片，他就在上头写着'等你，今天、明天、每一天'，我当时看了，整个人就崩溃了，什么力量都拦不住我，我就这样投向了他！"

这篇话让起轩心绪一阵大乱，立刻就被乐梅的倾诉吸引住了，最后变得全神贯注，定定地、深情地注视她、倾听她，双手把拐杖握得好紧好紧。乐梅说到最后，一脸痴然，泪光盈然。起轩的眼睛里也闪烁着泪光，一动都不能动。

乐梅长长地叹了口气，低头看着手掌心上的纸梅花，用食指轻触着，满腹柔情地低语着：

"你一定也渴望投向我吧！只可怜你魂魄无形，如何能表示呢？所以，你就用一纸梅花对我表心意，对吗？"

"对……"起轩像是被催眠了，说，"他的确是深受感动，所以做了表示！"

乐梅眼睛一亮，回头看起轩。起轩情不自禁地说：

"一纸梅花，却有无限深意，因为你生在冬季，生在梅林中，在你的手腕上，有一朵梅花形状的胎记！"

乐梅瞠目结舌，本能地一摸手腕，更震动不已。起轩心神零乱，继续说：

"在面具舞的祭典上，你负伤而逃，他追踪而至，在你差点落水的时候，他伸手拉了你一把，凭你手腕上的梅花胎记，他认出了你是乐梅，也认定了你就是他命中所系之人。梅花，嵌在你的名字里，印在你的手腕上，融在他的灵魂里！"

乐梅听得呆若木鸡，一瞬不瞬地望着起轩，感动的泪水，无声地滑落她的面颊，起轩也忘情地深深凝视着她，两人就这么痴痴对望着。

隐蔽处，紫烟在偷窥，感动得泪汪汪，对于自己这番动作，达到的撮合效果，欣喜若狂。

第二十一章

　　乐梅走后，起轩还陷在那份无法自拔的情绪里，拄杖缓缓走向房间，推门而入，房中景象令人一怔。只见紫烟直挺挺跪在那儿，她胆怯地看起轩一眼，低头认罪：

　　"对不起！你把画撕了，我却把画上的梅花剪下来，偷偷送到二少奶奶房里，我私自做主，没有经过你的同意，真对不起！"

　　"起来吧！你都已经这么做了，相信你也不能一直安安分分地待在屋子里，我已经被你拖下水了，不是吗？那我还有什么立场对你生气？"起轩无力地说。

　　"我只是一个丫头，你对我，想生气就生气，根本不需要什么立场呀！你现在不生气，是因为你心里面很平和、很柔软，所以无法生气！"

　　"你到底想要做什么？证明你对我了若指掌，还是生活太枯燥了，于是想找点新鲜事来干？"

　　"都不是，我只是清清楚楚地看到，你们不见面的时候，各自都痛苦得不得了，可是一见面，你们的痛苦就会减轻许多，我觉得，你们就好像是彼此的止疼药一样！"紫烟真挚地说。

起轩的心悸动了一下，默默无语地又叹息一声，坐进椅中沉思。紫烟不见他有强烈反应，倒似默认的意味，内心不禁暗自振奋了。

这晚，窗外风吹树影，摇摇曳曳。窗内的乐梅，正伏案静静书写。她长发披肩，执笔蘸墨，面前摊的纸上写着：

> 梅花开似雪，红尘如一梦。
> 枕边泪共阶前雨，点点滴滴成心痛。
> 回忆当时初相见，万般柔情都深种。
> 但愿同展鸳鸯锦，挽住时光不许动！

乐梅写到这儿，心里一痛，又写不下去了，看着诗，幽幽一叹，再抬头望牌位，低低地、虔诚地说：

"起轩，为你绣了鸳鸯锦，为你写了这首小诗，我放在供桌上面，如果你能显灵，就像上次的梅花那样，你给我一点儿暗示！求求你！"

乐梅说完，上香祝拜，外面，映雪在喊乐梅吃消夜，乐梅就匆匆出去了。乐梅才走，紫烟就溜了进来，拿起那首折叠的小诗，她不识字，但是听到了乐梅的低语，她喃喃自语着说：

"是她写给二少爷的，我拿去给二少爷也没错吧！"

拿起小诗，她就飞快地回到落月轩。进了房间，看到起轩正在那儿看书，眼光虽然落在书上，神魂却不知飘向何方。紫烟就上前，把小诗递给起轩，壮着胆子，撒了个谎：

"二少爷！刚刚在大门的地上，捡到了这张折纸，我不识字，也不知道上面写了些什么！"

起轩一怔，伸手接过那首小诗，打开一看，整个人就像被巫师施了法力一般，坐在那儿，痴痴地看着上面的字，动也不能动。这不就是乐梅在洞房花烛夜，曾经写过念过的那些句子吗？如今，纸上是新鲜的墨迹，她的"鸳鸯锦"，她的"点点滴滴成心痛"，她的"挽住时光不许动"！他看着看着，半晌，才问紫烟：

"你在哪儿捡到的？院子大门下面吗？"

"是呀！"紫烟说，"好像有人没敢打门，就把纸片从门缝下面送进来了！"

"乐梅！"起轩心中狂喊着，"你连打门都不敢吗？这是你新婚之夜写过的句子，这首小诗，你写完了吗？你要我帮你转交给起轩吗？"

起轩站起身子，拄着拐杖，走进了书房，在书桌上，他摊开了这张纸，拿起笔来，就在这小诗下面的一段空白上面，提笔接着写：

记得元月时，花与灯相共。

来来往往灯海中，紧紧相随只目送。

伊人回首眼波逢，天地万物化成空。

但愿同展鸳鸯锦，挽住时光不许动！

起轩写完，丢下笔，对着那花笺一看再看，心里汹汹涌涌，有如滚滚波涛，旧时往日，如在目前。那段跟踪的日子，那段站岗的日子，那段山坡等待的日子……如果时间能够"不许动"，他宁愿是初相见那天，宁愿是花灯下跟踪的那天，甚至，宁愿是乐梅床前，他喂药的那天……因为，那每个日子，都是有未来的、有期望的！停在任何一个有期望的日子，都比现在这样"相见争如不见，有情何似无情"好！他心里百转千回地低语：

　　"乐梅，不管怎样，你这棵梅花，一定要灿烂地开着，不能凋谢！我可以把我的生死置之度外，却无法面对你一丝一毫的憔悴！"

　　留下了那张有两人笔迹的诗笺，起轩进了卧室，倒在床上，对着窗外的一弯明月发呆。紫烟一看，机不可失，赶紧溜进书房，把那张墨迹刚刚才干的花笺折好，快速地溜出了落月轩，直奔吟风馆。乐梅在映雪房里，小佩在一旁相陪。紫烟看到乐梅房里无人，觉得一切都是天意，她溜进乐梅的房间，把花笺往供桌上放好。忽然间，小佩冲了进来，紫烟赶紧躲在柜子后面，小佩浑然不知房里有人，拿了一件乐梅的披风，就出门去了。紫烟看到四下无人，立刻出房，回到落月轩。

　　供桌上的诗笺有了变化，乐梅并没有发现。这天，她带着小佩，来到万里的"济世堂"。万里带着徒弟正在药铺内捣药。门口处，小佩探头进来一喊：

　　"活菩萨！"

　　万里抬头，一笑，从柜台后面走出来，迎向进门的乐梅与小佩。

"难得难得，什么风把你们给吹来了……"万里说。

一眼瞥见小佩在暗打手势，指指篮中香烛等物，手指又在眼下比画流泪状，再看乐梅气色不佳，眼眶微红，万里便了然于胸。

"刚才去扫墓了？"

"你在忙吗？我会不会打扰……"乐梅说。

"你随时随刻都有这个权利，坐，有话只管说，我洗耳恭听！"万里说。

"小姐是有好多话要告诉你呢！你最近没有来，不知道寒松园出了怪事儿，落月轩里头还住着个人，你信不信？"小佩抢着说。

万里一震之下，茶水倒出杯子外。他抬头看二人，竭力稳住声色问：

"那儿……住的是什么人呢？"

"大怪人！戴着面具的大怪人，有天晚上把小姐都给吓昏了！"小佩说。

万里更加心惊肉跳，难道起轩的事露馅了？

"那不关老柯的事！"乐梅说。

"老柯？"万里有如丈二和尚摸不着头脑。

"就是那个大怪人呀！"小佩说。

"老柯不是大怪人，他是家里的老仆人，"乐梅赶紧说，"不过身份来历较特殊罢了，这个……说来话长，我以为你会知道，因为起轩自小到大，都和老柯维持着一份忘年之交，而你是起轩的好友，于是我想，你可能也认识老柯，可惜你不认识！"

万里听得一愣一愣，心中一片困惑，便更加小心地发问：

"起轩跟……跟这个老柯，是忘年之交？我……我还真不知道有这么号人物，这个真是太奇怪了！"

"还有更不可思议的事！"乐梅就对小佩说，"你帮忙他们捣药，看一会儿铺子，我们外头说话去！"

万里正有此意，忙点头，与乐梅一同出去。于是，万里知道了有关老柯的事，知道了老柯不但是起轩的忘年之交，还会"通灵"！他无所不知，连乐梅手腕上的梅花都知道。万里静静地听着，看着乐梅因为老柯的"通灵"带来的震撼。他情不自禁，也被乐梅带来老柯的消息而震撼！

"难道你真相信什么通灵？那是江湖术士玩儿的骗人把戏，完全是无稽之谈！"万里说。

"老柯不是江湖术士，他曾经遭遇悲惨，历尽沧桑，这几十年来，他只是一个忠心护园的老仆而已。像他那样深居简出，与世隔绝的人，会懂什么骗人的把戏？何况，他骗我又有什么好处？"乐梅说。

"我不是在指责他，我相信他的动机很单纯，只是想安慰安慰你，不过我不赞同用这种方式……"万里说。

"他没有用什么方式，他就是具有这种能力呀！"乐梅转开脸，几乎生气了，"我就是相信他！这是一种直觉，我没办法让你相信，但是，我就是相信他！他能把起轩的信息带给我，阴阳是相通的，起轩可能在阴间想办法，所以把老柯带到我面前来！"

万里看着坚定不移的乐梅，简直不知道说什么好！这个起轩，要他活他不肯，却弄了一个"老柯"出来，万里是大夫，他所有的经验都在告诉他，这样下去，乐梅一定会被起轩弄疯掉！他心里，对这突然冒出来的老柯，就生出一股压抑不住的怒气来。

第二天，万里直奔寒松园，进了落月轩。起轩坐着，万里在桌前踱方步，对着起轩大声说：

　　"我可真没想到会变得如此荒谬，寒松园里突然冒出来一个老柯，听得我当场傻眼，你们要这样子搞，居然也没人知会我一声！"

　　"谁想到她会私下去找你！"起轩闷闷地说。

　　万里有些心浮气躁，没听出起轩话中的不快之意，自顾自地教训起轩：

　　"大概是你们很放心，因为乐梅已经完全沉迷在通灵这玩意儿上，根本没有心思去分析判断什么了！"

　　"你以为我愿意把她弄成这样？一切都是情势所逼的呀！"起轩说。

　　"冒出老柯这号人物，我相信是情势所逼，但是老柯通灵呢？会有谁逼你？"

　　"对！没有人！是感情，是感情逼的，行了吗？"起轩沙哑地说。

　　万里瞪视起轩两秒钟，猝然一个箭步上去把他从椅中抓起来。

　　"你知道是什么逼得所有人联手欺瞒乐梅？感情！也是感情啊！你对她的一份儿强烈感情，逼得我们造假坟墓，逼得我们眼睁睁看着乐梅抱牌位成亲，过着空虚又悲哀的寡妇日子。现在你却又说，是这份感情逼得你装神弄鬼，扮演起能通阴阳的灵媒，你倒告诉我，你的感情究竟是要爱她，还是害她？"

　　起轩被他抓得喘息了片刻，然后脆弱地说：

　　"让我先反问你一件事，假如有一个女人，是你用整个生命去爱的女人，当你们久别重逢，近在咫尺，伸手可及，你可知道在这一刻，人世间最大的幸福是什么吗？就是把她紧紧拥在怀中，互诉离别之苦，相思之情……"

万里沉默地望着起轩，心中一抽，不忍说什么打断他。起轩痛楚地继续说：

"你不知道我得费多大的力气来压抑和抗拒，我已经使出浑身解数了，但是面对一个可以为我生，为我死，为我憔悴，为我魂牵梦萦的女人，我没办法，只有投降了。如果我不借老柯的口来说一些藏在心里的话，我觉得整个人就快要炸了，你骂我矛盾也好，骂我反复无常、莫名其妙都可以，反正现在就是这个样子，我也不知道怎么收拾才好。"

万里沉思着，深深注视起轩好一会儿，神情严肃地说：

"你最好理理清楚，你是不知道怎么收拾，还是根本不想收拾？"

"什么叫根本不想收拾？你这话是什么意思？什么意思？"起轩一凶。

"不必先声夺人，我有没有冤你，你扪心自问就知道，当初是怎么答应抱牌位成亲的，记不记得？是谁说等过个一年半载，寂寞跟孤独就会浇灭热情，动摇意志？是谁说时间可以改变一切，治愈乐梅？如果你真记得这些话，你就不会说不知道怎么收拾！"

起轩无可抗辩，翻转身子，气急败坏地逃开去。万里追着说：

"现在是怎么着？无意间找到了一个好方法，既可以释放你的感情，又可以躲在面具和老柯的背后，安全得很，不怕穿帮，所以你就欲罢不能了是不是？"

"不是不是不是……"起轩狼狈地喊。

"你把'鬼丈夫'这三个字给落实了，你知不知道？"万里有力地说，"你做的完全不是浇灭热情的工作，你根本是在火上浇油，几个月这么熬过去了，也不知道有没有治好乐梅一丝一毫，你只要几天工夫，就搞得她病入膏肓、无可救药，你在干什么？预备用一个鬼丈夫绊住她一辈子吗？原来的无私，莫非只是你自私的一种手段，啊？"

起轩恼羞成怒，全力将万里一把推开，冲着他怒吼：

"住口！你凭什么批判我？凭什么？我是人哪！是人就免不了自私，我自私得很痛苦。你是我的好兄弟，为什么你看不见我的痛苦，只看见我的自私，啊？因为你也是自私的，别对我摆一副崇高正义的模样，说穿了你就是急了，生怕乐梅真给我绊住了，对不对？"

万里心一凉，整个人呆住了。

"你没事来陪陪她，她偶尔去瞧瞧你，日久生情，你就可以用你的热情来浇灭她对我的热情，偏生半路杀出个程咬金来，坏了你的如意算盘，所以你这么激动、这么强烈反对老柯，因为老柯会妨碍你接收乐梅，对不对？"说着，起轩的拐杖对着茶几上一扫，茶壶、杯子哗啦一声碎了一地。

万里稳若泰山地纹丝不动，脸孔铁青地看着起轩片刻，二话不说地一掉头，拂袖而去了。房门口处，奔来了紫烟，一脸慌张，只见万里打她面前闪过，扬长而去，紫烟毫无开口的机会。

砰然一声，紫烟急忙对房内看去，只见起轩又踹翻了一张凳子。他像只愤怒暴躁的困兽，在室内兜着圈子，看得紫烟心惊肉跳，不知所措。

就在起轩乱发脾气的时候，吟风馆里的乐梅正在床上小憩，翻来覆去睡不着，索性掀被而起。她起身去倒了杯水，啜了几口，漫不经心地向窗口走去，从供桌前经过，无意识地看了桌上一眼。再走了几步，乐梅蓦然驻足，觉得有点不对劲儿。她转身一看，却看到供桌前那张她写的词放歪了，她立刻上去扶正，却感到折叠得不对，于是，她打开来一看。

哐啷一声，茶杯落地，乐梅目瞪口呆地看着自己的字迹下面，起轩接下去的句子。接着，乐梅拔脚冲向妆台，手忙脚乱地打开抽屉，找出个锦盒，从里面拿出一封信和纸片。

摊开来和纸笺上的字迹一比对，完全一样的笔迹。乐梅呼吸都要停止了。

"是起轩……千真万确是起轩……你终于终于跟我沟通了……"狂喜之下，乐梅抓了纸笺跳起来，一头往外冲去。

落月轩里，紫烟还在收拾被起轩砸得乱七八糟的茶壶茶杯。一抬头，却看见起轩已经不见人影。她赶紧丢下扫帚，追到院子里。

起轩拄杖走出了落月轩，他急急地走了一小段之后，猛然一震停步。只见远处，乐梅正迎面飞奔而来。嘴里喊着：

"老柯！老柯……"

正要追出门的紫烟，闻声一惊，忙缩回门内，见乐梅总算来了，大大松了口气，只要乐梅来了，就可以治好起轩，她十分满意地悄然隐退了。

乐梅在起轩面前停住脚步，一边喘，一边激动地递出诗笺。

"你看……你看……我跟起轩沟通上了呀！"

起轩眼睛骤然圆睁，劈手夺过诗笺来。乐梅喘着气，兴奋无比地解释：

"这阕词上一半是我题的，我把它放在供桌上，结果不晓得什么时候，也许他趁我出门的时候，在下面接了我的词！就是这几句，你看到了吗？"

起轩看着自己的笔迹，先是震惊吓住，继而慌乱惶恐，手足无措，心虚地一转身子，只想逃走。乐梅却激动地一把抓住他，绕到他面前。

"刚才我一发现，简直不敢相信自己的眼睛，我赶快翻出以前他写给我的信，还有那张小纸片，笔迹是完全一模一样，一模一样啊！而且，他写的这些事，在元宵节跟踪我，绕着灯海走，然后我回头发现他……这些，只有我们两个才知道！他来了，我的起轩，他来了！"

乐梅一脸的兴奋，痴狂的神情，烧灼的眼眸，在震慑着起轩，他无法动弹，也不能言语。乐梅紧紧抓着起轩的胳臂，再开口时，激动化为悲凄的哽咽之声：

"他跟我沟通了，我终于做到了呀！虽然，你也曾经告诉过我，我在人世间心碎，他在九泉下断魂，可这一次，是他自己写字题词，真真实实地对我倾诉，见字如见人，我有一种很强烈的感觉，人鬼之间的距离，其实并不那么遥不可及，你说对吗？"

起轩只觉心头一沉，张着口，嘴唇发颤，如鲠在喉，开始摇起头来。

"这样不对……不能再这样下去……"起轩沙哑而颤声地说。

"什么？你说什么？"

"我不说了，以后我再也不说了！"

乐梅跟跄一下站住，惊愕不解。起轩狠下心肠，用力地说：

"你听清楚，我不要再通什么灵，你不准再来找我问长问短，我无可奉告，一切都无可奉告！"

"为什么？为什么？"

"不为什么！"起轩说着，就想逃开。

乐梅飞奔追到他面前，张臂一拦。

"你不可以这样对我呀！我……我到底说错了什么，还是做错了什么，你要突然间大发脾气呢？"

"是我错了，是我错了好不好？一开始就不应该跟你说那些鬼里鬼气的东西，瞧我把你弄得……错乱到什么地步了？"起轩痛喊。

"错乱？我没有错乱，你也没有错乱，你手上拿着的，就是一个明明白白、清清楚楚的证据呀！"

"这不是证据，这是一个该死的错误、不可原谅的错误……"起轩说着，一个冲动之下，就把诗笺一撕。

"不……别撕别撕……你快住手，还给我，还给我呀……"乐梅大惊，要抢。

起轩铆足了劲地一边撕，一边用身子抵挡，一阵拉扯之后，乐梅徒劳无功，只见起轩手一甩，碎纸片凌空四散纷飞。乐梅的心也像纸片一样，碎得一片片了，骤然间，她扑通跪倒在地，崩溃地掩面痛哭失声。

起轩喘着，痛苦着，眼睛潮湿了，向前颠踬了两步，对乐梅伸出手去，又凌空顿住，一下子握成拳头回过来往自己胸口重重一捶，痛苦达于极点。

　　乐梅浑然不知，痛哭了一阵，哭声稍歇，抽抽噎噎说：

　　"你……你怎么……这么这么地残忍啊……"

　　"是！我很残忍，这是为你好，也是为起轩好，你不明白，你的多情，让他牵牵挂挂地放不下，迟迟不肯去转世投胎，重新做人，你们两个，一个孤魂野鬼，处境可悲，一个葬送青春，处境堪怜，停止吧！多情反被多情误，真的到此为止吧！"起轩咽住带泪的声音，拄杖急急向大门走去。

　　乐梅泪汪汪地跪在那儿不动，神魂俱碎，听到大门砰然一声，她才给震醒似的，一边淌着泪，一边缓缓蠕动，在地上爬行，把碎纸片一片片地收集起来。一阵风来，好几片都随风而去，乐梅又跳起身子，想去追那些四散的纸片，哪儿还追得回来？她孤零零地、可怜兮兮地紧抓着手里的纸片，呆呆地站在那儿，泪水疯狂地爬了满脸。

　　紫烟拿着抹布东擦擦、西抹抹，却心不在焉。心想，他们这一会面，不知又是怎样动人的情形？紫烟满怀期望地微微一笑，岂料身后砰然一响，她吓了一跳转身去看，只见房门敞开，起轩拄杖杵在那儿。

　　敏感的紫烟，心口一紧，已经嗅出空气中的火药味，情况大出意料之外，令她一时间不知所措了。起轩紧紧咬着牙关，拄杖一步步向她走了过来，紫烟不安的情绪随着这份压迫感而升高。

起轩在她面前站住，就像火山爆发似的大声一吼：

"你这个贼……"

啪的一声，紫烟结结实实挨了一掌，打得整个人扑跌出去，撞到柜子。紫烟跌落地上，嘴角立刻溢出血迹。起轩出手很重，打得她眼花耳鸣，还来不及反应，起轩拿起拐杖，对她一阵乱打，喊着说：

"你为什么要偷东西？你竟敢陷害我和乐梅，先偷了乐梅的诗笺，再设计我写了字，又偷去给乐梅看，你要害死我、害死乐梅是不是？是不是？"

紫烟被打得浑身疼痛，喊着说：

"啊……少爷……啊……啊……"

起轩终于住了手，喘着大气。紫烟浑身剧烈颤抖着。

"止疼药？见鬼的止疼药！你在给我们吃毒药！"起轩喊。

紫烟震颤着，发抖着，泪珠滚落下来，却不敢哭出一点儿声音。

"你在暗中搞鬼，像操纵傀儡似的操纵我们，这很过瘾，很有趣是吧？在单调乏味的日子里，你找到了调剂，所以就乐此不疲，是吧？玩弄两个可怜人来制造乐趣，你简直不是人！不是人！"起轩怒火四射。

紫烟只感到一阵撕裂的痛楚，直达肺腑深处，无言可答。起轩继续大吼：

"滚！你给我滚，我不要再见到你，滚出去，听到没有？趁我还没动手要你的命之前，你滚……你滚……滚滚滚……"

紫烟昏乱、崩溃地挣扎爬起身，哭着夺门而去。

　　紫烟一路跌跌撞撞往前奔，奔出了寒松园，奔到镇上，她不
知道哪里可以去，就直奔向"济世堂"。到了济世堂，万里看到
紫烟如此狼狈的样子，嘴角还在流血，不禁大惊失色，惊问：

　　"你出了什么事啊？怎么弄成这个样子？谁打了你？"

　　"少爷……少爷！我做错了事……"紫烟哽咽着说。

　　万里不再问，把紫烟带到治疗室，在这儿，他们两个曾经
拼命救活起轩。万里让紫烟在床上坐好，把灯移近，命令紫烟褪
下衣服给他看。紫烟背对着万里，衣裳褪下一半，露出肩背和胳
臂，上面有数条瘀青痕迹，紫烟双手在胸前捂住肚兜，让万里替
她敷着药。万里一面上药，一面咬牙，压抑着心中怒气。

　　紫烟微微颤抖着，不知是因为疼痛，抑或是少女的羞怯。

　　上完药，万里低头把药盖子旋上，气不过地咬牙蹦出一句：

　　"这太过分了！出气筒也不是这么当的，他还把你当人看吗？
就是打一只小猫小狗都不该下这么重的手，混蛋！"

"算了！"紫烟赶紧说。

"不能算了！是我去把他训了一顿，他自知理亏，恼羞成怒，跟我无理取闹，我可以甩甩头，说声算了，不同他计较！但他回过头去，把怨气一股脑儿地全出在你身上，我就看不过，要打架他找我呀！打女人算什么玩意儿？我找他理论去！"

"不要！是我一错再错，把他气坏了！上次偷他画的梅花，事后他没生气，我就以为他心里是很愿意的，没想到这一回，他会气成这样，现在我知道了，原来是你强烈反对，所以他就矛盾了，他矛盾，自然就脾气暴躁，他是气糊涂了才会这样打骂我……哦！我也不是在怪你，绝对没有这个意思，我我……我明白你是一片好心，为我抱不平，但我没有不平，我现在已经好了，真的没事了！请你不要去理论吧！一理论，他又要大发脾气，那……那我怎么回得去呀？"

"你还要回去忍受他？你，你昏了头了？"万里瞪大眼睛说。

紫烟手足无措，不知怎么答才好。

"你是怎么搞的？哪根筋不对？"万里愤愤不平。

"就算我犯贱行不行？"紫烟说。

万里一听，勃然大怒，甩开紫烟的手，声色俱厉地说：

"你讲的什么话？你的心态到底是怎样？你以为把自己贬低到猫狗都不如的地步，这样才够牺牲、够伟大、够资格同乐梅较劲，跟她抗衡，是吗？"

"不是，我没有……"紫烟睁大了眼睛，惊喊。

"那是什么？就为一个'爱'字吗？天底下哪里有这样一种爱？不要人格，不要尊严，不分黑白，不讲道理，人家对你越坏你越爱、越糟蹋你你越忍气吞声！被打成这样，一句犯贱就带过去，这是哪门子的爱？这根本是自我虐待，完全不正常，你怎会变成这样？"

万里的疾言厉色，紫烟再也承受不住了，眼中的泪水，终于像山洪暴发似的溃堤了。她哭着，坦白地、悔恨地、痛楚地喊了出来：

"因为我欠他，我欠他！我烧坏了他的脸，毁了他的一切……"

万里瞪大眼睛，对于听见的话，完全反应不过来。

"你以为那场火是怎么烧起来的？"紫烟豁出去了，继续说，"无缘无故地怎么会失火？怎么会呢？是我放的火，是我是我是我呀！"

万里脑中轰然一响，如遭重击。他用力眨眨眼，呼吸加快，冒出一句：

"你在胡说些什么东西？"

"我胡说？但愿我是胡说的就好了，多少个晚上……我从噩梦里惊醒过来，我恨不得自己从没踏进过柯家的大门，恨不得……恨不得自己从没出生过……"

万里惊愕到极点，瞪视着紫烟，好半晌后，才从喉咙里挤出一句：

"真的是……真的是你放的火？"

紫烟头垂得低低的，啜泣地点了点，说：

"我原来只想烧掉那间'南房'，我进去整理过，柯家的家当全在里头，钥匙归我保管！那晚，我搬了几捆稻草，里里外外地塞满了，我扔……扔了个煤油灯，一下子，就那么一眨眼工夫，它就整个烧起来……我不知道那些火苗……是怎么样蹿到了别的屋顶上，一间……两间……三间……"

"够了，不要再说了……"万里大受打击地喊着。

"我慌了，吓傻了，尖叫着快逃，失火了，快逃命呀！大家快逃命啊……这就是所谓的……我救了大家的命！"

万里再也受不了，一个箭步上前抓住紫烟，激烈地摇撼着、怒吼着：

"你为什么要做这样的事？你怎么会做出这样丧尽天良的事情啊？"

"我……我要报仇啊！一开始……我就没安好心，二少爷骑车撞了我，那不是意外，是我故意的，然后我想尽办法让他们收留我，我讨好老夫人，讨好每一个人，一心一意要替我娘报仇！"

"替你娘报仇？你娘跟柯家有什么恩怨？你究竟是什么人？"

"我……我说起来，应该算是二少爷的表妹！"

万里一屁股跌进座椅中，整个人都呆了。然后，紫烟在哭哭啼啼中，全盘托出了她的故事，纺姑的故事，那个发疯悬梁的薄命女子！紫烟说：

"当我亲手帮我娘挖坟，埋葬她的时候，我就发誓，无论如何，我都要进入柯家，替我娘讨回这口怨气！我一切都计划得好好的，我以为我受了这么多苦，看尽了世上最悲惨的一切，我已经够强、够硬、够狠的了！但我错了，当我轻易地争取到老夫人的信任跟欢心，大有机会下手的时候，我却一次又一次地心软，下不了手！我痛恨自己的懦弱、无能，对不起我可怜的娘，怎么办呢？那天晚上，我就是这样糊糊涂涂地，一个冲动下，选择了那间库房，我想，既然害不了人，就害他们破财吧！我以为，这是最轻微的教训。谁知道，我这一把火，竟然烧出了一场天大的悲剧，害惨了所有的人，相干的，不相干的，统统都完了！"

万里听得痛心疾首，双手把头一抱，什么话也说不出来。

紫烟则痛不欲生，哭倒在地。忽然间，她跳起身子，冲向门口，打开了大门，夺门而出。万里一惊，大叫：

"站住！你到哪儿去？"

紫烟跑了一小段，就被万里一把抓住，扳转了身子喝问：

"你要干什么？"

"我要回去认罪，就像刚才对你坦白一样，我要对柯家所有的人坦白，随便他们想把我怎么办就怎么办，不管会落个什么下场，那都是我该得的报应，你让我去吧！"

"不准去，我说不准去！"万里整理着自己的思绪，用力说。

"我要去……你放了我吧！我已经憋了这么久！你不知道，当大家赞美着说，紫烟这样好、那样好的时候，我觉得自己活像是披了一张羊皮的狼，太痛苦了！趁现在我还有勇气，让我去招出一切，面对我应该受到的惩罚！我反而好过！"

万里眼中闪过无数的沉痛，狠狠把她推开，厉声说：

"你好过了？那其他的人怎么办啊？你叫大家怎么样来接受这个事实？原来这一切不是意外，而是有个凶手！起轩心中一直不平，像他那样一个正直有为的青年，为什么会遭到天谴？而你现在要告诉他，这不关老天爷的事，是你放了一把该死的火，偏巧烧毁了他这个倒霉蛋！"

紫烟痛苦地微张着口，昏乱地不知该说什么。万里再说：

"你还要让七十高龄的老奶奶恍然大悟，会有今日的恶果，完全是她当年种下的因！"

紫烟眼睛瞪大，更慌更乱了。

"还有其他的人，他们长久以来，已经认命地接受了一切，现在你却要他们再痛一次，更叫人不堪的是，你竟然跟柯家还是有血缘关系的亲戚！"

紫烟听不下去，双手遮住耳朵想逃，万里长臂一伸抓住她。

"不许逃！你不是说，这样你反而好过一些，让起轩再受一次摧残打击，叫老奶奶的余生不安，把全体人都弄得更加痛苦，你会好过吗？你会吗？"

"不……不……我不是这个意思呀……"

"你原来也没有放火的意思，只想烧掉'南房'，结果呢？"

紫烟泪眼汪汪瞅着万里，无言以对。

"你已经闯了一次大祸，别再闯第二次吧！"

紫烟羞愧地垂下了头，痛苦不已。万里深吸了一口气，声音放柔和了：

"听着！这件事，就你知、我知，今后，再不会有第三个人知道，听清楚了吗？一切得维持现状，就当作你从来没跟我说过这些话！寒松园已经是多事之地，所以，千万管好你自己的情绪，俯首认罪只会给所有的人再添一份痛苦，同时让你连立锥之地都没有，比现在的情况更糟，懂吗？"

紫烟很彷徨地、很无奈地点点头。

"但愿我说的你都真的听进去了，我们不能一直在这儿讨论个没完，你已经出来很久了，只怕寒松园里也不平静，走吧！我这就送你回去！"

万里说着径自掉头就走，但走了几步，又停步回头。

"你等一下！"

万里奔回济世堂，紫烟呆呆站立着，心里汹汹涌涌的浪潮还没退。突然胳臂被有力地一握，她惊跳地抬头。万里塞给她一罐刚刚的治伤药，她不禁呆住，一股酸楚冲进了鼻腔里。

"拿着！每天早晚擦两次，走吧！"

紫烟什么话也说不出来，什么主意也没有，乖乖地跟着万里走去。

这晚，晚餐过了，厨房才来报告，紫烟没来拿落月轩的晚餐。老夫人惊慌，立刻要去落月轩看个究竟。徐妈提着灯笼照路，与老夫人、士鹏、延芳带着家仆等人，匆匆忙忙地走进了落月轩，又发现大门敞开没关，院子里漆黑一片。

"进去进去，快进去瞧瞧！"老夫人说。

"起轩！紫烟！起轩！紫烟！"大家七嘴八舌地喊。

士鹏急急摸黑先抢进屋子，猛地在翻倒的凳子上绊了一下。

"怎么了？你小心点儿啊！"延芳说。

灯笼纷纷燃起，油灯跟着点亮，大家赫然看见院子角落里坐着起轩。

"哦！二少爷！"徐妈喊。

正爬起的士鹏，还有老夫人及延芳，立即赶了过去。

"起轩！你怎么啦？怎么啦？"三人问。

屋中一亮，大家这才看到，整个房间桌歪椅倒，混乱得很。

三人看得触目惊心，延芳紧张地一把抓住起轩。

"发生什么事啦？你有没有怎么样啊？别不吭气儿呀！"

"我没事！"起轩闷闷地说。

一听这话，三人大大松了口气。

"没事怎会弄成这样？"士鹏问。

"紫烟呢？她人到哪儿去了，啊？"老夫人跟着问。

"被我赶走了！"起轩说。

"你……你为什么赶走她呢？"老夫人大急，"她惹你生气还是怎么着？她一向对你百依百顺，会做什么，让你发这么大的脾气？你把她怎么了？"

"我骂她……还打了她……"起轩说。

三人吃惊相对。老夫人瞪着起轩，想骂又不忍骂。延芳赶紧说：

"娘别急，紫烟八成受了委屈，就躲起来赌气吧！或许她就在这院子里！"

"不要整理了！快出去找找，院子里要找不着，就传话给大伙儿，到处找找去！"士鹏对正在整理屋子的仆人们说，"这么好的丫头，哪儿去找第二个？"

"是是是！"徐妈说着，带着丫头仆人，急匆匆找人去。

落月轩在急急找紫烟，吟风馆乐梅却在急急拼凑她的诗笺。

乐梅面前摊着一张白纸，散放着纸屑碎片，她正努力地要把它们拼回原状，因为很多都被风吹走了，她当然拼不起来。但是，她专心地去找起轩的笔迹，只要拼出几个起轩的字，就能证实起轩来过了。她一边找，一边伤心地眼泛泪雾，猛然听得身后传来母亲的声音：

"你在做什么呀？"

乐梅一个惊跳回身，双眼泪汪汪的样子把映雪吓了一跳。

"怎么啦？你哭什么？这一堆纸屑是怎么回事儿？嗯？"

"没什么……没什么……"

"还说没什么，今儿个下午我就看着你不对劲儿，一顿晚饭也只扒那么几口饭，现在又窝在房里对着纸屑掉眼泪，你还想瞒我？到底出了什么事？"

乐梅噙着泪，再也熬不住地扑到映雪身上，抱着她哭了。

"都怪老柯不好，他……他莫名其妙……"

映雪一惊，反应不过来，瞠目结舌。乐梅没注意母亲的失态，继续说：

"我好不容易……好不容易才等到了一种沟通的方式，我拿去给他看，他居然一把给撕了！"

"你……你在说什么呀？他把什么给撕了？嗯？"

"起轩写给我的词！"乐梅说。

映雪大大一震，呆了几秒钟，一阵激动地抓着乐梅摇撼：

"你胡说什么？什么叫起轩写给你的词？他已经死了，怎么会写词给你，快别糊涂了！"

"不不……是真的，是真的，原来是我先写了半阕词，然后不知道什么时候，后面就多了下段，那是起轩的笔迹，我比对过了，它现在被撕碎了，我无法证明给你看，不过我发誓，那不是幻觉，真的是起轩写的，他在回应我，他借纸笔传情，在跟我沟通呀!"

映雪整个呆住了，脸发白，心寒直透背脊。乐梅又低头去拼，说：

"你等着，你等着，我想法子把它拼起来，我可以证明那是起轩的笔迹……"

"不要拼了，不要弄了……"

"我要我要……你怎么不明白呢？这是多么重要的一个证据，它能证明起轩的鬼魂是存在的，它能证明我的确拥有一个鬼丈夫呀!"乐梅坚定地喊。

映雪把乐梅的头揽入怀中紧紧抱住，心痛达于极点地哭了起来，痛楚地说：

"可怜的女儿啊！看看你给折磨成什么样子了？我真后悔让你抱着牌位嫁过来！我每天都在说服自己，这么做是对的，只要给你时间，你的悲伤会被冲淡，你的未来还有一线光明，可是你净往黑暗里钻，你宁愿要一个看不见的鬼丈夫，却不要一个正常的丈夫吗？"

乐梅缓缓脱离映雪的怀抱，盛满悲哀与泪水的眼眸，带着几许困惑与茫然。

"正常的丈夫？这……这是什么意思？"

"哦！今天我坦白告诉你吧！当初之所以会让你抱牌位成亲，完全是为了安慰你，没有一个人是真心愿意的，大家私下商量着，等日子过久了，你想开的时候，尽可以下堂求去，另外改嫁，你懂了吗？"映雪忍不住说出口。

乐梅先是呆住了，接着一股受骗、受伤的刺痛，令她跳起来冲开去，扑在床柱上心碎地说：

"真没想到，我视之为神圣的婚姻，却被你们视如儿戏，别人不信我也就罢了，你是最了解我的呀！如果我心有二志，何必还要嫁过来？做这个决定绝非一时的冲动，也不是肩上压着贞节大义的包袱，完全是因为我所有的感情都给了起轩，此身非他莫属，既然嫁不了他的人，就嫁给他的牌位、他的鬼魂，总之今生今世，他就是我唯一的丈夫，唯一的，我的誓言，至死不变！"

乐梅的坚决与强烈，深深震撼了映雪，她看着女儿片刻，颓然坐倒椅中。

"好好好！你一辈子为他心痛，而我就一辈子为你心痛，你真忍得下心！"

"如果你肯相信鬼魂有知的话，你就不会说这种话来为难我了，我跟起轩，做这样一对阴阳夫妻，已经有数不尽的心酸了，你们又怎么忍得下心来拆散呢？"

"不要再说这种话了，瞧你，已经走火入魔了！什么鬼丈夫？什么阴阳夫妻？根本没有的事，你就是一个寂寞又孤单的寡妇！"

乐梅抽了口气，转开脸不看母亲，眼光里透着执迷的坚定。

"不，他在！他在！他在！他是我的'鬼丈夫'！他存在！"

映雪望着这样的乐梅，简直快要疯了。想了想，越想越气，不禁骤然起身，她要去落月轩，她要去找那个"鬼丈夫"，不愿当人却要当鬼的那个男人，到底要把她的女儿陷进什么绝境里去？

落月轩里，大家还在找紫烟，映雪一口气冲了进来，徐妈赶紧报告：

"亲家奶奶来了！"

所有的人一怔。只见映雪一步走来，直挺挺地往门口一站。

"你也听说紫烟不见了，所以过来瞧瞧的是吧？"延芳问。

"我没心情管这个，我是来找起轩的！"映雪说。

始终垂头丧气坐在椅中的起轩，不由惊怔地抬头。柯老夫人说：

"怎么啦？"

"乐梅一个人关在屋里头，对着一堆碎纸屑，一边掉眼泪，一边试图把它们一片片地拼起来，因为那上头有起轩的亲手笔迹，她说，那是一个证据，可以证明起轩的鬼魂是存在的，可以证明她的确拥有一个鬼丈夫！"

大家先是一脸困惑，听到"亲手笔迹"云云，不禁大吃一惊，全看向起轩，就在他们都还来不及开口的时候，映雪已对起轩凄厉地大喊：

"你为什么要这样子折磨我的女儿？"

起轩再也坐不住地跳了起来，拐杖碰倒落地，他痛苦地、崩溃地喊道：

"不……我没有，我怎么忍心折磨她？我就是发觉整个情况已经无法控制了，所以才会撕碎那张诗笺！"

"你题词给她，泄露笔迹就已经离了谱，事后撕毁又有什么用？你这样一下子叫她神魂颠倒，一下子又叫她心碎欲绝，你到底是预备把她怎么办？你今天跟我说清楚吧！"映雪大声问。

"等等！等等！你们在说些什么呀？"柯老夫人说。

"什么碎纸屑？什么亲手笔迹呢？你究竟做了什么？"延芳问。

大家的声音混乱交织着，这对激动的映雪，宛如火上添油，她愤怒地喊：

"事情已经很明白，就是起轩不敢要乐梅，可又舍不得放手，于是弄出一个鬼丈夫来，要把乐梅拴住！"

"映雪……"延芳惊喊，想阻止。

说时迟，那时快，起轩猛然扑落地，左手抓起拐杖，狠狠地就往右胳臂上痛击着，边打边喊：

"我干吗提笔？干吗泄露笔迹？该死的手，该死该死的手……"

士鹏、延芳、柯老夫人大惊失色，纷纷扑向起轩去。一阵混乱下，士鹏抓住了起轩，延芳夺下了拐杖，柯老夫人则气急败坏地、上上下下地摸着起轩胳臂，心疼地喊着：

"这胳臂上烧伤才好没多久，你又用硬邦邦的拐杖头儿，那么狠命地敲，想把胳臂打废了不成，你这傻孩子，就是天塌了，也有奶奶给你顶着嘛！奶奶顶不住，也还有你爹你娘，是不是？你已经受够了罪，不能再受了呀！"

话中固然有弦外之音，却也十分心酸，弄得延芳也哭了，士鹏也湿了眼眶。

映雪望着他们，心中既悲凄又无奈，跌坐旁边的椅中掩面而泣，说：

"为什么要题诗？这种日子，叫人怎么过？"

"题诗，就是紫烟闯的祸！"起轩说。

然后，他沉痛地说起了纸梅花和整个题词的前因后果。所有的人，都听得呆住了，正在这样的气氛中，徐妈自屋外一路喊进来：

"老夫人……老爷！太太！紫烟回来了，杨大夫把紫烟给送回来了！"

　　紫烟的回来，恰似点燃了引爆的引信，让每个人的神经为之一绷。只见紫烟与万里随着徐妈跨进了屋里，紫烟怯怯地、尴尬地看了众人一眼，还不及开口说什么，延芳倏然冲到她面前来，怒骂着说：

　　"你是不是疯了？谁许你自做主张，又是偷剪纸梅花，又是暗中传递诗词？你为什么要这么多事呢？你把乐梅跟起轩都弄得很痛苦你知不知道？"

　　紫烟与万里皆为之变色。紫烟讷讷地说：

　　"太太……"

　　柯老夫人看见紫烟嘴角的瘀伤，心中不忍地替她求情：

　　"算了算了，责备她也于事无补，何况她已经受过教训了呀！还不快跟大伙儿认个错，说再也不敢了！"

　　"是是……我错了，我错了……"紫烟赶紧说。

　　"够了！"起轩大叫，"我不需要一个代罪羔羊，紫烟的所作所为，完全是我纵容出来的，表面上我严厉拒绝她安排的机会，可骨子里我却又巴望着她去安排！剪纸梅花那次，让我得到安慰，于是我心平气和。而这次泄露我的笔迹，却叫我受到惊吓，于是我就暴跳如雷，这样你们懂了吗？她只是单纯地好心罢了！"他转向万里，"你骂得好，我已经被私心蒙昏了头，只想藏在面具后面，躲在老柯背后来迷惑乐梅，把原来的打算全体抛诸脑后了……"他又冲向映雪，说，"你也骂得好，我是不敢要她，根本就要不起她，却又意志薄弱，不肯彻底放手……瞧！我就是这样一个自私自利、喜怒无常，又矛盾不堪的怪物和疯子！"

在他这样一连串的表白中，屋里的人，难过、同情、心酸、震动等等情绪复杂交织着，最后，延芳心痛难当地扑过去把起轩一抱，喊：

"不不，你不是怪物，也不是疯子，你只是我可怜的儿子啊！为什么要有这样一把无情的火呀！毁了你的容貌，你的声音，你的腿，也硬生生地剥夺了属于你的美好姻缘……都怪那把火！都怪那把火呀！"

紫烟听了，她双眼发直，身子颤抖，突然扑跪落地，捶胸痛喊：

"是我造的孽，是我造的孽，我把二少爷害得这么惨，让我挨千刀都还不可原谅……"

万里大惊失色，无法坐视不顾，箭步冲来，伸手在紫烟肩上重重一握，说：

"够了！纸梅花和题词的祸都已经闯下，你再痛骂自己也不能改变什么，只有叫大家更难受，你给我闭紧嘴巴，别说了！听见没有？"

紫烟战栗着、警觉着，双手搁在腿上，紧紧揪着裤子，死命咬牙隐忍。柯老夫人转向映雪，含泪说：

"你就别再生气了吧！乐梅被弄得颠颠倒倒，备受折磨，却不是你一个人感到痛心疾首啊！你瞧，一个连着一个的，心里都苦哇！"

映雪含着眼泪，对众人扫视过去，最后，目光停留在起轩身上，问：

"那么究竟该怎么办？谁能告诉我，起轩跟乐梅究竟该怎么办啊？"

所有的人面面相觑，这话同样是众人心中的大问号，这时，万里咬咬牙，大跨步地走到起轩身边，问起轩：

"还愿意听我的意见吗？"

"当然！如果你还愿意给我意见的话！"起轩无力地说。

"好！现在你暂时抛开每个人的想法、说法，你统统别管，只想一件事，从乐梅进门至今，所有的点点滴滴全在你心里，请你很诚实地问问自己，事到如今，还是那么坚持，宁死都不愿相认吗？"

"当然！当然！"起轩说。

"你连想都没有想……"

"我不用想！"起轩打断。

"你必须好好地想一想，如果你不肯摘下面具，做一个真正的丈夫，那么，我们也不能再睁一只眼、闭一只眼，任由老柯迷惑乐梅！"士鹏说。

起轩瞪大双眼，呼吸急促地看着士鹏。

"听我的话，别逃避了，你说你自私自利，矛盾不堪，这都无可厚非，你再骂上成千上万句，也不会把自己变得更可恶一点儿，因为谁都知道，你太爱乐梅了，你也渴望做她的丈夫，却又拼命压抑这个想法！"士鹏一脸正气，"勇敢点儿，既然放不了手，就抓住她吧！站出来抓住她呀！"

"不……不……你们不要逼我，不要逼我，"起轩狼狈地喊，"不管我有多么渴望、多么想抓住她，那都是我的事，我宁愿被煎熬也不要实现它！你们不是我，就别代替我感觉，代替我决定什么，我的答案永远不会改变，谁要揭穿我，就是要我毁灭，我再说一遍，揭穿就等于毁灭！我要维持她心里爱的，那个以前的我，更胜于要维持我的生命！"

全体被起轩强烈的语气镇住，室内窒息片刻，柯老夫人首先就惶恐地屈服了，双手做着安抚的手势，一迭连声说：

"好好好，不要激动，不逼你，不揭穿，哦？奶奶替你看着他们每个人，都不叫他们说漏嘴，好不好？你别吓奶奶吧！"

起轩激动地冲到映雪面前，说：

"爹刚才说了，他们将不再放任老柯迷惑乐梅，我现在也跟你保证，老柯不会再装神弄鬼，紫烟也不会，对不对？紫烟！"

紫烟被点到名，纷乱而被动地点了点头。

"放心吧！"起轩沉痛地说，"从今以后，鬼丈夫就此消失，永远永远地消失了！"

第二十三章

有了起轩的承诺，总算得到结论，大家都累了，鱼贯地走出落月轩。

门内，起轩拄杖站在一段距离之外，沉重地看着紫烟送大家出去，正要转身，忽然听到小佩的声音传来：

"小姐……小姐……你慢一点呀！"

"快关门！快关门！"起轩说，紫烟迅速关门。

落月轩门外，在众目睽睽之下，乐梅带着小佩飞奔而至。乐梅跑得喘吁吁，看到大家从落月轩出来，惊愕地扫视着每个人。大家看到乐梅，也个个猝不及防地目瞪口呆。

"你们为什么都跑到落月轩来？"乐梅困惑地说，"小佩说她听见这里头有许多奇怪的声音，有哭喊吵闹，还有人叫着起轩的名字，原来是你们，这到底是怎么回事？你们在里头做什么呢？"

门内的起轩与紫烟，相视变色。起轩瞪圆了眼睛，呼吸十分急促。

门外的映雪，脸色苍白，不知该如何回答。万里最沉着，接口说：

"我老实告诉你好了，还不是为了你！"

"为了我？"乐梅更加困惑。

"因为闹鬼通灵的传言，似乎是越演越烈，弄得你神魂颠倒、寝食不安，所以大家才到落月轩来，焚香祭拜，超度亡魂，求个平安！"

乐梅听得一愣一愣，映雪恢复了镇定，忙握住她的手说：

"对了！这就是为什么会叫着起轩的名字，因为在超度他的亡魂啊！"

"不单是他，还有其他的亡魂，"延芳赶紧呼应，"我跟你说过，落月轩的阴气最重，柯家所有的鬼魂都在这儿，所以我们才会在这儿超度！"

乐梅一瞬不瞬地从映雪开始，对每个人逐一看过去。柯老夫人、士鹏、徐妈纷纷对她点着头。门内的起轩和紫烟紧张不安，起轩不由自主，走到门边，仔细倾听。

乐梅听了这番话，转动眼珠深思，顿时恍然大悟地说：

"所以你们是相信的，对不对？"看着母亲，"我告诉你纸梅花的事，你还反驳我，我说起轩借填词跟我沟通，你也说我犯糊涂，结果你们却背着我，聚在这儿驱鬼，可见你们明明相信，只是在我面前否认罢了，因为你们一致的目的，就是要让我彻底死心，然后改嫁！"

大家都被乐梅这话震动了。乐梅看着柯家人说：

"不错，我娘都告诉我了，你们老早就商量好，对我另有安排，这个婚姻你们根本不当回事，统统都在敷衍我！"

"你怎么这么说呢？"柯老夫人说，"你嫁给起轩的牌位，这是你对柯家的一份儿恩德，谁说我们不重视呀？所以打从你进门之后，全家上上下下对你呵护备至，那绝不是虚假的敷衍，而是发自内心的心疼跟怜惜啊！你要感觉不出来那份儿真情，那就太伤奶奶的心了！"

"奶奶……"乐梅难过地喊。

"是……奶奶承认，我们有些地方是对你不尽诚实，可根本的意思也是为你好、为你着想！"柯老夫人说。

"不！不！真要为我好、为我着想，就别超度什么亡魂，把起轩的鬼魂赶走呀！我真不明白，你们既然也相信他的存在，那怎么还舍得赶走他？"

柯老夫人不知何言以对，转头向众人求助。士鹏接口说：

"乐梅！我们当然舍不得赶走他，可我们更不忍心见他做个无主孤魂。超度他，是帮助他快去转世投胎，早日脱离苦海！"

"不是这样，不是这样，你们怎么能确定他想走呢？"乐梅激动起来，"你们是听了老柯的话，对不对？老柯！老柯！老柯……！"

门内砰然一响，起轩自门边趔着急退，好像给什么东西重重撞击到了一样，紫烟赶紧上前去扶住他。

"老柯你出来，出来啊！老柯……"门外，映雪气急败坏地拉住乐梅。

"你干什么吗？你叫他要干什么吗？"

"他说谎，他说谎，他是心疼起轩，就像你们心疼我一样！

我不要你们心疼，我要起轩，我知道他也要我的，我不相信他会愿意离我而去，更不相信我会是他的苦海，我不是！老柯！你为什么要捏造这种谎言？你出来，出来出来……"

起轩抱着头痛苦不堪，紫烟看着他，一门之隔，两样悲惨，更加深她的痛悔而泪涟涟了。门外，映雪一把抱住乐梅，心痛如刀割地说：

"不要再喊，不要再打门了，求求你静下来吧！"

柯老夫人、延芳、徐妈都在淌泪，士鹏、万里也难过不已。映雪说：

"听我说，你必须想开一点，人死了能够去超生，这是得了善报，是好事，你何苦强留呢？由于你的招魂引鬼，已经耽误起轩很久了，现在就好好地让他去吧！就算再舍不得，也由不得你，刚才的一番超度之后，老柯已经斩钉截铁地告诉我们，起轩走了，真正地走了！"

乐梅听了，心中一阵刺痛，摧肝裂胆，不禁仰头狂喊：

"起轩……连你的鬼魂也不愿守护我吗？"说着，就哭倒在地。

门内的起轩，整颗心在绞扭着，痛得他抱头跪倒在地。嘴里，辗转地低吟着：

"乐梅！但愿化作鸳鸯锦，裹住梅花不许痛！"

接下来一段时间，寒松园好像安静了。但是，这表面的安静，实际上藏着更大的隐忧。乐梅不再闹，也不再问东问西，只是每天早上香，晚上香，每次上香，都把一张纸笺，放在供桌前面。她整天的工作，就是去检查那纸笺，有没有起轩的字迹。鬼是无形的，即使就在她面前写，她也可能看不到。所以，供桌前除了纸笺，还有文房四宝。每次，当纸笺只是一张白纸时，她都失望到顶点。然后，她觉得自己要先写几句话，才能让起轩感动。那花笺上，开始字字血泪，句句呼唤。可惜，她那深情的"鬼丈夫"不再出现了。

落月轩里的起轩，更加憔悴。连"老柯"都不能当，他的心几乎已死。他不知道自己以后的命运是什么。本来，他爱文学，爱艺术，爱旅行。他有对人生的抱负，如今全部毁灭。和乐梅这段情，是他此生最大的震撼。却如此这般不堪！心爱的人就在同一个园子里，却无法相见，无法相认，无法相爱。他在这种压抑中，开始看《聊斋》，希望自己真的化为鬼魂，成为乐梅的"鬼丈夫"！回忆初相见，一路的酸甜苦辣。真是"乐莫乐兮新相知，悲莫悲兮生别离"！

这天，万里捧着一摞书来看起轩，把书本放在起轩书桌上，问：

"怎么突然要看笔记小说？难道你以前写小说的心情恢复了？"

"现在有什么情怀写小说！"起轩长叹，"我只是想看看那些笔记小说里，有没有比我更悲惨的故事！打发时间而已！"

"如果你真要打发时间，"万里有力地说，"你就拿起你的笔来，忘掉你的脸，像以前一样，好好写几篇故事。我记得，北京的《青年文艺》里，你写了好多情文并茂的小说呢！有一篇叫《红鹤》，我以为你写了一只鸟，结果是有个学生会名叫红鹤，原来是个充满悬疑的故事！为什么你不再写了？"

"红鹤？"起轩眼神缥缈地投向窗外，"我现在心里只有白梅，那写不出、忘不掉的白梅！我真恨……"他咬牙说，"恨不得失火那一天，我就烧成了灰烬！此时此刻，跟我谈什么《红鹤》？"

万里看着他，一时之间，无言可答，房里顿时又安静下来。

柯老夫人体验过太多人生，她知道这种安静是"痛苦"的"宁静"。她知道问题还在。这天，她由紫烟搀着，缓缓走在寒松园里，叹口气说：

"唉！这几天可苦了那两个孩子，提起来就揪心，搁在心里头也揪心，真不知何时能了？如何能了？"

紫烟一阵难过，无言以对，默默扶着柯老夫人进了凉亭。她抢上一步，拿手绢把椅子抹了抹，再扶柯老夫人坐。老夫人怜惜地看看她，说：

"你也坐下来，跟我不必拘束，我们聊聊！"

"是！"

"你知道，老人家总是想得多，想得远。有件事，我原来很笃定，可经过前几天这么一闹，又变得没什么把握了，所以，我还是敞开来跟你谈谈的好！"她深深地看着紫烟说，"我在想，柯家终究是没有福分要乐梅这个媳妇儿，也许她很快就将要离去，也许还要熬很久，无论如何，我都会祝福她，就是可怜我那孙子，当乐梅走了以后，他要怎么办？但愿我能撑到那时候，我这把岁数的人，就像风里的残烛，说灭就灭了的……"

"好端端的，快别说这种话吧！"紫烟赶紧打断。

"我不忌讳，我已经活够了，死亡吓不住我，叫我害怕的是，心愿不能了，走得牵肠挂肚的！"

"我懂了，我明白你的意思，你是要我一句话，对不对？"紫烟说，"那么你放心，我会一辈子待在柯家做丫头，终身伺候着二少爷！"

"紫烟！我可没要你这么委屈，想你为起轩做尽了一切，旁的不说，单讲他重伤期间，你天天亲手为他换药，有了这等肌肤之亲，我也势必要为你做主。不只是我，老爷和太太也心里有数。只为当时乐梅正闹着要抱牌位成亲，所以大家搁着不提，不过我早有琢磨，假如有幸，他们两个得了好结局，我好歹也要扶你做个二房！但眼看今天这个局面，他们是希望渺茫了，我不如先趁早做好安排，安了我的心，好丫头！你只消点点头，将来的柯家二少奶奶，就是你了！"

紫烟听着听着，越听脸色越发白，呼吸也越来越急促，内心中如有洪水般翻翻滚滚而来，终于溃决而出，一骨碌跳起来大叫一声：

"不要！"

柯老夫人吓了一跳，错愕不已。

"你千万别给我做主，什么二房、二少奶奶，我都不要做，别说点头了，我要是存半点儿这种心，我就给天打雷劈，不得好死！"紫烟激动得不得了。

"紫烟……"柯老夫人惊愕地喊。

"你真的不可以做这种安排，绝对不可以，你……你完全弄错了，我不是什么好丫头，我自己都觉得很奇怪，雷公怎么还不劈死我，如果我还让自己夹在他们中间，那……那十八层地狱都不够我下的!"紫烟一口气喊出来,接着,一头就冲出了凉亭,飞奔而去。

留下柯老夫人坐在那儿,呆若木鸡,困惑无比。

紫烟跑出了寒松园,没有地方可去,就身不由己地,奔向了"济世堂"。万里正忙着和徒弟们补充药材,分装完毕,转过身来,不由一怔,只见紫烟直挺挺地站在门口,万里说:

"怎么不进来?"

紫烟默默不语地走到了柜台前,有些魂不守舍。

"你身上的伤怎么样?"万里问,声音有点僵硬。

"没事了,谢谢!"

万里却老大不自在,躲开了她的注视,拿了药材继续去工作。紫烟见他有躲避她的样子,神情一痛,已然受伤,不待他说话,掉头就跑了出去,脚步声惊动了万里,他猛然回头,喊着:

"紫烟……"

万里不假思索地拔脚就追了出去。紫烟跑向人烟稀少的地方,转眼间,万里已经追上了她,一把拉住她,急急地问:

"你干吗一声不响地就跑了?"

紫烟不回答,只想挣脱,万里生气地用力摇了摇她。

"你说话好不好?我不知道你在别扭什么?"万里说。

"我不想惹你讨厌,所以赶快走人,行不行?"紫烟挫败而自卑地说。

"我是说了什么,还是做了什么?"万里惊讶地看着她。

"你不用说什么,也不用做什么,在你知道我所有的秘密以后，原来的那个紫烟就等于死了，不是吗？现在你看着我，就好像我是一个陌生人，不但陌生，还是个可怕的、可恶的、可恨的人，不是吗？"

万里目瞪口呆了几秒钟，突然走开几步，又折回来，看着紫烟，却气得说不出话来，又走开去，却又实在憋不住地再折回来，气急败坏地说：

"我觉得你很奇怪，你突然间出现在我面前，总共跟我说不到三句话，你凭什么判断我的感觉？"

紫烟转开脸不说话。

"你，你期望我怎么样呢？"万里忽然大声说，"劈头就挖心掏肝、滔滔不绝地告诉你，这几天里，我满脑子都在想着你的事，关于你不幸的身世，你母亲种种悲惨的遭遇，并且想象着，你在妓院那种千奇百怪的环境下，是怎么样挣扎着成长，现在在寒松园这么千奇百怪的情况当中，又是怎么样挣扎着适应……"

紫烟心中一动，终于把万里的话和那份关怀，都听进去了。

"我这才了解，你的反应灵敏，你的善察人意，原来是看尽了多少人的脸色，受了多少打骂而磨出来的！你母亲所受的委屈、侮辱，是你心底的阴霾，从小堆积到大，使你没有快乐、没有希望，也找不到生命里正确的方向，只是跟着一个悲剧的漩涡打转，从柯家转出去，又卷回来，一直脱不了身！"

万里字字句句都敲进了紫烟的心坎里去，好似一条渠道，导引出她心底的悲哀，化作热泪滚滚而出。万里诚挚地继续说：

"假如我是你，我不敢说，我会不会做出更可怕的事情来，造成更大的伤害，所以我没有资格论断你，任何人都没有资格！

最重要的，是你现在的想法，一味地痛悔、绝望，把自己贬得一无是处，那很可怕，就像是在一点一滴地杀死自己，所以你要停止这么想。要知道，你不是始作俑者，却可以终结整个悲剧，你要振作起来，不幸中的大幸，是没有人真正死亡了，只要有生命，一切就都还有希望，你懂我的意思吗？"

万里的脸孔是热诚的，声音充满了鼓励的，紫烟感动不已，不由自主地说：

"我很想听你的话，可是，我都不知道能有什么希望。我最大最大的希望，就是看见二少爷跟二少奶奶能有好结果，可是老夫人说，这个希望渺茫，然后……她想做一个安排，如果有一天，二少奶奶离开的话，她要把我给了二少爷！"

万里猛地愣住，心口上好似给重物撞了一下，隔了几秒钟，才生硬地问道：

"那……你怎么说？"

"我怎么说？我简直要疯了，差点就在她面前崩溃，我……我胡言乱语了一阵，反正就是不要，不答应，你说我怎么能答应呢？我把他们两个人害得这么惨，我已经不是人了，然后再眼睁睁看着他们被拆散，我还去坐二少奶奶的位置，那不如拿把刀来把我杀了还好！"

"你别这样，你这样子我会很担心的！"万里看她情绪激动，皱着眉说。

"是吗？"

万里心口上又撞击了一下，他盯着紫烟的眼睛，点点头。

紫烟目光热烈地注视了他好一会儿，突然，她眼里的光芒倏然熄灭，仓促地挣脱了万里，一边擦泪，一边又恢复冷静，低低地说：

"你放心吧！我不会做傻事的，我不是答应你了，让秘密永远是秘密，再不会有第三个人知道，就是苦死我，我也不能让柯家的人再受苦，那我又怎么会做傻事来伤他们？"

"这就对了！"万里说。

"如果实在挡不过他们的感情压力，我只有一条路，就是逃走！"

"逃走？逃哪儿去？"

"再说吧！"

"你……不要再说，你要逃，就逃到我这儿来！"万里急急地说。

"那不等于是大门走到二门，根本没逃！"

万里一时语塞了，急得有些不知所措。

"对不起！不该拖你下水，对你说出秘密，结果害你多了一份负担跟烦恼，你多担待一点儿，我这个漩涡早晚会转出去的！"

"你先不要转移话题，你听着，我要你答应我，不论发生任何事情，只要让你有想逃的念头，记住，你就先从大门走到我这个二门来，我们一块儿商量，一块儿拿主意，嗯？"

紫烟抬眼看他，张口欲言。

"你什么也别讲了，我就是爱蹚浑水，行不行？现在你跟我点个头，表示你会记住我的话！"万里的眼光里，已经充满了感情和担心。

紫烟的眼泪几乎夺眶而出，她忙把头垂下，心中一阵激荡，她无语地，轻轻点了点头。万里这才如释重负地叹了口气。

乐梅等不到起轩的鬼魂，这天，她再也忍不住了，神情憔悴不堪地来到落月轩的大门前，伸出手去打门。门内，起轩急遽转身，心脏一阵狂跳，拔脚就向门冲去。但冲到了门边，他又被理智束缚住，双手紧紧握着拐杖，不敢稍放。门外的乐梅，很坚决地不停打门，跟着开口喊着：

"老柯！我是乐梅，我又来了，今天你不理我也不行，我会站在这儿一直敲门，敲到你出来见面为止！"

起轩一听，又是心急，又是不忍，又是渴望。然后，一下又一下的敲门声，都在撞击他的心脏，他终于抽掉门闩，把门豁喇一开，怒声地冲口而出：

"你怎么就是不肯死心……"

他瞪着乐梅，乐梅一脸悲容，憔悴消瘦的样子，把他的心立刻绞痛了。

"你……你怎么了？你病了吗？"

"救救我，我已经心力交瘁了，我磨好墨，准备好纸，日日夜夜地等着，一声又一声地呼唤，可他都不来，他真的走了吗？请你老老实实地告诉我，他真的走了吗？"乐梅说。

起轩目光闪动，喘息浊重，什么话也说不出来。乐梅哀恳地看着他：

"求求你，跟我说实话，如果他并没有走，为什么不再理我了？如果他已经走了，我又该怎么办？我是不是应该马上结束我的生命，跟着他转世投胎呢？"

"不！你不可以这么做！"起轩惊喊。

"那不然呢？人鬼夫妻不能做，那我就追随他去，到来生里跟他做正常的夫妻，这总可以了吧？问题是……我到了来生，我要怎么样才能认得他，找到他呢？我需要你的指点啊！"

"我……我不能指点，我无法指点！"起轩硬着心肠说。

乐梅扑通一跪，抓着起轩的衣服哭求：

"求求你啊！求求你啊！"

起轩见她下跪，大为激动，反过身来也对她一跪，悲喊着说：

"我也求求你，求求你饶了我，放过我吧！我也不知道他是走了，还是没走，我真的不知道，我跟他之间，已经完全失去了沟通，我没办法再告诉你什么了，你也千万不要糊里糊涂地做傻事，因为你根本找不到他的，你听清楚了吗？"

"那……那我该怎么办？我到底该怎么办？"

"我不知道，不知道，不知道……"起轩痛苦得快要发疯，起身一把抓起乐梅，就把她往门外推去，边推边说，"你忘了他，忘了我，别再访鬼找幽灵了，去过正常人的日子……"

乐梅被他一路推得直退，她急急抵抗、推拒着说：

"不！别赶我走，你原来一直帮我的呀！别在这时候弃我不顾，老柯……"

两人混乱的推挤之中，乐梅的手不经意地一推，把起轩的衣袖整个推上去，褪出他的手臂来，赫然见到臂上一片烧伤的伤疤，乐梅一声惊呼：

"哦……"

起轩迅速抽回手臂，在乐梅还没反应过来前，握住她的胳臂拖到门口，怒吼地奋力将乐梅一摔。

"滚出去……"

乐梅整个人撞在大门上，再跌落在地。起轩瞪着双眼，猛跨一步想去扶，却又硬生生收住脚步，转开脸痛楚地喘息。乐梅匍匐在地，心碎欲绝地嘤嘤哭泣。

"起轩……起轩……你到底在哪里？在哪里啊？"

起轩眼睛濡湿了，心软了，转头看乐梅，见她那样可怜兮兮的样子，他的心不停地抽痛着。挣扎了好半晌，他终究是不忍心，一瘸一瘸地走到乐梅面前，跪下去，双手搀扶乐梅。两人距离如此近，乐梅昏昏然中抬起头，接触到起轩的眼眸。乐梅眼前，忽然闪过起轩戴着面具回眸一望。溪边，起轩掀开面具的眼光……和许许多多起轩的眼光。乐梅如遭电击般地震颤了一下，如梦似幻，不知身在何方，整个意识都被这对眼睛占据了。她痴痴地看着起轩，喃喃地低喊：

"起轩……"

起轩双手猛一缩，乐梅的手却像溺水的人攀浮木似的，一把紧紧地扣住他。

"你没走，你没走，我就知道你不会抛弃我，起轩……"

"不……我不是起轩，我不是不是不是……"起轩像受伤的野兽般哀鸣。

乐梅错愕地睁大着双眼，甩甩头，像从梦中惊醒似的。起轩低吼着：

"你……你疯了，你追逐鬼魂追逐到失去理智，居然错乱到把我当成起轩……你看看我，看清楚啊！我怎么会是起轩？他身材挺拔，健步如飞，而我呢？我呢？我没有了拐杖，连腰杆子都挺不直，连走路都这么困难，你看见没有？"

乐梅是完全清醒了，此时只觉尴尬混乱至极，站起身拔脚想跑，却被起轩一把抓住，将她身子一旋。她变成背贴着起轩，同时脖子上被起轩的胳臂钩住。

"你听你听，即使你不用看着我，光听这个声音吧！起轩说话的时候，哪里是这种粗哑的破锣嗓子？你怎么可能弄错？怎么可以这么离谱？"说完一推她。

乐梅跟跄了几步才站稳，惊慌而混乱地喘息着。起轩瞪着她，残忍地说：

"难道因为你太空虚、太寂寞，你就可以随便找个男人，当他是起轩吗？"

"不……我不是这样……"乐梅痛喊。

"你就是！你就是！而且你完全不负责任，好像你都不知道自己是多么的年轻貌美，也不知道诱惑是什么东西，你只管发泄你的情绪，却不管别人要费多大的力气来抗拒，万一刚才我抗拒不了呢？你都不怕会出事吗？啊？"

起轩边说边进逼，乐梅则仓皇地逐步后退，越听眼睛睁得越大，最后更是吓慌了，急喊出声：

"我没那个意思，我没有……"

"没有就不要再来，主仆之分、男女之别，这是你我都要遵守的，不要都扔给我，我不是每次都守得住，你不是知书达理吗？你的妇德观念都到哪里去了？你……你究竟是要做一个烈女，还是一个荡妇？"

"住口！住口！住口！"乐梅无地自容地喊，泪如雨下。

起轩转身扑在墙上，浑身颤抖着，死命地咬了咬牙，痛苦地继续喊：

"你哭什么？真正委屈的是我呀！你是捧牌位进门的少奶奶，就是有什么错，也没人敢说句重话，大家责备的都是我，你弄得我快要待不下去了，你知道吗？"

哭泣中的乐梅，听到这话，仍不免一震。

"我这个命运坎坷的可怜人，这一生还能有什么指望呢？只求守着一片小小的园子度过残生而已，我原来安安分分，无欲无求，你不停地闯进来，我被你搅得生活大乱！你如果再不收敛，我不是被赶走，也会逃走的……你是不是非要弄成那样？让我没有立足之地，连一个了却残生的地方都没有？"

乐梅听着，受伤、愤怒、委屈……种种情绪弄得心神混乱，再被起轩这么步步进逼，终于再也承受不住，一转身，急急夺门而逃，哭奔而去了。

起轩扑在大门的门柱上，双眼泪闪闪的，等到看不见乐梅了，他就一寸寸地沿着门板滑落在地坐倒，整个人都瘫痪着，也彻底地心碎了。嘴里，低低地、沙哑地说着：

"这落月轩，再也不能住下去了！最后逼走我的，竟然是我最爱的乐梅！"

第二十四章

两天后，乐梅在院中树下发着呆。小佩忽然跑来，冲向乐梅说：

"小姐！好奇怪，好奇怪，那个落月轩的大门……它开了吧！我是说……两扇门全打开了，开得大大的，好多人进进出出地在搬家具！"

乐梅惊呆了两秒钟，一转身，拔脚就往外冲去。小佩赶紧追了过去。

在落月轩，老刘正在指挥几个家丁搬一座屏风。

"仔细点儿……仔细点儿……这个，你们给搬到卧云斋去吧！"

几个人把屏风折叠好，打横了一抬，转个向正要抬出房去，为首的一个家丁忽然脸色一变。只见乐梅站在房门口，一脸错愕地环视着空荡荡的屋子，小佩则紧挨在她身后，双眼滴溜溜打转。

家丁们不安地看看老刘，老刘只得硬着头皮上前招呼：

"二少奶奶怎么……怎么到这儿来了？"

"这儿不是老柯住的吗？为什么把这儿搬空了？谁叫你们搬的？老柯呢？他人呢？"乐梅说。

"这……我不知道，搬家具是老夫人的吩咐，我们底下的人，只管照着吩咐办事儿，其他的就都不清楚了！"老刘说。

乐梅震惊又慌乱，反身就往寒松园的大厅跑。大厅里，老夫人、士鹏、延芳、映雪正围桌低声交谈着，忽闻小佩呼喊声：

"小姐！小姐！你别跑那么快，你要去干什么呀？小姐……"

所有的人都惊愕地看向外面。乐梅砰砰砰地一路冲进了大厅，喘息地扫视大家，激动地喊着问：

"你们把老柯赶走了，他做错了什么，你们为什么要把他赶走呢？是不是因为不让我再往落月轩跑，所以干脆釜底抽薪，把老柯撵出家门，对不对？"

老夫人、士鹏、延芳从不曾见乐梅如此激烈过，全都目瞪口呆住，映雪则气急败坏地离座冲向乐梅，喊着说：

"你这是什么态度？谁跟你说老柯是给撵出去的？"

"哦哦……"老夫人赶紧接口，"是这样，是这样的，这个老柯来找我，说想辞工不干，告老还乡呀！"

"不错不错，虽然我们极力挽留他，可他辞意甚坚，执意要走，我们没法子，只好准了他！"士鹏说。

延芳神色闪烁地看了乐梅一眼，沉默又紧张地点了点头。

"就这样？"乐梅更激动了，"你们居然准了他，居然让他走？他这样戴了个面具，瘸着腿跑出去，别人看了会把他当疯子的，也许有人会捉弄他，会欺负他，甚至……甚至伤害他，说不定会把他打死呀！你们怎么都不担心、不着急，好像没什么大不了似的，就算是走失了一只狗，大家都要难过不舍好半天，更何况这是个人！他不是为柯家效力多年的忠仆吗？你们怎么忍心啊？"

大家被乐梅激烈的言辞，弄得面面相觑，个个你看我，我看你，不知所措。

"你觉不觉得你太过分了？"映雪说，"一个仆人的去留，自有长辈来做主，你一个做媳妇的，居然敢用这种口气质问长辈，你知道自己是什么样子吗？横冲直撞地跑进来，面红耳赤地大声说话，你怎么可以如此失态？"

映雪的责备如同当头棒喝，乐梅突然间惊醒过来，越想越不对，慌乱地看看自己，顿觉无地自容，恨不得挖个地洞钻下去。

"请原谅乐梅的莽撞无礼，我这就带她回房去，我会好好地管教她！"

映雪说完拉了乐梅就走，站在厅口的小佩，慌慌张张地跟随而去。

老夫人与士鹏、延芳目送着，在松口气之余，更有震动不安。延芳说：

"我可真没想到，老柯的走，会让她这么样地激动！"

"哎呀！"老夫人说，"别琢磨这个了，你们快给我设法去劝起轩回家来吧！刚才乐梅说的那些话，让我心里直发毛，我原来就不赞成，不放心搬出去这主意，这会儿我是更提心吊胆了！"

"我看，老柯消失，实在不是个好法子，起轩在外面的生活叫人担心，乐梅刚才那言行失控的样子更叫人担心，也许，我们应该把乐梅的情形告诉起轩，说不定他就会心软，会改变主意!"
延芳说。

"没有用的，没有用的，你们还看不出来吗？他们两个已经
把彼此折磨得都快要崩溃了，一个越是想要见面，另一个就拼命
地要躲!"士鹏说。

"那……难不成就这么耗着，耗到看谁先崩溃是不是?"老夫
人问。

士鹏、延芳都忍不住打了个寒战。个个心惊胆战，忧心不已。

万里这个"济世堂"，好像已经成了柯家的避难所。好在这
一阵，病人不多，就算来了病人，万里在药铺诊治，"难民"躲
在后面的厢房里，也就没人知道。万里的父亲，对于柯家的事，
已经见怪不怪了。何况，老爷子现在已经半退休，济世堂交给了
万里，只要万里不误事，他也不多问。

这天，万里的药铺内，只有几个徒弟在看管。至于厢房里的
难民，就是起轩。紫烟跟他一起过来，已经住了好几天，仍然对
于未来，完全没有结论。对于起轩到底要当人还是当鬼，也没结
论。就在讨论的时候，乐梅忽然只身前来。万里得到通报，赶紧
到前厅去，一看到乐梅憔悴的样子，不禁吃了一惊，问：

"怎么了？你来看病的是不是？你的气色不大好啊!"

"我知道……"乐梅才开口，眼泪就掉了下来，轻轻啜泣着。

万里心头一沉，不禁向里间望了望。在那间治疗室门口，房
门略开，起轩在那儿倾听，听见啜泣声，心疼地紧咬着牙关。万
里对徒弟们挥挥手，徒弟就识趣地离开了，并关闭了药铺的门。

万里倒了杯水来，递到乐梅面前，安抚地说：

"来，喝点儿水，有什么话，你慢慢说，嗯？"

乐梅低着头拭了拭泪，然后双手接过杯子，她并没有喝，只拿在手上握了又握，似乎想借此镇定下来，却压抑不住地骤然开口：

"你知道吗？老柯他走了，突然间就辞工回乡去了，已经有四五天了吧！你相信吗？这四五天下来，我的日子真难过，简直就快要活不下去了！"

起轩听着，十分震动，只是一墙之隔，却无法相认。

"我相信，因为你始终依赖他通灵的能力，这已经变成你生活上的一个重心，现在重心突然失去，自然感到痛苦的！"万里说。

"是啊……每个人都认为我一直去找老柯，是因为他能通灵，没错，一开始的时候是这样，可是……不知道打几时起，已经走样了！"

"走样了？什么意思？"万里惊愕地问。

"我就是很想找他，忍不住地想见他，哪怕他不通灵也没关系，因为……因为有时候，他的眼光好像起轩，他说话的那种口气，那种感情，那种……那种文雅的措辞，常常让我觉得就是在跟起轩说话，你明白我的意思吗？往往会有那么一刹那，我不知道自己身在何方，而起轩就站在我的面前，在对我说话……"

门内的起轩眼睛一闭，痛楚地咽气。老柯的眼光，他知道眼光容易泄露秘密，总是避着去直接看乐梅，显然，他有时是忘形地直视了。

万里听着，颇受震动。

"我知道，这听起来匪夷所思，但我真的就有这种感觉，这几天我仔细地回想，才发觉到我深深受着这种感觉的吸引，具体一点地说，我是受到老柯的吸引，可是……老柯并不是起轩，就算他们很像很像，老柯就是老柯，除了起轩，我怎么可以受到其他男人的吸引呢？不可能！告诉我，你相信魂魄附身的说法吗？"

"魂魄附身？"万里又愣了。这两个活生生的人，到底要弄到什么地步？

"老柯既然能够通灵，那么可能起轩的灵魂也能够依附在他身上，不然他们两个怎么会那么像？他们只是本家同宗，并不真正有血缘的关系，怎么会有一对那么神似的眼睛？怎么会给我那么熟悉的感觉？我想来想去，只能找出一种解释，就是起轩附身在老柯身上，你认为呢？"

起轩的手用力抓着门框，手指都几乎陷进门框里，既震惊，又心痛。紫烟听着乐梅的倾诉，看着起轩的痛楚，几千几万个后悔，在心中翻腾汹涌。

万里面对着乐梅，他张着口，嚅动着唇，简直不知该如何回答才好。乐梅得不到认同，睁大的双眼充满了失望，接着跳起身子，惊惶地说：

"你认为我在编织理由，对不对？"乐梅脆弱地问，"因为我背负不起不忠实、不守妇道的罪名，就用这种无稽之谈来自圆其说，我是吗？我是不是真的在自圆其说？我已经堕落到这种地步了吗？你是大夫，你告诉我！"

"乐梅！乐梅！快别这样想……"万里起身去抓住她的身子，

摇了摇。

乐梅惊醒似的，反抓住万里，无助地喊：

"救我，救救我，我想我快疯了，许多话……连我娘我都不敢说，我只有来找你，向你求救啊！因为你是一个好大夫，又是我的好朋友，你一定会帮助我，求求你，给我……给我配点儿什么药吧！让我安静下来，让我昏昏沉沉，没有力气再胡思乱想吧！求求你……"

起轩把额头抵在门框上，痛楚不堪，他的下巴处已有凝聚的泪珠。他身后房中的紫烟，双眼聚满泪水，正用手捂着嘴以堵住哭声。

万里深深叹了口气，缓缓踱开，深沉地说：

"我不会开一个药方，让你去麻醉自己，到了今天，我深深体会了一件事，逃避非但解决不了问题，反而会制造出更多的问题，所以不要逃，诚实地面对自己吧！你的焦虑不安，你的矛盾混乱，归根究底，就是你害怕承认，老柯在你的心目中占了很重的分量，或者我们讲白一点儿，你根本就对他有了特殊的感情！"

乐梅一震抬头。

房内的起轩，亦遽然抬头，圆睁着双眼。

乐梅脸孔发白，呼吸急促地一退，大声喊着：

"我没有，你胡说！胡说！"

"不要害怕，你应该庆幸自己还能够付出感情，还能够爱，而不是让它们被贞节牌坊给埋葬了。"万里说。

"你在胡说些什么？什么贞节牌坊？什么我还能爱，你不要血口喷人，让我百口莫辩！"乐梅说。

"你必须听，我告诉你，人世间，到处都有生离死别的事情在发生，如果每一个死亡都要拖着一个人，或是许多人去陪葬，那人间还有什么希望可言？陪葬一点儿也不伟大，释放你的感情，更一点儿也不可耻，这是治疗悲哀的最好办法，从你的四周去发掘新的希望，来填补你心中的绝望，然后你才能好好地活下去，活得有意义，你懂吗？所以你需要的不是药，而是让自己的心灵健康起来，你绝对有权利去爱任何的人、事、物，就是别再活埋自己了！"

乐梅排斥地转开着脸，她不断想挣扎抗拒，却是那么无力，脆弱得泪如雨下，最后不禁哀声恳求：

"你根本不了解我，我不要什么权利，我只要起轩，失去了他，我根本就健康不起来，生命里也再没有希望可言，只有跟他有关的事情，对我才有意义，就算老柯在我心中占有什么分量，那也是因为他跟起轩有某种密不可分的关系，绝不是爱，绝不是，我这一生都不会再爱任何人的，我就是宁愿活埋自己！"

乐梅激烈地哭喊着说完，把万里用力推开，便冲向门去，砰然一声地夺门而去。门后的起轩，闻声一震，不由自主地也推开了门，拄杖欲出，被紫烟拉住。

"我帮你出去看看吧！万一她并没有走……"

话没说完，起轩已急不过地挣脱了紫烟，扭头就走。他冲进前面的药铺，只见万里一人默默站立在那儿。起轩大急，说：

"你……你怎么还站在这儿？你刺激了她，却放她一个人走……"

"快去拉她回来，她不能一个人这样跑出去啊！"紫烟喊。

万里叹了口气，不发一语地，跨了大步追出去，紫烟和起轩都跟随着。

乐梅一路哭奔到野外，她奔跑着，奔跑着……好像身后有什么毒蛇猛兽在追逐她一样，脚步不稳，神思恍惚，终于不支地跌倒在地上。

远处，起轩、万里、紫烟急匆匆地追赶而至，隐藏在草丛岩石之后。

乐梅匍匐在地上哭泣，嘴里喃喃地哭喊着：

"老天！这算是一种惩罚吗？老柯是对我的一个考验？我……我也许有些糊涂，有些迷失了，但我对起轩的一片心绝对没有变啊！我心可问天，天为什么不谅解，为什么就这样断绝了沟通，我……我该怎么办？怎么办？"

起轩听不下去，转身扑在岩石上，声音激动地、哽塞地说：

"带她回家吧！求求你们，快去把她拉起来，别让她再继续折磨自己了！"

紫烟含着泪与万里对看一眼，不交一语地，便一同朝乐梅而去。乐梅仍跪在地上掩面哭泣着，万里与紫烟到了她面前，紫烟跪下，轻轻喊着：

"二少奶奶！二少奶奶！"

乐梅缓缓放下双手，抽抽噎噎地抬头看紫烟。

"家里头正担心着你呢！"紫烟说，"我出来到处地找，找到杨大夫这儿来，他说你刚走，你怎么不往回家的路上走，却跑到这儿来伤心呢？瞧，这儿风好大，当心着凉了，我扶你起来，我们回去了好吗？嗯？"

乐梅像个无助的孩子似的，依偎着紫烟。紫烟回头看万里，话中有话地说：

"我跟二少奶奶回去了，你也快回去照顾你的病人吧！"

万里默默地点了点头，紫烟便搀着乐梅离去了。起轩只能含泪目送。

茶壶注满了两杯茶。万里把一杯推到起轩面前，一杯给自己，两人对坐着，起轩沉默不语，万里也沉默着。起轩用手把拐杖头紧紧握了一下，突然说：

"娶了乐梅吧！"

万里一怔抬头。

"还记得失火以前，你、我还有宏达三个人，曾经在小酒馆举杯痛饮，你酒后吐真言，承认你对乐梅动了心，当时我听得心惊肉跳，假如一开始我们是齐头并进地追求乐梅，你绝对是个旗鼓相当的对手，说不定我还得拱手让贤……"

"我记得的结论不是拱手让贤，是当仁不让，我跟宏达争着等下辈子，你却说，这辈子、下辈子，下下辈子，永永远远，乐梅都是你的！"万里说。

"你也知道，事实摆在眼前，我这辈子也要不起她呀！我对每一个人都说过，我希望她改嫁，这么痛苦又辛苦地遮掩至今，也是为了要她改嫁，我从没说出下面那句话，现在我衷心诚恳地告诉你，下面那句话就是，我要她改嫁的人正是你，只有你才配得上她，只有你能把她导向健康、正常的路途上来，所以我拜托你，求求你，娶了她吧！"

万里死死瞪视着他，好半晌才憋着气说：

"我该说什么？额手称庆，还是谢谢你如此抬举我？你们真的不开窍是不是？先前我在外头不光是教训乐梅一个人，我那些话也是说给你听的，我讲的是道理，对任何人都适用，包括我自己在内，当初我跟宏达固然失意，不会就这样被失意给活埋了，你以为这大半年来，我跟宏达都在干什么？就是痴痴地等着你开口，等着你二选一吗？你完全搞错了，人生中有乐趣、有意义的事物还多的是，像我钻研药理、治人疾苦，像宏达也接手了家里的茶庄，听说干得起劲儿得很，我们没有人在原地叹气，都是迈开大步朝前走，走过黑暗就有光明，就会有新的事物、新的希望，我想，我跟宏达都已经走得很远，不再是那两个醉言相向，争夺下辈子的糊涂蛋了，明白我的意思吗？"

起轩怔怔地望着万里片刻，一阵烦躁不安，起身蹀开。

"不明白，你扯这么一大堆，跟我说的完全是两码事儿，我现在没有心情听什么大道理，我能想到的就是，你配得上乐梅，你也明明喜欢她，那么为什么不肯娶她？你给我一个理由，一个足够说服我的理由！"

"我不需要用什么理由来说服你，这种事又不是一厢情愿，我们俩商量好了就算完，更何况以现在来说，乐梅跟我，一个不情一个不愿，光这理由就足够了！"

"你为什么不愿？为什么？"起轩质问。

万里神色一凛，沉默了下来。

起轩说："你说啊！你说啊！"

"说就说，我已经有了心上人，行不行？"万里说。

"我不信，你会有什么心上人？你自己也说了，你成天忙着钻研药理，治人疾苦，你根本不让自己动心，你会有什么心上人？"

"你……好！我就告诉你，是紫烟，我的心上人是紫烟，可以了吧？"

房间外，送回乐梅的紫烟，不放心起轩，又火速回到"济世堂"。正要进门，听到万里谈到心上人，就站在那儿不动，再听到"是紫烟"等等，大大一震。

房内的两人静默对峙了片刻，起轩深吸口气，再度逼问：

"你以为搬出紫烟，就可以说服我了是吗？"

万里错愕地瞪着起轩。

"我明白了，你这样推托拒绝是为了我，对吧？你当我是嘴上说说罢了，其实心里装满了妒忌，随时随地都有可能爆炸，所以为了顾全友情，为了朋友道义，你非拒绝不可，你很聪明，拿紫烟做挡箭牌，还真的差点把我给唬住了……"

房间外的紫烟，听得心直往下沉，想想也是大有可能，不由黯然神伤了。

"谁说我糊弄你来着……"万里啼笑皆非地发言抗议。

"请你听我把话说完好吗？"起轩说。

万里无可奈何地叹口气，沉默了。

"今天看见乐梅被折磨得如此痛苦混乱，我只觉得我的五脏六腑都给撕裂了，谁说我不开窍，你的话我全听进去了，而且如同醍醐灌顶，真的不可以再让她拿青春陪葬下去！既然她对老柯都能够产生感情，那么你这样一个优秀的男人，自然更能够吸引她，所以只要你放手去做，她会被你打动的，请你为了我们的友情，为了朋友的道义，去娶了她吧！我不要她被活埋，我要她好好地活下去，我求你去救救她，答应我吧！"

万里静静瞅着起轩不语。在外面的紫烟，屏息以待，几乎绝望了。

万里摇摇头，静静地说：

"我无法答应，如果今天我心里没有紫烟，我也不会答应，更何况我现在心里只有紫烟，那我更不能答应！"

紫烟听了，手按着狂跳的心，感动到无以复加。

起轩怔忡半晌，仍然疑惑地问：

"可是……你们几时开始的呢？"

"她有没有开始，我不敢说，我只能告诉你我的开始，从你受伤起，她就变成了我的左右手，那几个月的时间里，我跟她交谈的不多，谈的内容也从不涉及私人，可是很奇怪，我就是觉得跟她在一起的时候很自在，好像语言是多余的。接下来，我看着她任劳任怨地照顾你，逆来顺受，受尽委屈，我无法视若无睹，于是从关怀她，到了解她，到心疼她。她真的很不容易，她所承受的是你们难以想象的压力，付出的也是你们难以想象的牺牲！假如说，她曾经是一只丑恶的毛毛虫，经过了这样一段忍辱负重、舍己为人的过程以后，她也已经破蛹而出，蜕变成一只美丽的蝴蝶了！她的蜕变，我从头到尾，亲眼目睹，你说，我怎能不感动？怎能不心动？"

紫烟听得热泪夺眶而出，不能克制地滴滴直落。

房中的起轩长长地吐了口气，点点头说：

"原来如此，既然这么样地喜欢她，怎么不早告诉我？还要我左一句、右一句地逼问你，这才逼出一篇真心话来，现在想想，刚才的我真蠢得可笑了！"

"我也不是刻意隐瞒，只是……还不到明说的时候！"

"为什么？紫烟正是豆蔻年华，你又是这么理想的对象，还等什么？哦！是我的缘故吗？放心吧！我虽然不是个好主人，但这点儿体恤的心还有，也许再也找不到比紫烟更好的丫头了，对于这样一个好丫头，我却没给她几天好脸色看过，今天，我唯一能对她做的好事，就是把她给我最好的朋友，不是吗？"

房外的紫烟，听见起轩这样感性的语气，心里的自责，潮水般涌上，一个冲动之下，便一头冲进房去。

"不！我不要！"紫烟说，"少爷！我还年轻，不想这么早就许人家，让我再多伺候你几年吧！"

起轩、万里都被吓了一跳，望向房门口的紫烟。

"我们的谈话，你听见了多少？"起轩惊愕地问。

"大部分都听到了！"

万里浑身都不自在起来。起轩说：

"你是在告诉我，你已经听见了万里对你的一片真心情意，而你还不希望我把你许给他？"

"杨大夫的一片真心，我非常感动，我也知道，像我这样的出身，他还能够看得上眼，不嫌弃，这已经是我的造化了，不是我不知好歹，实在是……我……我没法子在这时候管自己的事。你瞧你，为了躲二少奶奶，从落月轩躲到这儿来，也不知道接下来该怎么样，更不知道几时才能回寒松园去。在这么痛苦、这么困难的节骨眼儿上，我若是还有心情谈自己的终身大事，那我真不算是个人，杨大夫会明白、会了解我的意思，是不是?"

一篇话，说得起轩感动十分，更让万里心疼万分。

"我就跟你说还不到时候，这事儿不急嘛! 我是完全尊重紫烟的意思，你也别勉强她了! 她说得也很对，在这节骨眼儿上，你正受苦，我身为你的好友，又怎么欢喜得起来，一切的一切，还是让它顺其自然吧! 我可以等!"万里说。

紫烟满腹感激与柔情，就这么定定地望着万里，而万里也望着她。

起轩看看二人，不再多说什么，此时无声胜有声，一切都昭然若揭了。

　　这天一早，乐梅不见了。映雪和小佩惶急地在她房内找寻，才在茶杯底下，发现压着一张纸笺，上面只有四个字"我去四安"！映雪带着小佩，急急就驾车赶到四安韩家，乐梅却根本没有去过。淑苹一脸着急地说：

　　"乐梅她人在四安，却不回我们这儿来，这不是太奇怪了吗？"

　　大家开始你一言、我一语地讨论乐梅去向，宏达想了想，忽然掉头往外一冲而去。他一口气跑到普宁寺后的小山坡，果然，他看到了乐梅，她正手扶着树干，憔悴的面孔充满渴盼，眼神缥缈，她对着虚空喊着：

　　"起轩！过去的山盟海誓，至今未变，永远永远都不会变，我是认定你的，这辈子就是认定你一个人，你要相信我，恢复和我沟通吧！求求你别怀疑我，无论如何，你就给我一点儿讯息吧！"

　　乐梅无助地喊完，不经意地一抬眼，泪雾模糊中，忽见起轩飞奔而来，如梦似幻中，她喊着：

"起轩……起轩……起轩……"

当她与来人彼此一握住，只感到一阵摇撼，并听到一个熟悉的声音喊着：

"乐梅！乐梅！你怎么回事？我是宏达啊！你连我都认不清了吗？"

乐梅这才定睛看出，面前是宏达气急败坏的脸孔，一阵失望顿时淹没了她，变得面无表情，呆呆地注视着宏达，不发一语。

"你真的认不清啦？我是宏达！宏达呀！"

"我知道你是宏达！"乐梅这才说。

"哦！真给你吓死了，你刚才那个表情，好像根本不认识我似的！"

"你怎么会跑来这儿？"

"找你呀！舅妈跟小佩都在我们家，大伙儿听说你回了四安，却不见你回家来，你说怎么不担心、不着急？"

乐梅只是黯然不语。宏达也不说话，只是深深地、紧紧地看着乐梅，缓步绕着她走，仔细地打量审视她。

"离开寒松园吧！你已经快要不成人形了！有人能够无动于衷，我可看不过去了，我……让我娶你吧！"

乐梅一震抬头，双眼直勾勾地瞪视着宏达。

"我是真心的，记得你过门不多久，我去看你的时候，你曾经说，你会过得很好，因为你有一个鬼丈夫，当时我觉得很震撼，你给我一种圣洁又不可侵犯的感觉，所以后来好久好久我都不再去看你了，但你今天这个样子，还有刚才听舅妈跟小佩略述一二，我才知道你过得糟透了，我不能再不管……"

“我不要你管，我……我过得好不好，糟不糟，那都是我自己的事，不用你管！”乐梅说。

“听我说，我知道你仍然对起轩一往情深，心里根本容不下别人，但我不是别人，我跟你是青梅竹马，从小一块儿长大的，我不是特别好，就是了解你，又是你这么熟悉的人，为什么不同我在一起，让我好好照顾你呢？我会使出浑身解数，让你快乐起来的。我有时候都会想，假如当初没有起轩来插一脚，我们今天也许已经成了亲，日子可能平淡些，却是健康而正常的，但他偏偏就来插了一脚，却又丢下你不管，那现在我不管谁管呢？”

乐梅听得泪珠涟涟，痛苦不堪，最后用力推开了宏达，十分激动地喊：

“这是怎么回事？一个老柯还不够，现在你也要加进来搅乱我，你们弄得我心思不专，意念不诚，起轩的鬼魂就更不会和我沟通了呀！我已经好苦了，你还忍心来害我吗？”

“老天！你已经到了胡言乱语的地步，你自己都没感觉吗？”宏达惊喊。

“谁说我胡言乱语，你不懂，原来我真的一直在跟他沟通，他常常无形地陪伴我，在我窗外叹气，剪纸梅花送给我，还写诗词给我，那确实是起轩的笔迹，这些都真实地发生过，并不是我凭空捏造的，你怎么能说我胡言乱语呢？”

宏达一时张口结舌，无法反驳她。

“只是突然间……一切都改变了，因为鬼魂无所不知，起轩可以看穿我的心思，看穿一些连我自己都还不知不觉的东西，是不是这样？只因为看穿我对老柯好，会关心他，为他着急，为他言行失控，所以他就销声匿迹，弃我而去！"

宏达大大震动着，不禁一个箭步上去抓住乐梅，很激动地说：

"你刚才说的是不是真的？你会对老柯移情？"

"因为他太像起轩了，他们太像太像了呀！起轩却认为我背叛了他，所以跟我断绝了所有的沟通，但我没有背叛他，绝对绝对不会的！所以，你行个好，收回你的提议吧！那样拯救不了我，只会把我推向崩溃的边缘去，真的！"

宏达再也没有想到是这样，看着乐梅，深受震撼。

听到乐梅的心声，宏达实在忍无可忍，这晚，他冲到了"济世堂"。门一开，万里喜出望外地喊：

"宏达！你怎么有空跑来找我？"

"我不是来找你，我是来找起轩的！"

万里一呆，还来不及反应什么，宏达已一把推开他，长驱直入，并扬声喊：

"起轩！起轩！起轩！"

诊疗房中的起轩，正在倒水，一惊之下连杯子都打翻了。正在叠衣裳的紫烟，也慌忙抛开衣裳，转过身子来看，房门已砰然而开，宏达一阵风似的卷进来，万里也紧跟着冲入，把门一关，万里一把揪住宏达。

"你搞什么呀？既然知道他已经从落月轩逃到我这儿来了，你也稍稍顾忌一下，别这么大呼小叫的好不好？"

"对啦！你们就只晓得顾忌他，乐梅都无所谓，不重要，任她在那儿伤心憔悴，枯萎凋谢是不是？"宏达气呼呼地说，瞪着起轩，"我已经快要气死了！你知不知道乐梅今天干什么了？她巴巴地赶那么远的路，一个人跑回了四安，她不是回去探亲，而是跑到普宁寺后面那个小山坡上去招你的魂！"

起轩的心猛然一阵抽搐，手用力握了拐杖一下，眼中闪动着痛楚。

"你真有本事，把她弄得语无伦次、疯疯癫癫，完全变了一个人！"

宏达吼到起轩脸上去，一副接下来就要开打似的，万里和紫烟都无法袖手旁观了，双双拉住宏达，宏达恨恨地对起轩说：

"我真恨不得把她抢回家去，再也不放她回来了！"

"那你就抢吧！我请你、我求你把她抢回家去！"起轩终于开口了。

"够了！"万里说，"你自己招架不住，也没有权利把乐梅当皮球一样，先是扔给我，我不接，你现在又要扔给宏达！"

"我想接啊！我很想接，而且我也直截了当地对她说，我想娶她，但她宁愿为你死守到底！像她那么重情重义的人，叫她背叛你会使她崩溃，既然如此，我也不得不撤退，不过……你可得站出来！"

"不……不！"起轩逃避地说。

"你看你这个样子，简直躲成毛病了！你知不知道乐梅会挣扎得那么痛苦、那么可怜，是因为她在抗拒自己想念老柯，她不准自己想，想了就好像犯罪似的，可你有没有想过，这有另一种意义？你们有没有想过？啊？"宏达说。

万里、紫烟面面相觑，又再看宏达。

"什么意义？"万里问。

"我看你们统统是当局者迷，居然看不清一个重要的事实，老柯的声音沙哑，拄了根拐杖，瘸了条腿，连什么长相都看不见，是个园丁也不要紧，年龄大不大也无所谓，只因为他的感觉像起轩，于是乐梅既不怕他，也不嫌他，甚至还会对他好，会关怀他，我这么说，你们醒悟了没有？你觉悟了没有？形貌对乐梅没有任何意义，这难道不是解除了你心中最深的恐惧吗？"

起轩倚在角落里，睁大着双眼，一动也不动。万里、紫烟互视，都有一语惊醒梦中人之感。紫烟想想说：

"少爷！这话非常有道理，我们真的都糊涂了，没想到这一层，哦！二少奶奶既然能对老柯好，那么如果让她知道老柯其实就是你……"

"那会吓死她！"起轩大声说。

"你还在头脑不清，固执己见……"宏达喊。

"我想紫烟要说的是，"万里说，"乐梅如果知道老柯其实就是你，她会欣喜若狂！"

紫烟没命地对起轩点着头。

"你们都不要这么天真了好不好？自以为是地在这儿分析，因为乐梅对老柯好，于是就可以证明她不会在乎这样的我，错了！你们错了！她根本不是对老柯好，只有在老柯谈论起轩的时候，她的眼睛里头才会充满柔情，而骨子里迷惑她的是我，不是老柯，因为老柯根本就不存在，她是被蒙在鼓里的人，所以糊涂了，可你们心知肚明，怎么会也跟着糊涂了？假如真有老柯这么一个人，就像我这个样子，然而他从不谈论起轩，请你们告诉我，乐梅对这样的人会有什么反应？啊？我告诉你们会有什么反应，乐梅连多看他一眼都不愿意的！"

起轩一篇话让三人都哑口无言。半晌，宏达才开口：

"本来我是不糊涂，叫你这么东拉西扯地给说糊涂了，反正你还是不愿意验明正身的意思对不对？行！那就继续当老柯也成，总之，你得站出来，别缩在这儿避不见面，净折磨乐梅，无论如何，她被你迷惑，也强过现在这样掉了魂似的！"

"你以为这是玩捉迷藏吗？我是痛下决心才躲避到这儿来的，我发誓，这一次不管是起轩也好，老柯也好，统统让他们彻底消失，你真有心帮忙，真正为乐梅着想的话，就别来跟我胡搅蛮缠，专心一意地去对她下功夫才是正经，有本事，你把她娶回去给我看！"起轩说。

"我……我可真想跟你赌这口气，可惜我赌不起，现在讲外貌、讲条件，我什么都赢过你，就一样输，我没办法跟她'谈论起轩'，没办法让她眼中发光，而你呢？你这个可以从起轩穿开裆裤谈起的人，却宁愿让她的眼中装满失意！"

宏达说完，湿着眼睛一掉头，扬长而去了。

屋里三人死样沉默着，起轩静静走到桌边，缓缓坐下，把头深深埋入双臂中。紫烟睄着他，泪盈满眶，万里轻轻握住她的肩，给予她支持的力量。

这天清晨，乐梅又溜出了寒松园，一路无目的地飞奔，奔着奔着，她忽然奔到了一条河边。看到奔流的河水，乐梅神思恍惚，依稀回到了和起轩第二次见面的溪边。乐梅扑跪落地，绝望泪下，对着河水绝望地说：

"起轩……起轩……那一日在这水边，凭着梅花胎记，你认出了我，也就此认定我是你命中注定的人，原本以为是天定良缘，谁知道却是这般叫人心碎！我日夜苦等，都等不到你的魂魄！既然阴阳路已断，这人世间还有什么好留恋的？我不如……不如就一死以明志吧！"

小佩远远追寻而来，一路呼喊：

"小姐！小姐！小姐……"

乐梅充耳不闻，双眼直直地看着水面，水流湍急地迎向她，她万念俱灰，义无反顾地纵身一跃入水。

"啊……小姐！"小佩尖叫，"救命啊！救命啊！我家小姐落水了，谁快来救救她呀！救救她呀！"

乐梅在水中载浮载沉。

隔岸奔来两个樵夫，小佩扬声急喊：

"大叔救命！救命！我家小姐掉到水里了……啊！她要沉下去了，快救人啊！求求你们……"

那两个樵夫一看，先后跃入了水中，拼命向前游去。乐梅沉了下去，被水淹没。岸上的小佩扑在水边大哭：

"小姐……小姐不见了，不见了……"

樵夫二人纷纷潜入水中去摸索救人，终于，樵夫二人破水而出，还带着乐梅。小佩哇的一声，放声痛哭。乐梅奄奄一息地躺在樵夫手中。

终于，乐梅被抬回寒松园，抱进吟风馆，躺在床上，小佩、徐妈、映雪……七手八脚，换掉了她的湿衣服，用毛巾拼命擦干她的头发，慌成一团地呼喊着：

"乐梅，你醒醒，快醒醒呀！乐梅……"

房门口，士鹏焦灼万状地对着廊下的丫头喊：

"姜汤好了没有？好了没有啊？"

"就好了！就好了！"

士鹏走进乐梅房间，房内一片混乱景象，柯老夫人颤巍巍地来回走动，嘴里喃喃不断地念佛：

"阿弥陀佛！阿弥陀佛……"

映雪整个人坐在床上，将乐梅紧紧横抱在怀中，延芳坐床沿上，揉搓乐梅双手，徐妈站在床头，拿毛巾擦拭乐梅散开来的长发，床尾则是小佩与佳慧，分别忙着揉搓乐梅的双脚，几个人一边忙乱，一边喊着乐梅的名字。柯老夫人说：

"她怎么都不睁眼呢？一张脸又白得跟纸似的……大夫呢？去请了没有？啊？大夫，大夫！"

"去了去了，早就喊了老刘去请，应该快来了！"士鹏说。

这一片混乱慌张当中，就只有映雪最安静，惨白着一张脸，一直把乐梅紧搂在怀中，另一手不时地掐掐乐梅的人中，眼睛须臾不离乐梅面孔，看得那样专注、那样目不转睛，生怕眨个眼，乐梅就会消失不见了。乐梅的脸孔，苍白得像纸，嘴唇微微泛着紫色，映雪的眼泪一滴滴地滴在她的眼上、面颊上。突然间，她的睫毛微微颤动了起来。映雪一惊喊：

"乐梅！"

乐梅的眼睛眨着眨着，终于睁了开来。

"哦……你醒了，你醒了……"映雪痛喊着。

"谢天谢地！醒过来就好，醒过来就没事儿了！"全体也都松了口气，跟着乐梅一起活过来，这时丫头端了碗姜汤匆匆进门。

"老爷！姜汤好了！"

"我来我来，快，我喂你喝点儿姜汤，去去寒气，嗯？"延芳接过姜汤。

乐梅软弱无力地由着延芳喂汤。柯老夫人心疼地看着，着急地抓着士鹏问：

"这老刘是怎么回事儿，请大夫请了半天，万里到我们家不过就几步路呀！"

"我……我没叫他去请万里！"士鹏说。

柯老夫人猛地呆了呆，马上明白什么意思，有些失措地沉默了。

映雪看着奄奄一息的乐梅，她缓缓抬起了头，脸上有一种异样的表情，愤怒交织着悲痛，她咬咬牙，低低冒出一句：

"小佩！你来给我扶着她！"

小佩赶紧上前去扶着乐梅。延芳、士鹏、柯老夫人不安地面面相觑。

映雪已下了床，正低头俯身在穿鞋，延芳看着她，实在忍不住了。

"你……你要干什么呀？"延芳说。

"去万里那儿！"

延芳大惊，慌忙把汤碗递给徐妈，转头就追。映雪已被柯老夫人拦下。映雪没有表情，硬生生拉开柯老夫人的手便举步冲出门外。

"让她去吧！让她去吧！"士鹏说，"我们管不了了，跟去拦在中间，只会火上添油，那不是弄得更难受？我们就待在这儿好好地照顾乐梅吧！我有一种感觉，她不是自己去投水的，而是我们一人一把地将她推了下去，这要有个什么三长两短，不是只有一个人两个人有错，所有的人都有错！"

这话震撼着柯老夫人与延芳，两人握住彼此的手，泪眼相对，不能言语了。

映雪冲到了万里那儿，用尽全力撞开了药铺大门，直奔后面的治疗室。当起轩听到乐梅投水，整个人从椅中跳起来，杯子落地打碎，椅子也给他撞翻了。

"你说什么？乐梅去投水？她去投水轻生？"

"她怎么样了呢？有没有……有没有……"万里急得口齿不清。

"她被救起来了！"映雪说。

万里大大喘了一口气。紫烟则猝然把脸埋入双掌中，溃决地哭泣。

起轩像一个断了线的木偶一般，骤然瘫痪地坐倒在地。

"当她被人送回来的时候，整个人奄奄一息，我把她抱在怀里，我看着她，好像又回到了她摔下山崖，生命垂危的那一次，当时我想，如果能够使她的眼睛睁开，再度看着这个世界而笑逐颜开，那么杀夫之仇，丧夫之痛，累积了十几年来的寂寞哀愁，统统可以在她睁开眼睛的那一刹那，化作乌有……"映雪说。

起轩等三人像三座雕像似的、动也不动地倾听。

"刚才，我又再度面临这样的状况，我感谢老天爷，这一次，也没有让我做一个绝望的母亲，但是，假如我还敢等着赌第三次，那除非我是疯了！所以，现在你给我站起来，我要你跟我回去见她！"她瞪着起轩说。

起轩整个人震了一下，抬起惊慌痛苦的眼睛，哀告地看着映雪。

"不是以老柯的身份，而是起轩，柯起轩！以一个丈夫的身份，去向她坦白一切！"映雪命令地说。

起轩双眼睁得圆圆的，浊重地喘息，却慢慢地开始站了起来。他站在那儿，内心交织着混乱的情绪，痛心、愧疚、震撼和翻腾的情感在催促他举步。而自卑、畏惧、自惭形秽又令他踌躇不前。

"不行，我……我做不到……我真的做不到，做不到……"

映雪的眼光狠狠地瞪着起轩，好像恨不得杀了他。

"乐梅都已经不想活了，你还有什么做不到？"万里喊，"难道你还不肯觉悟，什么心如止水，什么另行改嫁，这些完全行不通，你给乐梅设计安排的是一个死胡同，因为她对你的痴心无法停止，她宁愿结束自己的生命也不愿背叛你，这次算她命大，你要赌她每次都这么好运气吗？"

"别逼我，别逼我，我没有答案，也不知道怎么办。我只知道我早就说过，宁死都不要面对她，我这样辛苦地又藏又躲又逃，就是不要有这一天，你们为什么还要逼我？就因为我并不是真的死了，假如我真的死了，今天你们怎么办？你们就没有人可以逼，就要自己想法子呀！现在你们不肯想法子，那么是不是真的要我去死，才能摆脱你们这么残忍的逼迫？啊？"

起轩大声吼着说，吼声刚完，映雪一个箭步蹿上来，甩了起轩一巴掌。这一巴掌，打掉了起轩的面具。

"啊……我的面具……我的面具……紫烟！"

紫烟已扑下去拾了面具，喊着：

"你别慌别慌，我拿来给你了！"

"不准给他！"映雪大声说，"谁再给他面具，就等于是他的帮凶，我再不让这种病态来谋杀我的女儿，今天你无论如何都得跟我回去！不戴面具地回去，就用你这张破碎的脸去面对她！"

映雪上前一把握住起轩胳臂，起轩发狂似的把桌子对三人一掀，在茶壶茶杯跌落声中，狼狈地一瘸一瘸地夺门而逃。万里、紫烟、映雪三人纷纷跨越满地混乱追了出去，追到前面的药铺内，起轩跌跌撞撞，急喘瘸拐地向外逃去。不料，门外有位妇人提着菜篮，伸手正要敲门。门却呼啦一开，妇人顿时和起轩面对面，立即脸色大变，菜篮脱手掉地，恐怖至极地尖叫起来：

"啊……啊……"

"啊……啊……啊……"起轩也尖叫起来。

"有鬼啊……有鬼啊！有鬼啊！有鬼啊……"妇人喊着，向外逃去。一声声喊叫中，追出的映雪、万里、紫烟，被眼前这一幕给震慑得心惊胆战了。

起轩站在那儿不知所措地晃动着，晃动着，只听到一片"有鬼啊……"的回声，等到回声停止，死寂半晌，起轩发出了一声摧肝裂胆的哀号：

"啊……"

三人都不禁震颤了一下。

只见起轩抱头窜进了柜台里，整个人蜷缩在那儿，痛哭失声着，弓着背，用背对着众人，嘴里哭着喊：

"我是鬼！我是鬼！我是鬼！你们……你们听见了没有？我是鬼啊！"

万里湿了眼睛，转开脸痛楚咽气，映雪闭了闭眼，泪水掉了下来，紫烟则抱着面具，哭奔到起轩身边，喊着说：

"快别这么说，来……来……你的面具在这儿！在这儿呀！"

起轩猝然一把抓了面具，急急戴在自己脸上，双手紧紧压住面具。

"这不是面具，它……它是我的脸，没有它，我就是一个鬼！"起轩痛哭，边哭边说，"乐梅可以有一个假的鬼丈夫，不能有个真的鬼丈夫！我爱乐梅更胜过我的生命，我不能毁掉她心中最爱的起轩啊！"

紫烟神情大痛，陪着起轩心碎痛哭。起轩拭去了泪，稍稍平静一下，继续说：

"不是我铁石心肠，自私病态地一味保护自己，不顾乐梅的情深义重。你们无法了解，她表达得越强烈，我心里就越退缩、越恐惧，因为那个让她渴望到极点的起轩，绝不是一个像鬼怪一样可怕的起轩，我怎么能够把一个像鬼一样的起轩放在她面前？我又怎么能够让你们了解，对我而言，死不足惧，但是叫我去站在乐梅的面前，我宁愿一死了之！我要保护她所爱的起轩啊！换言之，我要保护她啊！全心全力地保护她，不要面对这个破碎的我！"

映雪听了，满面的泪痕，什么话都说不出来了。如此深切的爱，几番转折的痛，映雪终于了解那个面具的意义了，她还能责备起轩吗？

映雪回到寒松园吟风馆，乐梅还在昏睡中。小佩带着满脸的歉疚和自责，紧紧地守在床边，一直不停地掉眼泪。映雪看到乐梅脸色已经转好，稍稍放心，看到那傻乎乎的丫头，不禁悲从中来，走过去抱住小佩，就一起哭出声来。

"小佩，难为你了，如果没有你，我们恐怕就失去乐梅了！"映雪说。

映雪没有责备小佩，反而这样安慰她，使小佩更加哭个不停。

床上的乐梅辗转几下，睁眼醒了过来，恍恍惚惚地转动眼睛，听见哭声，她便爬起来一看，只见映雪、小佩相拥哭泣，乐梅轻轻喊了一声：

"娘！小佩！"

二人一惊回头，纷纷跳起来扑向乐梅去。映雪说：

"哦……我们把你吵醒了是不是？你别起来，躺着躺着，大夫说……"

映雪用手捧住乐梅的脸，乐梅一震，手也伸上来覆盖在映雪手上，接触到母亲的手，她大吃一惊，猝然出声打断映雪的话：

"我还活着，我还可以感觉，我是血肉之躯，不是鬼魂……"

"当然不是，苍天有眼，你叫人给救起来了呀！"映雪赶紧说。

乐梅猝然一把将映雪推开，激烈地喊叫着说：

"谁叫他们救我的？谁叫他们救我的？我怎么可以还活着？我不要……"

"乐梅……"映雪喊。

"小姐……"小佩喊。

二人惊骇地双双扑向乐梅，只见她拉开抽屉就抓出一把剪刀要自戕。

"不可以……不可以……"映雪和小佩双双扑上去抢剪刀。

乐梅抢不过二人，立刻放弃剪刀，掉头就往门外冲去。冲进院子里，昏乱中顾盼了一下，看到了大树，就一头要对树撞去，但这片刻迟疑，小佩已追出来，乐梅跑了几步就被小佩抓住，小佩喊着：

"小姐！我求求你别这样吓人啊！"

乐梅势同拼命地把小佩甩开，一头又要对墙撞去。幸而还有映雪，她赶快去把乐梅拦腰抱住。乐梅一面挣扎，一面双眼发直地拖着映雪向石桌石椅冲。

"让我死！让我死！"乐梅喊，"放开我呀！我要跟起轩魂魄相依，生死相随，那就再也没有痛苦，再也没有这种思念，让我去，让我去呀……"

"我再也受不了了！"映雪痛喊出声，"说什么魂魄相依？生

344

死相随？我再也无法保密了！乐梅呀！起轩没有死，他根本还活着！他活着！他活着呀！"

乐梅没有剧烈的反应，只是直着双眼瞪视着映雪。小佩抬起布满泪痕的脸，呆掉了。映雪大声说：

"你听见我说的话没有？"

"你胡说！你骗人！为了不要我寻死，你不惜胡言乱语……"乐梅说。

"是真的，起轩真的还活着，他就是老柯，就是老柯呀！他一直活在你的身边呀！"映雪什么都不顾了，喊出了真相。

"我不相信，我不相信……"乐梅怔住了，大眼直勾勾地看着映雪。

"舅奶奶你怎么了？怎么忽然间胡说八道起来了吗？"不知情的小佩惊问。

"我没有骗你，如果我是胡诌的，到时候我怎么样对这句话负责？我要怎么样给你一个活生生的起轩，嗯？醒醒吧！我求你清醒理智地想一想啊！"

乐梅眼珠转动着，呼吸急促着，昏乱不已，虽然抗拒着，却已失去反驳的能力，思想开始活络起来，眼睛越睁越大。

"当初说他死了，那才是骗你的，其实他没有不治身亡，万里把他救活了，可是那场火，却把他烧瘸了一条腿，灼伤了他的咽喉……还毁了他整个的脸孔！"

乐梅圆睁着双眼，苍白着脸孔，着魔似的瞪视着映雪，整个人动也不动一下。

"于是，他就变成了你看到的老柯，戴着面具，声音沙哑，拄着拐杖一瘸一瘸地走路……"

乐梅、小佩都听得呆若木鸡，半晌后，乐梅喃喃地说：

"不……不是的，不会的！老柯……老柯怎么会是起轩？老柯就是老柯，他的脸是被人砍伤了，是刀疤毁了他的脸，谁告诉你他是起轩呢？"

"谁都知道老柯就是起轩，我知道，整个寒松园的人都知道，还有韩家的人也知道，还有万里也知道，就只有你跟小佩不知道！"映雪喊着，看乐梅仍然惊怔着，就豁出去地继续说，"在你睡着的这段时间里，你知道我干什么去了？我去了万里的药铺，起轩现在就是藏在那里，因为你已经开始有认出他的迹象，在你以为是自己错乱了，在他却感到莫大威胁和恐惧，所以老柯这个角色他再也扮不下去，这才连夜人去楼空，逃到万里那儿去呀！"

映雪言之凿凿，乐梅眼神闪烁。

"今天你的轻生让我太受不了，于是我要去那儿揪了他来见你，拆穿这整个骗局，停止这种可怕的集体折磨，但我没有成功！"映雪说。

乐梅身子开始颤抖，什么话也说不出来。

"我……我实在不忍心，因为他那张脸，那种残缺的悲哀，强烈到让人心碎啊！他说，为了保护你心里完美的起轩，宁死也不能用现在的面目来见你！"

乐梅神志有些集中了，紧紧地看着母亲。

"也就是因为这样一张破碎的脸，令他自惭形秽，万念俱灰，不忍误你前途，才会捏造死亡的谎言，大家齐了心地来欺瞒你，你要祭坟就造假坟墓，你执意要嫁就只好给你一个假牌位，落月轩的鬼故事，真假参半，穿凿附会，只为吓阻你闯进去撞见他，后来还是给你撞见了，又只好杜撰一个老柯来自圆其说，谁知道与你真实地接触之后，更叫他情难自禁，再加上紫烟在中间穿针引线，才有剪纸梅花，才有寄情诗词，泄露笔迹之事，我心疼你神魂颠倒，跑去兴师问罪，没想到你被小佩引来落月轩，当场撞见大家，就是谎称超度亡魂的那一晚啊！"

乐梅被动地一直听一直听，被动地看着母亲。

"总而言之，这样一场骗局，最初的立意，完全是为你着想，由于起轩对你的爱之深、惜之切，使得所有的人都感动，都全力地互相配合，可是我们全错了，一直以为在替你铺一条通向光明的路，到头来竟是一条死亡之路，一直坚信这样是爱你的，结果却害苦了你。"

乐梅终于开了口，声音空洞地问：

"老柯……就是起轩？"

映雪点点头。

"起轩……就是老柯？"

映雪再点点头。

"他没死……根本还活着！"

乐梅再也受不了地一把抱住头狂喊：

"我一定疯了，我一定疯了！我居然听到我娘亲口对我说，老柯就是起轩！"说着，就崩溃地跪倒在地。

"如果你不相信，"映雪拉着乐梅的手，往外就奔，"我们去寒松园大厅，去问你公公婆婆，去问奶奶！"

士鹏、延芳和老夫人确实都在大厅里，正在唉声叹气，不知该如何处理现在这种混乱的局面，听到映雪的喊声，老夫人颤声说：

"映雪从万里那儿回来了？哦……别是起轩出了什么事……"

映雪已拉着乐梅冲进厅，老夫人给挡在后面，没看到乐梅，惶恐地嚷着：

"映雪，起轩怎样了？"

乐梅震动地急促喘息着，两只眼睛睁得又圆又大。老夫人看见了乐梅，大吃一惊，其他的人都瞪大眼睛，不知所措。映雪说：

"不用惊慌，我已经把真相和盘托出，这是带她向大家求证来了！"

全体为之色变，更是吓住了，还来不及反应什么，乐梅已箭步上前，握住老夫人激动地追问：

"起轩真的还活着是不是？你刚才喊着他的名字，我听见了，他真的还活着吗？你快给我句话呀！"

"不要再欺骗，不要再说谎遮掩了！没有用的，我什么什么都告诉了她，起轩没有死，起轩毁了容，起轩就是老柯！"映雪喊着说。

延芳双眼圆睁地望着映雪，浑身发起抖来，伪装的力气乍然瓦解了，跟着，她骤然扑向映雪，抓着她猛烈摇撼。

"你为什么要说？我们一个个咬紧了牙关撑了这么久！你怎么可以拆穿？你要毁了我儿子是不是？"

乐梅大大一震，踉跄一退，小佩惊慌地搀扶住她。

"我没有要毁了他，但我也不能眼睁睁看着我的女儿给毁了呀！你们知不知道她一清醒过来以后做了什么？寻死！寻死！寻死！她铆了劲儿地要结束生命，要追随起轩于地下，你们说，我还能怎么办？"

映雪喊声中，众人纷纷震慑惊恐地看向乐梅。乐梅却双眼直勾勾地看着两个母亲，她喘息地、颤抖地、自语似的说道：

"这不是做戏，你们不可能串通到这种地步的，那么……这一切是真实的了？刚才在我院子里，娘不是在编故事，也不是我神志错乱，不是我疯了，起轩是真的……真的活着……对不对？告诉我，告诉我呀！"

"是……起轩活着，他真真实实地活着，如同你娘告诉你的，他毁了容，他就是戴面具的老柯啊！"士鹏首先承认了。

"罢了……罢了……"老夫人接着说，"走到这个地步，我是再也使不出一丝力气来假装了，奶奶也给你招了，起轩的确活着！"

乐梅热泪盈眶，激动不已，眼睛看向众人，延芳含着眼泪，颓然地、凄苦地对乐梅点下了头，跟着，起云与佳慧也纷纷点了点头。

乐梅有了真实感，内心之激荡有如巨浪澎湃，脸上出现一种大彻大悟、如痴如狂的神情，她推开小佩与映雪的手，转身朝外走，一面喃喃自语：

"他活着，他活着，他活着……"

映雪、小佩含泪跟着她。老夫人也由人搀起，大家簇拥地跟着乐梅。乐梅走到厅外，站在院落当中，突然一跪落地，仰望天空，泪如泉涌，心中狂喜，如获重生。她激动地大喊着：

"老天爷！我该怎么样感激才好？原来我的丈夫并没有死，

他还活在这世间上，所谓聚散由天定，我感激老天爷的决定，决定我们夫妻是聚不是散啊！"

乐梅说完，就感恩万状地连磕了三个头，磕完头后，不由自主地匍匐在地上号啕大哭，一发不可收拾。

映雪心疼不已地，与小佩抱在一起掉泪。老夫人等也痛哭流涕着，唯有延芳，带着一脸泪痕，直直盯着乐梅看。脑子里回荡着乐梅那句"是聚不是散"……这宛如在黑暗中见到一丝曙光，延芳拔脚就奔向乐梅去，扑落在她面前，问：

"你说你感激老天爷的决定，那么……这是否代表你的心意，也决定是聚不是散？"

"我……我都以死明志了，你……你还看不明白我的心意吗？"乐梅说。

"不不……我要一份清醒的答案，你可想清楚啊！起轩不是从前的起轩，他是老柯，而且比你所能看见的外形还要糟，除了烧坏的腿，烧坏的声音，还有许多你看不见的伤疤和那张藏在面具下的脸，这样的他……你确定你能接受，你还要他吗？"延芳渴盼而担忧地问。

乐梅定定注视延芳数秒钟，不可思议地、沉痛达于极点地说：

"这些话你早该问我呀！为什么你早不问我呢？如果你早问了我，我会大声地、斩钉截铁地告诉你，我要他！要他！要他！要他！"

延芳大大震动着，其他的人更是个个震动不已。乐梅狂喜地说：

"还有什么会比死亡更悲惨、更可怕、更叫人绝望呢？没有，再也没有了，而你们因为他不再英俊潇洒，就以为我会嫌弃他、厌恶他，竟然不择手段到用死亡来欺骗我，为什么都没有人要问我一声，给我一点儿表达的机会呢？为什么就这样武断地判决了我？你们……你们居然每一个人都把我看得如此浅薄，包括我的亲娘在内！"

这篇话，说得个个愧疚难当，士鹏感动又感伤地说：

"没有人小看你，也绝没有人把你看得浅薄了，而是我们每一个人，都看过起轩的脸啊！我不知道怎么跟你形容，因为……那已经不能称之为'脸'了……"

乐梅震动地看着士鹏，痛心地抽了口气。

"当他首次除去药布，拿了镜子一照，他那一声凄厉的哀号，每回想起来，我都要痛彻肺腑啊！"士鹏说。

"当时，他一头冲到了井边就要投井，大伙儿七手八脚地才把他给拦下来，唉！那份儿惨痛真不是人受的，谁都愿意付出任何代价，只求减轻他一丝儿的悲痛！"延芳说，"他就在那时候，向大伙儿提出了以不治身亡来退婚，所以你要知道，这是他的意思，就算有人反对，也实在不忍违拗的！"

乐梅听得泪眼婆娑，酸楚难当。于是，大家你一言，我一语，把当初假祭坟、抱牌位成婚，种种不得已，都说了一遍，乐梅打断了众人，痛喊着：

"统统不要再说了，是我糊涂，是我糊涂，原来他一直就近在眼前，而我居然没能把他认出来，那个面具，那阕词，还有那种文雅的谈吐……纸梅花……眼睛……对了对了，他的眼睛，我一度都已经认出来了，为什么要退缩？真是笨啊！这么多事实都放在我眼前，怎么我却一件也看不清楚，枉费我一直去找他，不断地跟他见面、谈话，根本没有什么隔绝了我们，只恨我这脑袋缺根筋，就猜不到老柯是起轩，起轩是老柯，我……我怎么会这么傻，这么傻呀！"

"不，不是你傻，你是太善良、太单纯，因为你根本就相信起轩已经死了，所以从不猜疑，你被蒙蔽的不是眼睛，而是心灵，那又怎么能看得清事情呢？今天如果不是我们招认，你永远永远都想不到，会有这么多人联合起来欺瞒你，里头还包括了你的亲娘呀！是不是？"映雪说。

"因此我浪费了这么许多时间，弄得起轩苦、我苦、大家都苦，真是老天有眼，叫我不死，而你总算给我逼出了实话来，一切真相大白，现在有开始就不算迟，那我们还等什么？娘说他就在万里那儿，我这就去跟他相认，我们一块儿把他接回家吧！"乐梅说着，就从地上站了起来。

大家都呆呆地看着她，没有人行动。

"怎么？"乐梅热切地说，"到现在你们还不能信任我吗？在知道真相之前，我决心以死明志，而知道真相以后，我如获重生，因为不管他瘸了腿，哑了声音，脸烧坏成什么样子，浑身又有多少伤疤，这些统统都不重要，重要的是……他还活着，他还活着呀！我的生命，是系在他的生命上，不是系在他的脸上！"

人人都深深感动，最后，老夫人上前把乐梅胳臂一挽，有力地说：

"走！我们一块儿去，一块儿去把起轩接回家吧！"

万里正蹲在地上，把几个装了药材的竹篮铺放曝晒，弄妥后，心情沉重地叹了口气。站起来，放眼一看，蓦然间神情一变，只见远处来了一群人，为首者赫然是乐梅，她一脸热切地望着药铺，其他人也都是满脸热忱和期待。

万里大吃一惊，这等阵仗非比寻常，他加快脚步迎上前去。

乐梅已迫不及待，拔脚飞奔向"济世堂"，就在她即将冲入之际，猛地被万里一把抓住。

"乐梅！你要做什么？"

"别拦我！我都知道了，起轩没有死，他还活着，他就在里面……"乐梅说。

万里大大一震，还来不及说什么，已被乐梅一把推开。

"让我进去！"

治疗房间内，起轩坐在床沿上，双手握住拐杖，垂着头，把额头抵着手，一动不动，无比消沉。紫烟静静守在一旁，悲哀、心疼，却又无能为力。忽然，房门砰然而开，乐梅出现在房门口。

起轩并没被房门声惊动，紫烟则震惊一退，一张脸已倏然转白，惊喊着：

"二……二少奶奶！"

起轩遽然抬起头来。

只见乐梅飞奔过来，激动万状地扑落地，抓住起轩握着拐杖的手，大叫一声：

"起轩！"

起轩大惊，那对没被面具遮住的眼睛，顿时瞪若铜铃，惊骇达于极点。

"我什么都知道了，我娘把真相告诉了我，奶奶，你爹你娘，大哥大嫂也全都证实了，你就是起轩！你就是起轩啊！"乐梅激动万分地说。

吓呆的起轩，立即便像火山爆发一般，撕裂地一吼：

"不！我不是起轩，我不是起轩！你你……你又胡乱认人，我一直说我不是，不是不是，你为什么不放过我呀！我逃到这儿来，你还不放过我……紫烟！快把她拉出去！拉她出去呀！"

紫烟正慌手慌脚地扶起乐梅，乐梅闻言就要扑向床去，紫烟拦抱着她，喊：

"别过去别过去，你已经吓坏他了呀！"

一阵脚步杂沓，万里领头，众人随后，纷纷赶了进来。

"起轩！"万里说，"你稳着点儿，勇敢点儿，整个事情已经拆穿了，你听清楚了吗？瞧！全家人都来了，这是我们大家一起面对现实的时刻了！"

紫烟恍然又震动。起轩则整个人蜷缩在床角里，抱着头直摇，身子直缩，恨不能钻进墙壁里去似的。乐梅凄楚地说：

"让我过去，让我靠近他，他是我的丈夫呀！"

"不是不是不是，谁说我是你丈夫？谁说我是起轩？我不是……我不是……"起轩拼命要躲，声音更加嘶哑了。

"你是你是你是，你让大家配合着你，把我骗得死去活来，现在每一个人都跟我承认了，你还要矢口否认！"乐梅炙热地看着起轩。

起轩像野兽一般地怒吼起来：

"我就是不要承认，我一再跟你们说过，我不要面对这一天，我要乐梅记住的是以前的我，我最怕的是面对这一天，你们为什么还要这么残忍，这是杀人不见血……"起轩一面惨烈地喊，一面就用头重重地去撞墙。

"起轩……"乐梅尖叫。

"不……起轩……别这样啊……"老夫人和士鹏、延芳等人更是喊声一片。

万里跟起云是动作最迅速的，抢在众人之先跳上了床，双双制止了起轩。乐梅乍然摆脱了牵制，这下更是没命地要排开众人。映雪拉住乐梅：

"你千万别再过去呀！他这会儿完全失去了理性！"

"求求你，求求你就别再刺激他吧！"延芳说。

"他怎么样啊？受伤了吗？有没流血呀？"老夫人问。

"没事儿！没事儿！"起云安慰着众人。

这许多声音同时混乱交织着。乐梅不敢相信地说：

"怎么会是这样？怎么可以是这样？我不惜一死，只求跟你的魂魄相见，我九死一生，终于换来了人间相会，却是你痛不欲生，拒不相认……"

被万里、起云挟制的起轩，原本奄奄一息，这一刺激，痛苦达于极点地双手掩耳，又激动挣扎起来，呐喊地打断：

"你们还不把她拉出去，是不是要逼得我落荒而逃，我真的要逃走，我情愿做丧家之犬，也不要面对这一切，不要不要……我不要啊！"

老夫人吓坏了，一迭连声说：

"好好好，我们带她走，这就带她走了……"

众人全体拉住乐梅往门外拖去。乐梅拼命挣扎，喊着说：

"不不……为什么你们都不帮我，不支持我呢？我已经说了，我的生命是系在起轩的生命上，不是系在他的脸上，为什么没有人要帮助我跟他夫妻相认啊？起轩！起轩！起轩……"在一连串喊着起轩的哀叫声中，乐梅就这样被拉走了。

一声声呼唤渐去渐远，床上垂头丧气的起轩，已经满眼都是泪水，一滴又一滴地淌在床铺上，跟着猝然间，他整个人往床上一扑，号啕大哭了起来。

万里和紫烟心痛着，黯然着，满室只有起轩那肝肠寸断的痛哭声。

乐梅回到了吟风馆，完全心碎了，扑在床上痛哭，映雪坐在床沿上，不住拍抚着她的背脊，叹气说：

"你必须体认一件事，如果起轩的心病是轻易能够化解的，我们何至于苦苦隐瞒至今？不是大家不帮你，能帮的话，大家早做了。以柯家来说，他们见你不嫌弃儿子，依然情深义重，一如往昔，能得儿媳如你，真是夫复何求？他们千万个愿意想帮你、支持你的。问题是起轩，他是那么害怕，那么害怕会毁了你的一生……事实上，你也不能说他的恐惧没有道理，不是吗？"

乐梅突然停止了啜泣，她缓缓抬起了身子，回过头来，用一种不可思议的眼光望着母亲。映雪瞅着乐梅，竭力婉转地说：

"我可以想象，你现在满脑子都是'起轩还活着'的震撼，这个冲击的力量太大，使你毫不考虑、义无反顾地就说你要他，你认为瘸了腿，哑了声，毁了容，这些都不重要，但我想，你是还没有真正意识到，它们在现实的生活里，是多么残酷！"

乐梅震动了一下，转过身来，紧紧注视着映雪。

"我告诉过你，今天我一度冲动地跑去药铺，要揪了他来见你，我激动地训他，骂他，甚至动手打他，打掉了他的面具，结果他在逃出去的时候，撞见一位太太上门来看病还是买药什么的，人家吓得当场不停地尖叫，有鬼啊！有鬼啊！有鬼啊……"

乐梅心上被重重撞击了，眼中迅速充泪，心痛达于极点。

"啊！"乐梅喊，"我多么心痛啊，我这个做妻子的竟不在他身边。如果我在，我会拉住那位太太，对他解释，这不是鬼，只是个脸烧坏了的，不幸的人！"

映雪不禁定睛看着乐梅，说：

"你说得容易，只因为你不在当场！事到临头，没有时间给你思想分析，你会被突发状况给吓呆掉！而起轩会顿感生不如死。"

新的泪水，无声地滑落乐梅的面颊。

"所以，这绝不是你一句'不重要'，就那么简单带过去的事，一个人从一表人才，变成了人家会当他是鬼，这样剧烈的改变是包括了一切，你怎么能说'不重要'？也许你需要花点儿时间，才能渐渐体会'一切'是什么？你真的确定，你要去体会吗？"

乐梅只是俯首擦泪，出奇地沉默和平静。

"现在就只有咱母女二人，你什么话都可以跟我讲的，在我的面前，你大可抛开仁义道德，抛开从一而终，烈女不事二夫的观念，单单就是理智地、诚实地说出你心里真正想的，你要他吗？确定有这个勇气？"

"我要他！"乐梅坚定地说，"假如当初你们不骗我，而是诚实地告诉我，让我选择的话，我也是这个答案，不过在我心底，也许会存有一些胆怯吧？但是现在的我，是历尽了水深火热，历尽了彻骨之痛的，我曾经多么狂热地期待着、巴望着一个鬼丈夫，然而鬼是什么？是缥缈无形，是昼伏夜出，还是能附于人身？这样一种不实际的空想，却也使得我神魂颠倒，望眼欲穿，为什么？就因为起轩不在我的生命里，我是真正承受过失去他的痛，才有真相大白以后的那种狂喜又狂悲的激动。但我没有昏了头，即使我哭、我喊、我叫，然而这是我一辈子当中最清醒的时刻，我深爱的男人，居然回到了我的生命里来，虽然带着残缺，可他是活生生的，他还能够爱我，那我还有什么不满足？任何事情我都有勇气去面对了，娘！我是真的要他，发自我的灵魂深处，我要他！"

映雪一直静静倾听，听得深深动容，热泪盈眶，看着女儿说："真情可贵，莫过于此！"

乐梅这样的爱，感动了柯家所有的人。大家经过商量，又跟着乐梅，再度来到了"济世堂"。万里看到众人又来了，长长一叹："我就知道乐梅不会死心的！但是，他还是那么坚持！"

"让她再试试吧！解铃终须系铃人啊！"映雪说。

"对呀！"乐梅说，"让我再试试，我们进去看看情形嘛！假如他还是那么激动，执意不肯同我说话，我马上就退出来，好不好？"

延芳与老夫人对看一眼，都对乐梅点头。

房门一开，起轩呆呆地坐在一张椅子里，看到乐梅又带着全家而来，从椅中直跳起来，喊着说：

"怎么又是你？怎么又是你？"

"求求你别激动，你瞧，我就乖乖站在这儿不动了，我不靠近，你别紧张吧！折腾了一整天，你累了，大家也累了，不能够一直这样磨下去，对不对？你就好好听我说几句话吧！"

乐梅温柔地说着，起轩原本极度不安，但渐渐地，不知是乐梅的抚慰镇定起了作用，抑或是起轩真的累了，不支了，他颓然靠住墙，再也不动，也不出声了。

大家都惊讶地望向乐梅。乐梅则痴痴地、全心全意地望着起轩，旁若无人。

"我很抱歉，下午的时候把你吓坏了，我让你完全措手不及，那么鲁莽地闯进来就抓着你要相认，那实在是因为下午的我，浑身只被四个字燃烧，就是'起轩活着'，我没有办法控制那种沸腾的感觉！长久以来，我是如何在绝望中挣扎过活的，相信不需要我多说，你已经非常清楚了，那么你应该可以谅解我的冲动，对不对？"乐梅的声音真挚温柔，带着内心最深处的感情，细腻地说着。

起轩像座石像般动也不动，眼光是死死的，没有反应。

"不过你放心，现在的我已经冷静下来了，哪怕此刻我这样望着你，心里有多么渴望能投入你的怀中，紧紧地拥抱着你，把我的悲喜、我的眼泪，统统揉碎在你怀中……"

听到这里，任起轩再坚如化石，眼光也不能不闪动，而盈盈充泪了。

旁观的众人，也为之鼻酸，气氛凝重。

"然而……我知道你无法接受，你会疯狂地抗拒，因为眼前的一切，根本不是出于你的自愿，你是在毫无选择的余地下，被强迫面对我的。所以我调整自己去面对一个事实，你不是从前的你，而是一个外表有伤，内心也有伤的起轩，我将重新来爱这个你。把我满腔满怀的热情，化成涓涓细流，一点一滴地来灌溉你的心田，直到有一天，你终于肯自己走出来，对我张开你的双臂！在这一天来临之前，我绝不会勉强你认我，也绝不会勉强你摘下面具，因为我知道它让你感到安全，它就等于是你的脸，那么，今后我就爱这张戴面具的脸，我说了这么多，是不是让你安心了呢？如果是的话，请你回家吧！藏藏躲躲已经没有任何意义了，不是吗？"

这篇话，说得每个人都心中酸涩，眼中湿润，但起轩依旧俯首不动，手很用力地握着拐杖，却不回答。

死样地沉寂了片刻后，老夫人再也忍不住，老泪纵横地喊出了声：

"回家吧！"

"回家吧！"士鹏接着说。

"回家吧！"延芳说。

然后，大家的声音交叠着，越来越热烈地喊着：

"回家吧！回家吧！回家吧……"

起轩抬起热泪盈眶的眼睛，环视全家，然后眼光落在乐梅脸上，接触到乐梅那渴盼的、深情的、恳求的、热烈的眼神，这眼神把他的坚持彻底打垮了。

起轩回到寒松园，已经快要天亮了。二少爷回来了，惊动了整个寒松园，老刘、徐妈、仆人丫头们，纷纷欢喜地迎了出来。

"老刘！还不快带人去把落月轩陈设起来！"士鹏说。

"是是是！我这就去！"

"要不要先到我那儿歇着？"乐梅说。

起轩低头不语。

"或者……你不如就搬到我那儿去吧？"乐梅说。

大家一阵面面相觑。

"这……这说得也是，我真糊涂，竟叫他们去陈设落月轩！"士鹏说。

"是啊是啊！真是糊涂……糊涂……"延芳跟着说。

"起轩……"乐梅就伸出手去，想去握起轩的手，还没碰到起轩，他就往旁一退，抗拒地说：

"我实在没有力气跟你们争辩了，要我回来住，就给我住落月轩!"

"好，你别生气，我只是觉得应该跟你问一声，你不愿意，绝没有人勉强，现在陈设也要等上一段时候，你已经很疲倦了，不去我那儿，那么去卧云斋，梦仙居……"乐梅说。

"我就在落月轩等!"起轩说。

大家不禁一阵手足无措，不安地看着乐梅。

"不要紧，他已经回来了，还有什么比这个更叫人高兴的，我很知足，我们不急，慢慢来!"乐梅说着转过身子，她领先向落月轩走去，起轩跟着，大家就都鱼贯地向落月轩走去。

第二天晚上，乐梅在落月轩的院子里，劈掉了起轩的牌位，点火燃烧，还带着小佩，燃了一束香，乐梅一脸虔诚地说：

"落月轩里的鬼魂，请你们听我衷心的恳求，今天我郑重地把我丈夫的牌位在此烧毁，希望就此结束所有的忌讳和不吉利，倘若你们真有灵，自当明白他用情之深，用心之苦，别怪他犯忌，请保他平平安安、长长久久!"

说完虔敬地拜了三拜，然后原地转向，向四方皆拜三拜，起轩不知何时，从房里出来了，站在一边看着，目光闪烁不已。乐梅看到起轩，就奔了过来：

"起轩!"乐梅说，"把你吵醒了是不是？真对不起！我必须来这儿烧毁你的假牌位，并祭拜一番，就算是……算是昭告鬼神吧！你可别笑我荒唐迷信，你也知道，关于落月轩的故事，可不是杜撰的，这样上个香，我好歹安心些!"

起轩咬咬牙，不说话。站在一边的紫烟与小佩，皆睁大眼睛看着二人，紫烟惴惴不安，小佩则缩在紫烟后面，对起轩余悸犹存。

"哦！你睡得好吗？肚子肯定饿了吧？食物都在灶上热着，我让她们去给你准备……"乐梅说。

"不用了，我不饿，我……我想，我们应该谈谈！"起轩忽然说。

乐梅双眼一亮，赶紧跟着起轩进房。乐梅坐定，含情脉脉地瞅着起轩。

"焚烧牌位是很傻气的！"起轩说。

"那么造假牌位来骗我，不也很傻气！"乐梅说。

"不先叫你彻底死心，日后如何劝你改嫁他人？"

"结果我死心了吗？结果我改嫁他人了吗？"

一阵心浮气躁，起轩倏然而起，拄杖急急踱开，说：

"对！也许我错了，也许我走了一条正是适得其反的路子，我何必这样大费周章，用尽九牛二虎之力，干脆当着你的面，一把扯掉面具，也许还快些！"

乐梅迅速跳起来，冲到他的面前，强烈地说：

"那么你扯下面具吧！你试我、考验我啊！看看我会尖叫晕倒，还是落荒而逃。不不……你应该盯着我的眼睛，人的眼睛最真实，就像你用面具遮住了脸孔，但你的眼神一度让我认出了你，所以眼睛最藏不住感情，它骗不了人，你就牢牢盯住我的眼睛吧！看看我眼里的那份坚定，会不会消失得无影无踪？你试啊！试啊！"

起轩不住倒退着，倒退着，给她逼得一屁股跌坐椅中，他像斗败的公鸡似的垂头丧气。

"老天！"他喊，"知我如你，难道偏偏不懂我这份儿苦心？'死亡'是我留给你最完美的一种结束，其实我没有骗你，起轩是真的死了，现在坐在你面前的，既没有起轩的外表，也没有起轩那颗年轻又热烈的心，你知道吗？我一点儿也不需要去扮演老柯，因为我的心境根本就是那样的苍老、那样的暮气沉沉，这样的人，是什么也给不起、给不动了，放弃吧！你不可能在我身上找到起轩的影子，为什么不看破了，让这一切好好地结束，另外去开始呢？"

"因为这些并不是你的真心话！"

起轩一震抬头，直直看着乐梅。

"这些话你是说给自己听的，你让自己的思想、行为、心态，统统都变成另外一个人，这样才能够支持自己，说服自己来拒绝我、推开我，你不能是起轩，一旦是的话，你就无法抗拒我、不要我了！"

"我不知道你在胡说什么！"

"放弃吧！"乐梅热烈而坚定地说，"你很努力地骗了自己，但你再也骗不了我！我先前做了一个最傻的人，现在我要做一个最聪明的人！我已经把你看穿，比你看自己还要清楚，你可以再列出一百种起轩所失去的东西，那也丝毫动摇不了我，因为我知道最重要的一样藏在你心底，就是起轩的爱！"

起轩像被尖刺刺到一般，直跳起来，踉跄逃开去。

"我不要再听了，我简直无法跟你沟通，不管是从外到里，还是从里到外，我都不再是起轩，你究竟要我说多少遍呢？"

乐梅安静地看着他。起轩站在那儿惶惶喘息，不知所措着。

乐梅直盯着他的眼睛，清清楚楚地念了起来：

> 梅花开似雪，红尘如一梦。
> 枕边泪共阶前雨，点点滴滴成心痛。
> 记得当时初相见，万般柔情都深种。
> 但愿同展鸳鸯锦，挽住时光不许动！
>
> 记得元月时，花与灯相共，
> 来来往往灯海中，紧紧相随只目送。
> 伊人回首眼波逢，天地万物化成空。
> 但愿同展鸳鸯锦，挽住时光不许动！

起轩震住，呆住了。他闭住眼，咬着牙，痛苦地咽了口气。

静默半响，乐梅才再开口，声音透着最深刻的痴情：

"不管你再否认千万遍，也抵不住这一阕真情流露的词，我发誓，总有一天我要找到那把打开你心门的钥匙，释放你的爱，让你敢于要我，坦然地做我真正的丈夫！我那鸳鸯锦，还在等着我们！"

"好好……算你行，算你赢了好吗？你可不可以饶了我呢？你难道不明白，现在离我而去，不是一种绝情，而是对我的一种慈悲啊！不要来尝试跟我这种人生活，不要来接受残酷的考验，不要……不要把我心底唯一保有的，也弄得像我的外表一样面目全非好不好？"

乐梅一阵心痛，眼泪夺眶而出，她俯头拭泪，默然片刻，才又抬起头来，深深吸口气，恢复了她的坚定，说：

"好了，现在你的想法，跟我的想法，可以说是南辕北辙、各持己见，这不是一天两天就能有结果的事，那么我们也只有等待时间来证明一切了，对不对？这会儿先什么都别想，我给你准备吃的去，马上就来！"

乐梅不由分说地掉头就去了。起轩无可奈何地目送着。

清晨，紫烟拎着水壶，沿着屋侧走来，抬头不由一怔，正见乐梅与小佩匆匆朝屋子走来，而小佩手上也拎了个水壶。紫烟看看自己手上提的，乖觉地悄悄隐退旁观，只见乐梅、小佩在房门前停下，乐梅一边敲门一边扬声喊：

"起轩！起轩！哦！你不用急，我不会贸然闯进去的，慢慢戴你的面具吧！"

屋中，起轩正坐在床沿上，一手扶着覆在脸上的面具，一手则抓着床帐，确定面具戴好了，又听到乐梅在门外的声音：

"我是来给你送洗脸水的，我就把水壶搁在门口。哦，今天我跟奶奶、爹娘，大家得一块儿出门办件事，大约晌午回来，那时我再来瞧你，现在我走了，你快来提水，趁热用才好，我走了！"

乐梅拉着小佩掉头就走。紫烟看了心里又感动、又酸酸的。

屋子里的起轩已戴妥了面具，静静坐在床沿上，目光闪动不已，似乎对于乐梅就这样走了，竟若有所失。

乐梅是和柯家全部的人，去拆除起轩坟墓的。

哗啦一声，墓碑倒下，家丁们正拿着铁锹在拆除。铿锵声中，柯老夫人带着柯家成员，都站在一旁观看，人人心中感慨万千，乐梅一脸郑重地开口说：

"当初造这座假坟墓的时候，你们每个人都是一肩挑起了两份重担，一个是我，一个是起轩，今天我们把这坟墓拆除了，也正是你们卸下重担的时候，因为往后我是再也不劳你们操心烦恼。至于起轩，他是我的丈夫，我的责任，你们把他交给我吧！现在的我，对未来充满了信心，有朝一日，我要让你们看见一个健康的，可以坦然走出来，站在阳光底下的起轩！我会做到的！"

乐梅仰望太阳，脸上焕发着一股光彩，神情坚定动人。大家看着这样充满信心的她，个个都不由自主被她感染了，全部充满了希望。

拆完坟墓，大家回到寒松园，走在花园中。在一段距离之外，忽然看见紫烟提了食篮经过。乐梅喊：

"紫烟！紫烟！"

紫烟已站住，等乐梅来到面前，便欠了欠身说：

"二少奶奶！我正要给二少爷送饭去，你一块儿来，还是等用过午饭了再过来？"

"都不是，因为他要和大家一块儿用饭，现在还有什么道理让他独自在落月轩用饭呢？"乐梅说。

大家你看我，我看你，都是一脸恍然大悟，老夫人头一个就嚷起来：

"说的也是，别送了别送了，快去餐厅，叫他们赶快添副碗筷，加张椅子！"

结果，起轩很不自在地被乐梅拉上了饭桌，大家筷箸正交错齐下，纷纷热络地为起轩夹菜，丫头们一面上菜、伺候着。老夫人说：

　　"来来来！尝尝熏鱼！好吃得很！"

　　"喏！你爱吃笋，今儿的笋又鲜又甜！"延芳说。

　　"这腊肉炒得不错，多吃点儿啊！"映雪说。

　　起轩身边的乐梅，拿了碗站起来。说：

　　"我给你盛碗鸡汤！"

　　"这才像一家人啊！"士鹏不胜感慨地说。

　　一句话勾动了众人的情绪，老夫人首先感性地说：

　　"是啊！这样团团圆圆的一家人，我瞧着心里头不知道有多安慰，如果……人也能圆，那我可是从睡梦里都会笑醒过来了！"

　　大家也衷心祈望地看向乐梅、起轩二人，乐梅不免有些羞涩地微微俯首，而起轩目光深沉地盯着面前的饭菜，动也不动。紫烟偷眼瞄着起轩，担心而失望。

　　起轩这般无动于衷，不禁看得大家泄气又难过。

　　"瞧……瞧我！"老夫人自言自语，"活了这么大把年纪，还这么贪心，眼前才刚顺了点心，就开始奢望着后头的事，不去想了，不去想了，眼前啊，我能跟起轩同桌而食，能亲自给他夹夹菜，这就够我老人家开心的了，是不是？"

　　"不错，一家人同桌而食，这似乎是一件最平常不过的事，可当你有一天失去它的时候，你才会发现它其实是那么重要，所以我今天真的非常高兴，看着这张圆桌结合了家里的每一个人，真的太高兴了……好了好了！不说伤感的话，大家动筷子，动筷子，开开心心地吃饭吧！"士鹏说。

大家继续吃饭，起轩低头闷闷地吃，面具下的嘴不方便地嚅动着，默然不语。即使如此，全家仍然感恩地看着他，不断地照顾着他。

到了晚上，乐梅拿了两样东西来到落月轩，一个白狐绣屏摆上桌，随后旁边又放上了一个荷包。一旁的起轩看着，又紧握着拐杖，克制着心中的激动。

"你扮老柯的时候，曾经像个通灵人似的，说出洞房花烛夜那晚，我在新房里寂寞凄凉，而起轩在新房外痴痴陪伴，如今想来，这些话不是虚无缥缈，而是真实发生过的，我想着就心痛，当初一门之隔，夫妻不能相见，如今夫妻相见了，却仍然隔着一道门，你的心门，莫非好事总要多磨？"

乐梅那样满腹柔情，楚楚动人的，望得起轩呼吸急促起来，不禁转身逃开去。

"我不是磨你，我是不想害了你呀！"

乐梅收回眼光，不与他争论，手指轻触绣屏，跟着又滑落到荷包上，嘴里自顾自地说着：

"这绣屏有你的一番深情厚意，这荷包里攒的钱，是代表我回报你的一片心意，现在我把它移到你这儿来，希望有一天，这儿能成为我们真正的新房，那一天，屋里不再有凄凉，不再有悲伤，只有甜蜜与喜悦！"

"老天！"起轩叫，"这根本是你在折磨我呀！你又烧牌位，又拆坟墓，又是送洗脸水，又是全家同桌而食，一再地深情款款，一再地宣誓你的决心……天啊！我不是铜墙铁壁，你就非要把我最后一分理智给磨碎了，叫我投降是不是？"

"我能吗？我并不是从今天才开始表达这份深情跟决心啊！从头起，我就始终如一的，不是吗？再激烈的事都发生过了，我也还是没能穿透你这铜墙铁壁呀！你就真的可以对我如此理智吗？嗯？"

"好好好……你感情用事，我也感情用事，大家都来感情用事好了，相信只要有爱，一切就都是美好的，都没有问题了，只要有爱，我就可以像正常的人一样过日子，跟你做夫妻，美满地生活在一起，不错，这是皆大欢喜的结果，可是它能维持多久呢？十天？半个月？运气好一点儿也许一个月，是不是？"

"都不是，它要维持一辈子，一生一世！"乐梅说。

起轩震动地一转头，定定地注视她好半晌，深深喘口气说：

"不要这样诱惑我，如果我们一头栽下去，之后又禁不起考验，再来血淋淋地分开，那是天底下最残忍的事，你为什么非要做这种事？为什么就是不见棺材不掉泪？"

"你为什么都要往最坏、最绝望里想呢？今天我不是拉着你去跳河、跳悬崖什么的，也不是叫你去下一个非死即生的赌注，我只是要跟你一起携手共度人生啊！你之所以这么害怕，是因为你对自己的信心已经全体瓦解了，而我现在在做的，就是一点一滴地帮你恢复它，但你自己也必须努力才行呀！"

"努力做什么？自欺欺人吗？"起轩无力地说。

"不，努力地学着怎样乐天知命，我不知道世间上，像你这样不幸的人还有多少个，但我敢说，绝不是个个都像你现在这般幸运的，你瞧，你有我这么爱你，还有柯家、韩家，这么多亲人朋友爱你，你难道不觉得，你是不幸人中的幸运人吗？大火虽然在你身上造成了种种残缺，你依然耳聪目明，能说能走能动，再有，你的智慧、你的文学才华也没有被剥夺呀！不要只想着你所失去的，多想想你还拥有的，你就应该生出信心，你没有道理不振作起来的，我是如此珍惜眼前的你，你怎能不为我振作？怎可自暴自弃呢？"

起轩见她大眼中盛满柔情，声音中充满鼓励，眼中也泛起了温柔，情不自禁地，他缓缓抬起了手。乐梅睁大着双眼，看着起轩的手伸过来，轻柔地落在她的面颊上，她整颗心都为之悸动了。起轩低语：

"我也珍惜你，就是太珍惜了，才使得我如此惶恐，从事情被拆穿以后，我就一直处于恐惧中，你叫我如何思考什么人生大道理，什么人生的方向，我满脑子都被一个恐怖的思想占据，就是不晓得哪一天，你脸上的光彩会突然褪色，你眼里燃烧的情意会突然熄灭……"

"那只有当我死的那一天，只要我还活着，就永远不会有那一天，永远不会！"

起轩几乎不能把持，但拼命克制之下，他还是猛然缩手急退，乐梅惊跳起来，忍不住扑了过去，喊着说：

"哦！别走，相信我，求你相信我呀！"

"不不……别碰我，不要靠近我……"起轩后退。

两人拉扯之下，乐梅不经意地一把拉住起轩的衣袖，起轩一挣便褪出了手臂，乐梅赫然看到手臂上有一大片烧伤的疤痕。

"哦!"乐梅不由自主地惊呼了一声。

起轩没命地扔了拐杖,腾出手来急扯衣袖,拉下来遮住伤疤,狼狈地退开。

"起轩……我……"乐梅怯怯地开口。

"走开!你给我走开!"起轩突然暴怒地一吼。

"我是冷不防地才会被吓一跳……"乐梅解释。

"出去!我叫你出去,听见没有?"起轩大受打击,指着房门喊。

"我从来不知道烧伤的疤是什么样子呀!我第一次看见,直觉反应呀!"

起轩的背砰地撞在墙上,他没得退了,便这么靠着墙重重地喘息。乐梅也站住,激动地看着他,满脸奔流着泪水。起轩沉痛地说:

"说得对,直觉反应!毕竟,我的外表还有面具,还有帽子、衣裳等等遮丑,所以你会用装满感情的眼睛看我,看得我都差点开始相信,自己也许并不真的那么丑吧!但你惊吓的眼光已经让我完全清醒,我要告诉你,你刚才看见的不过是一小部分,我浑身上下,还有许多这么可怕的疤痕,现在你也清醒清醒吧!"

乐梅听得心里痛极,忽然一个箭步冲过去,抓住起轩手臂往腋下紧紧一夹。

"你……你做什么?"起轩惊喊。

乐梅死命夹紧不放,一面捋起起轩衣袖,再度露出伤疤。

"放开,你这是什么意思?快放开我!"

"我不放我不放,我受不了你这么冤枉我,是,我吓了一跳,因为我想象不到烧伤的疤是这样的呀！惊吓的底下不是害怕，是撕裂一般的心痛，是心痛，你听清楚没有？"

起轩终于停止了抗拒和挣扎，乐梅则仍然紧夹他的胳臂不放，然后用手去抚摸那伤疤。

"不……"起轩脆弱地说。

乐梅继续深情地爱抚着，一边掉眼泪一边说：

"是什么样的伤口，才会留下这样的疤痕？一定很严重，很痛苦，而你说，你浑身上下还有许多这样的疤，那么当时你受的折磨，必定惨痛到了极点，而我却不在你的身边，没有陪你熬过最痛苦的时候，我真该死，太伤心了……"说得泣不成声，跟着她俯下头去，吻住了那一大片伤疤。

起轩太震惊了，不相信地圆睁着双眼，他忘了挣扎，忘了抵抗，就这么愣愣地看着乐梅印上了一吻，然后拉下衣袖，乐梅终于放开了他，转过身来，柔情万缕地看着他说：

"疤痕不会丑化你，只会让我更心疼你，更怜惜你，更加倍地想要爱你！"

起轩不能动弹地看着她，眼中凝聚的泪水再也盛不住，夺眶掉了下来。

乐梅屏息着，渴盼着、期待着他跨越心中障碍。一番天人交战之余，起轩却克服不了，跌跌撞撞扑向一旁，跌坐椅中，抱头痛苦万分地哽咽着说：

"怎么办？我该把你怎么办啊？"

乐梅闭住眼深深咽了口气，静静地去拾了拐杖，然后到他面前蹲下，温柔地拉下起轩的一只手，把拐杖交给他握住。

"别这样，我说过，绝不会勉强你，我会等你，今天，明天，每一天！"

起轩震动着抬头，乐梅只是深深凝视他一会儿，不再多说什么，站起来走了出去。起轩一直目送着，目送着，心中的悸动、震撼在他灵魂深处，想喊又停，矛盾万分。就这样眼睁睁地看着乐梅离去了，似乎把他的心也带走了！

房间外面，一直隐身观望的紫烟，看着泪汪汪的乐梅离去，再回头向屋里看了看，把牙一咬，握着拳头狠狠往自己的胸口一捶、再捶，那份痛悔，无法言喻。

第二十八章

好多天没到寒松园，这晚，万里来了。看完柯家所有的人，他并没有离去。夜色里，他往假山上一靠，抱着胳臂在等待什么似的，忽闻有人低低呼唤：

"万里！万里！"

万里背上像有弹簧似的一弹而起，急急探身出去，看到了紫烟，忙对她招手。紫烟立即飞奔过来，两人双手交握住，掩身假山后，紫烟二话不说，一头就栽进万里怀中。万里一怔，有些受宠若惊地说：

"怎么了？这几天……你还好吧？嗯？"

"带我走，带我离开好不好？好不好？"紫烟说。

"现在？"万里问。

"随便随便，只要走得远远的，再也看不见，听不见寒松园里的任何事……"

"好了，你出了什么事？快告诉我！"万里着急地追问。

"我们去四方行医，我会做你的好帮手，真的，我会做牛做马一样地卖命，再苦再累也不怕……"紫烟痛哭起来。

"你到底怎么回事？哭得我心都慌成了一团，如果不是受了什么刺激，你不会这样的，可是……我一来就去见了老奶奶和伯父伯母，他们都不再愁眉不展，都对乐梅充满了信心，我刚才也去看了起轩，他的情况也比我想象的好太多了，我还跟乐梅商量着，明天找宏达来聚一聚，这一切的一切，都好像柳暗花明，豁然开朗，我正预备跟你分享这种振奋人心的感觉，没想到，你现在的感觉竟然会是一心想逃，为什么？"

"我……很害怕，记得我跟你说过，我最大最大的希望，就是看见二少爷跟二少奶奶能有好结果，现在……事情的变化，好像就是朝这个方向走似的……"

"那不正如你所愿吗？"

"我不相信老天爷会待我这么好，不可能的，我忍不住要想，这是不是天要罚我的时候了？让一切好像很有希望，结果却完全不是那么回事……"

"这完全是你在胡思乱想！"

"好！也许是，也许不是，谁知道呢？我……我就是有一种不好的感觉，好像要发生什么事，每次只要他们两个一谈话，我就很紧张，生怕少爷会不会突然崩溃，然后……就出了什么可怕的事，这种念头一直追着我，我都快透不过气来，所以我想走，想逃，你帮助我，救救我吧！"

"听着，不是我不帮你，不救你，就算我现在真的带你远走高飞，你也不会得到平静，哪怕离开寒松园十万八千里，这份不安还是会跟着你，因为你可以拿掉无形的手铐脚镣，一走了之，但你除不去良心上的枷锁，那么眼不见为净又有什么用？"

　　紫烟睁大着眼睛，呆呆看着万里片刻，骤然间一种羞耻的感觉攫住了她，她倏然放开万里，仓皇地退了退。

　　"你……你是不是要轻视我了？因为……因为我居然想逃？"

　　"我怎么会轻视你？没有人比我更了解，你是怎样用你的心、你的身体在这儿赎罪，你在寒松园里不是过日子，根本是在坐牢！在我眼里，你同时有三种化身：一个严厉的判官，一个严格的监督者和一个满心忏悔、任劳任怨的囚犯。你已经做到这样的地步了，谁还敢轻视你？对于你，我只有心疼啊！"

　　紫烟又激动、又感动，热泪盈眶，紧紧偎在万里怀中。

　　一段距离外，老夫人正信步而来，不经意地一瞥之下，顿时变了脸色，怔在原地。相拥的二人，浑然忘我中，偎在万里怀中的脸孔，清清楚楚可见就是紫烟。

　　老夫人看得目瞪口呆，默默地走开了。

　　万里前脚才离开寒松园，紫烟立刻被丫头叫到老夫人房里。

　　"紫烟！我待你怎样？"老夫人问。

　　"好极了！你待我好极了！"紫烟说。

　　"你只有这三个字可说吗？"老夫人说，锐利地看着紫烟。

　　"你怎么了？为什么用这种口气说话？是我做错了什么事吗？"紫烟问。

　　"难怪……难怪那一回，我那么热诚地向你表示，我要替你跟起轩做个安排，好好地给你一个交代，你却激烈地拒绝了，我始终摸不着头脑，后来又一连串地出事，我也没工夫来仔细问问你，现在终于弄明白了，原来就是为了万里！"

紫烟的呼吸急促起来，心中一片纷乱。

"这是怎么发生的？我真的都不敢相信我所看见的，怎么可能是你跟万里？你……你不是深深爱着起轩吗？不是吗？"老夫人走向紫烟，严肃地问。

紫烟被老夫人一路紧逼，撞及桌沿方停止，她就这么颓然地靠着桌子，完全丧失了掩饰的能力跟力气。

"我永远记得，当起轩重伤昏迷的时候，你是口含药汁喂进他嘴里去的呀！在那一刻，我的心里就有个声音说，能如此对我孙儿的，只怕天下无双了，因此，我老早就把你当了孙媳妇，当成是家族中的一分子，我从无怀疑，即使你上回拒绝了我，我也完全猜想不到会是这样，现在却亲眼看见，你居然倒在万里的怀中……"

紫烟整个人僵着，只是呆呆地听，脸上一点儿表情也没有。

"紫烟！我没有给你正式的名分，所以我现在也无权责备你半句，但你真是重重地伤了我的心，我完全被你弄糊涂了，那么你对起轩付出的一切，那些算什么呢？在你为一个男人牺牲的同时，又投入另一个男人的怀抱，你……你到底是个什么样的人啊？怎么突然间，我觉得都不认识你了！"老夫人盯着紫烟。

"不是突然间，打从头起，你就没有真正认识过我……"紫烟冲口而出。

听了这话，老夫人心中更痛，手揪着胸口一退，不敢相信地说：

"什么叫我没有真正认识过你？那个跟我贴心的紫烟呢？跟我情同祖孙的紫烟呢？啊？难道你是在告诉我，我从头就看走了眼，我根本白疼了你一场，是不是？"说着，就抓住紫烟的双肩，摇撼着她。

紫烟整个人像被掏空了似的，由着老夫人摇撼她，双眼眨都不眨一下，直着喉咙喊出来：

"是！你看走了眼，白疼了我，什么贴心、什么感情，统统是假的，假的……"

老夫人震动、呆住，停止摇撼她，只是凝视她，听着她下面冲出口的话：

"我做每一件事情，说每一句讨你欢心的话，根本都是有目的的，我让你那么喜欢我、那么信任我，我才可以轻易地下手，事实上……有好几次机会，你的性命已经捏在我手上，我可以像捏死一只蚂蚁那么容易地取你性命……"

老夫人抓着紫烟的手一松，脚步颠踬地退后着，脸上的震惊已被恐怖所取代。

"你的腹泻不止，是我趁着每天伺候你饮食的时候，在里头下了巴豆！"

老夫人瞪大了眼睛，呼吸急促不已。

"好几次搁在你面前的点心，更是下了毒的！"

老夫人一屁股跌坐椅中，脸色惨白，双眼圆睁。

"然而……事到临头，我都在最后的一刻……放过了你！"

死样沉寂了半晌，老夫人才颤巍巍地说：

"为……为什么？你为什么要害我呢？"

紫烟神情一痛，眼泪扑簌簌地落下来，嘣咚一跪落地，凄楚地说：

"因为我是来替我娘报仇的，我是纺姑的女儿，我是纺姑的女儿啊！"

老夫人脑中轰然一响，整个人目瞪口呆住，无法动弹，也不能言语。

"那个被表少爷糟蹋的纺姑，那个被你逐出家门的纺姑，然后沦落妓院，最后发疯悬梁而死的纺姑就是我娘。她死得太悲惨，是柯家的人毁了她的一生，所以我来了，带着一身愤怒跟怨恨，就好像老天真的长眼似的，我居然那么顺利地就跟在你身边了，冤有头、债有主，我已经找对了头，却狠不下心来讨这个债，我痛恨你对我那么好，那么有感情，更痛恨自己的懦弱心软，我必须找个什么来发泄我一肚子的怨气，于是……于是……我放火……烧了那间南房！"

老夫人听着，一直呆若木鸡，直到最后，才惊醒似的，吃力地望向紫烟：

"你……你什么？！"

"我放火！是我放的火！我……我只想烧掉那间南房，叫你们狠狠地损失一场，结果却毁了二少爷，是我毁了二少爷，就是我呀！我是凶手……"

"哦……这不是真的，你……你和万里……你和纺姑……你放火，那场火灾是你放的火……这不是真的，统统不是真的……"老夫人昏乱地要走开。

紫烟急急跪行过去拦截住老夫人，痛悔地说：

"是真的是真的，我跟你招的每一字每一句都是真的，这就是我为什么用嘴喂药给二少爷，为什么我会拼了命，发了疯一样地去照顾他，我为他做尽一切，那都是在赎罪呀！我没有要害人，我根本就害不了人，却莫名其妙地把他害得这么惨，这么惨！所以当你跟我提起，要把我给他的时候，我简直要崩溃了，暗地里，我就是活生生拆散一段好姻缘的凶手，你还要我明地里这么做，我怎么能啊？所以我拒绝了，不是为了万里，而是因为我有罪啊！"

老夫人呼吸浊重地听着，越听眼睛瞪得越圆，越听身子抖得越厉害，她死死地瞪着紫烟好久，突然间，就像火山爆发一般地、发疯地去推紫烟、摇紫烟。

"你是有罪，你这该死的、造孽的，为什么不毒死我、不杀了我，为什么要放火烧我的起轩啊？我糊里糊涂地引狼入室，留了一个煞星！煞星啊！"

"你打死我吧！我再也背不动这份罪恶感了，不如你亲手打死我，给我个痛快吧！"紫烟说。

老夫人狠狠地抽脱了手，高高扬起要打。紫烟被动地看着她，等着她打。老夫人泪眼婆娑，巴掌停在半空中打不下。最后老夫人神情一痛，手颓然垂下，崩溃地失声痛哭起来。

"那你送我去坐牢好了，让官老爷判我死罪，你送我去呀！"

老夫人眼泪纵横着，语不成声地摇着头痛喊：

"不……不是你放的火，是我……是我放了这把火呀！"

紫烟眩惑地、混乱地看着老夫人，只见老夫人泪落不止，喃喃地说：

"没有当初的铁石心肠，何来今日的登门寻仇？纺姑！你的诅咒应验了，我的确遭了报应，报在我的孙儿身上，比报在我身上更叫人痛上千万倍啊！"

老夫人扯开紫烟的手，踉踉跄跄地奔开，扑入椅中，痛不欲生地号啕着。紫烟也满面是泪，痛苦得不知如何是好。两人就这么各自痛苦了良久。然后，老夫人的神志恢复了一些，问：

"这事……还有谁知道？"

"只有万里知道！"

"好……那么，我算最后一个，别再告诉任何人了！"

"是！"紫烟说，"但是，你……你要把我怎么办？"

"我不知道，现在别问我这个吧！我，我得想一想，在我想出来以前，只求你做一件事，就是守口如瓶，行吗？"

紫烟凝视着老夫人，突然间，她得到了一种踏实的感觉，不再彷徨茫然了，于是，她点点头说：

"好！我绝对守得住，从现在起，我就乖乖地等着，我不再想逃，也不觉得害怕无助了，因为我终于面对了我该面对的，剩下的，就是等你的判决！"

紫烟和老太太的事，就这样压下去了。寒松园里，一切如故，乐梅依旧用尽柔情攻势，想打开起轩的心结，想取下他身心两方面都戴着的面具。她做得那么好，让起轩一天天地改变。他的心防在慢慢地、慢慢地解开，对乐梅的渴望和爱，逐渐在战胜他的心魔。好几次，他都几乎在乐梅面前屈服了，最后，又自惭形秽地打住。乐梅不急，只是慢慢等待着。

这天中午，万里和宏达来了。四人在落月轩小聚。紫烟正布菜，小佩正斟酒。

乐梅把酒杯端起，感性地说：

"当我待字闺中的时候，常常有许多快乐的幻想，像这样的四人小酌，正是其一，而且我以为，这肯定是婚后最频繁的活动，谁想到，经过了这么许多曲曲折折，我们四个，才终于头一次相聚小酌，我觉得，这应该好好地干一杯！"

起轩、万里、宏达听着也不禁感慨万千。

"好！干了它！"宏达兴冲冲地说。万里对乐梅笑着说：

"你放心，这事从今天起了头就没完没了，到时候你跟起轩可别嫌烦！"

"我们欢迎之至，对不对？"乐梅看向起轩。

起轩沉默地不说什么，只是对万里、宏达举杯，以表致意，然后慢慢喝下。

万里与宏达彼此交换个眼色，双双举起杯子。万里语重心长地说：

"来，我们哥儿俩敬你们夫妻一杯，有几句祝福的话，搁在肚子里这么久，今天总算可以一吐为快了，你们俩的姻缘是天生注定的，仇恨毁不了，大火烧不了，河水淹不了，我们全体都挡不了，如此真情，世间难觅，好好珍惜吧！"

乐梅感动了，含情脉脉瞅着起轩，起轩只是静静地听，心，柔软起来。

"希望在不久的将来，我们的聚会，是越来越热闹，两位的身边都要多个人，成双成对的才好！"乐梅说。

说到"多个人"，万里忍不住便对紫烟看了过去。紫烟也不由自主地看向万里，只见万里眼中充满情意，紫烟忙垂下眼睑，心头掠过一阵痛楚。起轩说：

　　"这杯且慢喝，小佩！你再倒杯酒来！"

　　小佩赶紧倒酒，起轩已从小佩手中接过一杯酒，然后他递给了紫烟，说：

　　"你坐下来，跟我们一块儿喝了这杯。"

　　"不不……少爷你别这样，我……我……"紫烟脸红而失措。

　　"别难为情，你跟万里的事，迟早要让大家知道的！"起轩说。

　　"你就坐下来吧！先习惯习惯！"万里大方地对紫烟说。

　　紫烟被迫坐下，窘迫至极。小佩、乐梅、宏达三人看傻了眼，乐梅恍然之余，首先露了欣然的笑容，高兴地说：

　　"原来如此，这……这太好了！真是太好了！"

　　宏达这才明白过来，拼命捶打万里，嚷着：

　　"好小子！原来你一声不响地另起炉灶了，就我这个傻瓜还在傻乎乎地等，这下好了，现在你们一边成双，一边成对，我却落得个孤家寡人……哎！来来来，你过来过来……"他没人可拉，就去抓小佩。

　　小佩大惊，落荒而逃。万里、乐梅、紫烟都笑了起来，气氛好极了。

　　就在这样的气氛中，起轩鼓起勇气，突然说：

　　"我很久……很久没有出去，站在阳光底下，所以……待会儿酒足饭饱，你们愿不愿意陪我出去走走，我想看看山，看看水！"

　　大家目瞪口呆地、惊喜交集地看着起轩，这简直是不可思议的事！宏达说：

"那还等什么？现在就走吧！"

乐梅泪光闪闪地把起轩手紧紧一握。起轩看着她，眼中也流露着光彩。

青山绿水，风光明媚，阳光温暖而不炎热，正是最好的郊游天气。乐梅一行人簇拥着起轩，缓步而行。乐梅挽着起轩的胳臂，心中洋溢着喜悦与幸福。起轩许久不曾这么视野开阔，心情上不禁有一种重见天日般的激动，他看看天，看看云，看看远山远树，看看脚下如茵绿草……从来不知道，身边的一草一木，天边的蓝天白云，都是如此值得珍惜的东西！

走着走着，来到了河边。靠岸处，正泊着一艘船。宏达说：

"说不定出点儿钱，人家就愿意载我们游山玩水，不是挺惬意的？"

乐梅看向起轩，征询地问：

"这主意蛮好，我们已经走了不少的路，我真的担心你累了，假如你不介意那位船夫的话，就去坐船，好不好？"

起轩看看乐梅，迟疑了一下，点下了头。

"好极了！我这就去打商量！喂！船家！船家！"宏达喊。

船夫正坐在那儿吸着旱烟，听得呼唤忙起身相应。三言两语，就讲好了价，船夫收了钱，大家正预备鱼贯上船，这时，忽然有个声音响起：

"船家！如果多加三口，成不成啊？"

原来是一对夫妇，带着一个男孩也要坐船。船夫说：

"没问题，没问题，稳得很，人多才好，我划算，你们热闹嘛！"

那个男童的眼光被起轩吸引着，指着起轩问他的母亲：

"娘！你看，那个人好奇怪哦！他为什么戴着面具？"

起轩眼光不安地闪烁着，本能地就开始退缩。万里、宏达、紫烟、小佩面面相觑，为起轩的感觉而不安。乐梅当机立断，说：

"宏达！跟船家说，我们不坐船了！"

"船家！不好意思，我们不坐了，你们请吧！"

那夫妇二人正用怪异的眼光看他们，并交头接耳着，一听此言，那太太推推丈夫，丈夫马上说：

"哦！不不……你们先来的，你们坐吧！走了走了，我们快走……"

"我不，人家要坐船嘛！人家也要戴面具玩！"男童仍然盯着起轩，几步就已冲到起轩面前，笑嘻嘻地说，"你的面具借我戴戴好吗？"说着，伸手就去摘起轩的面具。起轩一手伸上来挡脸，一手本能地举起拐杖，大喊：

"不……"

那妇人以为起轩要打男童，尖叫着扑了过来：

"不可以……你敢打我的孩子，他又没有做什么，你这个怪物！"

起轩大受刺激地连连急退。乐梅喊着：

"起轩……"

"啊……"起轩凄厉地狂叫了一声，转身就狼狈地向前狂奔。

"起轩！起轩！"乐梅追着跑。

万里、宏达、紫烟、小佩也纷纷追去。

起轩踉踉跄跄、跌跌撞撞地一路奔来，直扑在一棵大树上，像只受伤的野兽那样痛苦地喘息。慌张追来的乐梅，一下子就追上了起轩，急切地扑来。

"起轩……起轩……"

"走开！不要碰我！不要碰我！"起轩对乐梅一推，乐梅跌倒在地，大家纷纷赶来，正见起轩发狂地用拐杖打着树干痛吼着，"我为什么要出来？为什么要出来？别人不是把我当鬼就是当成怪物，我为什么还要出来？"

起轩一阵发泄后，扑在树干上喘着大气，痛苦至极。

万里、宏达震动着，难过着，懊恼着，却是无可奈何。

紫烟与小佩赶紧扶起乐梅来，紫烟满腹悲凉，乐梅心疼又痛苦地望着起轩，前一刻还那么亲近的人，转眼间竟又遥不可及了。

这晚，起轩破例地来到吟风馆。乐梅太意外了，赶紧把他迎进卧室，关上了门，静静跟着他到桌边坐下，几步路，心中已不知转了多少种猜测。起轩的双眼黯淡无神，说：

"我希望你明天就跟你娘回四安去……再也别回来了！"

乐梅闻言，神情僵了一下，然后把脸转开，好像根本没听见刚才的话，说：

"明天……我要去布庄一趟，剪几块料子，帮你做几个新的面具……"

"你明天就回四安！"起轩打断她。乐梅却继续说：

"这面具太不适用，应该用肤色的料子，我可以绣出你的眉毛……"

"住口！"起轩厉声说。

乐梅惊跳了一下，咬着嘴唇，眼中充泪了。起轩一本正经地说：

"你不要再跟我说任何废话，我告诉你，有些事情不需要等，它的结果根本已经很明显，像我们想要生活在一起这种事，就叫作异想天开，它不可能、不会成功的，不如早一点儿面对这个事实，别再浪费时间了！"

"请你不要放弃，回来以后，我也左思右想了很久，我知道，当你提出说你想出去走走，那是鼓起多大的勇气，你也努力地想要尝试改变……"

"那是我犯的一个最大、最荒谬的错误，行了吗？"

"不，那是我的错，我太感动了，因此没有顾虑到，这么做太冒险，也操之过急了，我是你最亲密的人，如果你在我面前都没有跨越心中的障碍，你又怎么能坦然面对外面的陌生人呢？所以我根本不该陪你出游，我太欠考虑了，可见……我既非大夫，也非专家，我不是什么都懂，更无法预料会发生什么事！我所能做的，就是陪你一起摸索，一块儿跌倒，摔得头破血流，但是没关系呀！我可以扶你，你也可以扶我，我们再站起来嘛！"

"你到底想证明什么？"起轩说，"证明你很伟大吗？一点儿也不，你残忍极了，你把正常人的框框硬套在一个残缺人的身上，然后你要他这样努力、那样拼命地去塞满这个框框，但他永远都塞不满，因为他就是残缺的呀！所以请你把这个框框从我身上移开吧！我不要阳光，不要山水，我也不需要朋友，更不需要去面对什么陌生人，我就一辈子关在这个寒松园里，再也不听人家说，'这个人好奇怪'，'这个人为什么戴面具'，我也不用忍受别人拿好奇的眼光看我，不用恐惧自己会像鬼怪一样地吓着人，更不用悲哀地让人在我们背后指指点点，说是一朵鲜花插在牛粪上！"

乐梅越听越心痛，泪流满面，听到最后，扑上去抓住起轩哭喊着：

"够了！不要再说了……"

"瞧！你受不了对不对？但是这些事实会充满在生活里，一次又一次地发生，一遍又一遍地砍杀你对我的爱……"起轩惨烈地说。

"不会不会……"乐梅拼命摇头。

"我老早就预言过，我千方百计，拼了老命地躲开这条路，你却偏偏要走，偏偏要闯……"

"那我不走了，不闯了好不好？我就陪着你一辈子关在寒松园里，这样可不可以？"

"不可以！"起轩坚定地说。

"我不管，反正我就要在这儿，我是你的妻子，你赶不走我，打不走我，你永远也改变不了这个事实！"乐梅说。

"是吗？你的意思就是说，只要我一天活着，你就永远不会死心，那好……那好……"起轩眼光绝望地闪动。

"你敢……你敢再死一次，你敢？"乐梅激动地说。

起轩目光闪动得厉害，紧咬着牙关，被乐梅震慑住，无法言语。乐梅心一横，忽然呼吸急促地说：

"好了，我这样挖空心思，绞干我的热情，却仍然无法把你点醒，那我也无能为力了！"

说完，乐梅走到了柜子前面，拉开抽屉，伸手进去不知找什么。

"你！你这是要……收拾东西吗？你肯走了？"起轩不解地问。

乐梅低着头不说话。抽屉中，乐梅的手正悄悄地打开一个针线盒，挑出了两根缝棉被的长针。

"乐梅……"起轩不安地喊，不知道乐梅在做什么。

乐梅眼睛发直，呼吸沉重，双手各执一针，在抽屉里颤抖，然后惨烈地说：

"我瞎了就看不到你的脸了！让我瞎了眼陪你吧！"

说着，乐梅的手一抬，两根针在灯光下一闪，她扬着针，对着自己的双眼，直刺过去。起轩惊骇至极地瞪圆了双眼，没命地一冲，狂喊着：

"住手……"

乐梅已经豁出去了，双手握着针，就这样毫不犹豫地刺向双眼，千钧一发之际，起轩扑上去用双手一挡，同时惨叫了一声：

"啊……"

起轩踉跄地自乐梅身后急退开来，往桌上一扑。他的两只手背上，赫然插着两根针。起轩迅速将针拔掉，扔在地上，然后急急一抬头看乐梅。乐梅也正面无人色地瞪着眼看他，隔了几秒钟，便崩溃地哭了出来。起轩惊魂未定，一面瘸着腿走过去，一面哽塞地说：

"你这个疯子……"接着就失声痛哭地喊，"你这个疯子！"

"我能怎么办呢？"乐梅语不成声地说，"戳瞎了眼睛……变成跟你是同一个世界的残缺人，你就会停止在我面前自惭形秽，你就会开始疼惜我，扶持我了！我永远看不见你的脸，你也必须当我的眼睛……这样我们就平等了，我们才能够永远厮守、永不分离啊！"

"不准不准，你怎么可以戳瞎自己的眼睛？你怎么可以做这么荒唐的事？一个残缺人的悲哀，你在我身上还看不够吗？我不准你到这样悲惨的世界里来，听到没有，你发誓，快给我发誓，你再也不会做这种糊涂事，你发誓，发誓呀！"

乐梅挣脱了他，强烈地说：

"不要叫我发誓，你既然这么害怕我残害自己，那么就想法子克服你的自卑，要一个健健康康的我，如果你再想把我从你身边推开，那我别无选择，只有闯进悲惨世界里，跟你一起做个残缺的人，任你怎么挡都挡不住的！"

起轩被她吓坏了，惶恐至极，伸着手扑向她：

"不……不要……不要……"

乐梅一边逃开他，一边激动地喊：

"那么你要怎样的我？你要怎样的我？你说，你说啊！"

起轩喘息着、流泪着，伸着的手握成拳头又松开，不禁从肺腑中绞出了呐喊：

"我要健康的你！我要健康的你！"

乐梅神情大恸，一个箭步上去，投入了起轩怀中，两人痛哭着，激动不已地紧拥着对方，这个拥抱，似乎拥进了彼此的灵魂深处。

第二天是个好天气，天空一片晴朗。寒松园里的芍药和牡丹，都在盛开着，许多蜜蜂，绕着花丛起舞。

起轩走出了落月轩，深深吸口气，恰似冬眠春醒，脱胎换骨，目光坚定地举步往吟风馆走去。走着走着，却看到乐梅迎面走来，她也深深吸口气，恰似雨过天晴，又见一片光明，一脸充满信心地往落月轩走去。两人走着走着，都看见了彼此，都停顿了一下，然后又不约而同地，毫不迟疑地迎向了对方。

两人在假山前面相遇了，都默默地凝视着对方。眼里，流转着千言万语。然后，起轩说：

"我决定要对你做一件事！"

"什么呢？"

"在你的面前，摘下我的面具！"起轩定定地看着她，眼神严肃起来。

乐梅眼光如水，更温柔地凝望着起轩。

"如果……如果我不跨出这一步，我想我永远都健康不起来！"起轩说。

乐梅露出一个欣喜的、动人的微笑，轻轻点了点头。

"你……你准备好了吗？"起轩问。

"我老早就准备好了！"乐梅很肯定地回答。

"那么……也许你应该退后一点儿……"

"没有必要退后，不管你戴着面具也好，不戴面具也好，我都是你最亲近的人，只要你准备好了，你就摘下面具吧！"乐梅静静地说。

起轩咽口气，沉默下来，凝聚着勇气。乐梅非常平静、坚定，一心一意地注视着起轩的脸孔。起轩闭上眼睛。他的手紧紧地抓着拐杖握了握。他那面具下的脸孔，口、鼻、呼吸都沉重起来，心情紧张，忐忑不已。

终于，他的手伸上来，缓缓地、慢慢地将面具取了下来，过程中，乐梅一直静静地看着起轩，始终目不转睛，当面具取下之后，她没有吃惊，没有害怕，只有深深的怜惜与心疼，她一言不发，极其温柔地伸手抚住起轩的脸，起轩自卑地垂下头去。乐梅眼中聚着泪水，很温柔很温柔地说：

"看着我！"

起轩慢慢地，慢慢地抬起了头，看到乐梅含泪的眼睛和带着微笑的嘴角。

"瞧！你没吓着我，是不是？不论是从前那张俊秀的脸孔，还是戴着面具的脸孔，还是现在这张脸孔，你都是我的起轩，我爱起轩，所以我爱那张俊秀的脸孔，爱戴着面具的脸孔，也爱现在这张脸孔！"

乐梅说完，便深情款款地凑上脸去，双手捧着起轩的脸，在伤痕最重的几处，亲吻上去。起轩因她嘴唇的碰触而悸动着，整颗心都在狂乱地跳跃着。乐梅吻完最重的伤处，嘴唇慢慢滑向其他的伤疤，最后，落在他的唇上。起轩的手杖落地，双手不由自主地抱紧了乐梅的腰，托住她的头。他的心，向天空飞去，狂喜和感恩，把他整个人包围住了。眼泪夺眶而出，和乐梅流下的眼泪混合在一起。他渴切地、需索地接受着乐梅全心灌注的吻，这一吻，比他们的初吻，更加强烈，更加缠绵。一对早起的鸟儿在他们身边叽叽喳喳，舞动着翅膀。但是，这两个相拥的人儿，已经痴了，世界早就消失了，什么寒松园，什么时间空间，对他们都失去了作用。他们深深地、深深地陷在那个吻里，天地俱无了。

此时，找不到起轩的紫烟匆匆而来，蓦然看到这一对拥吻的人儿，赶紧停下脚步，看到起轩的面具和拐杖都落在地上，她眼中充满了感动的泪水，用手捂着嘴，悄悄奔向老夫人的住处去报佳音了。

几天后，乐梅和起轩，在老夫人的坚持下，举行了正式的婚礼。婚礼后，大家可热闹了。说也奇怪，自从那一吻以后，起轩就不需要拐杖了。万里笑着说：

"我这大夫可以换人做了！其实，只要一直涂抹我特制的'除疤膏'，这疤痕在时间和药膏的治疗下，都会慢慢软化的，身体上的疤痕也一样！喉咙药我也配了好几种，沙哑的情形都在进步中，如果能配合运动，很多情况都可以好转的！只是他以前脾气太大，不肯听话！"

"好！"乐梅欣喜地说，"以后我这袁大夫接手！我会每天强迫他擦药，运动，吃润喉的药！如果他再不听话……"

"你就拿出你的特殊处方，"宏达接口，"来一个像日出到日落那么长的亲嘴……"

乐梅脸一红，伸手就去打宏达。起轩却看着乐梅，笑着说：

"这个处方好！我随时欢迎用药！"

整个大厅，柯家人、韩家人、映雪、老夫人都笑成一团。就在这一片热闹又热烈的气氛中，老夫人忽拉开了嗓门说：

"静一静！大家静一静！我还有件事要宣布！"就喊着，"紫烟！你过来！"

紫烟脸孔倏然转白，不敢相信地看着老夫人，无法想象老夫人会在这样的场合底下来宣判她的罪，她心脏狂跳，口干舌燥，真想转身夺门而逃，然而，她却举起脚步，机械地向着老夫人走去。

"万里！你也过来！"老夫人说。

万里猛然一呆，马上看向紫烟。紫烟也愕然地看看他，又愕然地看看老夫人，比他更惊讶的样子。万里到老夫人面前，已心知肚明要做什么，惊喜盖过困惑地看着紫烟，紫烟则一脸迷惘又眩惑地看着老夫人。

"大家都知道，我一直非常疼爱紫烟，而她在我们柯家的地位，也早就超过一个丫头的身份了，所以今天，我要趁着这个大喜的日子，让我们柯家添一桩喜事，我要做主，把紫烟许配给万里！"

顿时，屋里一片欢呼，恭贺之声迭起。起轩、乐梅、小佩都开心地鼓掌，韩家人、柯家人也都跟着鼓掌。

万里双眼发光地望着紫烟，紫烟还是如坠五里雾中一样，无法相信。

"听着，回去让你爹选个黄道吉日来我们家提亲，我可是要把紫烟当嫁孙女儿似的郑重其事，知道吗？"老夫人对万里说。

"是！奶奶！"万里大声说，这声"奶奶"可叫得洪亮无比。

"老夫人！我……我……"紫烟看着老夫人，居然不是公布她的罪行，而是圆了她的梦。这怎么可能？她眼中含泪，瞅着老夫人，心里翻腾着各种情绪。

老夫人突然把她一拥入怀，拉到一边，在她耳边低语：

"什么都不要说了，你还不明白吗？老天已经原谅了你，我也已经原谅了你，你无罪了！"

紫烟靠在老夫人肩上，听到这话，激动得涌出泪水。一旁的万里也听得分明，一张笑脸不由僵住、怔住。老夫人继续说：

"可惜，我不能亲口对你娘说声对不起，我只能跟你说了，对不起！紫烟！请你也原谅我吧！"

"我……我原谅你？我老早就对你只有爱了！"紫烟落泪说。

老夫人也潸然泪下。万里这才恍然大悟，深深震撼着。老夫人对万里说：

"这可真的是我的孙女儿啊！好好待她，嗯？"

"奶奶放心！我会的，一定会的！"万里虔诚地说。

大厅里，三人有着心照不宣的秘密。不知情的众人，却被这份主仆情深，个个感动至深，欢喜无限。

这夜，在落月轩的新房里，乐梅终于成了起轩的新娘。他们盖着乐梅刺绣的"鸳鸯锦"，两人极尽温存以后，仍然紧紧依偎着。在一对囍烛下，起轩仔细地看着那"鸳鸯锦"，不胜感慨地说：

"这鸳鸯锦是我们订婚后，你一针一线绣的？"

"是！我拼命地绣着这鸳鸯锦，却完全不知道你在生死边缘徘徊！"

"第一次听到这'鸳鸯锦'三个字，是在你祭墓的时候，第二次，是在你抱着牌位嫁进来的时候，现在，我们终于用到这条鸳鸯锦了！"起轩把鸳鸯锦一拉，包住乐梅，也包住自己，两人紧裹在一起，在她耳边深情地念，"今夜共拥鸳鸯锦，裹住你我无半缝！"

乐梅整个脸庞都绯红了，身子也发热了。这样的热，立即传送到起轩的身上，使他不得不再度缠住她。真是"今夜共拥鸳鸯锦，裹住你我无半缝"了。

尾声

六年后。

这天，起轩、乐梅、万里、紫烟、宏达五个人，带着他们的孩子，五岁的柯靖，三岁的柯嫣，四岁的杨易，两岁的韩元，一起走在雾山城最热闹的一条大街上。当初的村子已经繁荣了，正式改名雾山城。小佩依旧跟着乐梅，帮忙照顾着几个孩子，她始终应了自己的话："我不嫁，要永远跟着小姐！"

至于宏达，娶了当初老夫人相中，要给起轩做媳妇的唐家小姐，今天，因为正怀着第二胎，没有跟大伙出门。

这些人改变都不大，只有起轩，他没有用拐杖，身子虽然微驼，脚步却很稳健。他也没有用面具，只是戴了一副很时髦的太阳眼镜，遮住了部分脸孔，至于面部的疤痕，就这样坦然地裸露着。四年前，他在万里、紫烟和乐梅的陪伴下，去了一趟亚美利坚国。在那儿，他接受了最新的颜面手术，恢复了部分容貌。鼻子几乎已经完好如初。也开刀治疗了腿部的痉挛，使他的脚可以伸直了。万里再用中医搭配治疗，他也努力做运动复健，学会了游泳。如今的他，虽然面部依旧有疤，依然没有恢复以前的容貌，他却不再恐怖，也完全不在意自己的容貌了。

他们走进了一家书店，胖胖的书店老板立刻迎了出来，欢喜地喊着：

"柯大作家，那《鸳鸯锦》又快卖完了，你赶快让出版社多印一点吧！至于你新出版的那本《人、鬼、狐》也销售一空！快写第三本，打铁趁热！"

起轩微笑着，万里、乐梅、紫烟、宏达、小佩都兴奋着。紫烟想想，有点担心地看着起轩说：

"你下面不会写一本《无名之火》吧！"

"哈哈！"起轩毫无心机地大笑了，"正有此意！不过，要想想，那火是怎么起的？"

"别写别写！"万里急忙说，"想一些美好的故事吧！"

"是是是！"起轩沉思着，"我下面的题材，是《梅林之女》！"

"你……"乐梅瞪着他，"除了这些，你就不能想些其他的故事吗？"

"写一本《面具》也不错！"宏达说，"那个怎样都脱不下来的面具！"

"嗯！《面具》，确实是个好题材！在我们这个世界里，有很多人，一生都戴着面具，你就无法知道面具后面，有怎样的一张脸！"起轩若有所思地说。

"够了！"乐梅接口，"跳出你的世界，想想更广大的题材！"

"有啊！"起轩说，"下面，我要写的书名是《复活》！讲一个心如死灰的人，如何复活，如何重新来面对这有爱的人生！"

大家点头，正在这时，有个十岁左右的男童，一直对起轩好奇地打量着，忍不住走上前来，盯着起轩脸上的疤痕说：

"叔叔，你的脸怎么啦？"

起轩还没说话，五岁的柯靖上前，用清脆的童音说：

"这是我爸爸，他的脸被火烧伤了！眼睛旁边也有疤呢！"就拼命把起轩的身子往下拉，起轩笑着蹲下身子，柯靖就把起轩的眼镜摘下，指着眼睛附近的疤痕说，"这些也是！我爸很……"他拉长声音，骄傲地说，"伟大，他都不在乎！他说，他说……"他抬头看起轩，天真地问，"你说什么？我忘了！"

"这是'爱的疤痕'，纪念一段'复活'的日子！"起轩说着，抱起柯靖，眼睛深情地看着乐梅。

万里握住紫烟的手，知道她依旧有着内疚，微笑着说：

"若非一番寒彻骨，哪得梅花扑鼻香！"

"若非一场无情火，哪得真情满庭芳！"乐梅接口。

"若非……"宏达接口，想也来"若非"一下，却想不出什么好句子，冲口而出，"若非一场面具舞，哪得故事传四方！"

"好吧！"大家为宏达拼命喝彩，宏达好生得意。

几个人彼此互视，都开心地笑了，不约而同，弯腰抱起四个孩子，向门外的阳光中走去。

门外，阳光正闪烁地照耀着街道，人群熙熙攘攘，街边的房屋古色古香，这是个美丽的城市，这也是个美丽的晴天！

——全书完——

2018 年 5 月 10 日初稿完成于台北可园

2018 年 8 月 6 日修正于台北可园

（京权）图字：01-2025-0195

图书在版编目（CIP）数据

鬼丈夫 / 琼瑶著 . -- 北京：作家出版社，2025.1.
（琼瑶作品大全集）. -- ISBN 978-7-5212-3236-3

Ⅰ. I247.5

中国国家版本馆 CIP 数据核字第 2025Y84X77 号

鬼丈夫（琼瑶作品大全集）

作　　者：琼　瑶
责任编辑：苏红雨　杨新月
装帧设计：棱角视觉　纸方程·于文妍
责任印制：李大庆　金志宏
出版发行：作家出版社有限公司
社　　址：北京农展馆南里 10 号　　　邮　　编：100125
电话传真：86-10-65067186（发行中心）
　　　　　86-10-65004079（总编室）
E-mail: zuojia@zuojia.net.cn
http://www.zuojiachubanshe.com
印　　刷：北京盛通印刷股份有限公司
成品尺寸：142×210
字　　数：281 千
印　　张：12.625
版　　次：2025 年 1 月第 1 版
印　　次：2025 年 1 月第 1 次印刷
ISBN　978-7-5212-3236-3
定　　价：2754.00 元（全 71 册）

品 琼 瑶 经 典

忆 匆 匆 那 年

琼 瑶 作 品 大 全 集

1963 《窗外》

1964 《幸运草》

1964 《六个梦》

1964 《烟雨蒙蒙》

1964 《菟丝花》

1964 《几度夕阳红》

1965 《潮声》

1965 《船》

1966 《紫贝壳》

1966 《寒烟翠》

1967 《月满西楼》

1967 《翦翦风》

1969 《彩云飞》

1969 《庭院深深》

1970 《星河》

1971 《水灵》

1971 《白狐》

1972 《海鸥飞处》

1973 《心有千千结》

1974 《一帘幽梦》

1974 《浪花》

1974 《碧云天》

1975 《女朋友》

1975 《在水一方》

1976 《秋歌》

1976 《人在天涯》

1976 《我是一片云》

1977 《月朦胧鸟朦胧》

1977 《雁儿在林梢》

1978 《一颗红豆》

1979 《彩霞满天》

1979 《金盏花》

1980 《梦的衣裳》

1980 《聚散两依依》

1981 《却上心头》

1981 《问斜阳》

1981 《燃烧吧！火鸟》

1982 《昨夜之灯》

1982 《匆匆，太匆匆》

1984 《失火的天堂》

1985 《冰儿》

1989 《我的故事》

1990 《雪珂》

1991 《望夫崖》

1992 《青青河边草》

1993 《梅花烙》

1993 《鬼丈夫》

1993 《水云间》

1994 《新月格格》

1994 《烟锁重楼》

1997 《还珠格格第一部1阴错阳差》

1997 《还珠格格第一部2水深火热》

1997 《还珠格格第一部3真相大白》

1997 《苍天有泪1无语问苍天》

1997 《苍天有泪2爱恨千千万》

1997 《苍天有泪3人间有天堂》

1999 《还珠格格第二部1风云再起》

1999 《还珠格格第二部2生死相许》

1999 《还珠格格第二部3悲喜重重》

1999 《还珠格格第二部4浪迹天涯》

1999 《还珠格格第二部5红尘作伴》

2003 《还珠格格第三部天上人间1》

2003 《还珠格格第三部天上人间2》

2003 《还珠格格第三部天上人间3》

2017 《雪花飘落之前——我生命中最后的一课》

2019 《握三下，我爱你——翩然起舞的岁月》

2020 《梅花英雄梦1乱世痴情》

2020 《梅花英雄梦2英雄有泪》

2020 《梅花英雄梦3可歌可泣》

2020 《梅花英雄梦4飞雪之盟》

2020 《梅花英雄梦5生死传奇》